정묘년과 병자년의 호란을 겪었던 강화도
그 암담하고 참혹한 역사의 기록

17세기 호란과 강화도

역주자 신해진(申海鎭)

경북 의성 출생
고려대학교 국어국문학과 및 동대학원 석·박사과정 졸업(문학박사)
현재 전남대학교 인문대학 국어국문학과 교수

저역서 『남한일기』(보고사, 2012)
『광산거의록』(경인문화사, 2012)
『강도일기』(역락, 2012)
『병자봉사』(역락, 2012)
『남한기략』(박이정, 2012)
『한국고전소설의 이해』(공저, 박이정, 2012)
『대학한문』(공편, 전남대학교출판부, 2012)
『떠난 사람에 대한 그리움의 미학, 애제문』(보고사, 2012)
『증보 해동이적』(공역, 경인문화사, 2011)
이외 다수의 저역서와 논문

17세기 호란과 강화도

초판 인쇄 2012년 12월 8일
초판 발행 2012년 12월 15일
원저자 신달도 정양 윤선거
역주자 신해진
펴낸이 이대현
편 집 이소희
펴낸곳 도서출판 역락
주 소 서울 서초구 반포4동 577-25 문창빌딩 2층
전 화 02-3409-2060(편집부), 2058(영업부)
팩 스 02-3409-2059
등 록 1999년 4월 19일 제303-2002-000014호
이메일 youkrack@hanmail.net

정 가 22,000원
ISBN 978-89-5556-018-3 93810

정묘년과 병자년의 호란을 겪었던 강화도
그 암담하고 참혹한 역사의 기록

17세기 호란과 강화도

申達道 鄭瀁 尹宣擧 원저
申 海 鎭 편역

역락

저 중원(中原) 대륙의 17세기 벽두에는 명나라와 후금(청나라)이 그 지배권을 놓고 치열하게 싸우고 있었다. 그 틈바구니에서 친명 사대정책을 견지한 조선이 후금을 적대시하자, 1627년 1월 후금은 첫 번째 조선을 침략하여 '형제지국(兄弟之國)'의 약속을 맺고 물러갔는데 이른바 '정묘호란'이다. 조선은 나라를 지킬 힘이 없어서 오랑캐라고 여겼던 후금과 굴욕적인 강화를 체결할 수밖에 없었던 것인데, 그 체결의 장소가 바로 강화도 연미정(燕尾亭)이었다.

이후의 후금은 1632년 만주전역을 차지하고 명나라의 수도 북경을 공격했으며, 여전히 명나라를 추종하는 조선에 대해서는 양국관계를 '형제지국'에서 '군신관계'로 고칠 것과 황금 1만 냥, 전마(戰馬) 3천 필, 군사 3만 명을 요구했다. 그러나 조선의 조정은 후금의 사신을 접견조차 하지 않고 돌려보내고 말았다. 이에 주지하듯, 청 태종은 1636년 12월 2일 12만의 대군을 이끌고 압록강을 건너 두 번째 조선을 침략하였는데 이른바 '병자호란'이다. 침공 사실조차도 모르고 있던 조선은 청군이 개성을 지날 때쯤에야 사태의 심각성을 파악하고, 인조(仁祖)와 조정 대신들이 14일 밤에 강화도로 피난하려 했지만 청군에 의해 길목이 봉쇄되어 여의치 못했다. 인조는 소현세자(昭顯世子)와 신료를 거느리고 겨우 남한산성(南漢山城)으로 파천하였지만, 이틀 뒤 남한산성은 청나라 군대에 의해 포위되었고 그곳에는 50여 일분의 식량밖에 없었다. 빈궁과 봉림대군(鳳林大君) 등이 피신해 있던 강화도마저 함락되자, 조선은 1637년 1월 30일 항복하였다.

강화도(江華島) 일명 강도(江都). 한강의 관문이라는 특성상 삼국시대 때는 고구려와 백제의 주요 접전지가 되었던 곳이다. 그리고 1232년 몽골의 제2차 침략에 맞서 고려 조정이 도읍을 옮기고 1270년 환도하기까지 39년 동안 버틸 수 있었던 곳이다. 또한 조선조에 이르러 임진왜란 당시 왜군들의 발길이 미치지 못했던 곳이었고, 정묘호란 당시에는 인조가 피신해 있었지만 후금군(後金軍)들이 침략하지 못했던 곳이다. 그래서 국난 시 피난하기 위하여 1631년 이곳의 고려 옛 궁터에 행궁(行宮)을 건립하기도 하였다. 한 마디로 천혜의 요충지 금성탕지(金城湯池)였던 것이다. 그러나 병자호란이 일어나 청나라에 의해 이 금성탕지가 함락되어 짓밟히고 말았다. 그 여파로 남한산성에 몽진해 있던 인조도 항복하여 삼전도(三田渡) 굴욕을 겪어야 했었다. 병자호란 당시 치욕의 공간은 남한산성이었지만, 참혹한 공간은 바로 강화도였던 셈이다. 이후에도 강화도는 역사의 멍에를 고스란히 떠안아야 했던 곳이다.

이 책은 바로 17세기 호란 때 주요 근거지였던 강화도에서 일어난 일들에 대한 기록물을 선별하여 역주하고 번역한 것이다. 정묘호란 때 사간원 정언(司諫院正言)으로서 인조를 호종하며 당시 강화도의 전반적 상황을 보고 들은 대로 기록한 신달도(申達道, 1576~1631)의 <강화도 일록(江都日錄)>, 병자호란 당시의 참상을 자신과 가족들 및 강화도 사람들이 함께 직접 처절하게 체험한 것을 기록한 정양(鄭瀁, 1600~1668)의 <강화도 함락 참화 수기(江都被禍記事)>, 아버지 윤황은 남한산성으로 들어가고 어머니와 부인 그리고 백형(伯兄) 등 가족들과 함께 뒤늦게 강화도로 피난 가서 함락되기 직전까지 분사(分司)의 활동 등 여러 상황을 비교적 소상하게 기록한 윤선거(尹宣擧, 1610~1669)의 <강화도 상황 기록(記江都事)>이 그것이다.

<강화도 일록>은 1627년 1월 17일부터, 전주로 피난 갔던 왕세자가 3월 23일 돌아오기까지 진행된 전란의 상황, 자신의 활동을 기록하면서, 청

나라 사신 유해(劉海)와 강화를 논의하는 이정구·장유·이경직 등의 활동 모습이 상세히 기록되어 있는 데서, 당시 사람들이 반면교사나 타산지석을 삼지 못한 것이 무엇인지 살필 수 있는 역사적 자료이다.

<강화도 함락 참화 수기>는 정환국 교수의 지적대로 작자가 서술자에 머물러 있거나 필요에 따라 사건에 개입하는 정도에서 머무는 것이 아니라, 작품 속의 주인공이 되어 강화도 함락 과정에서 직접 겪어야 했던 전란의 참상을 고스란히 담아 놓고 있는 자료이다. 반면, <강화도 상황 기록>은 강화도로 피난해 온 빈궁 일행 및 두 대군을 호종한 관료들을 중심으로 당시 강도의 상황을 약술한 기록물인데, 강화도의 분사(分司)가 행한 조치들을 보태면서 특히 박종부(朴宗阜)의 활약상을 세밀히 서술해 놓았다. 결국, 이 두 자료는 병자호란에 의한 강도의 참상을 기술한 것이지만, 서로 다른 시선을 확인할 수 있는 것들이다.

게다가 이 책에서는 후손들을 경계할 거리로 삼기 위하여 자신이 체험한 전란의 참상을 직접 기록한 정양의 <강화도 함락 참화 수기>에 대해, 동시대의 우암(尤庵) 송시열(宋時烈, 1607~1689)이 어떤 시선으로 어떻게 첨삭을 가하면서 정양의 행적을 현창하고 있는지 살필 수 있는 <정씨의 강화도 참화 기사(鄭氏江都陷敗記)>를 함께 첨부해 놓았다. 그리고 윤선거가 <강화도 상황 기록(記江都事)>을 서술하며 '나만갑(羅萬甲, 1592~1642)의 ≪병자록(丙子錄)≫ 말미에 붙이고자 했으나 미처 이루지 못했다.'는 협주를 달고 있어, ≪병자록≫의 해당 부분인 <강화도 함락 진상 기록(記江都事)>도 역시 첨부하여 강화도와 남한산성에 있었던 사람 사이의 다른 서술 입장을 서로 비교해볼 수 있도록 했다.

이 책에 실려 있는 5작품은 이른바 실기(實記)라 할 수 있는데, 그것은 문학적인 비유나 수사가 없이 질박하게 전문(傳聞) 또는 견문한 것이나 체험한 것 등을 서술한 문학양식이다. 곧, 구성이야 단순하지만 사실을 있는 그대로 적확히 기록하는 성격을 지니고 있다. 이 실기들에서 단순히 전란의 과정만을 읽을 것이 아니라, 참혹한 참화의 양상, 무책임한 지배층의 슬픈 자화상 등을 살피면서 국난에 온몸으로 맞섰던 민초들의 모습도 아울러 그려볼 수 있기를 희망한다. 또한 17세기 소설사의 자양분으로서 동력을 찾는데, 이 책이 기여하기를 희망한다.

이 책에 수록된 5작품 가운데, 나만갑의 <기강도사>만 재번역이고 나머지는 모두 초역이다. 늘상 하는 이야기이나 번역은 한 순간 방심하면 오역이 있을 수밖에 없는바, 있다면 긴장하지 못하고 세밀하지 못한 결과이지만 또 다른 수준 높은 번역에 한 톨의 밀알이 되리라 생각하며 이 책을 상재하니 대방가의 질정을 청하는 바다. 등장하는 인물들의 생몰연간과 행적에 대한 각주는 인터넷 및 각 문중의 족보를 확인할 수 있는 데까지 성의를 다하여 찾아본 결과임을 밝힌다.

이 책에서 소개하고 있는 신달도는 나의 방조(傍祖)이다. 그의 형 신적도(申適道, 1574~1663)는 나의 파조(派祖)인데 정묘년과 병자년의 호란 당시 의병장이었고(『역주 창의록』, 역락, 2009), 동생 신열도(申悅道, 1589~1659)는 병자호란 때 남한산성 호종신이다(『남한기략』, 박이정, 2012). 그들의 후손으로서 나는 일련의 작업들을 행하지 않을 수 있으랴. 밝지 못하고, 어질지 못하지 않기만을 간절히 바랄 뿐이다.

각 문중의 관계자들로부터 따뜻한 도움을 받았는데, 이 지면을 빌려 고마운 마음을 전하는 바이다. 끝으로 편집을 맡아 수고해 주신 역락 가족들의 노고에도 심심한 고마움을 표한다.

2012년 10월 빛고을 용봉골에서
무등산을 바라보며 신해진

차 례

■■■■
일러두기

이 책은 다음과 같은 요령으로 엮었다.

1. 번역은 직역을 원칙으로 하되, 가급적 원전의 뜻을 해치지 않는 범위 내에서 호흡을 간결하게 하고, 더러는 의역을 통해 자연스럽게 풀고자 했다.

2. 이 책은 호란 당시 강화도 사적의 연변 과정을 이해하기 위하여 참고자료를 주석하고 번역하여 첨부하였다. 그 과정에 나만갑의 ≪병자록≫ 일부인 '기강도사(記江都事)'를 재번역한 글에서 참고한 기존 번역서는 다음과 같다.

   신학상 역, 『국역 연려실기술』 6(연려실기술 권26), 민족문화추진회, 1967.

   윤재영 역, 『병자록』(정음문고 169), 정음사, 1979.

3. 원문은 저본을 충실히 옮기는 것을 위주로 하였으나, 활자로 옮길 수 없는 古體字는 今體字로 바꾸었다.

4. 원문표기는 띄어쓰기를 하고 句讀를 달되, 그 구두에는 쉼표(,), 마침표(.), 느낌표(!), 의문표(?), 홑따옴표(' '), 겹따옴표(" "), 가운데점(·) 등을 사용했다.

5. 주석은 원문에 번호를 붙이고 하단에 각주함을 원칙으로 했다. 독자들이 사전을 찾지 않고도 읽을 수 있도록 비교적 상세한 註를 달았다. 단, 원저자의 주석은 번역문에 '협주'라고 명기하여 구별하도록 하였다.

6. 주석 작업을 하면서 많은 문헌과 자료들을 참고하였으나 지면관계상 일일이 밝히지 않음을 양해바라며, 관계된 기관과 여러분들께 진심으로 감사드린다.

7. 이 책에 사용한 주요 부호는 다음과 같다.

   1) ( ) : 同音同義 한자를 표기함.

   2) [ ] : 異音同義, 出典, 교정 등을 표기함.

   3) " " : 직접적인 대화를 나타냄.

   4) ' ' : 간단한 인용이나 재인용, 또는 강조나 간접화법을 나타냄.

   5) < > : 편명, 작품명, 누락 부분의 보충 등을 나타냄.

   6) 「 」 : 시, 제문, 서간, 관문, 논문명 등을 나타냄.

   7) ≪ ≫ : 문집, 작품집 등을 나타냄.

   8) 『 』 : 단행본, 논문집 등을 나타냄.

강화도 일록

江都日録

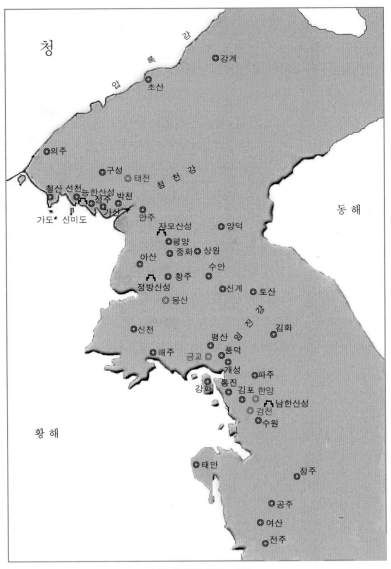

청

압 록 강

강계

초산

의주

구성

철산 선천 능하산성   태천 청 천 강

정주 박천

가도 신미도   가산   안주

자모산성

양덕

평양

아산 중화 상원

수안

정방산성   황주

신계 토산

봉산

신천

김화

평산 림 진 강

해주 금교 풍덕

개성 파주

강화 통진

김포 한양

남한산성

검천

수원

태안

청주

공주

여산

전주

동 해

황 해

호란 당시의 참고 지명

강화도 일록
江都日錄

신달도申達道[1]

정묘년(1627) 정월 17일

평안도 감사 윤훤(尹暄)이 치계(馳啓 : 말을 달려 급히 보고를 올림)하기를,
"누루하치의 오랑캐가 이 달 13일에 의주(義州)를 침범하여 14일에는 정주
(定州)에 이르렀습니다."고 하였다.

丁卯正月十七日。關西[2]伯尹暄[3]馳啓, "奴賊[4]本月十三日犯義州,[5] 十四日到

---

1) 申達道(신달도, 1576~1631) : 본관은 鵝洲, 자는 亨甫, 호는 晩悟. 아버지는 의병장 申仡이
고, 형은 의병장 申適道이며, 동생은 능주목사 申悅道이다. 月川 趙穆과 旅軒 張顯光의 문
인이다. 1610년 사마시에 입격하였으나, 정계가 혼란하여 광해군 때는 벼슬에 나아가지
않았다. 1623년 명나라 熹宗의 등극을 기념하여 치러진 儒生庭試에 갑과로 장원급제하여,
文翰官을 거쳐 1627년 사간원 정언에 이어 곧 持平으로 승진하였다. 이해 6월 병조판서
李貴의 전횡을 배척하는 상소를 올려 이귀의 미움을 사서 부사직으로 전보되었다. 정묘호
란 때 尹煌과 함께 斥和論을 적극적으로 주장하다가 파직되었다. 또 1629년 사헌부장령이
되었을 때, 內需司가 進上을 과다하게 강요하는 폐단을 없애라는 상소를 올렸다. 도승지에
추증되었고, 시문집에 ≪만오문집≫이 있다.

2) 關西(관서) : 평안남북도 지역을 아울러 이르는 말.

3) 尹暄(윤훤, 1573~1627) : 본관은 海平, 자는 次野, 호는 白沙. 아버지는 영의정 尹斗壽이다.
형인 영의정 尹昉을 비롯한 네 형제가 모두 높은 관직에 진출하였다. 成渾의 문인이다.
1625년 평안도관찰사로 부임한 뒤 1627년 정묘호란이 일어나자 副體察使를 겸직하여 적
과 싸웠다. 그러나 安州를 빼앗긴 뒤 평양에서 싸우고자 하였지만 병력과 장비의 부족으
로 從事官 洪命耈의 건의를 받아들여 다시 成川으로 후퇴하였다. 이로 인하여 황해병사 丁
好恕도 싸우지 않고 황주를 포기하는 등, 전세를 불리하게 하였다는 죄로 체포되어 의금
부에 투옥되었다. 형 윤방을 비롯하여 조카 尹新之의 아내이며 仁祖의 고모인 貞惠翁主가
구명운동을 벌였으나 강화도에서 효수되었다.

定州。[6)]

18일

　오랑캐가 이미 가산(嘉山 : 평북 박천의 옛 지명)에 이르렀음을 들으시고 주상께서 2품 이상의 관료들을 인견하여 방어할 계책을 의논케 하시자, 이귀(李貴)가 '임진강(臨津江)은 얕은 여울이 많아서 필시 지켜낼 수가 없을 것이오니 오로지 강화도에 뜻을 두는 것만 못할 것이옵니다.' 하고, 이서(李曙)가 '남한산성도 험준하여 지켜낼 수 있을 것이오니 삼남(三南) 지방의 군사들과 훈련도감(訓練都監)의 포수(砲手)들을 두 부대로 나누어 남한산성을 지키기도 하고 강화도에 들어가기도 하는 것이 마땅하옵니다.' 하니, 의논은 자못 상반되고 일치되지 않아 결정짓지 못한 채 파하였다.

　○ 장만(張晩)을 발탁하여 도원수(都元帥) 겸 도체찰사(都體察使)로 삼아서 나아가 오랑캐를 치게 하였는데, 이경석(李景奭)을 종사관(從事官)으로 삼았다. 아울러 경기도 충청도 전라도 경상도를 겸하는 도체찰사(都體察使)로 이원익(李元翼)을, 삼도순검사(三道巡檢使)로 심기원(沈器遠)을, 찬획사(贊劃使)로 김기종(金起宗)을 발탁하였다.

　十八日。聞賊已到嘉山,[7)] 上引二品以上, 議守禦之策, 李貴[8)]以爲'臨津多淺灘,

---

4) 奴賊(노적) : 후금 누루하치의 군대.
5) 義州(의주) : 평안북도에 있는 고을.
6) 定州(정주) : 평안북도에 있는 고을.
7) 嘉山(가산) : 평안북도 博川 지역의 옛 지명.
8) 李貴(이귀, 1557~1633) : 본관은 延安, 자는 玉汝, 호는 默齋. 광해군의 폭정을 개탄하여, 1623년 金瑬·申景禛·崔鳴吉·金自點 및 두 아들 李時白·李時昉 등과 함께 광해군을 폐하고 선조의 손자 綾陽君(仁祖)을 추대하여 扈衛大將·이조참판 겸 義禁府同知事·左贊成이 되었고, 靖社功臣 1등으로 延平府院君에 봉해지고 功西의 영수가 되었다. 1626년 병조판서·이조판서를 지내고, 같은 해 金長生과 仁獻王后의 喪을 2년으로 주장하다가 대간의 탄핵을 받아 사직했다. 이듬해 정묘호란 때 왕을 강화도에 호종하고 崔鳴吉과 和義를 주장하다가 대간의 탄핵을 받았다.

必不可守, 不如專意江都.' 李曙⁹⁾以爲'南漢亦險阻可守, 三南軍兵及都監¹⁰⁾砲手分二軍, 或守南漢, 或入江都爲宜.' 議頗矛盾, 未決而罷。

○ 擢張晚¹¹⁾爲都元帥兼都體使出征, 李景奭¹²⁾以從事官。偕京忠全慶都兼¹³⁾察使李元翼,¹⁴⁾ 兼三道巡檢使沈器遠,¹⁵⁾ 贊恩使¹⁶⁾金起宗。¹⁷⁾

---

9) 李曙(이서, 1580~1637) : 본관은 全州, 자는 寅叔, 호는 月峰. 제주 목사 李慶祿의 아들이다. 1627년 정묘호란 때 인조가 江都로 피난가면서 남한을 지키도록 하였다. 적이 물러가니 형조판서 겸 오위도총관 겸 훈련도감·원유사·사복시·군기시의 提調가 되었다. 병자호란 때 남한산성에서 力戰하다가 진중에서 병사하니 왕이 통곡하고 비단을 주어 장례케 하였다.

10) 都監(도감) : 訓練都監. 조선시대에 수도의 수비를 맡아보던 중앙 군영. 訓局이라고도 한다. 훈련도감군은 砲手·殺手·射手가 구분되어 삼수군으로 조직되었다.

11) 張晚(장만, 1566~1629) : 본관은 仁同, 자는 好古, 호는 洛西. 1623년 인조반정으로 도원수에 임명되어 원수부를 평양에 두고 후금의 침입에 대비하였다. 1624년 李适의 반란을 진압하여, 振武功臣 1등에 책록되고 輔國崇祿大夫에 올라 玉城府院君에 봉해졌다. 이어 우찬성에 임명되고 팔도도체찰사로 개성유수를 겸했으며, 그 뒤 병을 구실로 풍덕 別墅로 내려갔으나 왕의 峻責을 받고 다시 조정에 들어와 병조판서로 도체찰사를 겸하였다. 그러나 1627년 정묘호란에 후금군을 막지 못한 죄로 관작을 삭탈당하고 부여에 유배되었으나 앞서 세운 공으로 용서받고 복관되었다.

12) 李景奭(이경석, 1595~1671) : 본관은 全州, 자는 尙輔, 호는 白軒. 인조반정 이후 調聖文科에 병과로 급제, 승문원부정자를 시작으로 선비의 청직으로 일컫는 검열·봉교로 승진했고 동시에 春秋館史官도 겸임하였다. 이듬해 李适의 난으로 인조가 공주로 몽진하자 승문원주서로 왕을 호종해 조정의 신임을 두텁게 하였다. 1627년 정묘호란이 발발하자 체찰사 張晚의 從事官이 되어 강원도 군사 모집과 군량미 조달에 힘썼다. 이때에 쓴 <檄江原道士夫父老書>는 특히 명문으로 칭송되었다. 정묘호란 후 다시 이조정랑 등을 거쳐 승지에 올라 인조를 측근에서 보필하였다.

13) 都兼(도겸) : '兼都'의 오기.

14) 李元翼(이원익, 1547~1634) : 본관은 全州, 자는 公勵, 호는 梧里. 1623년 반정으로 인조가 즉위하자 제일 먼저 영의정으로 부름을 받았다. 광해군을 죽여야 한다는 여론이 높아지자, 인조에게 자신이 광해군 밑에서 영의정을 지냈으니 광해군을 죽여야 한다면 자신도 떠나야 한다는 말로 설복해 광해군의 목숨을 구하기도 하였다. 1624년 李适의 난 때에는 80세에 가까운 노구로 공주까지 왕을 호종하였다. 1627년 정묘호란 때에는 도체찰사로 세자를 호위해 전주로 갔다가 강화도로 와서 왕을 호위했으며, 서울로 환도하자 훈련도감제조에 임명되었다. 그러나 고령으로 체력이 약해져 사직을 청하고 낙향하였다.

15) 沈器遠(심기원, 1578~1644) : 본관은 靑松, 자는 遂之. 1624년 李适의 난이 일어나자 漢南都元帥가 되어 난을 막았다. 1627년 정묘호란 때는 경기·충청·전라·경상도의 都檢察使가 되어 종사관 李尙毅·羅萬甲 등과 함께 세자를 모시고 피란하였다. 1628년 강화부유수를 거쳐, 1634년 공조판서에 승진되었다. 1636년 병자호란이 일어나자 留都大將으로 서울의 방어책임을 맡았고, 1642년 우의정을 거쳐 좌의정에 승진되었다. 1644년 좌의정으로 남한산성 守禦使를 겸임하게 되자 심복의 장사들을 扈衛隊에 두고 前知事 李一元,

19일

들건대, 의주가 함락되었던 13일에 누루하치의 오랑캐가 수문(水門)으로 들어와서 성문을 지키던 관원을 죽이고 성문을 열어 쳐들어오자, 부윤(府尹) 이완(李莞)이 죽기를 무릅쓰고 싸워 죽은 자가 상당하였다고 한다. 오랑캐는 판관(判官) 최몽관(崔夢寬)을 사로잡아 서문(西門) 밖에서 참수하고 이어 정주(定州)를 향하면서 사방으로 흩어져 방화하며 노략질하였는데, 예쁜 여자는 사로잡고, 노약자는 입은 옷을 벗기고, 장정들은 오랑캐 변발을 하게하여 데려다 대오를 보충하였으니, 지나가는 곳마다 텅 비지 않은 데가 없다고 한다. 순변사(巡邊使) 남이흥(南以興)이 3,000의 병마(兵馬)를 이끌고 정주의 능한산성(凌漢山城)으로 달려가 구원하였으나 군사가 적었기 때문에 박천(博川)으로 물러나 머물렀다.

○ 양사(兩司 : 사헌부와 사간원을 아울러 이르는 말)가 주상께 아뢰기를, "이서(李曙)로 하여금 군사를 거느리고 임진강에서 오랑캐를 저지하여 전진하지 못하게 하소서."라고 청하였는데, 윤허하지 않으셨다.

十九日。聞義州陷十三日, 奴賊由水門殺守吏, 開門突入, 府尹李莞[18]殊死戰, 死者相當。賊執判官崔夢寬, 斬首西門外, 仍向定州, 四散焚掠, 執美女, 脫老弱衣服, 收丁壯剃頭[19]充伍, 所過無不空虛。巡邊使南以興,[20] 領三千兵馬, 赴援定

廣州府尹 權憘 등과 모의하여 懷恩君 德仁을 추대하려는 반란을 꾀하다 탄로되어 죽임을 당하였다.

16) 贊恩使(찬은사) : '贊劃使'의 오기. 이 관직제수는 ≪인조실록≫ 1627년 1월 17일조의 2번째 기사에 실려 있는데, '體府贊劃使'로 나온다.

17) 金起宗(김기종, 1585~1635) : 본관은 江陵, 자는 仲胤, 호는 聽荷. 1624년 李适의 난 때 도원수 張晩의 종사관으로 공을 세워 振武功臣 2등에 책록되고 瀛海君에 봉해졌다.

18) 李莞(이완, 1579~1627) : 본관은 德水, 자는 悅甫. 1592년 임진왜란 때 숙부 李舜臣 휘하에 종군하였고, 1598년 露梁 해전에서 이순신이 전사한 사실을 알리지 않고 督戰하여 전쟁을 승리로 이끌었다. 1599년 무과에 급제, 인조 초에 水使가 되어 利川에서 李适의 난을 평정한 공으로 嘉善大夫에 올랐다. 義州府尹 때 명나라 毛文龍과 사이가 좋지 못하였다. 1627년이 정묘호란이 일어나 적이 의주를 포위하였을 때 적과 싸우다가 중과부적으로 패하자 병기고에 불을 지르고 종제 李蓋와 함께 焚死하였다.

州凌漢城, 以軍少駐博川。

○ 兩司[21])啓請, "以李曙領兵距塞臨津." 不允。

20일 (종일 비가 내렸다.)

윤훤이 치계하기를, "오랑캐 가운데 700의 기병은 가산(嘉山)으로 출발하였으며, 나머지는 정주(定州)에 머물러 있으면서 창고의 곡식을 장악하여 기생을 끼고 풍류놀이를 하나이다. 그리고 남이흥은 별장(別將) 김완(金完)과 안주성(安州城)으로 들어가 지키는데 군대의 위세가 자못 성하지만, 다만 살수(薩水 : 청천강의 옛 이름)가 얼음이 얼어서 가로막을 수가 없을 것 같다고 하옵니다." 하였다.

○ 주상께서 2품 이상 및 삼사(三司 : 사헌부·사간원·홍문관을 가리키는 말)의 많은 관원들을 인견하여 서로 의논케 하였다. 주상께서 말씀하시기를, "오랑캐들이 가까이 들이닥치고 있으니 어찌해야 하겠는가? 옛날 홍건적(紅巾賊)은 3일 만에 송도(松都 : 개성)로 쳐들어왔느니라." 하자, 이귀가 일어났다 다시 엎드려 절하면서 말하기를, "성상(聖上)의 말씀이 옳습니다. 이때를 잃고 피하지 않으시면 기필할 수 없을 것이오라, 곧장 강화도로

---

19) 剃頭(체두) : 剃頭辮髮. 주위의 머리는 깎고, 중앙의 머리만을 길게 땋아 뒤로 길게 늘어뜨린 남자의 머리. 滿洲·蒙古族의 머리 형식이다.

20) 南以興(남이흥, 1576~1627) : 본관은 宜寧, 자는 士豪, 호는 城隱. 1623년 인조반정 뒤 西道의 수령직을 자청해 구성부사가 되었다가, 시기하는 자의 무고로 하옥되기 직전 도원수 張晩의 변호로 무사했으며, 도원수 휘하의 中軍이 되었다. 1624년 李适이 난을 일으키자 장만의 지휘 아래 중군을 이끌고 많은 무공을 세웠다. 특히 이괄의 부하 柳舜懋·李愼·李胤緖를 회유해 많은 반군을 귀순하게 했다. 이 공으로 연안부사가 되었고, 振武功臣 1등에 책록되었으며 宜春君에 봉해졌다. 이어 평안도병마절도사로서 영변부사를 겸하던 중, 1627년 정월 정묘호란이 일어나자 안주성에 나가 후금군을 막았다. 이때 후금의 주력 부대 3만여 명이 의주를 돌파하고 凌漢山城을 함락한 뒤 안주성에 이르렀다. 이에 목사 金浚, 虞候 朴命龍, 강계부사 李尙安 등을 독려해 용전했다. 그러나 무기가 떨어져 성이 함락되자, 성에 불을 지르고 뛰어들어 죽었다.

21) 兩司(양사) : 조선시대에, 사헌부와 사간원을 아울러 이르는 말.

들어가는 것보다 더 나은 것이 없사옵니다." 하니, 여러 신하들이 모두 말하기를, "이귀의 말이 옳습니다." 하였다.

내가 앞으로 나아가 아뢰기를, "대가(大駕)가 도성(都城)에서 한 걸음만 벗어나도 백성들이 모두 뿔뿔이 흩어져서 아무 것도 할 수가 없사옵니다. 원하옵건대 전하께서는 급히 정예군을 뽑아서 강화도와 임진강으로 나누어 맡기시되, 친히 육비(六轡 : 임금의 수레)를 몰아 파주(坡州)로 진주하시어 저 '남보다 선수를 쳐서 그들의 전의를 빼앗는다.'는 것을 보이소서. 먼저 스스로 위축되어 허약함을 보이는 것은 마땅치 않사옵니다. 또 오랑캐들의 기세가 매우 급박하니 무릇 임금께 아뢰어야 할 장계(狀啓)와 차자(箚子)가 있으면 글로 써서 들이지 말도록 하고, 모두 직접 마주하여 진달토록 해야 할 것이옵니다." 하자, 주상께서 돌아보시고 묻기를, "이가 누구인가?" 하니, 한림(翰林)이 말하기를, "정언(正言) 신달도(申達道)이옵니다." 하였다. 대사간(大司諫) 이목(李楘)이 말하기를, "신달도의 말은 진실로 따를 수 없음을 잘 알고 있으나, 우선 이귀의 주장대로 하는 것을 조금 늦추는 것이 어떠하겠사옵니까?" 하니, 주상께서 묵묵히 계시는지라, 나는 이에 어탑(御榻 : 임금의 의자) 밑에서 오랫동안 엎드려 있게 되었는데, 전교(傳敎)하시기를, "다만 마땅히 다시 의논하여 처리하라."고 하였다.

○ 수원(水原)의 군사 400명이 들어와서 호위하였다.

○ 보덕(報德) 윤지경(尹知敬)이 상소하여 임진강을 굳게 지키기를 청하니, 즉시 윤지경에게 임진 독전어사(臨津督戰御史)를 맡기고, 다만 포수(砲手) 약간 명을 주었다.

二十日。(雨終日)。尹暄馳啓, "賊七百騎向嘉山, 餘屯定州, 絽倉穀携妓作樂。南以興與別將金完[22], 入守安州城, 軍勢頗盛, 但薩水[23]冰合, 無以遮絶云."

---

22) 金完(김완, 1577~1635) : 본관은 金海, 자는 子具. 1624년 李适의 난이 일어나자 張晚의 선봉장으로 鞍峴에서 공을 세워 振武功臣 3등에 책록되고 鶴城君에 봉해졌다. 이어 구성

○ 上引二品以上及三司²⁴⁾多官議。上曰："賊逼矣，爲之奈何？ 昔紅巾賊三日入松都矣²⁵⁾。" 李貴起伏²⁶⁾曰："上敎然矣。失今不避，不及必矣，莫如直入江都。" 羣臣皆曰："貴言是也。"

余進啓曰："大駕離都城一步，則民皆散矣，無可爲矣。願殿下亟抄精銳，分據江津，親御六轡，²⁷⁾進駐坡州，以示先人有奪人之氣。²⁸⁾ 不宜先自推縮以示弱也。且賊勢甚急，凡有啓箚，令勿書入，皆面陳焉。" 上顧問曰："此爲誰？" 翰林曰："正言申達道也。" 大司諫李楘²⁹⁾曰："達道之言，固知不可從，然姑徐之何如？" 上默然，余仍伏御榻下久之，敎曰："第當更議處焉。"

○ 水原軍四百名入衛。

○ 輔德尹知敬，³⁰⁾ 疏請固守臨津，卽差知敬臨津督戰御史，只給砲手若干名。

부사에 제수되었으나 병으로 사직하였다.

23) 薩水(살수)：淸川江의 옛 이름.

24) 三司(삼사)：조선시대 언론을 담당한 사헌부·사간원·홍문관을 가리키는 말.

25) 1359년 12월 홍건적의 장군 毛居敬 등은 4만의 무리를 이끌고 결빙된 압록강을 건너 일거에 義州·定州·麟州·鐵州 등을 차례로 함락하고 이어 西京(平壤)을 함락하였지만 고려군의 반격으로 물러났다. 1361년 10월에 다시 潘城·沙劉·關先生 등이 10여 만의 홍건적으로 압록강의 결빙을 이용하여 침입하여 개경이 함락되었다. 인조의 언급은 후자에 해당한다.

26) 起伏(기복)：임금께 아뢸 때 먼저 일어났다가 다시 엎드려 절하던 일.

27) 六轡(육비)：천자의 수레를 말함. ≪시경≫ <鄭風·叔于田>에 "육비가 손에 있다.(六轡在手。)"라 하였고, 그 주에서 "천자의 수레는 말 여섯 마리가 끌게 되므로 육비라 한다."하였다.

28) 先人有奪人之氣(선인유탈인지기)：≪춘추좌씨전≫의 昭公, 文公, 宣公에 나오는 말.

29) 李楘(이목, 1572~1646)：본관은 全州, 자는 文伯, 호는 松郊. 1623년 인조반정과 함께 출사해, 정언·수찬·교리 등을 지냈다. 1624년 李适의 난이 일어나자 공주로 왕을 扈從하고, 반정공신 李貴를 패전의 죄로 탄핵해 목 베기를 청하였다. 1626년 대사간에 승진하고, 이듬해 정묘호란 때에는 강화도로 왕을 호종했으며, 그 뒤 부제학·형조참판 등을 역임하였다. 1636년 겨울 병자호란 때에 남한산성으로 왕을 호종해, 협수사로 성 위에 올라가 지키며, 모진 풍설에도 게을리 하는 일이 없었고 화의를 적극 배척했다 한다. 환도 뒤에, 尹煌 등이 척화한 일로 유배되자 글을 올려 自劾하고 물러났다.

30) 尹知敬(윤지경, 1584~1634)：본관은 坡平, 자는 幼一, 호는 滄洲. 1623년 겸보덕으로 궐내에 입직하던 중 인조반정이 일어나 반정군에게 체포되어 처형될 뻔했으나 李貴의 만류로 화를 면하고, 반정에 호응해 전한이 되었다. 이어 부응교·응교·집의·사간·사인을 역임하고 1627년 보덕으로 있을 때 정묘호란이 일어났다. 이때 대부분의 조신들이 인조의 피란을 주장했으나 그는 500명의 군졸만 있으면 임진강을 막을 수 있다는 기개

21일

윤훤이 치계하기를, "능한산성(凌漢山城)은 함락되었는데, 지켰던 장수는 정주 목사(定州牧使) 김진(金搢)이옵니다. 오랑캐는 정주로 돌아가 주둔하며 군사들을 하루 동안 쉬고 있는데, 장차 곧장 서울을 향해 길을 떠난다고 하옵니다." 하였다.

○ 주상께서 강화도로 향해 갈 계책을 결정하셨으니, 이귀의 말을 따른 것이다. 김상용(金尙容)은 도성에 머무르도록, 이서(李曙)는 남한산성을 지키도록 명하셨다. 대신(大臣)과 훈신(勳臣)들이 세자(世子)의 분조(分朝)를 청하였으나 주상께서 윤허하지 않으시어 누누이 진달하여도 모두 거절되었다. 승지(承旨) 이식(李植)이 입시(入侍)한 기회에 아뢰기를, "전하께서 삼궁(三宮)과 백관(百官)을 거느리고 한번 강화도에 들어가셨다가 오랑캐가 강 입구라도 막아버리면, 상하의 온갖 필요한 물품을 하찮은 조그마한 섬이 마련할 수 있는 바가 아니옵니다. 또 여러 도(道)에서 명령을 받을 길이라도 없어지게 되면, 간사한 역적들이 그런 때를 엿보아서 몰래 일어나는 근심이 없을 수가 없으니 더더욱 염려스럽습니다. 주상께서 이미 세자를 떠나보내지 않으려고 하신다면, 위진(魏晉)시대에 행했던 행대(行臺)의 제도를 따르시는 것이 온당할 것이니, 대신들로 하여금 긴요하지 않은 백관을 인솔하여 남한산성에 나누어 주둔하게 하소서. 또한 모든 호종(扈從)하는 산관(散官 : 일정한 직무가 없는 벼슬아치)들도 아울러 행대를 따라가게 하여서 전적으로 호령할 수 있게 되어 동쪽과 서쪽에서 책응(策應 : 계책을 통하여 서로 응하고 도움)하게 한다면, 강화도도 힘을 덜 수 있는데다 기각지세(掎角之勢)처럼 오랑캐를 앞뒤로 몰아칠 수 있을 것이니, 사방에서도 마음

를 보여 檢督御史로 임진강에 파견되어 적을 막으려고 전비를 갖추는 도중 강화가 성립되어 적이 물러갔다. 그 뒤 인조는 교서를 내려 그의 활약을 칭찬했고 그 공으로 동부승지가 되었다.

을 다잡는 바가 있을 것이옵니다." 하니, 주상께서 속으로 깊이 생각한 지 오랜 뒤에 답하기를, "그 말에도 생각는 바가 있으니, 나가서 대신에게 말하라." 하였다. 그리하여 여러 대신들이 청대(請對 : 신하가 급한 일이 있어 임금을 뵙던 일)하여 아뢰기를, "주상께서 대신들이 나뉘어 남한산성에 주둔하라는 분부를 내리셨다 하온데, 신(臣)들은 세자가 분조(分朝)를 할 수 있게 되기를 염원하와 모시고 호위하며 가는 것이 매우 좋겠습니다." 하니, 주상께서 이르시기를, "행대의 제도도 좋은 것이니, 어찌 분조일 필요가 있겠느냐? 경들은 힘쓰도록 하라." 하였다. 이원익이 나아가서 말하기를, "행대의 제도는 우리나라에서 시행해 본 적이 없으니, 신들이 어떻게 감히 그런 임무를 감당할 수 있겠사옵니까? 세자가 군사를 보살피고 나라 일을 감독함[撫軍監國]은 옛날에도 더러 있었사오니, 청컨대 세자로 하여금 양호(兩湖 : 충청도와 전라도)나 영남(嶺南)에 나아가 주둔케 하여 사람들의 마음을 다잡게 하소서." 하니, 주상께서 이르기를, "경(卿)의 말이 이에 이르니, 감히 애써 따르지 않겠는가? 다만 세자의 나이가 아직 어리니, 경이 아니고서는 의탁할 만한 자가 없는데 근력이 감당하지 못할까 걱정할 따름이라." 하였다. 이원익이 말하기를, "전하께서 이미 신(臣)에게 명하셨으니, 신이 비록 늙었지만 감히 죽기를 무릅쓰고 보답하지 않겠습니까?" 하니, 주상께서 이르기를, "경이 죽기로써 허락하니, 종묘사직의 다행이라. 내 잠시 내궁(內宮)에 들어갔다 올 터, 경들은 물러가 합문(閤門 : 편전의 앞문) 밖에서 기다리라." 하였다. 이원익이 말하기를, "지금 좌우에 있는 자들은 모두 전하의 팔과 다리 같은 심복들로 이들과 나랏일을 의논하는 것이 온당하온데, 내궁으로 들어가고자 하시니 어찌 부인들과 나랏일을 의논하려 하신단 말입니까?" 하자, 주상께서 이르기를, "그러한 것이 아니다. 자전(慈殿 : 임금의 어머니)의 수레가 바야흐로 대궐 밖으로 나가려하기 때문이니, 수레가 나간 뒤에 마땅히 다시 의논하겠다." 하였다. 해가 한낮이 되어갈 제, 주상께서 다시 나오시어 여러 신하들의 의견을 수렴하여 전주(全州)를 동궁이 주차(駐箚 : 군대를 주둔시켜 변란 등을 막는 것)할 곳으로 삼으셨다. 이원익이 이어서 아뢰기를, "분조할 처음에 마땅히 민심의 수습을 위주로 해야 할 것이니, 따르는 관원들이나 하인들을 간략하게 하여 연도(沿道 : 지나는 길)의 각 고을에서 물품을 제공하는데 따른 폐단을 덜어야 합니다." 하니, 주상께서 이르기를, "바로 나의 뜻이로다." 하였다. 이원익이 곧장 춘방(春坊 : 왕세자의 교육을 맡아보던 관아)과 위사(衛司 : 왕세자의 시위를 맡아보던 익위사)의 인원을 절반으로 감하여 데려가겠다고 청하니, 주상께서 허락하시고 친히 단자(單子)를 점검하시어 춘방과 위사는 다만 각각 4명, 이조(吏曹)와 병조(兵曹)의 당상(堂上)은 각각 1명, 대장(大將)과 중군(中軍)은 각각 1명, 포수(砲手)와 사수(射手)는 100명으로 하셨다.

비국의 당상(堂上)들이 입궁할 때에 어떤 사람이 전하기를, '동궁이 자전(慈殿)과 함께 강화도를 향하여 떠났다.'고 하였다. 나는 연평군(延平君) 이귀(李貴)에게 말하기를, "동궁이 만약 이미 강화도를 향하여 떠나셨으면 분조의 계획은 반드시 이루지 못할 것입니다. 속히 병조(兵曹)로 하여금 백성들을 징발하여 길을 막아서 기회를 잃지 않도록 하는 것이 마땅합니다." 하니, 이귀는 병조판서 이정구(李廷龜)를 돌아보며 말하기를, "이 말이 옳다." 하였다.

○ 저녁이 되자 자전(慈殿)과 중전(中殿)이 경성을 출발하여 검천(黔川)에 행차하였고, 종묘사직은 곧바로 강화도로 향하였다.

○ 조정은 참판 장현광(張顯光)과 부제학 정경세(鄭經世)를 영남 좌도와 우도의 호소사(號召使)로 삼았다.

二十一日。尹暄馳啓, "凌漢山城陷, 守將定州牧使金搢[31]也。賊還屯定州, 休

---

31) 金搢(김진, 1585~?) : 본관은 光山, 자는 起仲, 호는 秋潭·訓齋·詠齋. 광해군 때 정언 등의 관직을 지냈으며, 정묘호란 때 정주목사로 능한산성 싸움에서 대장으로 항쟁하다가

兵一日, 將直向京路云."

○32) 上決策向江都, 從李貴之言也。命金尙容33)留都, 李曙守南漢。大臣勳臣請世子分朝,34) 上不許, 累累陳達, 皆拒之。承旨李植,35) 因入侍36)啓曰: "殿下率三宮百官, 一入江都, 而賊兵塞江口, 則上下凡百支供, 非區區小島所可辦出。且諸道無所禀令, 不無姦宄乘時竊發之患, 尤可慮也。自上旣不欲出離世子, 宜依魏晉行臺37)之制, 令大臣率不緊百官, 分住南漢。凡扈從散班,38) 并付之行臺, 得專號令, 東西策應, 則江都省力而有掎角,39) 四方有所繫心矣。" 上沉吟良久40)答曰: "此言郤有所見, 出言於大臣。" 於是, 諸大臣請對41)曰: "自上有大臣分住南漢之敎, 臣等願得世子分朝, 陪衛以行甚善。" 上曰: "行臺之制亦善, 何必分朝也? 卿等勉爲之。" 李元翼進曰: "行臺之制, 不行於我國, 臣等安敢當此任

포로가 되었다. 1630년 송환되어 예안현감이 되었으나 항복했다는 죄목으로 탄핵을 받았다. 그 뒤 고향에서 학문 연구에만 전심하였다. 1653년 ≪新補彙語≫를 간행하였다.

32) 李植의 ≪澤堂先生別集≫ 권17 <敍後雜錄·贊劃使>에 자세하게 나옴.

33) 金尙容(김상용, 1561~1637) : 본관은 安東, 자는 景擇, 호는 仙源·楓溪·溪翁. 좌의정 金尙憲의 형이고, 좌의정 鄭惟吉의 외손이다. 인조반정 후 判敦寧府事에 기용되었고, 이어 병조·예조·이조의 판서를 역임했으며, 정묘호란 때는 留都大將으로서 서울을 지켰다. 1636년 병자호란 때 廟社主를 받들고 빈궁과 원손을 수행하여 강화도에 피난하였다가 성이 함락되자 성의 南門樓에 있던 화약에 불을 지르고 순절하였다.

34) 分朝(분조) : 위급한 때를 당하여 조정이 피란할 때, 임금과 세자가 따로 피란하여 세자가 거느리는 조정.

35) 李植(이식, 1584~1647) : 본관은 德水, 자는 汝固, 호는 澤堂. 1623년 인조반정이 일어난 뒤 교분이 두터운 친구들이 집권하게 되자 요직에 발탁되어 이조좌랑에 등용되고, 1625년에 예조참의·동부승지·우참찬 등을 역임하였으며, 1632년까지 대사간을 3차례 역임하였다. 私親追崇이 예가 아님을 논하다가 인조의 노여움을 사서 杆城縣監으로 좌천되었다. 1633년에 부제학을 거쳐 1638년 대제학과 예조참판·이조참판을 역임하였다. 1642년 金尙憲과 함께 斥和를 주장한다 하여 瀋陽으로 잡혀갔다가 돌아올 때 다시 의주에서 잡혀 갔으나 탈출하여 돌아왔다. 1643년 대사헌과 형조·이조·예조의 판서 등을 역임하였다.

36) 入侍(입시) : 대궐에 들어가서 임금을 뵙던 일.

37) 行臺(행대) : 전쟁이 있을 때 지방에 설치하여 軍國의 중대사를 관장하던 곳.

38) 散班(산반) : 散官. 일정한 직무가 없는 벼슬아치.

39) 掎角(기각) : 掎角之勢. 사슴을 잡을 때 사슴의 뒷발을 잡고 뿔을 잡는다는 뜻으로, 앞뒤에서 적을 몰아침을 비유적으로 이르는 말.

40) 沉吟良久(침음양구) : 속으로 깊이 생각한 지 오랜 뒤.

41) 請對(청대) : 신하가 급한 일이 있을 때 임금에게 뵙기를 청하던 일.

乎? 撫軍監國[42], 古或有之, 請命世子出鎭兩湖或嶺南, 以繫人心." 上曰 : "卿言至此, 敢不勉從? 但世子齒尙少, 非卿無可托者, 恐筋力有不堪耳." 元翼曰 : "殿下旣命臣, 臣雖耄矣, 敢不效死以報?" 上曰 : "卿許之以死, 社稷之幸也. 予暫入內宮, 卿等退竢於閤門之外." 元翼曰 : "今左右者, 皆殿下之股肱心膂,[43] 當與此屬謀國, 而欲入內宮, 豈與婦人謀之耶?" 上曰 : "非然也. 慈殿[44]方動駕,[45] 駕發後當更議焉." 日將午, 上再御收輩臣議, 以全州爲東宮駐箚[46]之地. 李元翼仍啓曰 : "分朝之初, 當以收拾人心爲主, 使之簡其陪從,[47] 約其騶率,[48] 以除沿路供億[49]之弊." 上曰 : "政予意也." 元翼卽請春坊[50]衛司[51]减半而行, 上從之, 親點單子, 春坊衛司只各四員, 吏兵曹堂上各一員, 大將中軍各一員, 及砲射手一百名. 當上入宮時, 有人傳'東宮同慈殿發向江都.' 余謂延平君李貴曰 : "東宮若已發向江都, 分朝之計, 必不諧矣. 亟令兵曹發民遮道, 俾不失機會宜矣." 貴顧兵判李廷龜[52]曰 : "此言是也."

O 夕慈殿中殿出次黔川,[53] 廟社直向江都.

O 朝廷以參判張顯光,[54] 副提學鄭經世,[55] 差嶺南左右道號召使.

---

42) 撫軍監國(무군감국) : 世子가 나라를 지키고 있을 때는 監國이라 하고 진중에 나가면 撫軍이라 함.

43) 心膂(심려) : 가슴과 등뼈. 인체 중에서 중요한 부분이므로 곁에서 보필하는 가장 중요한 신하의 비유로 쓰인다.

44) 慈殿(자전) : 임금의 어머니를 이르던 말.

45) 動駕(동가) : 임금이나 왕비의 수레가 대궐 밖으로 나감.

46) 駐箚(주차) : 군대를 주둔시켜 변란 등을 막는 것.

47) 陪從(배종) : 임금이나 높은 사람을 모시고 따라가는 일.

48) 騶率(추솔) : 말몰이꾼이나 따르는 사람.

49) 供億(공억) : 필요에 따라 공급한 물건.

50) 春坊(춘방) : 世子侍講院. 왕세자의 교육을 맡아보던 관아.

51) 衛司(위사) : 翊衛司. 왕세자의 시위를 맡아보던 관아.

52) 李廷龜(이정구, 1564~1635) : 본관은 延安, 자는 聖徵, 호는 月沙·癡菴·保晚堂·秋崖·習靜. 1623년 예조판서가 되었다. 이듬해 李适의 난에 왕을 公州에 호종하고 1627년 정묘호란 때 병조판서로 왕을 호종, 강화에 피난하여 화의에 반대하였다. 1628년 우의정이 되고 이어 좌의정에 올랐다. 한문학의 대가로서 글씨에도 뛰어났고 申欽·張維·李植과 함께 조선 중기의 4대 문장가로 일컬어진다.

53) 黔川(검천) : 《인조실록》 1627년 1월 21일 9번째 기사에 의하면 衿川으로 되어 있음.

54) 張顯光(장현광, 1554~1637) : 본관은 仁同, 자는 德晦, 호는 旅軒. 1595년 학행으로 천거

22일

오랑캐의 기병 5, 60여 명이 이미 공강(控江 : 대정강(大定江)이라 함.)의 맞은편에 이르니, 도성 안의 백성 가운데 피난 가는 자들이 강가에 가득 찼지만 건널 배가 없어 울음소리가 들판을 진동하였다.

○ 주상께서 교서를 내려 중외(中外 : 온 나라)에 효유(曉諭)하였다.

○ 오랑캐가 우리에게 보내온 서신에 다섯 가지의 조항이 있었는데, 화친(和親)을 구하는 뜻을 보인 것이었다.

二十二日。賊五六十騎, 已到控江[56]越邊, 都民避亂者, 彌滿江頭, 無船可渡, 哭聲震野。

○ 教諭中外。

○ 賊致書于我, 有五種說,[57] 因視求和之意。

23일

윤훤이 치계하기를, "오랑캐가 19일에 안주(安州)로 진격하여 대포 소리

되어 報恩縣監을 지내고, 누차 관직에 임명되었으나, 벼슬에 뜻이 없어 모두 사퇴하고 학문 연구에만 전심하여 李滉의 문인들 사이에 확고한 권위를 인정받았다. 1636년 병자호란 때에는 각지에 격문을 보내어 근왕의 의병을 일으켜 군량의 조달에 나섰으며, 패전 후 동해안의 입암산에서 은거하였다. 영남의 많은 남인 학자들을 길러냈다.

55) 鄭經世(정경세, 1563~1633) : 본관은 晉州, 자는 景任, 호는 愚伏・一默・荷渠. 경상도 尙州에서 출생하였으며, 柳成龍의 문인이다. 임진란이 일어나자 의병을 일으켜 공을 세워 修撰이 되고 正言・校理・正郎・司諫에 이어 1598년 경상도관찰사가 되었다. 광해군 때 鄭仁弘과 반목 끝에 削職되었다. 1623년 인조반정으로 부제학에 발탁되고, 전라도관찰사・대사헌을 거쳐 1629년 이조판서 겸 대제학에 이르렀다. 성리학뿐만 아니라 특히 禮論에도 밝아서 金長生 등과 함께 禮學派로 불렸다. 상주 道南書院, 대구 硏經書院, 경산 孤山書院, 강릉 退谷書院, 개령 德林書院 등에 제향되었다.

56) 控江(공강) : 金中淸이 1614년 賀節使 許筠의 書狀官으로 명나라에 갈 때 여러 사람이 준 贈別詩들을 모아놓은 ≪苟全先生文集≫ 권8 <朝天錄>의 5월 10일조에 의하면 '大定江'이라 하는데 그 이유를 알 수 없다고 되어 있음.

57) 五種說(오종설) : 다섯 가지 조항. ≪인조실록≫ 1627년 4월 1일조 6번째 기사에 자세히 나온다.

가 종일토록 끊이지 않더니 21일에는 성을 함락시켰습니다." 하였다.

○ 오랑캐가 화친(和親)을 청하는 서신이 또 이르렀다.(협주 : 대략 이르기를, 「기미년(1619)에 군대를 보내어 우리를 공격하였으니, 누가 책임을 져야겠는가? 하늘이 지각이 있어 우리들로 하여금 오늘이 있게 한 것이다. 두 나라는 다시 화친관계를 정비해야 할 터, 속히 강화(講和)할 사람을 보내어 와서 강화하자. 그러면 우리도 속히 서둘러 우리의 군대를 되돌려 갈 것이다. 원래 그대 나라의 성지(城池)를 바라지도 않았으며, 원래 그대의 백성들을 죽이고 싶지도 않았다. 두 나라가 화친하여 함께 태평을 누리자.」고 하였다.)

조정이 그것을 허락하려 하자, 군수(郡守) 강학년(姜鶴年)이 상소(上疏)하였으니, 「방금까지 오랑캐들은 몹시 치성하여 승승장구(乘勝長驅) 쳐들어오는 기세가 있었는데 갑자기 중지하고, 일개 사신으로써 화친을 말하고 있습니다. 저들이 화친하려 하는 것은 우리를 사랑해서이겠으며, 우리를 두려워해서이겠습니까? 그 마음은 우리를 두려워하고 우리를 사랑해서가 아니니, 그들이 화친을 요구하는 뜻은 환히 알 수 있는데 우리에게 조공(朝貢)을 받으려는 것이요, 우리에게 국토를 분할하려는 것이요, 우리를 신복(臣僕)으로 삼으려는 것이옵니다. 그렇지 않으면 천조(天朝 : 명나라)를 등지게 하여 힘을 합쳐서 명나라를 공격하려고 하는 흉계일 뿐입니다. 아아, 이것이 어찌 200년 예의의 나라로서 차마 말할 수 있는 것이겠습니까? 더군다나 천조는 우리 동방의 부모로서 멸망하게 된 우리나라를 다시 살려준 은혜가 있었으니, 우리나라는 조종(祖宗) 이래로 지극정성 섬긴 계책을 그 자손에게 남겨주었거늘, 오늘날에 와서 어찌 차마 가벼이 버리고 돌아보지 않을 수 있단 말입니까? 하물며 추악한 오랑캐들은 사정상 화친을 명분으로 삼았지만 끝내 반드시 화친으로 우리나라를 그르치고 대세가 이미 기운 뒤에 이르러서는 오직 제 하고 싶은 대로 하려고 할 것이니, 이는 필연의 이치이옵니다. 오랑캐가 만약 한 터럭만큼이라도 화친을 빙자한 명분을 내세우다가 갑자기 방자하고도 흉악한 뜻을 보인다면, 차라리 나라가 망할지언정 치욕을 참고만 있을 수는 없을 것이니, 그지없이 탐욕스런 개돼지 같은 오랑캐에게 애처롭게 여겨주기를 구걸하여도 오히려 장차 끝내 벗어날 수 없을 것이옵니다. 삼가 원하옵건대, 전하께서 뭇 의견에 따라 흔들리지 마시고 성상의 마음으로 결단하시어 한결같이 의리를 따르고 구차히 하지 않으신다면, 나라를 보존하고 난리를 평정할 기회는 이에서 벗어나지 않을 것이옵니다.」하였다.

○ 오랑캐는 이미 청천강을 건넜다.

二十三日。尹暄馳啓, "賊十九日進犯安州, 大砲之聲, 終日不絶, 二十一日城陷."

○ 賊請和書又至。(略曰:「己未年[58], 出兵攻我, 誰負也? 上天有知, 令我有今日矣。兩國重整和好, 速差好人來講。我亦速快回去我兵馬。原不爲要得爾國城池, 原不爲要殺爾人民也。兩國和好, 共享太平.」云云.)

朝廷欲許之, 郡守姜鶴年[59]上疏曰:「方今虜賊孔熾, 有長驅之勢, 遽爾中止, 用一介使, 以和爲言。彼之欲和者, 愛我耶? 畏我耶? 其心不在於畏我愛我, 則其求和之意, 灼然可見, 欲朝貢我也割地我也臣僕我也。抑却背天朝, 幷力射日[60]之兇計耳。嗚呼! 此豈二百年禮義之邦所忍言哉? 況天朝父母乎我東, 有再造藩邦之盛恩, 我國家自祖宗以來, 至誠事大, 貽厥孫謨,[61] 其在今日, 豈忍輕棄而不顧哉?

---

58) 己未年(기미년) : 光海君 11년인 1619년. 1618년 후금의 누루하치 난이 일어나자 명나라의 요청에 따라 조선은 1619년 姜弘立을 도원수로 삼아 요동에 파병한 사실이 있다.

59) 姜鶴年(강학년, 1585~1647) : 본관은 晉州, 자는 子久, 호는 復泉 · 紫雲. 1623년 學行으로 천거되어 연기현감에 임명되었으나 나가지 않았다. 1626년 司禦가 되고, 이듬해 신령현감에 임명되어 부임하려 할 때 후금이 침입하여 조정에서 화의를 논한다는 말을 전해 듣고 돌아와 오랑캐와 화의할 수 없음을 상소하였다. 1632년 司藝, 이듬해 司業으로 지평을 겸하였고, 1634년 장령이 되어 공신들에 의한 정치의 폐단을 상소하여 파직당하고 은진으로 유배되었다가 뒤에 풀려났다. 그 뒤 1654년에 洪命夏의 상소로 신원되었다.

60) 射日(사일) : 태양을 쏜다는 뜻이나, 여기서는 명나라를 공격한다는 의미.

61) 貽厥孫謨(이궐손모) : 손자에게 謨訓을 끼쳐줌. ≪시경≫ <大雅 · 文王有聲>에 나오는 구절이다.

況醜虜情狀, 以和爲名, 而終必以和誤我國家, 至大勢已去之後, 惟意所欲, 此必然之理也. 賊若有一毫藉和之名, 而遽示肆兇之意, 則寧以國斃, 不可含垢[62]忍恥, 求哀乞憐於無厭之犬豕, 而猶且終不得免也. 伏願殿下勿爲羣議所動, 斷自聖衷, 一於義而不苟, 則保邦戡亂之機, 不外乎此矣.」

○ 賊已渡淸川。

24일

듣건대, 평양(平壤)이 절로 무너지자 윤훤은 중화(中和)로 물러나 주둔하였고, 원수(元帥) 장만(張晚)은 개성(開城)에 주둔하였다고 한다.

○ 세자께서 남쪽으로 몽진(蒙塵 : 피란하여 안전한 곳으로 떠남)하였는데, 도체찰사 이원익(李元翼), 좌의정 신흠(申欽), 한준겸(韓浚謙), 이식(李植), 이명준(李命俊), 이성구(李聖求), 이경헌(李景憲), 윤지(尹墀), 김설(金卨) 등이 모시고 떠났다.

체부(體府)의 종사관(從事官)으로는 김세렴(金世濂), 목성선(睦性善), 최유해(崔有海)였다.

二十四日。 聞平壤自潰, 尹暄退住中和, 元帥張晚住開城。

○ 世子南幸, 都體使李元翼, 左相申欽,[63] 韓浚謙,[64] 李植, 李明俊,[65] 李聖

---

62) 含垢(함구) : 욕된 일을 참고 견딘다는 뜻. 더러운 욕되는 일에 견디어 포용하는 도량이 있음을 일컫는 말로 쓰이기도 한다. ≪춘추좌씨전≫ 宣公 15년조의 "내와 못은 오물을 받아들이고, 산과 숲은 독충을 끌어안으며, 훌륭한 옥도 하자를 품고 있다. 마찬가지로 나라의 임금이 더러운 것을 포용하는 것은 하늘의 도이다.(川澤納汙, 山藪藏疾, 瑾瑜匿瑕. 國君含垢, 天之道也.)"에서 나온다.

63) 申欽(신흠, 1566~1628) : 본관은 平山, 자는 敬叔, 호는 玄軒·象村·玄翁·放翁. 1623년 3월 인조의 즉위와 함께 이조판서 겸 예문관·홍문관의 대제학에 중용되었다. 같은 해 7월에 우의정에 발탁되었으며, 1627년 정묘호란이 일어나자 좌의정으로서 세자를 수행하고 전주에 피난했으며, 같은 해 9월 영의정에 올랐다가 죽었다.

64) 韓浚謙(한준겸, 1557~1627) : 본관은 淸州, 자는 益之, 호는 柳川. 仁祖의 장인으로서 領敦寧府事·西平府院君이 되고, 1624년 李适의 난에 왕을 공주에 모시고, 1627년 정묘호란 때 세자를 全州에 모시고 적이 물러간 뒤에 서울에 돌아와 사망했다.

求,66) 李景憲,67) 尹墀,68) 金高69)等陪行。

體府從事官金世濂,70) 睦性善,71) 崔有海。72)

---

65) 李明俊(이명준) : 李命俊(1572~1630)의 오기, 본관은 全義, 자는 昌期, 호는 潛窩·進思齋. 아버지는 병마절도사 李濟臣이다. 1623년 인조반정으로 장령에 복직되어 영남 암행어사·충청도관찰사·호조참판 등을 역임하였다. 1627년 정묘호란 때 세자를 모시고 전주로 피난하였으며, 그 뒤 형조참판·강릉부사 등을 역임하고, 1630년 時弊를 논하는 소를 올려 대사간이 되었다가 병조참판을 거쳐 병으로 사직하였다.

66) 李聖求(이성구, 1584~1644) : 본관은 全州, 자는 子異, 호는 分沙·東沙. 조선조 태종과 효빈김씨 사이에서 난 慶寧君의 후손으로, 이조판서 李睟光의 아들이다. 1623년 인조반정 후 서인정권이 들어서자 관직에 복귀하여 사간·대사간·전라도관찰사 등을 역임했다. 1627년 정묘호란 때 이조참의로 세자의 전주 피난길에 호종했다. 병자호란 때에 왕을 호종하였고, 왕세자가 볼모로 瀋陽에 갈 때 수행하였다. 다시 사은사로 청나라에 들어가 명나라를 공격할 군사를 보내라는 청국의 강력한 요청을, 결코 들어 줄 수 없는 외교적 난제라는 조선의 입장을 분명하게 밝히고 귀국했다. 1641년 영의정에 오른 11월, 청나라의 명령적 요청으로 전 의주부윤 黃一皓를 처형 하는 등 안타까운 사건을 숱하게 치러야 했다.

67) 李景憲(이경헌, 1585~1651) : 본관은 德水, 자는 汝思, 호는 芝田. 1623년 인조반정 후 臺閣에 들어가 장령·지평 등을 역임하였다. 이어 예조·형조의 정랑, 전적·직강·사예원 첨정·사복시첨정·장악원정·필선·시강 등을 지냈다. 1627년 정묘호란 때는 세자를 호종했으며, 그 뒤 병조참의·승정원동부승지를 지냈다.

68) 尹墀(윤지, 1600~1644) : 본관은 海平, 자는 君玉, 호는 河濱翁. 영의정 尹昉의 손자로, 海崇尉 尹新之의 아들이며, 어머니는 선조의 딸 貞惠翁主이다. 1623년 인조반정 이후 사헌부·사간원·홍문관 삼사의 요직을 역임하였다. 1636년 병자호란이 일어나자 성균관으로 달려가 생원들과 힘을 합하여 東廡·西廡에 모신 선현의 위패를 산에 묻고, 다시 五聖·十哲의 위패를 남한산성으로 모셔 분향행례를 계속하였다. 뒤에 예조참판을 거쳐 전라도관찰사가 되었다. 그러나 1638년 할아버지 윤방이 병자호란 때 강화도로 모시고 간 社位 40여주 가운데 왕후의 신위 하나를 분실한 책임이 논죄되고 그 죄목으로 할아버지가 황해도 연안으로 귀양 가게 되어 속죄의 뜻으로 관찰사의 사직을 주청하였으나 받아들여지지 않고 도리어 경기감사로 자리를 옮기게 되었다.

69) 金卨(김설, 1595~1668) : 본관은 尙州, 자는 舜甫, 호는 靜軒. 부인은 이조판서 李貴의 딸이다. 1623년에 정시문과에 병과로 급제하였다. 이듬해 예문관 검열 待敎를 거쳐 1625년 지평, 1627년 수찬이 되었다. 같은 해 반정공신인 金瑬와 이귀의 대립이 격화되었을 때, 仁川 儒生 金垣이 김류 부자의 횡포를 비난하는 상소를 올리자, 이귀의 사위로서 그 배후인물로 지목되어 함경도 穩城으로 유배당했다. 1629년 海南으로 옮겼다가 이듬해 풀려났다.

70) 金世濂(김세렴, 1593~1646) : 본관은 善山, 자는 道源, 호는 東溟. 1616년 문과에 급제하여 湖堂에 들어갔으며, 수찬과 지제교를 거쳐 정언이 되었다. 1617년 폐모를 주장하는 자를 탄핵하여 곽산에 유배되었다가 강릉에 이배되었으며, 1623년 인조반정으로 풀려나와 사가독서를 하였다. 1636년 통신부사로 일본에 갔다가 이듬해에 돌아와 사간을 거쳐 황해도관찰사에 올랐다. 1638년 동부승지·병조참지를 거쳐 병조참의·이조참의가

25일

오랑캐가 평양(平壤)에 이르자, 황주(黃州)가 절로 무너졌다.

○ 사간(司諫) 윤황(尹煌)은 여러 임금들의 능침(陵寢 : 능)이 모두 임진(臨津) 안에 있었던 까닭에 임진을 굳게 지키기를 계청(啓請)하였다.

○ 조정(朝廷)은 오랑캐 진영에 답서를 보냈다.

二十五日。賊到平壤, 黃州自潰。

○ 司諫尹煌,73) 以列聖陵寢皆在臨津之內, 啓請固守臨津。

○ 朝廷答書虜營。

26일

묘시(卯時 : 오전 5시~7시)에 대가(大駕)가 강화도로 향해 출발하여 양화

<hr />

되었다가 안변부사·함경도관찰사 등을 지냈다. 1645년 평안도관찰사를 지내고 대사헌 겸 홍문관제학을 거쳐 호조판서에 올랐다.

71) 睦性善(목성선, 1597~1647) : 본관은 泗川, 자는 性之, 호는 瓶山. 1624년 幼學으로 증광 문과에 급제, 1625년 檢閱이 되어 광해군 때 仁穆大妃의 폐모론 문제로 竄逐되어 있던 仁城君 李珙이 죄가 없다는 소를 올려 물의를 일으키기도 하였다. 더구나 1628년 柳孝立이 大北의 잔당을 규합하고 인성군을 왕으로 추대한 모반사건이 일어나는 바람에 그의 입지는 더욱 좁아지게 되었다. 그 뒤 奉教·正言을 지냈으나 앞의 상소문제로 兩司의 탄핵을 계속 받아 체직되었다. 1629년에 예조정랑이 되었으나 대간들의 계속된 탄핵으로 중앙에서 밀려나 竹山縣監으로 나아갔다.

72) 崔有海(최유해, 1588~1641) : 본관은 海州, 자는 大容, 호는 默守堂. 1623년 인조반정으로 재등용되어 이듬해 安邊府使로 나가 咸鏡道管餉使를 겸임하였다. 이때 철산군 白梁面 椵島에 주둔 중인 명나라 毛文龍의 군대에게 군량을 공급했다. 그 후 군부시정(軍簿寺正)·楊州牧使를 지낸 뒤 1629년 副修撰이 되었으며, 이어 定州와 吉州의 목사를 역임, 同副承旨에 이르렀다.

73) 尹煌(윤황, 1571~1639) : 본관은 坡平, 자는 德耀, 호는 八松. 1623년의 인조반정 뒤 동부승지·이조참의·전주부윤 등을 지냈다. 1624년 副應教로서 李适의 난 때 檢察使로 있던 李貴가 임진강 싸움에서 패한 죄를 탄핵하였다. 정묘호란이 일어나자 主和를 반대해 李貴·崔鳴吉 등 주화론자의 유배를 청하고, 降將은 참할 것을 주장하였다. 그런데 주화는 항복이라고 했다가 왕의 노여움을 사서 삭탈관직 되어 유배의 명을 받았으나, 삼사의 구원으로 화를 면하였다. 병자호란이 일어나자 정묘호란 때와 같이 척화를 주장하다가 집의 蔡裕後, 부제학 全湜의 탄핵을 받았다. 그리하여 영동군에 유배되었다가 병으로 풀려나와 죽었다.

진(楊花津 : 서울 마포구 합정동 한강 연안)에 이르러 백관(百官)과 군병(軍兵)들을 먼저 건너가게 하고, 미시(未時 : 오후 1시~3시)에 대가가 강을 건너서, 저녁에 양천(陽川 : 서울 강서 지역의 옛 지명)에 주필(駐蹕 : 임금이 거둥하는 중간에 어가가 멈추고 머무르거나 묵던 일)하였다.

○ 유도대장(留都大將) 김상용(金尙容), 류림(柳琳), 이상길(李尙吉), 순변사(巡邊使) 신경원(申景瑗), 한강파수장(漢江把守將) 이서(李曙)는 도성에 머물렀다.

○ 오랑캐는 안주에 주둔하였다.

二十六日。卯時,[74] 大駕向江都, 至楊花津,[75] 令百官及軍兵先渡, 未時[76]大駕渡江, 夕駐[77]陽川。[78]

○ 留都大將金尙容, 林琳[79], 李尙吉,[80] 巡邊使申景瑗,[81] 漢江把守將李曙。

---

74) 卯時(묘시) : 오전 5시에서 7시까지.
75) 楊花津(양화진) : 서울 마포구 합정동 한강 北岸에 있던 나루.
76) 未時(미시) : 오후 1시부터 3시까지.
77) 駐(주) : 駐蹕. 임금이 거둥하는 중간에 어가가 머무르거나 묵던 일.
78) 陽川(양천) : 서울 강서구 지역의 옛 지명.
79) 林琳(임림) : '柳琳(1581~1643)의 오기. 본관은 晉州, 자는 汝溫. 병자호란 때에 평안도 병마절도사로서 성을 굳게 수비하고 남하하는 청군을 추격, 김화에서 크게 무찌르는 공을 세웠다. 화의가 성립된 뒤 다시 평안도 병마절도사로 부임하여, 청나라의 요청으로 淸將 馬夫達과 함께 가도를 공격하여 명나라 군대를 대파하였다. 그 공으로 청나라의 심양에 초청되었으나, 이에 응하지 않아 죄를 받아 白馬城에 안치되었다. 1638년 풀려나와, 1639년 삼도 수군통제사가 되었다. 1641년 청나라가 명나라를 칠 때, 그들의 요청에 따라 군대를 이끌고 출정하였으나 병을 핑계로 전투를 부장에 일임하였다. 이때 총포를 공포로 쏘게 한 것이 탄로가 나 부장들은 주살되었으나, 그는 병으로 인하여 책임을 면하였다.
80) 李尙吉(이상길, 1556~1637) : 본관은 星州, 자는 士祐, 호는 東川. 광주 목사로 치적이 많아서 通政에 오르고 1602년 鄭仁弘・崔永慶을 追論하다가 6년간 豊川에 귀양갔다. 淮陽府使・安州牧使・戶曹參議를 거쳐 1617년 명나라에 갔을 때 부하를 잘 단속하여 재물을 탐내지 못하게 했으며 1618년 廢母論 일어나자 남원에 돌아가 은거했다. 인조반정 후 다시 불려 승지・병조 참의・공조 판서에 이르러 耆社에 들고 平難扈聖靖社振武原從의 공신이 되고, 병자호란에 廟社를 따라 강화에 갔다가 1637년 청병이 강화로 육박해 오자 목매어 자살하였다.
81) 申景瑗(신경원, 1581~1641) : 본관은 平山, 자는 叔獻. 1605년 무과에 급제하여 선전관에 등용되었다. 그 뒤 온성판관을 거쳐 부사로 승진하였다. 1624년 李适의 난 때 薪橋에서 패전한 관군을 수습하여 鞍峴에서 반군을 대파함으로써 振武功臣 3등으로 녹훈되고, 平

○ 賊屯安州。

27일

묘시(卯時 : 오전 5시~7시)에 대가가 출발하여서 낮에 김포(金浦)에 주필하였다가 저녁에 통진(通津)에 도착하였다.

○ 합계(合啓)하기를, "연평군(延平君) 이귀(李貴)가 맨 먼저 임금으로 하여금 도성을 버리고 파천하도록 주창한 죄를 주소서." 하였으나, 윤허하지 않으셨다.

二十七日。卯時, 大駕發行, 午駐金浦, 夕抵通津。

○ 合啓 : "論延平君李貴首唱去邠[82]之罪." 不允。

28일 (흰 기운이 해 주위를 둘렀다.)

대가는 그대로 통진에 머물러 있다.

○ 오랑캐 차사(差使)가 평산(平山)에 도착하여 강숙(姜璹, 협주 : 강홍립의 아들)과 박립(朴雴, 협주 : 박난영의 아들)으로 하여금 국왕을 찾아뵙고 강화(講和)를 청하도록 하니, 조정의 논의가 분분하여 혹자는 "마땅히 이곳에 머물다가 접대하자."고 하고, 혹자는 "강화도로 들어가 군대의 위용을 성대히 베풀어 맞이하자."고 하자, 교리(校理) 강석기(姜碩期)가 진언(進言 : 윗사람에게 의견을 말함)하기를, "외부의 논의는 모두 강화도의 허실(虛實)을

寧君에 봉해졌다. 1636년 병자호란 때 부원수로 맹산 鐵甕城을 지키고 있다가 적의 복병에게 생포되자 수십일 동안 단식으로 항거하였다. 이듬해 강화가 성립되자 패전의 죄로 멀리 귀양갔다. 1638년에 곧 석방되자, 몇몇 조신들이 석방시키지 말 것을 종용하였으나 왕의 비호로 무사하였다. 이듬해 총융사 겸 포도대장이 되었다.

82) 去邠(거빈) : 周나라 太王이 적을 피하여 도읍인 빈을 버리고 옮겨갔던 것을 이르는 말로, 播遷을 의미.

오랑캐로 하여금 엿보게 하는 것은 옳지 못하며, 통진에서 접대하는 것은 무방하다고 하는데, 그 말은 일리가 있는 듯합니다. 듣건대 갑곶(甲串)에는 전선(戰船)이 단지 두세 척만 있다고 하니, 천연으로 이루어진 요새지로 비록 믿을 만하더라도, 어찌 두세 척의 배로써 우리 군대의 위용을 펼쳐 오랑캐로 하여금 두려워하여 감히 근접치 못하게 하겠습니까? 그러니 오랑캐는 반드시 장차 우리들이 육지에서 멀리 떨어진 작은 섬에 죽치고 들어앉아 있는 것으로 생각하고, 더욱 마음대로 승승장구 쳐들어 올 것입니다. 예로부터 오랑캐가 화친을 요구한 것을 어찌 다 셀 수 있겠습니까만, 오늘과 같은 경우는 찾을 길이 없사옵니다. 한번 의주를 함락한 뒤로 마치 무인지경에 들어오듯 하다가 지금 갑자기 차사(差使)를 보내어 화친을 청하니, 그 흉계는 바로 금(金)나라 사람들이 송나라를 우롱한 것과 같은지라, 어찌 통탄할 일이 아니겠습니까? 그럼에도 조정은 스스로 깨닫지 못하여 전투와 수비에 뜻이 없고 강화를 달게 받아들이며 진실로 눈앞에 무사한 것만 바라니, 신(臣)은 따르기 어려운 요구가 날마다 이르러서 조정이 장차 그 뒤를 잘 처리할 수 없을까 염려스럽나이다." 하였다.

○ 오후에 대가가 거둥하여 강가에 이르렀으나, 저어갈 배가 갖추어 있지 않으니, 호섭대장(護涉大將)으로 김경징(金慶徵)을 추대하였다.

사람과 말들이 들끓었는데, 날이 저물 때에 이르러서도 다 건널 수가 없어서 더러는 강어귀에 자는 자가 있었다.

二十八日。(白氣繞日)。大駕在通津。

○ 胡差[83]到平山, 使姜璹(弘立[84]子), 朴雯(蘭英[85]子)等請見國王講和, 廷議紛

---

83) 胡差(호차) : 조선시대 청나라의 사신을 지칭하던 말.
84) 弘立(홍립) : 姜弘立(1560~1627). 본관은 晉州, 자는 君信, 호는 耐村. 참판 姜紳의 아들이다. 1618년 명나라가 後金을 토벌할 때, 명의 요청으로 조선에서 구원병을 보내게 되었다. 이에 조선은 강홍립을 五道都元帥로 삼아 13,000명의 군사를 거느리고 출정하도록 했다. 그러나 조선과 명나라 연합군이 富車에서 대패하자, 강홍립은 조선군의 출병이 부득이하게 이루어진 사실을 통고한 후 군사를 이끌고 후금에 항복하였다. 이는 현지에서

紜, 或云 : "當留此接待." 或云 : "入江都盛陳軍容邀見." 校理姜碩期[86]進言[87]
曰 : "外議皆言江都虛實, 不可使賊窺覘, 接待於通津無妨, 此言似有理矣. 聞甲
串戰船只數三隻云, 天塹[88]雖可恃, 豈可以數三船隻, 張我軍容, 能使賊畏懾而不
敢近哉? 必將謂我窮蹙孤島, 益肆長驅矣. 自古夷狄之要和者何限? 而未有如今
日之無據. 一自義州之陷, 如入無人之境, 而今忽送差請和, 其計正如金人之愚
宋, 豈不痛哉? 朝廷不自覺悟, 無意戰守, 甘心講和, 苟冀目前之無事, 臣恐難從之
請日至, 而廟筭將不能善其後矣.」

○ 午後大駕, 發至江上, 舟楫不具, 推護涉大將金慶徵.[89]

의 형세를 보아 향배를 정하라는 광해군의 밀명에 따른 것이었다. 투항한 이듬해 후금
에 억류된 조선 포로들은 석방되어 귀국하였으나, 강홍립은 부원수 金景瑞 등 10여 명과
함께 계속 억류되었다. 1627년 정묘호란 때 귀국, 江華에서의 和議를 주선한 후 국내에
머물게 되었으나, 逆臣으로 몰려 관직을 빼앗겼다가 죽은 후 복관되었다.

85) 蘭英(난영) : 朴蘭英(1575~1636). 본관은 高靈, 자는 馨伯. 강홍립과 함께 후금에 억류되
어 있다가 1627년에 귀국했다. 그 후 여러 차례 瀋陽을 내왕하며 후금을 회유하는 데
힘썼고, 병자년 청나라가 조선을 치기 위해 기병한 12월 2일에 심양으로 朴篔와 파견된
사자였으나 중도에서 馬夫大에게 붙들려 와 있다가, 이때 왕자와 대신으로 가장시켜 보
낸 능봉수와 심집을 진짜 왕자이며 대신이라고 속여 말한 것이 발각되어 죽음을 당했다.

86) 姜碩期(강석기, 1580~1643) : 본관 衿川, 자는 復而, 호는 月塘·三塘. 金長生에게 성리학
을 공부하였다. 1612년 사마시를 거쳐, 1616년 증광문과에 급제하고, 承文院正字로 등용
되었다. 그러나 광해군의 문란한 정치와 李爾瞻의 廢母論 등에 불만을 품고 벼슬을 버리
고 낙향하였다. 1623년 인조반정 후 다시 관직에 나가 藝文館博士 등을 역임하였다. 동
부승지 때 딸이 世子嬪이 되었다. 1640년 우의정에 올라 世子傅를 겸하다가, 1643년 中
樞府領事가 되었다. 죽은 후 세자빈이 사사될 때에 관작이 추탈되었으나 숙종 때 복관되
었다.

87) 進言(진언) : 윗사람에게 자기의 의견을 말함.

88) 天塹(천참) : 천연으로 이루어진 요새지.

89) 金慶徵(김경징, 1589~1637) : 본관은 順天, 자는 善應. 昇平府院君 金瑬의 아들이다. 1623
년 인조반정 때 세운 공으로 靖社功臣 2등이 되고, 順興君에 봉해졌다. 같은 해 개시문과
에 병과로 급제, 뒤에 도승지를 거쳐 한성부판윤이 되었다. 이때 병자호란이 일어나자
강도검찰사에 임명되었다. 당시 섬에는 빈궁과 원손 및 鳳林大君·麟坪大君을 비롯해 전
직·현직 고관 등 많은 사람이 피난해 있었다. 하지만 그는 혼자서 섬 안의 모든 일을
지휘, 명령해 대군이나 대신들의 의사를 무시하였다. 또한 강화를 金城鐵壁으로만 믿고
청나라 군사가 건너오지는 못한다고 호언하며, 아무런 대비책도 강구하지 않은 채 매일
술만 마시는 무사안일에 빠졌다. 청나라 군사가 침입한다는 보고를 받고도 아무런 대비
책을 세우지 않다가 적군이 눈앞에 이르러서야 서둘러 방어 계책을 세웠다. 하지만 군
사가 부족해 해안의 방어를 포기하고 강화성 안으로 들어와 성을 지키려 하였다. 그런

人馬騈闐, 至昏不能盡渡, 或有宿江頭者。

29일 (밤에 비바람이 크게 일었다.)

대가는 강화도에 계시었다.

二十九日。(夜風雨大作)。大駕在江都。

2월 1일 (크게 바람이 불면서 비와 눈이 내렸다.)

피란하던 전투선(戰鬪船)이 대부분 침몰하였다. 대가는 강화도에 계시었다.

○ 화친을 독촉하는 오랑캐의 차사(差使)가 또 평산에 이르니, 조정이 먼저 강숙(姜瑒)을 오랑캐에게 보낼 것을 청하였는데, 대개 오랑캐의 차사가 풍랑에 막혀 지체되어 화친하는 일이 이루어지지 않을까 염려했기 때문이었다.

○ 장만(張晩)이 강홍립(姜弘立)에게 몰래 서신을 보냈다.(협주 : 대략 이르기를, 「성상(聖上)은 종실(宗室)의 맏아들로 왕대비(王大妃)의 명을 받들어 왕위를 이어받아서 인륜을 다시 밝히고 태평시대를 기약할 수 있었는데, 뜻밖에도 오늘날 이와 같은 병란이 일어나니 하늘의 뜻도 또한 알 수가 없다. 두 나라가 각기 자기 나라를 지키면서 예로부터 털끝만큼도 원수진 일이 없었는데 아무런 이유 없이 전쟁을 일으킨 것은 아마도 이웃나라의 도리가 아닌 듯하니, 만약 예전의 우호를 되찾고자 한다면 우리나라가 어찌 사양하겠는가?」하였다.)

二月初一日。(大風雨雪)。避亂舟艦多敗沒。大駕在江都。

○ 督和胡差, 又到平山, 廟堂請先送姜瑒於賊中, 盖恐胡差, 見阻風濤, 和事不成也。

데 백성들마저 흩어져 성을 지키기 어렵게 되자 나룻배로 도망해 마침내 성이 함락되었다. 대간으로부터 강화 수비의 실책에 대한 탄핵을 받았는데, 仁祖가 元勳의 외아들이라고 해 특별히 용서하려 했으나 탄핵이 완강해 賜死되었다.

○ 張晩投書姜弘立。(略日：「聖上以宗室之冑, 承王大妃命, 纘承寶位, 人倫復明, 太平可期, 而不圖今日致此兵革, 天意亦未可知也。兩國各守封彊, 自來無纖毫讐怨, 無故加兵, 恐非隣國之義, 若尋舊好, 我何辭焉?」)[90]

2일 (크게 바람이 불었다.)

대가는 강화도에 계시었다.

○ 오랑캐의 차사(差使)가 갑곶(甲串)에 이르렀는데, 그의 서신에 「남조(南朝 : 명나라)와의 왕래를 영원히 끊고서 저들은 형이 되고 우리들은 아우가 되자.」는 말을 썼으니, 말이 지극히 흉악하고 어긋났다. 하지만 훈련대장(訓鍊大將) 신경진(申景禛), 대사성(大司成) 장유(張維), 이경직(李景稷) 등이 나가 대접하였다.

○ 소장(疏章)을 올려 마음속에 품은 생각을 아뢰고, 이어 벼슬자리를 바꾸어 주기를 청하였으나, 윤허하지 않으셨다.

○ 장만(張晩)이 치계하기를, "오랑캐의 천총(千摠)으로 이름을 대신 부르는 자가 개성부(開城府)에 이르러 '오랑캐가 중화(中和)로부터 장차 평양(平壤)으로 물러갈 것이다.'고 하였사옵니다." 하였다.

初二日。(大風)。大駕在江都。

○ 胡差到甲串, 其書以永絕南朝, 兄渠弟我爲辭, 辭極兇悖。訓鍊大將申景禛,[91] 大司成張維,[92] 李景稷[93]等出待。

---

90) 이 협주는 張晩의 ≪洛西集≫ 권4 <書·與姜弘立>에 나옴.

91) 申景禛(신경진) : '申景禛(1575~1643)'의 오기. 본관은 平山, 자는 君受. 아버지는 都巡邊使 申砬이다. 1624년 李适의 난 때는 훈련대장으로 御駕를 호위하였다. 정묘호란 때 강화도로 왕을 扈從하여 이듬해 府院君에 봉해졌다. 병자호란이 일어나자 수하의 군사를 인솔하여 적의 선봉부대를 차단, 왕이 남한산성으로 피난할 여유를 주었으며, 청나라와의 화의 성립 후 다시 병조판서에 임명되었다. 1637년 좌의정 최명길의 추천으로 우의정이 되어 훈련도감제조를 겸했는데, 이때 난 후의 민심수습책을 논하고 수령의 임명에 신중을 기할 것을 개진하였다. 이듬해 謝恩使로 청나라에 파견되었다. 돌아와 좌의정으

○ 上章陳所懷, 仍乞遞職, 不允。

○ 張晚馳啓, "胡千摠稱名者, 到開城府, 言'賊大陣由中和還向平壤.'"

3일 (바람이 불었다.)

조정은 진창군(晉昌君) 강인(姜絪)을 회답사(回答使)로 삼아, 증정하는 물건을 가지고 오랑캐의 진영에 보냈다.(협주 : 국서에 대략 이르기를, 「두 나라가 서로 사이좋기 위해서는 반드시 모름지기 성심껏 서로 대하며 진실로 거짓이 없게 한 뒤에야 바야흐로 오래도록 지낼 수 있는 방도가 될 것입니다. 만일 터럭 하나라도 편치 않은 마음이 있으면서 한갓 말로써 겉으로만 응낙한다면 단지 못난 나[不穀]만 자신을 속이는 부끄러움이 있게 되는 것이 아닌데다, 천지신명(天地神明)들이 실로 함께 굽어보시는 바이라, 이에 감히 마음속에 품은 생각을 죄다 말하겠습니다. 우리나라가 신하로서 황조(皇朝 : 명나라)를 섬긴 지가 200여 년이

로 승진하자 영의정 최명길과 의논하여 승려 獨步를 은밀히 명나라에 파견, 청나라에 항복하게 된 그간의 사정을 변명하도록 하였다. 1641년 다시 사은사로 청나라에 들어가 구금되어 있던 金尙憲 등을 옹호하였다. 1642년 청나라의 요구로 최명길이 파직되자 그 뒤를 이어 영의정에 올랐다. 그러다가 병으로 사퇴한 후 이듬해 재차 영의정에 임명되었으나 열흘도 못 되어 죽었다.

92) 張維(장유, 1587~1638) : 본관은 德水, 자는 持國, 호는 谿谷. 우의정 金尙容의 사위이며, 효종비 仁宣王后의 아버지이다. 金長生의 문인이다. 인조반정에 참여하여 2등공신에 녹훈되었고, 1624년 李适의 난 때 왕을 공주로 호종한 공으로 이듬해 新豊君에 책봉되어 이조참판·부제학·대사헌 등을 지냈다. 1627년 정묘호란이 일어나자 강화로 왕을 호종하였다. 병자호란 때는 공조판서로 남한산성에서 임금을 호종하였고, 최명길과 함께 화의를 주도하였다. 성격이 곧아 인조반정에 참여하고서도 모시던 국왕을 쫓아낸 일을 부끄러워하였으며, 공신 金瑬의 전횡을 비판하고 소장 관인들을 보호하다 나주목사로 좌천되기도 하였다.

93) 李景稷(이경직, 1577~1640) : 본관은 全州, 자는 尙古, 호는 石門. 영의정을 지낸 李景奭의 형이다. 李恒福과 金長生에게 배웠다. 1622년에는 가도에 주둔한 명나라 장수 毛文龍을 상대하는 임무를 수행하였으며, 1627년 왕을 모시고 胡亂을 피하여 강화에 들어가 후금의 사신을 접대하는 동시에 화의를 주장했으며, 병자호란 때에도 초기에 최명길을 따라 청나라 군의 부대로 찾아가 진격을 늦춤으로써 국왕을 피신시키는 등 주로 청나라 장수를 상대하는 일을 맡았다. 화의가 성립된 뒤 호조판서를 거쳐 도승지와 江華府留守를 지냈다.

어서 명분이 이미 정해졌는데 감히 다른 뜻을 지닐 수 있겠습니까? 우리나라가 비록 약소국일지라도 본시 예의의 나라로 일컬어졌는데, 만일 하루아침에 황조를 저버린다면 귀국(貴國)도 장차 우리나라를 어떻다 하겠습니까? 큰 나라는 받들어 섬기고[事大] 이웃 나라와는 화평하게 지내는[交隣] 데도 본래 그 도리가 있는 법입니다. 이제 귀국과 화친하는 것은 이웃 나라와 화평하게 지내는 것[交隣]이요, 황조를 섬기는 것은 큰 나라를 받들어 섬기는 것[事大]입니다. 이 두 가지는 아울러 시행하여 어그러지지 않아야 하는 것이니, 마땅히 각각 자기 나라를 지키면서 각자 자기 도리를 다하여 서로 편안하고 서로 즐거워함이 대대로 끊이지 않도록 한다면, 이는 진실로 못난 나의 지극한 소원이고 하늘도 기뻐할 것입니다. 오직 귀국은 생각해 보십시오.」 하였다.)

初三日. (風). 朝廷以晉昌君姜絪[94]爲回答使, 持贈物送虜營. (國書[95]略曰：「兩國相好, 必須誠心相接, 眞實無僞, 然後方爲可久之道. 如有一毫未安于心, 而徒以口語, 外爲應諾, 則不但不穀[96]有自欺之愧, 天地神明, 實所共臨, 玆敢盡吐所懷. 我國臣事皇朝, 二百餘年, 名分已定, 敢有異意? 我國雖弱小, 素稱禮義之邦, 如使一朝而負皇朝, 則貴國亦將以我國爲何如哉? 事大交隣[97], 自有其道. 今我和貴國者, 所以交隣也；事皇朝者, 所以事大也. 斯二者, 幷行而不相悖, 唯當各守封疆, 各盡道理, 相守相樂,[98] 世世不絶, 此固不穀之至願, 而上天之所喜也. 唯貴國圖之.」)

---

94) 姜絪(강인, 1555~1634)：본관은 晉州, 자는 仁卿, 호는 是庵. 王子師傅를 거쳐 여러 고을의 수령을 지냈다. 임진왜란 때 왕을 호종한 공으로 1604년 扈聖功臣 3등에 책록되고 晉昌君에 봉해졌다. 1627년 정묘호란 때는 回答使로서 적진을 왕래하며 협상하였고, 관직이 한성부우윤에 이르렀다.

95) 이 국서는 ≪인조실록≫ 1627년 2월 5일조 2번째 기사에 수록되어 있음.

96) 不穀(불곡)：임금의 自稱. 寡人과 유사한 의미이다. 곡식은 사람을 기르는 물건인데 임금이나 제후는 백성을 잘 기르지 못하니 곡식보다 못하다는 뜻으로, 곧 임금이 착하지 못함을 자칭하는 말이다.

97) 事大交隣(사대교린)：큰 나라는 받들어 섬기고, 이웃 나라와는 화평하게 지냄. 조선시대 외교정책인데, 중국에는 사대정책으로, 일본 및 유구 여진 등의 나라에는 교린정책으로 구분할 수 있다.

98) 相守相樂(상수상락)：≪인조실록≫에는 '相安相樂'으로 되어 있어, 이를 따름.

4일

주상께서 종묘에 인사드리는 예식을 거행하였는데, 백관(百官)들이 호종하였다.

○ 평양 감사 김기종(金起宗)이 치계하기를, "오랑캐 군대가 4만이라고 하지만 실은 1만 4, 5천인 데다 절반은 우리나라 백성으로 오랑캐 변발을 한 자들입니다. 의주와 안주의 전투에서 사람과 말이 매우 많이 죽었기 때문에 의주에서 평양에 이르기까지 각각의 성마다 지키는 군졸들이 수백 명도 못 되어 형세가 매우 보잘것없었지만 오랑캐를 맞받아칠 수는 있었는데, 조정이 형세를 보아가며 오랑캐를 소멸하라고 명령을 내렸습니다. 그러나 실제로는 싸워서 지키려는 뜻이 없는 데다 날마다 화친한다면서 일삼으니 중외(中外 : 온 나라)가 분노하지 않음이 없습니다." 하였다.

○ 황주 병사(黃州兵使) 정호서(丁好恕)를 잡아들이어 가두었다.

初四日。上行拜廟禮, 百官扈駕。

○ 關西伯金起宗馳啓, "賊兵號四萬, 實一萬四五千, 而半是我民剃頭者。義安之戰, 人馬死者甚衆, 自義至平壤, 各城守卒不滿數百, 勢甚零星, 可以邀擊, 朝廷以觀勢勦減知委。[99] 然實無戰守之意, 日以和好爲事, 中外莫不憤惋。"

○ 黃州兵使丁好恕[100]拿囚。

5일

아뢰기를, "여러 재신(宰臣)들의 호위군관을 뽑아 들여서 의장병(儀仗兵)을 갖추도록 하소서." 청하였는데, 주상께서 윤허하셨다.

---

99) 知委(지위) : 통지나 고시 따위의 형식으로 명령을 내려 알려주는 것.

100) 丁好恕(정호서, 1572~1647) : 본관은 羅州, 자는 士推. 1624년에 定州牧使로 재직하고 있을 때에 李适의 난이 일어나자 자청하여 진압에 나섬으로써 그 공로를 인정받아 通政大夫로 승진하였다. 그러나 1627년 정묘호란이 발발했을 때에 오랑캐의 침입에 성공적으로 대처하지 못하였다는 이유로 유배 길에 올랐다.

初五日。啓請, "抄諸宰臣軍官, 入備儀衛.[101]" 蒙允。

6일

장만(張晩)이 오랑캐의 자문(咨文 : 공식적인 외교문서) 및 강홍립의 답서를 싸서 보내면서(협주 : 오랑캐의 자문에 이르기를, 「대금국(大金國)의 이왕부(二王府 : 阿敏의 막부)는 명령을 장 상서(張尙書 : 장만을 가리킴)에게 전합니다. 그대가 강화를 원했던 것이니, 담당할 관원을 속히 보내야 할 것이오. 만약 강화를 원하지 않는다면 장차 우리가 두 차례나 떠나보낸 금나라 사람을 속히 되돌려 보내도록 하시오. 나는 야외에서 진을 치고 주둔하고 있는데, 100리 안에 군량미와 마초(馬草)가 이미 다 떨어진 데다 묵을 집도 없소. 이와 같이 몹시 힘들고 어려우며 고생스러움을 그대는 자세히 생각해야 할 것이오. 그대가 파견한 사람이 온 것을 두 차례나 되돌려 보내는 것을 보았는데, 어찌하여 우리나라 사람은 한 사람도 오지 않는단 말이오? 나의 마음에 몹시 의심스러워 특별히 알리는 것이오. 2월 3일.」 하였다. ○ 강홍립의 답서에 간략히 이르기를, 「군대가 이미 깊이 들어와서 군사들의 마음이 몹시 예민하니 한갓 말로만 따질 것이 아니라, 특별히 진실한 화친의 뜻을 논의하면서 예물 및 군인들에게 상줄 만한 물자를 후하게 보내어 빨리 군대를 물러가게 하는 것이 계책의 으뜸일 것입니다. 심지어 조의와 경축에 관한 모든 것은 군대를 물러가게 한 뒤로 강구해도 늦지 않습니다. 사정이 지극히 급박하니 높으신 소견에 잘 헤아리고 계실 줄 생각합니다. 차사(差使 : 오랑캐 사신)는 기어코 어전(御前)에서 친히 문서를 전달하여 피차가 똑같이 서로 화친하려는가를 알고자 할 것인데, 이 일은 지극히 긴요하니 역시 의당 익히 강구하여 선처하시기 바랍니다.」 하였다.) 치계하기를 "오랑캐가 상원(祥原 : 평안남도 중화 지역의 옛 지명)에 이르러서 소와 말을 약탈하고 창고의 곡식을 실어 갔다고 합니다." 하였다.

初六日。張晩馳啓, 齎上胡咨[102]及弘立答書。(胡咨[103]曰 : 「大金國二王[104]府,

---

101) 儀衛(의위) : 儀仗兵을 말함. 보통 儀는 文을, 衛는 武를 상징한다.

傳諭[105]張尙書. 爾願講和, 可差官速來. 若不願講和, 將我二次發去金人, 速發回來.
我在野外下營,[106] 百里以內, 糧草已盡, 且無房屋. 如此艱難辛苦, 爾仔細思想. 看爾
打發[107]兩還人來, 甚麼不著我一介人來? 我心甚疑特諭. 二月初三日.」○ 弘立書[108]
略曰:「兵旣深入, 軍情甚銳, 不可徒以口舌爭辨, 特講眞實好意, 厚遺禮物及賞軍之資,
速退其師, 計之上也. 至於吊慶一節,[109] 隨後講之未遲. 事機至急, 想高見有以諒之.
差人[110]期於御前親傳文書, 欲知彼此一樣相好, 此事至緊, 亦宜熟講善處.)"賊到祥
原,[111] 掠牛馬運倉儲云."

7일

들건대, 오랑캐는 이미 황주(黃州)에 이르렀고, 그 선봉대는 봉산(鳳山)에
쳐들어왔다고 한다. 주상께서는 연미정(燕尾亭)에서 수군을 사열하시고, 이
어서 송악산(松岳山)을 두루 살피셨다.

○ 김기종(金起宗)이 치계하면서, 강홍립이 평양에 붙인 방문(榜文)을 베
껴 올렸다.(협주 : 그 방문에 이르기를, 「겸오도도원수(兼五道都元帥) 강홍립은
평양의 관원과 백성 등 여러 사람들에게 알아듣도록 이르노니, 대금국(大金國) 이
왕자(二王子)께서 분명히 지시한 대로 각자 제 살던 곳으로 돌아가서 이전처럼 농
사짓도록 하라. 이 분부를 듣고도 만일 의구심을 품어 타향에 있다가 때를 놓치

---

102) 胡咨(호자) : 오랑캐의 咨文. 자문은 외교적인 교섭·통보·조회할 일이 있을 때에 주고
    받던 공식적인 외교문서를 가리킨다.
103) 오랑캐의 자문은 ≪인조실록≫ 1627년 2월 6일조 4번째 기사에 수록되어 있음.
104) 二王(이왕) : 二王子 阿敏을 가리킴.
105) 傳諭(전유) : 임금의 명령을 議政이나 유학에 정통한 선비에게 전하는 일을 이르던 말.
106) 下營(하영) : 군대를 멈추고 진을 쳐서 주둔하는 것을 말함.
107) 打發(타발) : 파견함.
108) 강홍립의 답서는 趙慶男의 ≪續雜錄≫ <二·丁卯>에 수록되어 있음.
109) 吊慶一節(조경일절) : 후금의 시조인 누루하치가 1626년 명나라를 공격하다가 죽었고,
    그 뒤를 이어 누루하치의 8번째 아들 홍타시[皇太極]가 등극하였을 때에 조선이 조의
    와 축하를 표하지 않은 사실을 언급하는 것임.
110) 差人(차인) : 差使. 중요한 임무를 위해 파견한 使者.
111) 祥原(상원) : 평안남도 중화 지역의 옛 지명.

고 농사를 짓지 않는 자가 있으면 죽음을 면하기가 어려울 것이다. 이를 신속히 널리 알려서 흩어진 백성들이 급히 도로 모이게 하라.」 하였다. 신사(信使) 박규영(朴葵英)에게는 장수를 정하되, 평양 본성의 품관(品官)과 장관(將官) 등 돌아와 자수한 자들은 우선 소모장(召募將)으로 임명하여 그 많고 적음에 따라 성책(成冊)하여 올려 보내고 각별히 논공행상하도록 명령을 내려 알려주라고 하였다.)

初七日。聞賊已到黃州,[112] 先鋒犯鳳山。[113] 上視舟師于燕尾亭, 仍御松岳山。[114]

○ 金起宗馳啓, 謄上弘立平壤牓文。(其文曰:「兼五道都元帥姜, 曉諭平壤官民等各人, 遵照大金國二王子明示, 各還巢穴, 耕種如舊。以聽分付, 如有懷疑在外, 違期不農者, 難免勦殺。火速通知, 急急還集。」信使臣於葵英[115]定將, 本城品官[116]及將官等還現者, 爲先召募將差定, 隨其多少, 成冊上送, 各別論賞事知委。)

8일

들건대, 오랑캐가 평산(平山)에 이르렀다고 한다.

○ 윤훤(尹暄)을 잡아들이어 가두었다.

初八日。聞賊到平山。

○ 尹暄拿囚。

---

112) 黃州(황주) : 황해도에 있는 고을.
113) 鳳山(봉산) : 황해도에 있는 고을.
114) 松岳山(송악산) : 황해도의 개성에 있는 산.
115) 葵英(규영) : 朴葵英(생몰미상). 본관은 高靈, 자는 仲伯. 형은 무신 朴桂英이고, 동생은 忠肅公 朴蘭英(1575~1636)이다. 관직은 殺手哨官・瑞山郡守・宣川府使 등을 역임하였다. 1622년 姜弘立을 따라 後金 정벌에 나섰다가 청나라의 회유책에 넘어간 형 박계영을 설득하기 위해 몰래 청나라에 들어갔다가 청나라의 조선 침략 계획을 듣고 급히 조정에 사실을 알려왔다. 1627년 평안도 平壤지역의 관할 대장으로서 자신이 지키던 平壤城이 적에게 함락되었을 때 문책을 염려하여 적에 투항하였고, 萬戶 金得振을 시켜 배를 만들어 적에게 내주라 명하는 등의 이적행위를 하였다. 이후 청나라로 달아났으나 放還되었고 벌을 받았다. 생몰년은 알 수 없으나, 족보에는 향년 65세로 기록되어 있다.
116) 品官(품관) : 향소의 좌수나 별감 같은 지방의 유력자를 이르던 말.

9일

강인(姜絪)이 올린 보고문서에 이르기를, 「오랑캐가 보산평(寶山坪)에서 평산(平山)으로 전진하며 "군량과 마초(馬草 : 말먹이)가 모두 없어서 부득이 진영을 전진하여 옮기지만 다시는 전진하지 않기로 맹세한다."고 하였습니다. 그 말을 비록 믿을 수는 없지만 며칠 동안 무사함을 보장할 수 있을 것이옵니다.」하였고, 이어 강홍립이 아뢰는 별지(別紙)를 봉하여 올렸다. (협주 : 하나, 국서(國書) 가운데 의리상 황조(皇朝 : 명나라)를 배반할 수 없다는 구절에 대하여 저쪽 장수(將帥 : 유해(劉海)를 가리킴)가 종일토록 힐책하였는데, 신(臣)이 죽기로써 다투어 말하기를, "우리나라는 명나라를 섬긴 지 수백 년이며 오늘에 와서 섬기기 시작한 것이 아니다."고 하였더니, 저쪽 장수는 노여움이 약간 풀렸습니다. 하나, 국서 가운데 천계(天啓) 연호를 사용한 것에 대하여 또한 힐책하였는데, 신(臣)이 온 힘을 다하여 사리를 알아듣도록 잘 타일렀더니 또 그의 노여움이 풀렸습니다. 하나, 저쪽 장수가 말하기를, "우리들이 중화(中和)에서 이 곳까지 깊이 쳐들어온 것은 귀국이 우리의 차사(差使)를 박대하는 데다 귀국의 신사(信使)가 오는 것도 약속 기일을 어기니 중간에 속임을 당할까 염려하여 부득이 전진하였지만 두 나라의 화친을 결정하기 위함이다."고 하였습니다. 하나, 국서 가운데 천지신명(天地神明)이 실로 함께 굽어본다고 한 말에 대하여 저쪽 장수는 기뻐하며 말하기를, "귀국이 만약 과연 이 말처럼 하여 지금부터라도 서로 화친 하겠다는 말이 천리에 어긋나지 않는다면, 우리들도 각자 자기 나라를 지키며 대대로 사이좋게 지낼 것이다."고 하면서 하늘을 두고 맹세하였습니다. 하나, 저쪽 장수가 말하기를, "귀국이 실제로 화친하고자 한다면 아마도 틀림없이 진실로 믿어야 할 것인데, 왕자와 왕제(王弟) 가운데 한 사람을 함께 우리나라에 보낸다면 열흘이 지나지 않아서 예를 갖추어 돌려보낼 것이니 정말 의심하지 말라. 기미년 (1619)에 우리를 공격한 장수들은 화친이 만약 맺어진다면 마땅히 죄다 돌려보낼 것이니, 다시 망설이거나 어렵게 여기지 말고 빨리 왕자를 보내도록 하라. 만일 혹여라도 내가 맹서를 어긴다면 하늘이 반드시 벌을 내릴 것이다." 하면서 하늘을 두고 맹세하였습니다. 하나, 저쪽 장수가 말하기를, "두 나라가 서로 화친하기를 간절히 바라는 것은 함께 태평성대 누리기 위함이라, 우리들은 금백(金帛) 등의 물건을 요구하지 않지만 예를 갖추어 그것들을 보내온다면 우리들이 어찌 사양하겠는가?" 하였습니다. 하나, 저쪽 장수가 말하기를, "지금 귀국의 중신(重臣)들을 만나는 것은 화친을 결정하기 위한 모임이라 할 것이다. 전진하려고 하면 서울이 요란할까 염려되고, 돌아가려고 하면 화친하는 일을 결정짓지 못하게 되니, 형편상 장차 이곳에 머물러서 화친하는 일이 결정되기를 기다릴 것이다. 그러나 들판에서 노숙하게 되고 군량과 마초(馬草 : 꼴)를 계속해서 대지 못할 것이니, 원컨대 가까운 고을에서 군량과 마초를 구해다가 군핍함을 구제해주기 바란다." 하였습니다. 글의 뜻이 매우 순하였다.) 강홍립과 박난영 및 오랑캐 차사(差使) 9명이 화친하는 일 때문에 풍덕(豊德)에 도착하니, 병조판서 이정구(李廷龜), 호조판서 김신국(金藎國), 훈련대장 신경진(申景禛), 대사성 장유(張維) 등이 연미정(燕尾亭)으로 나아가 대접하였다.

○ 주상께서 대신(大臣)과 여러 재신(宰臣)을 인견하셨는데, 영의정 윤방(尹昉)이 강홍립 등을 참수할 것을 청하였다.

初九日。姜絪書啓, 「賊自寶山坪, 進住平山, 宣言 : "糧草俱乏, 不得已移陣, 誓不更前." 其言雖不可信, 可保數日無事, 因封上弘立所陳別紙。(一, 國書中義不可背皇朝事, 彼將[117]終日詰責, 臣以死爭之曰 : "我國之事皇朝數百年, 非自今日始之云." 則彼將稍解怒氣。一, 國書中用天啓[118]年號事, 亦爲詰責, 臣極力開諭, 又解其怒。一, 彼將曰 : "吾自中和深入此地者, 貴國蔑待差人, 信使之來, 亦爲過期, 恐爲中間所欺, 不得不前進, 以定和好." 一, 國書中天地神明實所共臨等語, 彼將喜之曰 : "貴國若果如此言, 自此相好言不違天, 吾亦各守封疆, 世世修好[119]云." 仍爲指天爲誓。一, 彼將曰 : "貴國實欲和好, 必是誠信, 王子王弟中一人偕送我國, 則不過一旬, 以禮還送, 信勿疑訝。己未攻我之將, 和好若成, 當爲盡送, 更勿遲難, 快送王子。如或自我違盟, 天必降罰." 仍指天爲誓。一, 彼將曰 : "切欲兩國相好, 共享太平, 吾不要金帛物

---

117) 彼將(피장) : 오랑캐의 장수 劉海를 가리킴. ≪인조실록≫ 1627년 2월 9일조 9번째 기사에 나온다.
118) 天啓(천계) : 중국 명나라 熹宗의 연호(1621~1627).
119) 修好(수호) : 나라와 나라가 서로 사이좋게 지냄.

産, 然以禮送之, 吾何辭焉?" 一, 彼將曰 : "今見貴國重臣, 謂定和會矣。欲進則恐擾王京, 欲退則和事未定, 勢將留此以待定事。而暴露中野, 糧草不繼, 願得近邑糧草, 以濟窘乏。"云云。而辭意甚順。) 弘立・蘭英及胡差九人, 以和事, 到豊德,[120] 兵判李廷龜, 戶判金蓍國,[121] 大將申景禛, 大司成張維等, 出接于燕尾亭。

○ 上引見大臣諸宰, 領相尹昉[122]請斬弘立等。

10일

이른 아침에 궐내에서 의장(儀仗 : 위엄을 보이기 위한 병장기)이 성대하였고, 잡인(雜人)이 출입하는 것을 금하였다. 낮에 강홍립과 박난영 등이 이르렀다. 강홍립은 초립(草笠)을 쓰고 면포(綿布)로 된 철릭을 입고 2명의 종호(從胡 : 오랑캐 수행원)를 거느리고서 말을 타고 들어왔는데, 보려는 사람들이 둘러서니 부끄러워하는 기색이 있었다. 강홍립 등을 인견할 때 연신(筵臣 : 경연 등에 참석하는 신하)의 전례(前例)를 따랐다.

주상께서 강홍립에게 이르기를, "경(卿)이 나라를 위하는 정성은 참으로

---

120) 豊德(풍덕) : 경기도 개풍지역의 옛 지명.

121) 金蓍國(김시국) : 金蓍國(1572~1657)의 오기. 본관은 淸風, 자는 景進, 호는 後瘳. 1623년 인조 즉위 후 파직되었다가 복권되어 평안도관찰사로 부임하였다. 1624년 李适의 난에 연좌되어 국문까지 당했으나 혐의가 없음이 밝혀졌다. 1627년 정묘호란이 일어나자 호조판서로 李廷龜, 張維와 함께 청나라 사신과 和議를 약정했다. 이후 공조판서, 형조판서를 지내고 1636년 병자호란 때 남한산성으로 들어가 끝까지 항전할 것을 주장했다. 1637년 세자시강원이사로서 볼모로 가는 소현세자를 따라 심양에 갔다가 1640년 귀국하였다.

122) 尹昉(윤방, 1563~1640) : 본관은 海平, 자는 可晦, 호는 稚川. 1601년 부친상을 마친 뒤 冬至使로 명나라에 다녀와서 곧 海平府院君에 봉해졌다. 1623년 인조반정 후 예조판서로 등용되고, 이어 우참관으로 판의금부사를 겸하였으며, 곧 우의정에 올랐다. 다시 좌의정으로 있을 때 李适의 난이 일어나자 이를 진압하고 민심을 수습하는 데 공헌하였으며, 1627년 영의정이 되었다. 그해 정묘호란이 일어나자 인조의 피난을 주장하여 강화에 호종하였고, 영의정에서 물러나 판중추부사를 역임하고 1631년 다시 영의정이 되었다. 1636년 병자호란이 일어나자 廟社提調로서 40여 神主를 모시고 嬪宮・鳳林大君과 함께 강화로 피난하였다. 그러나 신주 봉안에 잘못이 있었다 하여 탄핵을 받고 1639년 연안에 유배되었다.

가상하오." 하자, 강홍립이 대답하기를, "신(臣)이 구차스럽게도 모진 목숨을 보전하여 전하를 뵈니 슬픈 감회를 금치 못하겠습니다." 하였다. 주상께서 물으시기를, "저 오랑캐 병사의 수는 얼마나 되는가?" 하자, 강홍립이 말하기를, "모두 8개의 군영(軍營)인데, 군영마다 각기 2천 명입니다." 하였다. 또 주상께서 물으시기를, "화친하는 일이 이루어질 수 있겠는가? 화친이 이루어지면 오랑캐 군대가 물러나겠는가, 물러나지 않겠는가?" 하니, 강홍립이 말하기를, "만약 왕자를 볼모로 보내는데 허락하신다면 화친을 이룰 수 있을 것이고, 마땅히 화친하는 즉시 물러나 평양에 주둔하면서 풀이 자라기를 기다렸다가 회군할 것입니다." 하였다. 주상께서 말씀하시기를, "오랑캐가 아무런 이유도 없이 군대를 출동시켰으니, 무엇 때문인가?" 하니, 강홍립이 말하기를, "지난해 누루하치가 죽었을 때에 조선이 치위(致慰 : 상중에 있는 사람을 위로함)하는 사람을 보내지 않은 것에 대하여 오랑캐는 자못 원망을 품었습니다. 때마침 모문룡(毛文龍)이 이완(李莞)을 미워하여 기어이 죽게 하려고 거짓으로 중조(中朝 : 명나라)의 격문을 만들었는데, '조선과 합세하여 섬멸하자'는 등의 말로 오랑캐를 격분케 하였습니다. 이 때문에 오랑캐가 군대를 출동시켰겠지만, 신(臣)들은 봉황성(鳳凰城)에 도착하고 나서야 비로소 우리나라로 향하고 있음을 알았습니다. 돌아보건대 지금 오랑캐의 기세가 한창 강성함은, 선봉 5천 명이 의주로 나아가 함락시키고 저들의 병사는 죽거나 다친 자가 겨우 5, 6명이었으며, 능한산성은 오랑캐 1명이 깃발을 가지고 올랐지만 제대로 싸우지도 않고 절로 무너졌으며, 안주는 겨우 칼날을 맞대어 접전하자마자 곧바로 무너져서 가는 곳마다 거칠 것이 없었으니, 결코 대적할 수 없을 것이옵니다." 하였다.

아, 강홍립은 전군(全軍)을 오랑캐에게 투항시킨 죄야 우선 그만두고라도, 지금 이미 죽음을 무릅쓰고 어전(御前)에 나아와 하문(下問)을 받았으면 마땅히 오랑캐의 실정을 곧이곧대로 진달해야 할 것이거늘 우리 조정(朝廷)을 위하는 마음이 적었다. 그리고 오히려 또 종잡을 수 없는 말로 적을 끼고도는 것을 달갑게 여기면서 그 임금을 잊고 나라를 저버린 것을 절로 면하려 함이 이와 같은데도 조정에는 간혹 충성과 신의가 있는 사람이라고 칭찬하는 자가 있으니, 인심의 타락이 한결같이 이와 같은 지경에 이르렀단 말인가?

날이 저물자, 강홍립 등은 연미정(燕尾亭)으로 돌아갔다.

初十日。早朝, 自闕內盛儀仗, 禁雜人出入。午時弘立蘭英等至。弘立著草笠, 衣綿布天翼, 率二從胡,[123] 跨馬而入, 觀者堵立, 有靦面目。弘立等引見時, 依筵臣例。

上謂弘立曰:"卿爲國之誠良嘉." 弘立對曰:"臣苟保頑命, 得瞻天日[124], 不勝悲感." 上問:"彼賊兵數幾何?" 弘立曰:"凡八營, 營各二千." 又問:"和事可成? 和成, 可退兵否?" 弘立曰:"若許王子爲質, 可以成和, 當卽退駐平壤, 待草長回軍矣." 上曰:"賊無故動兵, 何也?" 弘立曰:"往歲奴酋之死, 本朝不致慰, 賊頗銜之。適毛文龍[125]憎李莞,[126] 必欲致死, 詐言中朝檄文, 以與朝鮮合勢勦滅等語激之。以故賊雖動兵, 然臣等到鳳凰城, 始知向我國矣。顧今賊勢方張, 先鋒五千, 進陷義州, 而彼兵死傷僅五六名, 凌漢則一胡持旗而登, 不戰自潰, 安州則

---

123) 從胡(종호) : 오랑캐의 수행원.

124) 天日(천일) : 하늘과 해 또는 하늘에 떠있는 해로, 전하여 임금을 지칭함.

125) 毛文龍(모문룡) : 명나라 武將. 명나라는 1622년 후금에게 빼앗긴 요동지방을 회복하려고 우리나라 鐵山 椵島에 군대를 주둔시켰는데, 이때 이 군대를 이끌었던 장수이다. 그는 조선과 합세하여 후금을 치자고, 군량과 무기를 조선에 강요하기도 했는데, 1628년 명나라의 經略 袁崇煥에게 피살되었다.

126) 李莞(이완, 1579~1627) : 본관은 德水, 자는 悅甫. 숙부 李舜臣을 도와 임진왜란의 서전에서 공을 세우고, 露梁해전에서 이순신이 전사하자 그 사실을 공표하지 않고 督戰하여 승리를 거두었다. 1599년 무과에 급제, 인조 초에 水使가 되어 利川에서 李适의 난을 평정한 공으로 嘉善大夫에 올랐다. 義州 부윤 때 명나라 毛文龍의 군사들이 촌가에 들어가 행패를 부리자 분함을 참지 못하여 곤봉으로 때린 사건으로 물의를 일으켜 강등되었다. 정묘호란 때에 적군이 의주를 포위하자 역전분투 끝에 從弟 李蓋와 함께 순국하였다.

纔接刃，隨卽潰散，所向無前，決不可抵當矣。"

噫! 弘立，全師投降之罪姑勿論，今旣冒死登對，[127] 詢問之下，當直陳賊兵情實，少爲本朝地也。而猶且變幻爲說，甘心挾虜，以自免其忘君負國，如是而朝著之間，或以忠信可尙稱之，人心之陷溺，一至於此哉?

日暮弘立等還燕尾亭。

11일

오랑캐의 차사(差使) 유해(劉海)가 이르러서 주상께 항례(抗禮 : 대등한 예)를 행하려고 하였으나 주상께서 따르지 않자 크게 성을 내며 나가버렸다.

○ 우리 조정은 자문(咨文 : 공식적인 외교문서)을 모문룡의 군영에 보내어 오랑캐의 정세를 알렸다.

十一日。胡差劉海[128]至, 欲抗禮, 不從, 大怒而去。

○ 本朝, 移咨毛營, 報虜情。

12일 (비가 내렸다.)

오랑캐의 차사는 머물러 있었다.

○ 사간(司諫) 윤황과 집의(執義) 엄성(嚴惺) 등이 여러 대신(大臣)들의 화친 주장으로 나라를 욕되게 한 죄를 아뢰었고, 이어서 강홍립과 박난영 등을 참수할 것을 청하였다.

十二日。(雨)。胡差留。

○ 司諫尹煌·執義嚴惺[129]等, 啓陳諸大臣主和辱國之罪, 因請斬弘立·蘭英等。

---

127) 登對(등대) : 어전에 나아가 面對하는 것.
128) 劉海(유해) : 본래 요동 사람으로 오랑캐에게 항복하여 二王子의 사위가 된 자.
129) 嚴惺(엄성, 1575~1628) : 본관은 寧越, 자는 敬甫, 호는 桐江. 1613년 검열을 지내다가, 廢母論이 일어나자 유생들을 이끌고 이를 반대하는 상소를 하여 파직되었다. 그 뒤 벼

13일 (비바람이 크게 몰아쳤다.)

유해(劉海)가 주상을 알현하면서 또 대등한 예를 행하려 하였으나, 은(銀) 1천 냥을 주자 기뻐하면서 들어주었다.

○ 조정은 종실(宗室) 원창부령(原昌副令 : 이구(李玖)를 가리킴)을 원창군(原昌君)으로 품계를 올려서 왕제(王弟)라 칭하고 볼모로 삼았다. 오랑캐가 애초에는 주상의 친제(親弟)를 요구하였는데, 조정의 의견이 난색을 표하자, 유해가 손바닥에 가(假)라는 글자를 써서 보여주었었다. 대개 오랑캐의 뜻은 화친을 맺는 데에 있었으니, 유해는 그 사이에서 거중조정하며 화친하는 일을 자기의 일로 삼은 자이었다. 원창군은 나이가 겨우 23세이었지만 자못 담력과 기개가 있어서 앞으로 나아와 말하기를, "신(臣)이 죽는 것은 아까울 것이 없지만, 오직 바라옵건대 나라가 하루 속히 원수 같은 오랑캐들을 섬멸하소서." 하였다.

○ 오랑캐는 평산(平山)에 머물러 있으면서 인근 고을을 약탈하였다.

十三日。(大風雨)。劉海見上, 又欲抗禮, 給銀千兩, 喜而從。

○ 朝廷以宗室原城令,[130] 陞原昌君,[131] 稱王弟爲質。賊初以親弟爲請, 廷議難之, 劉海於掌中, 書假字以示之。盖虜意本在和, 海居其間, 以和事爲己任者也。原昌年纔二十三, 而頗有膽氣, 進言曰 : "臣死不足惜, 惟願國家亟勦仇虜焉."

○ 賊留平山, 抄掠[132]傍邑。

슬을 포기하고 梁山에 은거하였으며, 1623년 인조반정으로 다시 검열로 등용되었다. 1625년 사간을 거쳐 副校理·典籍·執義 등을 역임하고, 1627년 副應敎에 이르렀다.

130) 原城令(원성령) : '原昌副令'의 오기. ≪인조실록≫ 1627년 2월 13일조 4번째 기사에 나온다. 副令은 조선시대 때 宗親府에 둔 종5품의 벼슬이다.

131) 原昌君(원창군) : 李玖(생몰미상)를 가리킴. 1627년 정묘호란 때 후금이 화의 조건으로 王子를 볼모로 요구하였는데, 原昌副令이었던 그가 왕자를 가장하여 原昌君이 되었다. 王弟의 신분으로 많은 토산물을 가지고 후금의 진영에 가서 화의를 청하고 후금의 철병을 요구하였다. 뒤에 李弘望을 부사로 동반하고 심양에 들어가서 우호를 두텁게 하고 그들 장수 劉興祚, 龍骨大 등의 호위를 받으며 금나라 왕이 인조에게 보내는 예물을 가지고 귀국하였다.

132) 抄掠(초략) : 약탈함.

14일

김기종(金起宗)이 치계하기를, "용천 부사(龍川府使) 이희건(李希建)은 투항한 오랑캐 사신을 목 베고 홀로 고립된 성을 지켰는데, 안주가 함락되자 군대가 마침내 무너지는 바람에 부득이 영하(營下)에 와서 머물고 있습니다. 태천 현감(泰川縣監) 이동룡(李東龍)과 가산 군수(嘉山郡守) 진성일(陳誠一) 등은 안주 전투에서 포위를 뚫고 뛰쳐나왔습니다. 철산 부사(鐵山府使) 안경심(安景深)은 바다 섬으로 숨어 들어가 어디에 있는지 알 수 없다고 합니다." 하였다.

○ 부원수(副元帥) 정충신(鄭忠信)이 치계하기를, "순변사(巡邊使) 신경원(申景瑗)과 함께 토산(兎山)에 머물고 있는데, 남병사(南兵使) 변흡(邊潝)도 양덕(陽德)에서 병사를 이끌고 와서 모였습니다." 하였다.

○ 이정구(李廷龜)와 장유(張維) 등이 올린 보고서에 오랑캐 차사와 문답한 것을 갖추어 진술되어 있었다.(협주 : 대략 이르기를, 「원창군(原昌君)이 이홍망(李弘望)과 함께 와서 유해 차사(差使)를 만나 다례(茶禮)를 행하고 물러간 뒤, 신들은 연회를 베풀어 서로 접견하고 그의 안색을 보니 자못 즐겁고 흡족해 하는 뜻이 있었습니다. 술이 거나하여졌을 때, 신들이 약조(約條)를 내어 보이니, 훑어본 다음에 대답하기를, "왕제(王弟)가 지금 마땅히 그곳에 가면 금국(金國)의 왕자와 맹약(盟約)을 맺을 수 있을 것인바, 우리는 맹약을 주관하는 사람들이 아니니 약조는 모름지기 왕제에게 자세히 말하여서 보내라." 하였습니다. 우리나라를 침략한 뒤에 사로잡은 사람들을 되돌려 보내라는 말을 보고서 말하기를, "강홍립 원수(元帥) 등 여러 사람들은 저절로 돌려보내질 것이나, 박 통관(朴通官 : 통역관 박중남(朴仲男)을 가리킴)과 한씨 성을 가진 형제(兄弟 : 韓潤과 그의 사촌동생 韓澤을 가리킴) 같은 자들은 이미 변발까지 한데다 돌아가기를 원하지 않으니 어찌하겠는가?" 하였습니다. 신들이 대답하기를, "한(韓)은 반역한 신하의 아들로 천하의 악은 어디서나 한가지이니, 이곳에서 배반한 자를 어찌 그곳에서 신임하겠는가? 두 나라가 이미 화친하여 사이좋게 지내기로 하였으니 즉시 잡아 보내는

것이 옳다."고 하니, 대답하기를, "그 사람은 믿을 만한 사람이 아니지만 이미 목숨을 보전하기 위해 달아나 투항하였는데, 하루 이틀 사이에 스스로 보낼 수는 없다." 하였고, 또 "범경(犯境 : 국경을 침범함)이란 두 글자가 편안치 않은 듯하니 모름지기 고쳐야 한다." 하였으며, 또 "박중남(朴仲男)은 이번 출동에 공로가 많이 있었는데, 그의 형이 여기에 있으니 귀국(貴國)이 적당한 직책에 임명하기를 바란다."고 하였으며, 또 "이번에 와서 많이 실례를 하였는데도 여러 차례 국왕의 두터운 은혜를 입었으니 내일 떠나갈 때에 궐문 밖에서 머리를 조아려 사례하고 싶은데, 여러 대인(大人)들이 가도 된다고 하면 갈 것이고 안 된다고 하면 가지 않을 것이다." 하였습니다. 신들이 말하기를, "국왕께서는 상중(喪中)에 계시어 예로부터 법도가 있어서 전날에 대인을 기다리실 때에도 가볍게 여긴 것이 아니었지만 의심 받는 것을 면하지 못하여 지금까지도 편안치 못하시니, 감히 거듭 대인들을 힘들게 할 수는 없다." 하니, 대답하기를, "그렇다면 여러 대인들이 우리를 위해 대신 감사의 말씀을 하여 감격하고 사모하는 뜻을 표해주기 바란다." 하였습니다. 또 "금(金)나라 사람들은 쾌활함을 좋아하는 남자들이니, 왕제가 금나라 왕자를 만날 때에 비록 물어보는 것이 있을지라도 부끄러워 주저주저하지 말고 시랑(侍郎)과 상의하여 쾌활하게 응답하면, 우리들이 마땅히 그 중간에서 좋은 말을 해주겠다." 하여, 신들이 대답하기를, "왕제는 깊은 궁궐에서 생장하여 바깥 사람들을 많이 접견하지 않아서 응대할 때에 반드시 익숙하지 못할 것이기 때문에 모시고 따라가는 시랑이 있어야 하는데, 그대가 이와 같이 유념해주니 매우 감사하다." 하였습니다. 신들은 또 왕제가 금나라 왕자를 만나고 난 후에는 속히 도로 돌려보내야 한다는 것을 여러 차례 말했더니, 대답하기를, "우리들이 응당 주선할 것이지만, 반드시 한(汗)을 만난 뒤에 되돌아감이 좋을 것이다." 하였습니다. 술이 다섯 순배쯤 돌아서 아주 흡족하게 즐거운 뒤에야 끝났고, 외진연(外進宴 : 외빈을 위한 연회)에까지 전송해주어 들어갔습니다. 감히 아뢰옵니다.」)

十四日。金起宗馳啓, "龍川府使李希建,[133] 斬虜使[134]之招降者, 獨守孤城,

---

133) 李希建(이희건, 1576~1627) : 본관은 洪州, 자는 仲植. 1624년 용천부사로 있을 때 부원수 겸 평안병사 李适이 난을 일으키자, 원수 張晩을 따라 반란군을 길마재[鞍峴]에서 격파, 振武功臣 2등에 책록되고 洪陽君에 봉해졌다. 1627년 정묘호란 때 의주·안주가 함

及安州陷, 軍遂潰, 不得已來住營下。泰川縣監李東龍, 嘉山郡守陳誠一等, 安州之戰, 潰圍突出。鐵山府使安景深,[135] 竄入海中, 不知所在云."

○ 副元帥鄭忠信[136]馳啓, "與巡邊使申景瑗,[137] 時住兎山,[138] 南兵使邊潝,[139] 亦自陽德,[140] 領兵來會云."

○ 李廷龜 · 張維等書啓, 備陳胡差問答。(略曰：原昌君與李弘望,[141] 來見劉差, 行茶禮罷出後, 臣等設宴相接, 觀其顔色, 頗有歡洽之意。酒半, 臣等出示約條, 覽過答曰："王弟今當往彼, 可與金國王子成約誓, 吾非主盟之人, 約條須詳語王弟以送也." 見

락되어 적이 깊숙이 들어오자 성을 지킬 수 없음을 알고 적진에 뛰어들어 일전을 결심, 雲巖에 이르러 한판 승부를 겨루다가 流矢에 맞아 전사하였다.

134) 虜使(노사) : 후금의 사신.

135) 安景深(안경심, 1571~1627) : 본관은 竹山, 자는 子淵. 1616년 增廣試에 급제하였다. 1617년과 1618년 비변사에 의해 儒將으로 천거되었으며, 1619년 弼善이 된 후, 철산부사, 성천부사, 홍문관교리, 호조정랑 등을 지냈다.

136) 鄭忠信(정충신, 1576~1636) : 본관은 河東, 자는 可行, 호는 晩雲. 1623년 안주목사로 방어사를 겸임하고, 다음해 李适의 난 때는 도원수 張晩의 휘하에서 前部大將이 되어 이괄의 군사를 황주와 서울 안산에서 무찔러 振武功臣 1등으로 錦南君에 봉해졌다. 1627년 정묘호란 때는 부원수를 지냈고, 1633년 조정에서 後金에 대한 세폐의 증가에 반대, 후금과의 단교를 위하여 사신을 보내게 되었는데 金時讓과 함께 이를 반대하여 당진에 유배되었다. 이후 다시 장연으로 이배되었다가 곧 풀려 나와 이듬해 포도대장 · 경상도병마절도사를 지냈다.

137) 申景瑗(신경원, 1581~1641) : 본관은 平山, 자는 叔獻. 1605년 무과에 급제하여 선전관에 등용되었다. 그 뒤 온성판관을 거쳐 부사로 승진하였다. 1624년 李适의 난 때 薪橋에서 패전한 관군을 수습하여 鞍峴에서 반군을 대파함으로써 振武功臣 3등으로 녹훈되고, 平寧君에 봉해졌다. 1636년 병자호란 때 부원수로 맹산 鐵瓮城을 지키고 있다가 적의 복병에게 생포되자 수십일 동안 단식으로 항거하였다. 이듬해 강화가 성립되자 패전의 죄로 멀리 귀양갔다. 1638년에 곧 석방되자, 몇몇 조신들이 석방시키지 말 것을 종용하였으나 왕의 비호로 무사하였다. 이듬해 총융사 겸 포도대장이 되었다.

138) 兎山(토산) : 황해도 금천지역의 옛 지명.

139) 邊潝(변흡, 1568~1644) : 본관은 原州. 1624년 李适의 난 때에는 황해도병마절도사로서 兩西巡邊使를 겸하여 난의 평정에 크게 공헌하였으므로 振武功臣 2등으로 책록되어 原興君에 봉해졌다.

140) 陽德(양덕) : 평안남도에 있는 지명.

141) 李弘望(이홍망, 1572~1637) : 본관은 龍仁, 자는 元老. 1627년 정묘호란 때 왕을 강화로 扈從하였고, 후금과의 화약이 성립된 뒤 原昌君을 왕자로 가장하여 信使로서 瀋陽에 보낼 때 부사로 따라갔다. 그때 후금 측에서 위협적인 태도를 취하였으나 조금도 굴하지 않고 의연한 태도로 임무를 완수하였을 뿐만 아니라, 인질로 잡혀갔던 남녀 수백 명을 刷還하였다. 그 뒤 동래부사 · 부승지를 역임하였다.

犯境後被虜人還送之語曰：“姜元帥諸人，自可還送，如朴通官韓姓人兄弟,[142] 旣已剃頭，不願還歸，奈何？” 臣等答曰：“韓乃逆臣[143]之子，天下之惡一也，爲逆於此者，何信於彼也？ 兩國旣定和好，可卽綁送云.” 則答曰：“非以其人爲可信，旣以逃命來歸,[144] 一日二日，自不能送.” 且曰：“犯境二字，似不安帖,[145] 須改之.” 且曰：“朴仲男[146]今行多有勞，其兄在此，幸差該國[147]可當之職.” 且曰：“今來多有失禮，屢蒙國王厚恩，明日去時，欲叩謝於闕門外，諸大人以爲可往則往，不可則止.” 臣等曰：“國王在憂中，自有禮制，前日待大人，亦非輕忽，而未免見訝，至今未安，不敢重勞大人云.” 則答曰：“然則諸大人，幸爲我代口以謝，以表感戀之意.” 且曰：“金人以快活爲好男子，王弟見金王子時，雖有所問，勿爲羞澁，與侍郎相議，快爲酬酢，則吾等當就其中好語而爲之.” 臣等答曰：“王弟生長深宮，不接外人，應對之際，必不嫻習，故有陪行侍郎矣，蒙大人留念至此，多謝多謝.” 臣等又以王弟見金王子後，速爲還送事，屢言之，則答曰：“吾當周旋，而但必見汗，然後還來爲好.” 云云. 酒五行，極其歡洽而罷，送至外進[148]而入矣。敢啓.)

---

142) 韓姓人兄弟(한성인형제)：韓潤(1597~?)과 그의 사촌동생 韓澤을 가리킴. 한윤은 임진왜란 때 의병장 郭再祐·金德齡·鄭起龍 등과 함께 큰 공을 세운 韓明璉의 아들이다. 1624년 아버지 한명련이 무고로 부득이 李适의 반란군에 가담하였다가 살해되자 평안도 龜城으로 도피하였다. 관군이 추격하자 이듬해 사촌동생 韓澤과 함께 국경을 넘어後金의 建州로 들어갔다. 그곳에서 광해군 때 명나라의 요청으로 후금을 토벌하러 갔다가 작전상 후금에 투항한 姜弘立을 만나 그의 휘하로 들어갔다. 1627년 정묘호란 때 阿敏이 이끄는 후금군의 길잡이가 되어 조선침략에 앞장섰다. 함께 들어온 강홍립의 주선으로 조선과 후금의 화의가 성립되었으나 그는 계속 후금에 남아 조선이 약속을 어겼으므로 정벌해야 한다고 부추기는 등 반역행위를 하였다.

143) 逆臣(역신)：韓明璉(?~1624)을 가리킴. 副元帥 李适과 반란을 기도했다는 혐의로 체포, 압송되어 가던 중 이괄의 도움으로 구출되어 반란군에 가담, 각지의 관군을 패주시키고 서울을 점령했으나 길마재(鞍峴) 싸움에서 先鋒將으로 싸워 패배, 이괄과 함께 도주하다가 伊川에서 부하 장수의 배반으로 살해당했다. 임진왜란 때부터의 역전의 명장으로 능통한 전략과 능숙한 지휘자로서의 명성이 높았다.

144) 來歸(내귀)：귀순 또는 투항.

145) 安帖(안첩)：편안함. 안심이 됨.

146) 朴仲男(박중남)：鍾城의 토착민으로 오랑캐에게 투항한 자. 정묘호란 때 劉海를 따라 통역관으로 조선에 왔으며, 1629년 봄에 오랑캐 사신과도 함께 조선에 왔다.

147) 該國(해국)：조선을 가리킴.

148) 外進(외진)：外進宴. 외빈만 모여서 하는 진연.

15일

원창군과 이홍망 등은 오랑캐 차사를 따라 아산(牙山 : 평안남도의 고을)에 갔고, 강홍립은 머물러 있었다.(협주 : 증정하는 물건으로 무명 목면 1만 5천 필, 명주와 모시 1천 단, 호피와 표피 1백 장 등은 쇄마(刷馬 : 지방관아에 배치된 말)를 이용하여 수송하였고, 안구마(鞍具馬) 1필과 환도(環刀) 8자루는 유해에게 증정하여 보냈다.)

○ 합계하기를, "완성군(完城君) 최명길(崔鳴吉)이 나라를 그르치고 일을 낭패케 한 죄를 논하소서." 하였으나, 윤허하지 않으셨다.

○ 윤훤(尹暄)은 사형을 집행하기로 하고, 정호서(丁好恕)는 백의종군하게 하였다.

十五日。原昌君與李弘望等, 隨胡差往牙山,[149] 弘望[150]仍留焉。(贈物木一萬五千匹, 紬苧千段, 虎豹皮一百領, 用刷馬輸送, 鞍具馬一匹, 環刀八柄, 贈劉海以送。)

○ 啓論完城君崔鳴吉[151]僨國敗事之罪, 不允。

○ 尹暄行刑, 丁好恕白衣從軍。

16일

김류(金瑬)와 이귀(李貴)가 윤훤을 구해주려고 꾀하여 추고(推考 : 죄과를 추궁하여 심문함)하게 했다. 그러나 금부당상(禁府堂上) 심집(沈諿)과 도사(都事) 안정섭(安廷燮)은 깊은 밤에 윤훤의 사형을 집행했다는 이유로 잡아들

---

149) 牙山(아산) : 평안남도 江西郡 함종면의 옛 이름.
150) 弘望(홍망) : '弘立'의 오기.
151) 崔鳴吉(최명길, 1586~1647) : 본관은 全州, 자는 子謙, 호는 遲川. 李恒福과 申欽에게 배웠다. 1623년 인조반정에 참여하여 靖社功臣 1등으로 完城君에 봉해졌다. 1627년 정묘호란 때 왕을 호종하여 江華로 가서 講和할 것을 주장하였다. 병자호란 때 이조판서로서 강화를 주관하였는데, 난중의 일처리로 인조의 깊은 신임을 받아 병자호란 이후에 영의정까지 오르는 등 대명, 대청 외교를 맡고 개혁을 추진하면서 국정을 주도했다. 명과의 비공식적 외교관계가 발각되어 1643년 청나라에 끌려가 수감되기도 했다.

이어 가두어졌다.

○ 해서백(海西伯 : 황해 감사 이필영(李必榮)을 가리킴)이 치계하기를, "오랑캐의 수백 명 기마병이 밤을 틈타 엄습하자, 우리 군사들은 모두 무기를 버리고 달아나버렸고, 오랑캐는 병사(兵使) 이익(李榏)을 사로잡아 갔다고 합니다." 하였다.

十六日。金瑬·李貴, 以營救尹暄, 推考。禁府堂上沈諿[152]·都事安廷燮,[153] 以昏夜行刑, 拿囚。

○ 海西伯[154]馳啓, "賊數百騎, 乘夜掩襲, 我軍皆棄甲而走, 賊執兵使李榏以歸云."

17일

오랑캐가 때마침 평산(平山)에 주둔하였다.

○ 최명길이 나라를 그르친 죄가 다시 아뢰어졌으나 윤허하지 않으셨다.

十七日。賊時屯平山。

○ 崔鳴吉事, 再啓不允。

---

152) 沈諿(심집, 1569~1644) : 본관은 靑松, 자는 子順, 호는 南崖. 인조반정 후 병조참지가 되고, 왕의 신임을 얻어 도승지·안변부사, 형조·공조의 판서를 역임하고 한성부판윤이 되었다. 1636년에는 형조판서로서 남한산성에 왕을 호종하였다. 이때 화친의 조건이 되는 볼모로서 왕족인 綾峰君이 왕의 동생으로, 판서인 그가 대신으로 가장하여 회담에 참가하였으나 발각되어 실패하였다. 이듬해 이로 인하여 兪伯曾 등의 탄핵을 받아 門外黜送되었으나 1638년에 용서받아 예조판서에 이르렀다.

153) 安廷燮(안정섭, 1591~1656) : 본관은 竹山, 자는 和叔, 호는 晩悟軒. 아버지는 安大楠이고, 아들은 安紽, 安纈, 安絢이다. 1610년 생원이 되었고, 敦寧參奉·慶安道察訪을 거쳐 義禁府都事와 典牲暑主簿를 지내고 수운관관에 올랐다. 병자호란 때 호조 정랑이 되어 왕을 남한산성으로 호종하였다. 1644년 심기원이 난을 일으켰을 때 또 왕을 호위하였고, 사복시첨정에 이르렀다.

154) 海西伯(해서백) : 李必榮(1573~1645)을 가리킴. 본관은 廣州, 자는 而實, 호는 晩悔. 1627년에 다시 황해도관찰사가 되었다. 정묘호란이 일어나자 적을 피하여 달아났다. 1641년에 경기도관찰사로 등용되고, 1644년에 예조참판으로 謝恩副使가 되어 청나라 심양에 다녀왔다.

18일

전교(傳敎)하시기를, "윤훤이 비록 군율을 범했을지라도 그의 아들 윤순지(尹順之)는 일찍이 시종신(侍從臣)을 지냈으니, 특별히 부조(扶助)하여 관곽(棺槨)을 보내도록 하라." 하였다.

○ 사간(司諫) 윤황(尹煌)이 상소(上疏)하기를, 「오늘날의 일은 명분으로야 화친이라고 하지만 실제로는 항복하는 것입니다. 전하께서 간신들이 요행수를 바라는 계책에 현혹되어 힘껏 공의(公議 : 공론)를 배격하고 굴복하기를 기꺼이 받아들여, 천승(千乘)의 존귀한 몸으로서 친히 오랑캐 차사를 접견함은 모욕을 당한 것인데도 군신상하가 태연히 아예 부끄러워할 줄도 모르니, 신(臣)은 통곡치 않을 수 없사옵니다. 아, 전하께서 이 오랑캐가 우리를 사랑하는 것으로 여기시고 화친을 바라신단 말입니까? 형편상 당연할지라도 백리(百里) 가서 승리를 좇는 것은 병법(兵法)에서 꺼리는 것인데, 하물며 외로운 군대로 깊이 들어온 것이 이미 천리(千里)가 넘었고 후원부대가 없어서 군졸은 피로하고 말은 지쳤으니, 이는 이른바 강하게 날아간 화살이 멀리 날아가 끝에 이르러서는 비단결 한 장 뚫지 못하는 형국인 것입니다. 그런데 우리나라의 근왕병(勤王兵 : 임금을 위하여 충성하는 군사)은 바야흐로 모여들고 있으니, 강나루를 막아 지키면서 들판을 태워 말끔히 비우고 기다리기도 하고, 험한 곳에 웅거하고 복병을 배치하여 오랑캐의 기마 유격병을 섬멸하기도 한다면, 저들은 전진하여 싸울 수도 없고 후퇴해도 노략질할 곳이 없어서 10일이 못되어 절로 패할 형국인 것입니다. 교활한 오랑캐는 그런 줄을 알고서 이에 화친하자며 우리를 우롱하는 것입니다. 아, 화친이 맺어지면 반드시 멸망하는 길이 될 것이니, 빠르면 몇 달이고 늦으면 몇 년일 것입니다. 망하게 되는 길로 가기보다는 차라리 오늘날에 결전하는 것이 더 나을 것입니다. 다행히 승리라도 하게 되면 나라의 위세는 당당하고 오랑캐는 절로 도망할 것입니다. 설령 불행

하게 된다 해도 또한 강화도로 쳐들어오는 환란은 없을 것입니다. 바야흐로 지금 수군(水軍)들이 크게 모여들어 뱃머리와 꼬리가 서로 잇닿고 있으니, 저들이 어찌 철마(鐵馬)에 능한 재주를 버리고서 익숙지 않은 배를 타고 와서 우리 수군을 치겠습니까? 지금 지위가 높든 낮든 모든 장수와 군졸들, 온 나라의 선비와 백성들이 팔을 걷어붙이고 분발하려 마음먹지 않은 이가 없음을 전하께서는 알지 못하시고, 근왕병이 맨몸으로 비바람을 맞아가며 추위와 굶주림을 이기지 못하고 있는데도 전하께서는 구휼하지 않으시고는 오직 화친하는 것만을 급선무로 여기시고 온 나라의 힘을 다 기울여 원수 같은 오랑캐의 배만 부르게 하시니, 사람들은 마음으로 통분하고 있으며 원망의 소리가 길에 가득합니다. 그래서 신(臣)은 밖으로 오랑캐가 이르기도 전에 안으로 저 당(唐)나라의 경원(涇原)에서 반란을 일으킨 병졸들의 화변(禍變)이 있을까 염려됩니다. 삼가 바라건대, 전하께서는 불끈 분발하시고 시원스레 결단을 내리셔서, 속히 오랑캐 차사를 참수하여 뭇사람들의 마음을 위로하시고, 화친을 주도하여 나라를 그르친 신하를 참수하여 사설(邪說 : 올바르지 아니한 논설)을 뿌리뽑아내시고, 머뭇거리다가 군사를 궤멸시킨 장수들을 참수하여 군율(軍律)을 진작하소서. 오랑캐에게 뇌물로 바치는 물품들을 회수하여 삼군(三軍)에게 호궤(犒饋 : 나누어 주어 위로함)하면 사람들의 마음을 북돋울 수 있고 군사들의 기세도 절로 배가할 것이라서 그 오랑캐들은 격파할 것도 못 될 것입니다.」 하였다.

주상께서 명을 내리시기를, "윤황의 상소는 극히 흉악하고 참혹하여 임금을 불측한 지경에 빠뜨렸으니, 승정원(承政院)에서 문계(問啓 : 자초지종을 알아보고 아룀)하라." 하였다. 이에 윤황이 아뢰기를, "화(和 : 화친)자는 두 나라가 서로 사이좋게 지냄을 일컫는 것이요, 항(降 : 항복)자는 어느 한 나라가 굴복함을 일컫는 것입니다. 신(臣)은 오늘날의 처사(處事)가 사이좋게 지내는 것이라고 일컬을 수 있는지, 아니면 어느 한 나라가 굴복하는 것이라고 일컬을 수 있는지 알지 못하겠습니다. 옛날 저 송(宋)나라 사람은 화(和)로써 스스로 어리석어져 먼저 진동(陳東 : 척화론자) 등을 참수하여 선비의 꿋꿋한 기개를 억눌렀습니다. 신(臣)은 청컨대 부월(斧鉞)의 형벌을 받음으로써 화친을 주장하는 사람들의 마음을 상쾌하게 해주고 싶습니다." 하였다. 삼사(三司)가 차자(箚子 : 일정한 격식을 갖추지 않고 사실만을 간략히 적어 올리던 상소문)를 올려서 죄가 없음을 변명하여 구원하려 하니, 주상께서 답하시기를, "윤황의 말은 극히 놀랄 만한 것인데도 그대들은 이처럼 칭찬하니 오늘날 인심을 알기가 어렵지 않도다. 그대들은 모두 유식한 사람으로, 신하가 오랑캐에게 항복한 임금을 섬기는 것이 또한 수치스럽고 욕되지 않은가? 다만 과인(寡人)만 책망하지 말고, 각자 몸을 깨끗이 하고 물러가서 훗날 처벌을 받지 않을 바탕을 만드는 것이 좋으리라." 하였다. 이어서 전지(傳旨 : 승정원의 담당 승지를 통하여 전달되는 왕명서)를 내려 이르기를, "윤황을 삭탈관직하고 중도부처(中途付處 : 벼슬아치에게 어느 곳을 지정하여 머물러 있게 하던 형벌)하라." 하자, 승정원이 봉환(封還 : 봉하여 되돌려 보내는 것)하였는데, 답하시기를, "내가 실지로 잘못하였고, 그대들의 말이 옳다. 단지 윤황은 직책에 두기가 어려운 듯하니 체차(遞差 : 다른 사람으로 바꿈)하라." 하였다.

나는 체차하게 되어 미안함을 아뢰었더니. 답하시기를, "아뢴 대로 하라." 하였다.

十八日。傳曰 : "尹暄雖犯軍律, 其子順之,[155] 曾經侍從,[156] 特爲助哀, 棺槨

---

155) 順之(순지) : 尹順之(1591~1666). 본관은 海平, 자는 樂天, 호는 涬溟. 할아버지는 尹斗壽이고, 아버지는 관찰사 尹暄이다. 인조 초에 經筵官이 되고, 1627년 정묘호란 때 아버지가 평안도관찰사로서 적의 침입을 막지 못한 죄로 賜死되자 10년 동안 은거하였다. 1629년 홍문관부교리에 다시 등용되고, 1636년 병자호란 때 남한산성이 적에게 포위되었다는 소식을 듣고 샛길로 성중에 들어가 왕을 호종하였다. 환도 후 형조참의가 되고 1643년 통신사로 일본에 다녀왔으며, 부사로 연경에 다녀왔다.
156) 侍從(시종) : 侍從臣. 조선시대에, 홍문관의 玉堂, 사헌부나 사간원의 臺諫, 예문관의 檢

題給.”

○ 司諫尹煌上疏曰：「今日之事，名爲和而實則降也。殿下惑於奸臣僥倖之計，力排公議，甘心屈伏，乃以千乘之尊，親接虜差，受辱備至，而上下恬然，曾不知恥，臣不勝痛哭焉。嗚呼！ 殿下以此虜爲愛我而求和耶？ 其勢然也，百里趨利，兵家所忌，況懸軍[157]深入，已踰千里，軍無後繼，卒疲馬倦，此所謂强弩末勢。[158]而我國勤王之師方集，或拒守江津，清野以待，或據險設伏，勤殺遊騎，則彼前不得鬪，退無所掠，不過十日而有自敗之形矣。狡虜知其然也，乃以和事愚我。噫！和事成則有必亡之道焉，急則數月，緩則數年也。與其等亡，無寧決戰於今日乎。幸而得捷，則國勢堂堂，戎虜[159]自遁矣。設令不幸，亦無入犯江都之患矣。方今舟師大集，舳艫相接，彼何能捨鐵馬[160]之長技，乘不習之舟艦，來犯我水兵乎？ 目今大小將士，中外士民，莫不扼腕思奮，而殿下不知，勤王之師，暴露風雨，凍餒俱迫，而殿下不恤，惟以和事爲務，竭一國之力，以餉仇讎之虜，人情痛惋，怨聲載路。臣竊恐外賊未至，而內有涇原叛卒之變[161]也。伏願殿下，赫然發憤，廓揮乾斷，[162] 亟斬虜使，以慰羣情，斬主和誤國之臣，以絶邪說，斬逗留奔潰之將，以振軍律。回賂胡之物，以犒三軍，則人心激勵，士氣自倍，而此賊不足破也。」

上下教曰：“尹煌之疏，極爲凶慘，陷君不測，政院問啓。” 尹煌啓曰：“和者兩國相好之謂也，降者一國屈伏之謂也。臣未知今日之事，可謂和乎？ 可謂降乎？ 昔宋人以和自愚，先斬陳東[163]等，沮抑士氣。臣請伏鈇鉞[164]之誅，以快主和者之

閣, 승정원의 注書를 통틀어 이르던 말.
157) 懸軍(현군)：應援軍의 지원 없이 本隊를 떠나 홀로 적진 깊숙이 쳐들어가는 군대.
158) 强弩末勢(강노말세)：强弩之末. 강하게 날아간 화살도 멀리 날아가 끝에 이르러서는 비단결 한 장도 뚫지 못한다는 뜻. 諸葛亮이 적벽대전에 앞서 孫權을 만나 그를 안심시키기 위해 한 말이다.
159) 戎虜(융로)：오랑캐.
160) 鐵馬(철마)：鐵甲을 입힌 戰馬.
161) 涇原叛卒之變(경원반졸지변)：唐나라 德宗 4년(783) 경원절도사 姚令言과 그의 병졸이 반란을 일으켜 朱泚를 추대하였으나, 주비가 李晟에게 패하여 도망치다가 部將에게 죽음을 당한 사건.
162) 廓揮乾斷(곽휘건단)：군주의 시원스런 결단.
163) 陳東(진동)：宋나라 사람. 欽宗 때에 금나라와의 화친을 반대한 主戰論者 李綱이 금나라

心." 三司進箚伸救, 上答曰 : "尹煌之言, 極爲可駭, 而爾等如是稱譽, 今日人心, 亦難知也. 爾等俱以有識之人, 臣事降虜之君, 不亦羞辱乎? 勿爲徒責寡躬, 各自 潔身退去, 以爲後日之地, 可也." 仍傳曰 : "尹煌削奪官職, 中道付處." 政院封還, 答曰 : "予實過矣. 爾等之言是矣. 但尹煌, 似難在職, 遞差.[165]"

余以遞差未安陳啓, 答曰 : "依啓."

19일 (큰 비가 하루 종일 퍼부었다.)

나는 북경(北京 : 명나라 수도)으로 가는 서장관(書狀官)에 임명되었다가 곧 교체되었다.

十九日。(大雨終日)。余得差赴京書狀官, 旋遞。[166]

20일

원창군과 이홍망이 치계하기를, "오랑캐는 국서에 씌어 있는 천계(天啓) 라는 두 글자 때문에 분노를 터뜨리고, 다시 유해 등을 보내어 힘써 바로 잡으려 한다고 합니다." 하였다.

二十日。原昌君及李弘望馳啓, "賊以國書中書天啓二字發怒, 將更送劉海等力 爭云."

군대를 공격하다가 화친 조약을 어겼다는 죄목으로 파직 당하자, 진동은 국정을 문란 케 하여 南渡(양자강을 건너 남으로 도읍을 옮긴 것)하는 변을 당하게 한 蔡京 · 童貫 등 六賊의 처형을 청하는 상소를 올리는 한편, 이강을 다시 등용하게 하였다. 그 뒤 高 宗 때에 이강이 黃潛善 · 汪佰彦 · 張浚 등 화친론자에게 밀려나자 이들을 배격하고 이강 을 옹호하다가 연좌되어 참형을 당했다.
164) 鈇鉞(부월) : 임금의 권위를 상징하는 작은 도끼와 큰 도끼를 아울러 이르는 말.
165) 遞差(체차) : 관리의 임기가 차거나 부적당할 때 다른 사람으로 바꾸는 일을 이르던 말.
166) ≪인조실록≫ 1627년 2월 19일조 6번째 기사에 의하면, "鄭世矩를 주문사의 서장관으 로 삼았다."라고 되어 있음.

21일

유해(劉海) 등 15명이 오랑캐의 서신을 가지고 풍덕(豊德)에 이르렀고, 이정구(李廷龜)와 김신국(金藎國) 등이 나아가 연미정(燕尾亭)에서 접대하였다.(협주 : 오랑캐의 서신에 이르기를, 「보내온 서찰 안의 천계(天啓)라는 연호는 우리 한(汗) 황실에 쓰기가 매우 어려운 것인데, 오늘 억지로 한 것은 원래 귀국이 남조(南朝 : 명나라)와 뜻을 같이하였기 때문이니, 보내온 서찰을 지금 보건대 귀국은 진실하지 못한 마음으로 강화(講和)하려는 것입니다. 게다가 그대는 조선 국왕이고 나는 여진국왕이니, 각기 자기 나라의 연호를 쓰는 것이 예의입니다. 지금 귀국이 천계를 높이 들고 우리를 제압하려고 하는데 우리는 천계에 소속된 나라가 아닙니다. 지금 우리 두 나라는 이미 마음으로 화친하기를 바라서 형제의 나라가 되기로 하였으니, 만약 국호(國號)가 없다면 마땅히 우리의 천총(天聰 : 청나라 태종의 연호) 연호를 써서 이와 입술처럼 서로 의지하는 나라가 됩시다. 만일 천계라는 글자를 도로 쓴다면 즉시 영제(令弟 : 왕제)를 되돌려 보낼 것이고 우리 두 나라는 영원히 서로 사이가 좋지 못할 것이니, 그대의 처분을 기다립니다.」 하였다.)

二十一日。劉海等十五人, 持胡書到豊德, 李廷龜·金藎國[167]等, 出接于燕尾亭。(胡書略曰 : 「來札內天啓年號, 極難用於我汗皇家, 今日勉强, 原爲貴國同心於南朝, 今見來書, 貴國不眞心講和也。況爾爲朝鮮, 我爲女眞, 各書各國號, 禮也。今貴國擎天啓, 來壓我, 我非天啓所屬之國。如今我兩國, 旣請心和, 要爲兄弟之國, 若無國號, 就當寫我天聰[168]年號, 結爲唇齒之邦。若還書天啓字樣, 卽將令弟送回, 我兩國永不相好, 請尊裁之.」)

22일

주상께서 여러 대신들을 인견하고 의논케 하시자, 영의정 윤방(尹昉)과

---

167) 金藎國(김시국) : '金藎國'의 오기.
168) 天聰(천총) : 淸나라 太宗의 연호.

승평군(昇平君) 김류(金瑬)는 말하기를, "우선 오랑캐 차사의 말을 좇아 연호를 쓰지 않고 다만 게첩(揭帖 : 공문서)을 만들어서 화친을 허락함이 마땅합니다." 하고, 우의정 오윤겸(吳允謙)은 말하기를, "만약 천계 연호를 쓰지 않는다면 화친을 할 수 없을 것입니다." 하니, 주상께서 오랫동안 묵묵히 계시다가 말씀하시기를, "영의정의 말 대로 게첩의 형식으로써 행하라." 하였다.

아, 우리나라는 이미 천조(天朝 : 명나라)의 번신(藩臣 : 신하의 나라)인데도 천조의 연호를 사용할 수 없다면, 하늘의 이치가 머물러 있고 떠나가거나 백성들의 마음이 복종하고 배반하는 기틀은 이에서 결판나고 말 것이다. 우의정이 이미 앞에서 그 단서를 드러냈고, 성상(聖上)께서 근지(靳持 : 마음이 내키지 않아 미룸)하고 있다는 뜻을 보이셨는데도, 인대(引對 : 왕명으로 임금과 대면하여 정사에 대한 의견을 상주하던 일)했던 여러 재신(宰臣)들은 한 사람도 뒤따라 일어나 아뢰면서 사리에 의거하고 힘써 간쟁하여 우리 임금을 대의가 우뚝한 지경으로 인도하지 못했으니, 어찌 천하의 사람들과 후세의 비난을 면할 수 있으랴?

○ 김기종(金起宗)이 치계하기를, "의주(義州)와 능한산성(凌漢山城)에 주둔한 오랑캐가 청룡산성(靑龍山城)으로 육박하다가 명나라 군사에게 패하여 겨우 수백 명이 살아남았다고 합니다." 하였다.

○ 총융사(摠戎使)가 치계하기를, "누루하치의 오랑캐들은 비록 화친을 일컬을지라도, 그러나 평양에 주둔하면서 더욱 제 멋대로 노략질하고 있으니, 헛되이 강변을 지키느라 군량만 허비하기보다는 차라리 결사항전을 한번 벌여 즉시 섬멸하는 것이 낫겠다고 합니다." 하였다.

二十二日。上引諸大臣議之, 領相尹昉及昇平君金瑬以爲 : "姑從胡差之言, 不書年號, 只爲揭帖,[169] 許和爲宜." 右相吳允謙[170]曰 : "若不書天啓年號, 則不可許和." 上默然久之曰 : "依領相言, 以揭帖例爲之."

噫! 我國旣是天朝藩臣,[171] 而不用天朝年號, 則天理存亡人心向背之機, 於是決矣。右揆[172]旣發端於前, 聖上示斬持之意, 而引對諸宰, 無一人繼發陳啓, 據理力諍, 納吾君於大義截然之域, 烏得免天下後世之譏乎?

○ 金起宗馳啓, "義州凌漢屯賊, 進逼靑龍山城,[173] 爲唐兵所敗, 餘不滿數百騎云."

○ 摠戎使[174]馳啓, "奴賊雖稱講和, 而留屯平壤, 愈肆摽掠, 與其虛守江邊, 枉費糧餉, 無寧決死一戰, 及時勦滅云."

23일

이정구(李廷龜), 장유(張維), 이경직(李景稷) 등이 오랑캐의 차사 유해(劉海)와 화의(和議)를 설명하고 정한 것의 국서를 게첩(揭帖)의 서식에 따라서 다만 연월일만 쓰고 예물을 많이 주니, 오랑캐의 차사가 기뻐하면서 그대로 따랐다.

○ 김기종(金起宗)이 치계하기를, "원 경략(袁經略 : 원숭환)이 오랑캐의 소굴을 곧장 쳐들어가자, 의주에 주둔했던 오랑캐가 슬슬 철수하여 돌아갑니다." 하였다.

二十三日。李廷龜・張維・李景稷等, 與胡差劉海, 講定和議, 依揭帖例, 只書年月日, 多給禮物, 胡差喜而從之。

---

169) 揭帖(게첩) : 어떤 일에 관한 내용을 적어서 보고하는 공문서.
170) 吳允謙(오윤겸, 1559~1636) : 본관은 海州, 자는 汝益, 호는 楸灘・土塘. 인조반정이 일어나자 대사헌에 임명되고, 이어 이조・형조・예조의 판서를 두루 역임하였다. 1624년 李适의 난이 일어나자 왕을 공주까지 호종하였다. 이어 예조판서・지중추부사를 거쳐 1626년 우의정에 올랐다. 1627년 정묘호란이 발생하자 왕명을 받고 慈殿과 중전을 모시고 먼저 강화도로 피난했으며, 환도 뒤 좌의정을 거쳐 1628년 70세로 영의정에 이르렀다.
171) 藩臣(번신) : 왕실을 보호하는 울타리가 된 신하. 여기서는 신하의 나라라는 의미이다.
172) 右揆(우규) : 우의정.
173) 靑龍山城(청룡산성) : 평안도 평성에 있는 산성. 이 성에는 명나라 毛文龍의 군대가 있었다.
174) 摠戎使(총융사) : 조선시대 총융청의 主將으로 종2품 무관벼슬.

○ 金起宗馳啓, "袁經略[175]直擣賊巢, 義州屯賊, 稍稍撤還."

24일

오랑캐의 차사 3명은 와서 사례하고, 강홍립으로 하여금 오랑캐 장수들과 함께 작별을 나눌 수 있도록 청하자, 조정이 허락하였다.

二十四日。胡差三人來辭, 請弘立偕與奴將叙別, 朝廷許之。

25일

오랑캐의 차사들과 유해(劉海)가 돌아갔다.

二十五日。胡差劉海發還。

27일

유해(劉海)가 금교(金郊)에 다다라 오랑캐 차사를 만나 풍덕(豊德)으로 돌아왔으니, 대개 주상과 상대하여 맹약하는 자리에 나아가려는 것이었다. 조정의 의논이 저 당(唐)나라 태종(太宗)이 위교(渭橋)에서 돌궐(突厥)과 화친을 맺었던 고사를 인용하면서 들어주려고 하자, 장유(張維)가 아뢰기를, "유해가 그런 요청을 해오기 전에, 신들이 주상께서 상중(喪中)에 계시다는 이유로 해명하였으니, 다만 다시 강력하게 밀고 나가면 그가 혹 마음을 돌려 들어줄 수도 있습니다." 하니, 주상께서 동의하였다.

二十七日。劉海行到金郊,[176] 遇胡差, 還豊德, 盖爲與主上相對莅盟也。廷議

---

175) 袁經略(원경략) : 明末의 명장인 袁崇煥. 자는 元素. 萬曆帝 때 진사에 올라 崇禎帝 때에 병부상서로 기용되었다. 만주족의 청과 대치하는 상황에서 계요총독 및 登萊·天津 독무를 겸임하여 寧遠에 주둔하고 있었다. 이때 그는 무함을 받아서 마침내 죽임을 당하기에 이르렀다.

引唐太宗渭橋故事,[177] 欲許之, 張維啓曰：“海前有此請, 臣等以上在憂服爲解, 第更力爭, 彼或回聽矣.” 上然之.

29일

유해(劉海)와 오랑캐 차사가 연미정(燕尾亭)에 정박해 있으면서 국왕이 친히 맹단(盟壇)에 나와야 한다고 요구하였는데, 이정구(李廷龜)와 장유(張維) 등이 예의에 근거하여 그렇게 해서는 안 된다고 극력 말하니, 유해 등이 서로 돌아보며 아무런 말이 없었다.

二十九日。劉海及胡差, 泊燕尾亭, 請國王親莅盟壇, 李廷龜·張維等, 據禮力辨其不可, 海等相顧默然。

3월 1일

유해(劉海)가 이정구(李廷龜) 등에게 비밀히 말하기를, “그대의 국왕은 현재 상중(喪中)에 있어서 삽혈(歃血 : 맹세할 때 희생의 피를 마심)할 수 없으니 다만 전상(殿上)에서 향불을 피우며 맹세하고, 물러나서 귀국의 대신들에게 흰 말과 검은 소를 잡고 별도로 산골짜기의 구석진 곳에다 제단(祭壇)을 설치하여 하늘에 맹세하게 하는 것이 마땅합니다. 때마침 부락을 순행하라는 별도의 칙령(勅令)이 있어도 편법으로는 허락해 줄 수가 없으니, 새로 온 차사가 보는 곳에서 그대들이 두세 번 우기면 나는 마지못해 따라주겠습니다.” 하였다.

三月初一日。劉海密言于廷龜等曰：“爾國王在疚,[178] 不可歃血,[179] 則只於殿

---

176) 金郊(금교) : 황해도 금천에 있던 驛站.
177) 唐太宗渭橋故事(당태종위교고사) : 唐나라 太宗이 즉위한 직후, 突厥이 약속을 위반했다는 이유로 쳐들어오자, 직접 渭水에 나가 津을 사이에 두고 頡利(돌궐의 임금)와 담판한 뒤, 다시 渭水의 便橋에서 白馬를 잡고 맹약을 한 고사.

上, 焚香爲誓, 退與爾國大臣, 刑白馬黑牛, 別於山谷隱僻處, 設壇誓天宜矣。屬有行部別勅, 不可便許, 新差所見處, 爾等再三強之, 吾當勉從云."

3일

우리 및 오랑캐 차사는 제단을 설치하여 함께 맹세하였고, 유해(劉海) 등은 돌아갔다.(협주 : 하늘에 제사지내고 맹세문에 대략 이르기를, 「조선국은 1627년 3월 3일에 금국(金國)과 더불어 맹약을 한다.」 하였다. ○ 조선국의 3국로 (三國老)와 6상서(六尙書) 등은 대금국(大金國)의 8대신(八大臣) 등과 함께 흰 말과 검은 소를 잡아서 맹약을 한다.」 하였다.)

初三日。我及胡差, 設壇同盟, 劉海等發還。(祭天誓文, 略曰 :「朝鮮國以今丁卯年甲辰月庚午日,[180] 與金國立誓.」 云云。○ 「朝鮮國三國老六尙書, 與大金國八大臣[181]等, 宰白馬烏牛, 立誓.」云云。)

5일

도체찰사가 치계하기를, "유해(劉海)가 돌아간 후에 오랑캐는 우리나라가 선사한 물건들을 팔영(八營)에 나누어 주고 즉일 퇴각하여 봉산(鳳山)으로 향하였습니다." 하였다.

初五日。都體使馳啓, "劉海還後, 賊分給本國贈物于八營, 卽日退向鳳山."

6일

도원수(都元帥)가 치계하기를, "부원수(副元帥)의 군관(軍官)이 싸움터에서

---

178) 在疚(재구) : 喪中에 있음.
179) 歃血(삽혈) : 서로 맹세할 때 마시는 희생의 피.
180) 丁卯年甲辰月庚午日(정묘년갑진월경오일) : 1627년 3월 3일.
181) 八大臣(팔대신) : 南木太, 大兒漢, 何世兔, 孤山太, 托不害, 且二革, 康都里, 薄二計.

도망쳐 돌아와서 말하기를, '오랑캐가 수안(遂安)에서 뜻밖에 엄습하여 부원수 정충신(鄭忠信), 북병사(北兵使) 윤숙(尹璹), 남병사(南兵使) 변흡(邊潝), 황해병사(黃海兵使) 이찬(李攢), 별장(別將) 이계선(李繼先)·조시준(趙時俊)·김대기(金大器)·류호(柳瑚)·안건(安健)·박덕건(朴德健) 등이 모두 오랑캐에게 함락되고 남북의 대군이 이미 죄다 무너졌다.'고 하는데, 그러한 지경에까지 이르렀어도 어찌할 바를 모르고 단지 가슴만을 치며 길이 통곡합니다." 하였다.

○ 강인(姜絪)이 올린 보고문서에 이르기를, 「신들이 한사코 왕제(王弟) 돌려보내기를 청하니, 오랑캐 차사가 말하기를, '평양에 당도하면 팔장(八將)들이 각기 전위연(餞慰宴)를 베풀 것이고, 5월 무렵에는 응당 보낼 것이다.' 하였습니다.」 하였다.

初六日。都元帥馳啓, "副元帥軍官, 自陣上逃還言: '賊自遂安路, 不意掩襲, 副元帥鄭忠信, 北兵使尹璹, 南兵使邊潝, 黃海兵使李攢, 別將李繼先·趙時俊·金大器[182]·柳瑚·安健[183]·朴德健等, 并陷賊中, 南北大軍, 已盡潰散.' 到此地頭, 罔知攸措, 只自撫膺長慟云."

○ 姜絪書啓, 「臣等固請王弟還, 胡差言: '當到平壤, 八將各設餞慰宴, 五月間當送云.'」

10일

상소를 올려 아뢰기를, 「정예병을 뽑아서 오랑캐들을 뒤쫓아 공격하소서.」 하였다.

初十日。陳疏, 「請抄兵追賊.」

---

182) 金大器(김대기, 1557~1631) : 본관은 光山, 자는 玉成, 호는 晩德齋. 전라남도 담양군 대곡면 대산촌에서 출생하였다.
183) 安健(안건, 1586~1637) : 본관은 順興, 자는 汝玉, 호는 慕窩.

11일

정시(廷試)를 남문 밖에서 베풀어 허색(許穡), 정유성(鄭維城), 남진명(南振溟), 윤계(尹棨) 등 4명을 발탁하였다.

○ 도원수가 치계하기를, "오랑캐의 대진(大陣)이 황주(黃州)에 모여 사방으로 흩어져 노략질을 하고 있습니다." 하였다.

十一日。設廷試[184]于南門外, 擢許穡[185]·鄭維城[186]·南振溟[187]·尹棨[188]四人。

○ 都元帥馳啓, "賊大陣會黃州, 四散搶掠."

---

184) 廷試(정시) : 조선시대 나라 안이나 중국에서 경사가 있을 때 실시한 특별 시험의 하나로 임금이 親臨한 가운데 행해졌음. 왜란과 호란 이후에는 그 성격이 바뀌어 江都庭試·湖南庭試 따위와 같이 특정 지역의 유생들과 성균관의 유생들을 대상으로 시험을 치르거나, 扈從官僚들을 대상으로 실시하기도 하였다.

185) 許穡(허색, 1586~1655) : 본관은 陽川, 자는 有甫·有秋. 1627년 강화정시 문과에 응시하였다. 이때 인조가 직접 試壇에 당도하여 '舞干羽于兩階頌'이라는 제목으로 시험을 치렀는데, 이 시험에서 장원 급제하였다. 관직은 分承政院承旨·扶安縣監·通禮院相禮 등을 역임하였다. 그런데 외가인 강화도에서 태어나고 자라 시험에 응시한 것을 禮曹에서 문제 삼으면서 삭제되었다. 그러나 강화 유생 韓暉이 그가 혼자 치죄되는 것이 억울하다고 상소하여 논죄에서 풀려났다. 부안현감을 역임하면서 정사를 잘 다스리지 못하여 1634년에 從事官 李景義가 馳啓를 올리고, 都體察使 金蓥가 파직을 청하면서 해당 관직에서 파직되었다. 병조 참의를 역임했다.

186) 鄭維城(정유성, 1596~1664) : 본관은 迎日, 자는 德基, 호는 陶村. 강화 출신이다. 鄭夢周의 9대손이다. 1627년 강도에서 보인 정시문과에 을과로 급제하였다. 승문원에 들어가 실력을 인정받은 뒤 예문관검열을 거쳐 춘추관기사관에 뽑히고, 다시 주서·수찬·집의를 지냈다. 1644년에 황해도관찰사로 나간 뒤 승지·전라도관찰사 등을 지냈다. 1649년 평안도관찰사로 나갔으며, 이어 중앙으로 돌아와 대사간·대사성·도승지 등을 두루 역임하였다.

187) 南振溟(남진명, 생몰미상) : 본관은 宜寧. 아버지는 南忱이다. 1627년 정시에 급제하여 병조 좌랑을 역임했다.

188) 尹棨(윤계, 1583~1636) : 본관은 南原, 자는 信伯, 호는 薪谷. 어려서 어버이를 여의고, 아우 尹集·尹柔와 함께 외가에서 자랐다. 1624년 사마시에 합격하고, 1627년 정묘호란 때 상소하여 척화를 주장하였다. 같은 해 정시문과에 병과로 급제하고 승문원권지부정자를 거쳐 전적·홍문관교리를 지냈다. 1629년 이조좌랑이 되었고, 1636년에 남양부사가 되었다. 이 해 겨울 병자호란이 일어나자 勤王兵을 모집하여 남한산성으로 들어가려다 청병에게 잡혀 굴하지 않고 대항하다가 몸에 난도질을 당하여 죽었다.

13일

주상께서 친히 연미정(燕尾亭)에 나아가 주사(舟師 : 수군)의 훈련을 시찰하셨다.

十三日。上親臨視師于燕尾亭, 仍水操。[189]

15일

상소를 올려 아뢰기를, 「환도(還都 : 도성에 되돌아감)하소서.」하였고, 아울러 급선무 네 조항을 덧붙였다.

十五日。陳疏,「請還都.」, 兼附急務四事。

20일

지평(持平) 조경(趙絅)이 상소하였다.

二十日。持平趙絅上疏。

23일

왕세자가 돌아와서 모였다.

二十三日。東殿[190]來會。

[《만오선생문집(晩悟先生文集)》 권7 '잡저(雜著)']

---

189) 水操(수조) : 水軍을 훈련함.
190) 東殿(동전) : 東宮. 왕세자.

강화도 함락
참화 수기

江都被禍記事

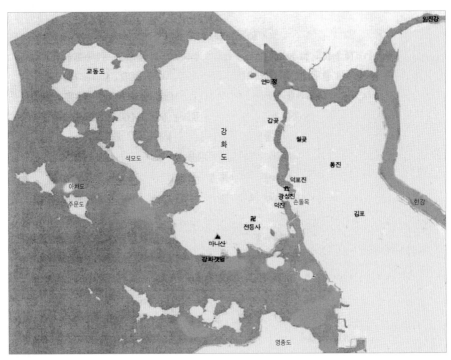

호란 당시의 강화도 일대

강화도 함락 참화 수기
江都被禍記事[1]

정양鄭瀁[2]

병자년 겨울 12월에 만주의 오랑캐가 갑자기 쳐들어와 주상은 남한산
성으로 거둥하시고, 종묘사직[廟社]의 신주(神主) 및 세자빈(世子嬪)과 원손
(元孫) 모두가 강도에 들어갔다. 때마침 나는 통진(通津)의 임시막사에 있었
는데, 중씨(仲氏 : 鄭洙를 가리킴) 및 가족들과 의논하기를, "우리들은 대대
로 녹봉을 받는 신하로 죽기가 싫어 살길을 찾는 것은 옳지 못하다." 하고
는 마침내 서로 강도(江都 : 강화도)로 들어갔고, 중씨는 그날로 분사(分司 :
강화도에 설치하여 정사를 총괄한 임시관아)에 맨몸으로 나아갔다.

정축년(1637) 정월 22일 아침. 포 소리가 강나루에서 크게 울리는 것이
들리자, 중씨가 말하기를, "오랑캐의 무리가 필시 이미 건너온 모양이다."
하며 재빨리 궁성(宮城)으로 달려갔으나, 오랑캐가 이미 성 밖에 가득하여

---

1) 宋時烈의 ≪宋子大全≫ 권144 '記'편에 <鄭氏江都陷敗記>가 수록되어 있는바, 이 글의 일
  부를 발췌한 것임. 이 글의 바로 뒤에 역주하고 번역하여 참고자료로 수록하였다.
2) 鄭瀁(정양, 1600~1668) : 본관은 延日, 자는 晏叔, 호는 孚翼子·抱翁. 할아버지는 松江 鄭
  澈이고, 아버지는 강릉부사 鄭宗溟이며, 어머니는 南陽洪氏로 參議 洪仁傑의 딸이다. 1618
  년 진사시에 합격하였고, 1636년 병자호란 때 강화로 피신하였으나 성이 함락되자 자살
  하려다가 미수에 그쳤다. 난 후에 수년간 은거생활을 하다가 동몽교관에 제수된 뒤 의금
  부도사·廣興倉主簿·수운판관을 역임하였다. 1650년 용안현감으로 나가 治蹟을 올렸으
  며, 비안현감·종부시주부·진천현감·금구현령·한성부서윤 등을 역임하였다. 1661년
  지평으로 발탁되었으나 교리 閔維重으로부터 人望에 浮應하는 인물이라는 탄핵을 받은 바
  있었다. 이후 간성군수·시강원진선을 거쳐 1668년 장령에 이르렀으며, 그해에 죽었다.

들어갈 수가 없어서 되돌아왔다. 함께 계획을 정하였는데, 중씨는 오랑캐와 싸우려고 곧장 마니산(摩尼山) 밖으로 향했으며, 나는 바다를 건너 피란할 계획을 하여 해안으로 향하려 했다. 중씨와는 그때 물결처럼 흩어지느라 오늘 서로 영원히 못 볼 슬픔을 겪었으니 통탄스러움을 금할 수 있겠는가.(협주 : <중씨순의록(仲氏殉義錄)>에 자세히 보인다고 하나, 본록(本錄)은 잃어버려 전하지 않는다.)

24일 아침. 앞으로 달아나 길가에 숨으며 처마 밑에 엎드려 있었다. 한낮에 계집종 춘시(春時)는 내가 굶주린 지 이미 이틀이나 된 것을 염려하여 죽을 쑤어 와서 먹으라고 했지만, 미처 다 먹기도 전에 벌써 산 위에서 오랑캐들이 왔다고 소리치고 있었다. 마침내 죄인처럼 머리를 풀고 숨을 죽이며 기다렸는데, 계집종도 황급히 달아나 다른 곳으로 갔다. 곧장 오랑캐의 기병이 돌격해 오는 소리가 들리더니, 집 앞에도 집 뒤에도 우글거리며 다투어 해괴한 소리를 질렀다. 갑자기 소리 높이 질렀다가는 잦아들게 하여 사람들의 귀를 놀라게 하고 당황케 한 것은 이른바 '군사들이 돌진할 때 일제히 지르는 함성'이라는 것이었다. 지금 와서 생각해도 간담이 다 떨어진다.

때로는 그 함성소리를 그치고 몰래 가까이 와서 살피다가 상당히 오래 지난 뒤에야 또 그 함성소리를 지른 것은 사람을 수색하며 약탈하는 오랑캐들의 미친 짓이었다. 오랑캐들이 마침내 울타리를 사이에 둔 집에까지 들이닥쳐서 한 늙은 할미를 찾아내고 마구 때렸는데, 비명 지르며 죽어가는 소리는 나의 기운을 이미 죄다 빠지게 하였다. 드디어 내가 숨어 엎드려 있는 처마 밖에도 오랑캐들이 끊임없이 오갔는데, 오랑캐 한 놈이 문에 이르러 머뭇거리더니 막 들어오려고 하다가 끝내 들어오지 않았다. 그는 방에 가득히 어미를 찾는 아이들의 울음소리가 밖에까지 들리자, 사람이 없다고 여겼기 때문이었으리라. 때마침 오랑캐들이 소와 말을 제 마음대로 노략질을 하였는데, 우리가 숨은 처마의 밖에 있는 거적 풀을 소 한 마리가 먹으러 오고 있었다. 처음에는 오랑캐가 이미 알고서 처마를 허물고 우리들을 몰아내려는 것으로 생각하였다. 아내가 감히 엿보다가 그것이 소인 줄 알고는 안에서 소를 찔러 쫓아버렸다.

오랜 뒤에 중씨의 장노(長奴) 막이(莫已)가 포로로 오랑캐 속에 뒤섞여 왔는데, 숨어 있는 처마에 가까이 와서 나직한 목소리로 말하기를, "나으리와 부인이 모두 오랑캐에게 사로잡혔습니다. 나으리는 이미 알몸이옵고 의복을 빼앗겼으며, 부인은 방금 말안장에 실려 사로잡혀 갔습니다." 하고는 마침내 더 말이 없었으니, 날은 이미 저녁이 되었다. 산 위와 산 아래의 오랑캐들이 잡아들인 사람과 약탈한 가축들이 길을 가득 메우며 가니, 멀고 가까운 곳에서 났던 울음소리를 어찌 차마 말할 수 있겠는가?

날이 어두운 뒤에, 어린 노비 끝남[末男]이 와서 오랑캐가 갔다고 알려주었다. 비로소 숨어 있던 처마에서 나와 중씨가 숨어 있던 집에 가니, 사내종들은 모두 이미 사로잡혀 갔고, 단지 약간의 계집종만 남아 있었으나 나의 계집종들은 전부 사로잡히고 말았다. 얼마 되지 않아 죽은 동생의 아내와 아이, 서모(庶母) 및 외삼촌 박욱(朴旭 : 서모의 형제) 3부자 등 온 가족들이 산 위에서 내려왔다고 하였으며, 모두가 바위 사이에 숨어 있다가 겨우 안전할 수 있었다고 하였다. 마침내 서모 등과 함께 불빛을 찾아서 내려오니 곧 내가 숨어 엎드려 있던 집이었다. 그런데 그 집주인은 밥을 지어 와서 죽은 동생의 아이를 먹였고(협주 : 주인은 통진(通津) 이웃한 집의 하인 조막동(趙莫同)의 아내로, 파도처럼 바삐 달려온 사람이다.), 내가 굶주린 것을 보고는 적은 양의 밥을 나누어 주었다. 그와 더불어 음식을 나누어 먹으려는 찰나, 갑자기 외치는 소리가 들리기를, "오랑캐가 이미 문에 들이닥쳤다." 하는 바람에 놀라서 달아나다가 서로 잃어버렸는데, 잃었던 아내는 이미 나를 밭 가운데까지 뒤따라 왔다. 서모와 제수, 조카는 또 산

위의 바위 사이로 향했다. 얼마 후에 화들짝 놀랐다가 헐떡거림이 진정되고서야 손에 각각 행기(行器)를 쥐고 있음을 알았는데, 음식을 담는 그릇이었다.

전하는 말에, '오랑캐가 5리 안에 주둔하고 있다.' 하였다. 그런데 붉은 불빛이 하늘을 뒤덮으니, 놀라고 의혹된 마음에 오랑캐가 이미 이쪽을 향해 쳐들어오는 듯했다. 곳곳마다 칠흑 같은 어둠 속에 서 있는 물체들은 모두 놀라게 하는 것이었다. 이때, 살아남은 끝남[末男]과 시손(試孫) 두 노비가 있었지만 또한 볼 수가 없었다. 그래서 아내를 데리고 엎어지며 자빠지면서도 밭두둑의 풀숲에까지 급히 와서 약속하기를, "내일 아침이면 오랑캐가 반드시 일찍 쳐들어올 것이고, 우리들은 씨도 남지 않을 것이오. 오랑캐의 칼날에 죽느니 차라리 아침 밀물에 몸을 던져 죽는 것이 낫소." 하고는, 다시 바닷가를 향하여 해안 가까이 갔더니, 캄캄한 밤인데도 사람 소리가 들렸다. 가까이 다가가 자세히 보니 수백 명이 벌써 와서 어저께 이미 바다에 붙은 배를 끌어내리고 있었다. 그 속에는 매형 최 승지(崔承旨 : 최유연) 및 신광일(申光一) 등 여러 사람이 있었다. 나는 건널 수 있기를 간절히 바라서 앞으로 나아가 무릎 꿇고 애걸하였더니, 매형은 어저께 저녁에 민성임(閔聖任)으로부터 거절을 당하여 배에 오를 수 없었던 것에 노하였었는데, 나에게 화풀이를 하면서 성난 목소리로 분개하고 미워하기를, "자네가 어찌 나를 형이라고 부른단 말인가?" 하였다.(협주 : 어저께 우리 형제들이 민성임의 배에 함께 타고 있었다. 매형이 와서 우리들에게 배에서 내리라고 하고는 자기의 늙은 부모를 태워 모셔가야겠다고 하였다. 그러나 중씨는 내가 배에서 내리는 것을 허락하지 않았고, 민성임도 매형의 무리한 청이 마지않는 것을 괴롭게 여겨서 큰소리로 거절하며 말하기를, "그 아무개가 어떠한 사람인지 내가 어찌 알 것이며, 시끄럽게 구는 것이 이와 같단 말인가?" 하였다. 매형과 민성임은 평소에 소원했던 사이라서 그들의 말이 이와 같았으니, 죽고 사는 갈림길에서도 믿을 수가 없었던 것이다.) 나는 배에 태워 주기를 청하는 것이 가능하지 않음을 알고서 다만 중씨가 아침에 이미 포로가 되었음을 알렸으나 또한 귀 기울여 듣지 않았다. 나는 아내에게 사사로이 말하기를, "저들이 허락하지 않더라도 어찌 건너갈 계획이 없겠소?" 하면서, 마침내 아내를 매형의 어머니가 앉은 곳에 머무르게 하고, 죽은 동생의 아내와 아이들을 불러와서 함께 건너려고 하였다. 다시 박욱 외숙이 있는 곳으로 향했는데, 밤이 어두운데다 길이 험하여 한 걸음 나아가면 한번 넘어지는 바람에 걸어도 앞으로 나아가지를 못했다. 오랜 뒤에야 집에 이르렀더니, 제수와 조카, 서모 모두 산 위의 바위 사이에 있었기 때문에 불러올 즈음 밤은 이미 걷히고 있었다. 마침내 그들을 데리고 아내가 머물고 있는 배에 돌아왔더니, 그 사이에 매형은 이미 자기의 아들들로 하여금 나를 피하여 다른 배로 달아나게 하였다.

상의해도 어찌할 도리가 없었는데, 붉은 불빛을 찾아 가다가 신광일을 만나서 애걸하였지만, 그의 말은 또 기대할 만한 것이 없었다. 횃불을 비추면서 친하고 믿는 자들로 하여금 배를 타러 가는 중요한 길목에 파수병을 두어 사람들이 함부로 몰려들지 못하도록 하였으니 마치 방금 군문(軍門)을 세운 듯했는데, 그 문 곁에는 같은 해의 과거에 같이 급제했던 임경설(任景卨)의 동생 임경유(任景游)가 있었다. 또 앞으로 나아가서 애걸하였더니, 실없는 말로 허락하여서 믿을 수가 없었다. 때문에 믿고 부리는 종에게 뇌물을 먹여서라도 아내와 제수, 조카를 데리고 간 것이다. 멀리 돌더라도 불빛이 없는 곳으로 해서 배 있는 곳을 찾아갔더니, 배는 수백 걸음 밖의 온통 개펄인 항구에 있었는데 조수가 이미 차올라 배를 움직여 바다로 내려갈 수 있을 것 같았다. 그 나머지는 모두 펄떡 펄떡 뛰지만 진흙탕이라 정강이까지 빠지는데다 얼음이 풀려서 걸어갈 수가 없을 지경이었다. 급기야 배에 이르렀을 때, 다리 아래가 모두 핏빛이었다. 배 위에는 또 칼을 뽑아든 사람이 서 있었는데, 약속한 사람의 숫자를 따져가며 태웠다. 내가 오는 것을 보고서는 거의가 쫓아내려는 찰나에, 같은 해의 과거에 급제한 임경설이 이미 배 안에 있다가 나인 줄 알아차리고 다른 사람에게 청탁하여 태우게 하였고, 죽은 동생의 아내와 아이는 매형의 며느리인 것으로 속여서 겨우 탈 수 있었다.(협주 : 매형은 약속된 사람이었기 때문이다.) 거기에다가 다른 사람은 바랄 수 있었으랴. 그렇기 때문에 이미 여종 애단(愛丹)으로 하여금 서모(庶母)를 다시 받들어 모시고 예전대로 바위 아래에 숨어 있도록 했다. 그리고 제수와 아내, 조카를 반드시 건너게 하려했던 것은 정씨(鄭氏)의 핏줄이 혹여 남겨지기를 바라서였다. 약간의 하인들이(협주 : 명생(命生), 궁회(宮會), 끝남(㐳男), 보낸 아이의 유모) 또 이미 뒤쫓아 와서 배에까지 이르렀으나 쫓겨나 흩어졌으니, 믿을 수 있는 수족(手足)이 없게 되었다.

배를 저어서 내려가는데 미처 수십 걸음을 가지 못하여 조수가 이미 빠져나간 데다 무겁게 태워서 배는 또 바닥에 붙어버려 움직이지 못했다. 하늘의 별을 바라보니 새벽이 되었지만, 아침 조수는 아직도 멀었다. 때문에 마음속으로 말없이 기도하고 점쳐서 생체(生體)의 괘(卦)를 얻었는데, 그때 기쁜 마음이 든 것을 잊을 수가 없다. 다 함께 마니산(摩尼山) 밖으로 가면서 오랑캐들이 쳐들어오지 않기를 바라는 한편, 조수가 오르기를 학수고대할 즈음에 아침 해가 이미 높이 떠 있었는데, 조수가 바다 어귀에 밀려들어오니 밥 먹을 때에 마땅히 배를 띄워 건너면 되겠다고 생각했다. 갑자기 목장의 말 10여 필이 치달려오니, 아내가 말하기를, "이 말들이 쫓긴 듯한 모양이니, 필시 오랑캐가 온 모양입니다." 하였다.

말한 지 얼마 되지 않아 과연 오랑캐 수십 명의 기마병들이 저 멀리서 배를 향해 달려들어 오자, 배 안에 가득했던 사람들은 세찬 물결처럼 바삐 달아나 바다 속으로 빠져 죽을 생각이었으나, 바다는 아직 수백 보나 먼 거리에 있었다. 때문에 오랑캐들이 그 사이 급히 이르러 마구 약탈하였으니, 마치 날아온 것 같았다. 어제만 해도 개펄이 정강이까지 빠지는 지경이었거늘 지금은 아침 추위 때문에 얼어붙었으니, 마치 하늘도 오랑캐를 도와주는 듯했다. 오랑캐들이 쳐들어왔을 때 스스로 생각건대 달아나서 바다에 빠져 죽을 수 없을 것으로 여겨, 제수와 아내와 함께 모두 목을 찔러 죽으려고 했으나 피만 온몸과 온 얼굴에 범벅이었으니, 그 자리가 마치 소를 잡은 곳 같았다. 나도 세 번이나 목을 찔렀지만 죽지 못했다.(협주 : 목을 찔렀던 그 칼은 바로 송강공(松江公 : 정철)이 평소에 차셨던 것으로 중간에 어떤 사람이 가지고 있었다. 죽은 동생 정뢰(鄭濡)가 마침 그 칼자루에 '송강'이란 글자가 새겨진 것을 보고 그 사람에게 청하여 돌려받았는데, 죽음에 임박해서 아내 서씨에게 주며 잘 간직하도록 하였다. 이때를 당하여 서씨는 미처 어찌할 수 없는 위급한 상황을 구하는 데에 쓰기로 불현 듯 생각하고 상자 속에서 칼을 꺼내어 몸에 지니고 있었다. 이때 세 사람이 차례로 사용한 것은 모두 이 칼이었다.) 오랑캐가 배에 오르고 내가 죽지 않은 것을 보자 다섯 발의 화살을 쏘아 죽이려 하였다. 그 첫 화살이 왼쪽 옆구리 아래에 맞았고, 둘째 화살이 왼쪽 귀 위의 머리에 맞았을 때는 그 고통을 어렴풋이 기억할 수 있었으나, 왼쪽 눈에 맞았을 때와 왼쪽 손가락에 맞아 부러졌을 때는 모두 기억할 수가 없다. 그 후에 들으니, 첫 화살을 맞고는 죽는다고 아우성을 쳤으나 그 다음부터는 아무런 소리도 치지 못했기 때문에 오랑캐들은 종국에 소리나는 화살[嚆矢]을 쏘아 재차 맞추고서야 그만두었다고 한다. 눈은 효시에 명중되었는데, 명중되고는 즉시 눈꺼풀이 부어올라 얼굴을 가렸다.(협주 : 부은 곳은 수개월 동안 침으로 치료하고 나니 차도가 있었다. 눈동자는 밤낮으로 찌르는 듯 아팠고 또 반년이라는 오랜 세월이 지난 뒤에야 영원히 실명하였다. 오늘에서야 생각하니, 뼈가 무너지고 움푹 패여 두 눈이 붙는 데까지 이르지 않은 것은 효시가 예리하지 못한 화살촉이었기 때문인 듯하다.)

화살에 맞아 눈을 감고 죽게 되었을 때, 보노라니 아내는 뉘어진 창 아래에서 거의 죽어가고 만석(萬石 : 태명인 듯) 애기는 뱃속에서 뛰며 움직이고 있었다. 오랑캐가 또 나를 향하였을 때, 나는 마음속으로 '정씨의 핏줄이 여기서 끝나는 것이 애석하구나.'라고 여겼다. 마침내 헐떡헐떡 숨이 끊어지려 하였으나 정신은 오히려 죽지 않고 또렷하였기 때문에 오랑캐가 끝내 내 머리를 자를까봐 염려하였으니, 어찌 그 고통스러움을 참을 수 있었겠는가? 그리고 더욱 빨리 숨이 끊어지게 하려 해도 그럴 수가 없었다. 죽은 동생의 아이 곧 조카는 죽은 어미 곁에 서서 이엄(耳掩 : 귀마개)을 쓰고 끈을 동여매고 있었기 때문에 오랑캐가 쉬 목숨을 빼앗지 못하고는 아이의 두 뺨을 마구 때렸다. 여종 팔생(八生)은 오랑캐가 처녀라며 환호성 지르면서 두세 번 유혹하여 데려가려 했으나 즉시 따르지 않으니 칼로써 협박한 후에야 몰아갈 수 있었다.(협주 : 팔생은 어제 밤에 아내의 치마 속으로 숨어들어서 겨우 배에 탈 수 있었는데 아무도 알아차리지 못했었다.)

오랑캐들은 배 안에 남아있던 의복들을 거두어 모아서 돌돌 뭉쳐 둘러맸으면서도 가지고 쉬 돌아가지 않았다. 때문에 오랑캐들이 돌아가지 않는 것이 더욱 걱정이었다. 오랑캐는 맞추었던 화살을 직접 뽑아서 거두어 갔고, 또 어깨에 둘러매었던 것을 풀게 해서 외할아버지와 외할머니의 신주(神主) 및 많은 가적(家籍)들을 털어 가버렸다. 오랑캐는 또 나의 턱밑에까지 앞으로 바싹 다가와서, 입고 있는 꿰맨 옷을 벗겨 놓고 희롱하여 말하기를, "대청에 오르라, 대청에 오르라."고 하였다. 아마도 틀림없이 우리나라 사람들로서 오랑캐가 된 자들이었다. 또 귀마개를 벗겼다가 안에 피로 물들어 있는 것을 보고는 곁에 있던 오랑캐가 만류하며 말하기를, "옷을 입은 것이 모두 피로 물들었으니, 더 이상 관여할 것이 못된다." 하였다. 오랑캐는 마침내 그만두고는 도로 귀마개를 머리에 씌워주고 피로 물든 옷은 벗겨버리고 가슴을 풀어헤쳤다. 제수와 아내가 입었던 옷을 끝내 빼앗기지 않은 것은 당초에 바삐 달아났기 때문에 누더기 저고리와 치마를 입게 되었고, 목을 찌르는데 이르러서는 또한 곧바로 그 피를 뒤집어써서 먼저 온 얼굴에 피범벅이었기 때문에 옷도 모두 핏빛이었으니, 옷을 취할 수가 없어서 빼앗기는 것을 모면할 수가 있었던 것이리라.

오랑캐 등은 배에서 내렸다가 잠시 뒤에 되돌아오곤 한 것이 세 차례나 되었다. 때문에 비록 실낱같은 명맥을 유지하고 있어 스스로 죽지 않을 줄 알고서 눈을 뜨고 제수와 아내를 부르려 해도 죽고 사는 것을 시험하는 격이었고, 오랑캐가 곁에 있을까 두려워 감히 조금도 움직일 수가 없었다. 다만 배가 조수를 타고 넘실넘실 바람 따라 오르내리며 떠가는 것을 알았다. 오랜 뒤에 최항(崔沆)이 그의 할머니를 업고 배에 오르며 말하기를, "진사 아저씨께서 돌아가셨다." 하였다.(협주 : 생각하기를, 매형이 어제 저녁에 나를 피하여 다른 곳으로 간 것이라 여겼는데, 이미 배에 타고 있었다. 지금 그렇게 하지 않은 것은 매형이 다른 배를 빌려서 독차지하여 온 가족이 잘 건너도록 하려고, 자신만 홀로 배를 타고 가지만 아침 조수가 밀려오기를 기다렸다가 자기 가족들이 건너가게 하기 위함이었다. 그의 가족들이 왼쪽 언덕 위에서 미리 준비하고 기다리는 즈음에 오랑캐들이 이미 들이닥쳤다. 때문에 그의 누이 류씨 처, 그의 첩, 그의 서녀(庶女), 그의 아들 와룡(臥龍), 그의 장손자 등 모두 포로가 되어 어디에 있는지 알지 못하였다. 최항이란 자는 급히 그의 할머니를 업고 달아나다가 개펄 속에 빠졌으나 겨우 죽음을 모면할 수 있어서 이때에 이르러서야 배에 올랐던 것이다. 이어서 이기와(李起窩)의 아내, 신광일의 처 및 몇 명이 개펄에 빠졌으나 온전할 수 있어서 모두 와 배에 올랐다. 신광일은 언덕에 있다가 사로잡혀서 하루에 3번이나 도망쳐서야 돌아왔고, 임경설은 정포(井浦)에서 사로잡혀 죽었다. 어리석은 치중(致中) 일가의 12명은 모두 바닷물에 빠져 죽었다고 한다. 그 나머지는 미처 그 자세한 것을 듣지 못하였다.)

마침내 오랑캐들이 떠나간 것을 알고서 눈을 뜨고 보니, 아내가 비로소 안간힘을 내어 일어나서 나를 부축하여 마른 곳에다 옮겨 눕혔다. 아내는 이어서 배안을 급히 뒤졌지만, 단지 외할머니의 신주만 찾을 수 있었고 외할아버지의 신주는 찾을 수가 없었다. 그 후에 매형이 외할아버지의 신주를 받들어 돌려주면서 말하기를, "지난번 바다에서 우연히 목주(木主)가 떠내려가는 것을 보고 건져서 살펴보았더니, 분면(粉面 : 신주에 분을 바른 앞면)이 모두 씻겨버려 알아볼 수가 없었으나 함중(陷中 : 신주의 뒷면에 네모꼴로 파낸 부분)을 보고나서야 알게 되었다."고 하니, 이는 반드시 조상의 영령께서 밝은 것이 아니겠는가?(협주 : 이때 아버지와 어머니의 신주는 중씨가 이미 지니고 왔는데 그의 몸과 함께 없어지고 말았다. 때문에 난리 뒤에 신주를 고쳐 돌아와서 정경연(鄭慶演)에게 받들도록 하였다. 죽은 동생의 신주는 외할아버지와 외할머니의 신주와 함께 일시에 잃어버렸고, 외도(外島)에 가게 되었을 때 윤복원(尹復元) 씨가 우연히 그의 노비로부터 찾았다가 그 가적(家籍)을 아울러 잃어버렸다. 나의 가적은 모두 잃고 말아서 단 한 권이라도 남아 있는 것이 없다.)

오랑캐가 떠나간 뒤로부터 정신이 어수선하다가 다시 사경(死境)에 들어가 헤매니, 마치 짧은 시간마저도 보존할 수 없을 듯했다. 때문에 아내는 매형의 대부인(大夫人 : 어머니)께 밥을 가져다주기를 애걸하고 밥 한 덩어리를 얻어서는 제수와 조카에게 나누어 주어 먹도록 했다고 한다. 배 안의 몇 사람은 다시 전처럼 외도(外島)로 건너가고자 하였지만 역풍과 썰물로 말미암아 나부끼는 사이에 배가 또 바닥에 붙어서 건널 수가 없었으니, 최항도 그대로 배 안에서 묵었다. 그래서 내가 말하기를, "나는 오늘 밤에 반드시 죽을 것이다. 바라건대 마니산 아래로 돌아가 죽고 싶다. 노비들로 하여금 겨우 흙이라도 덮어서 장사지내도록 하여 까마귀나 솔개가 파먹는 것만 면할 수 있다면 다행이겠다." 하였다. 아내가 말하기를, "여기서부터 육지에 이르기까지는 이전보다 더욱 멀고 개펄 또한 깊습니다. 이런 기력으로 어찌 능히 육지로 나갈 수 있겠습니까?" 하나, 나는 마침내 아내를 데리고 배에서 내렸다. 그리고 제수와 조카를 최항에게 머물러 있게 하면서 말하기를, "나는 반드시 죽을 것이다. 이 모자를 네가 구제해주면 정씨의 핏줄이 끊어지지 않고 이어지리로다." 하였다.

이때 해는 이미 서산으로 졌으나 몇몇 깃대는 여전히 길게 꽂혀 있는데, 북풍은 몹시도 차니 오한이 솔솔 들어 몸이 덜덜 떨려서 바지를 입으려 해도 입고 있었던 가죽바지는 이미 어젯밤 배에 올라탈 때 잃어버렸다. 신발을 신으려 해도 신고 있었던 미투리[芒鞋]도 어제 개펄에서 잃어버렸다. 비록 돌아가서 하인들의 손에 죽으려 해도, 상해를 입은 쇠잔한 근력으로는 결코 개펄을 건너기가 어려웠다. 미처 몇 리를 가지 못하고 근력이 이미 다하자, 나는 아내를 불러 구원해달라고 했고 아내도 또 나의 구원을 청하려 했으나 모두 구원을 받을 수가 없었다. 그 후에야 서로에게 말하기를, "내가 죽어도 그대에게 기대할 것이 없고, 그대가 죽어도 역시 나에게 기대할 것이 없소. 모름지기 각기 스스로의 힘으로 살아나야만 할 뿐이오." 하였다. 건너가는 사이에 밤이 이미 어두컴컴하여 길을 잃고 그 방향조차 알 수 없었는데, 다행히 시체를 찾는 사람이(협주 : 이때 빠져 죽은 사람이 많아서 시신들이 개펄 속에서 서로 바라보고 있었다.) 횃불을 밝히고 해안기슭까지 나와 있었기 때문에 그곳을 돌아가야 할 곳으로 삼아 겨우 해안기슭을 오를 수 있었고, 불꽃에 발을 쬐는데 발은 둘 다 개펄 속의 굴 껍데기(협주 : 이른바 석화(石花) 껍데기이다.)에 의해 깨어지고 갈라지고 터져서 온통 피범벅이었다.

드디어 엎어지고 자빠지며 가서 주인집에 가까워지자 힘이 다하여 더이상 걸을 수가 없었다. 밭고랑에서 앉아 쉬고 있었더니, 집에서 부리던 하인인 끝남(叱男)과 검송(檢松)이가 배를 구하려고 해변으로 우연히 가던 찰나 우리의 말소리를 듣고 왔는데, 검송이는 거의 죽어가는 나의 꼴을 보고 울었다. 더운 물을 급히 구하기 위하여 곧 두 하인이 달려가더니 큰 바가지 하나를 들고 와서 마시게 했다. 하인 시손(試孫)이 또한 와서 보고는 업고서 집에 이르렀는데, 곧 처음 처마 밑에 숨어 엎드려 있던 집이었다. 방안에 내려놓고는 볏짚자리로 덮어주며 목숨이 다하기를 기다렸는데, 하인들은 밖에서 시체를 묻을 계획을 세우고 있었다고 한다. 아내는 억지로 기력을 차려서 비로소 죽을 먹고, 이어 박욱 외숙 등과 의논하기를, "화살 다섯 발을 맞았지만 다행히도 모두 얕게 들어가서(협주 : 머리는 귀마개 뒤로 이른바 귀가 접혀서 틈이 난 곳으로부터 화살을 맞았다. 옆구리 아래는 옷의 주름을 겨드랑이 아래에 포개어 여러 겹이 있었으므로 화살이 들어갔어도 꿰뚫지는 못했던 것이다.) 살릴 방도를 바랄 수가 있습니다. 그리고 오늘 밤에는 목숨을 보전할 듯합니다만, 내일은 반드시 오랑캐가 올 것입니다. 계책을 장차 어찌해야 하겠습니까? 모름지기 큰 개를 잡아 죽여 그 피로 옷이나 덮은 것들을 칠하고 더럽혀서 해괴망측한 꼴을 만들어 놓으면 요행히 죽음을 면할 수 있을 것입니다.(협주 : 개는 통진에서부터 휩쓸려 강화까지 따라오고, 물결처럼 달아날 때도 또 따라온 것이었다.)" 하였다. 하인 시손이 밤중에 그 개를 죽여서 피를 칠하니, 아내의 계획대로 되었다. 그리고 나중에 와서는 개도 다시 살아나서 지금껏 아직 통진의 옛집에 살아 있다. 다행일러라.

적에게 화를 입은 다음날 곧 26일이다. 그 날은 오랑캐가 다행스럽게도 이르지 않았다.

27일 저녁 때. 두 놈의 오랑캐가 한 여아를 보고 뒤쫓아 오니, 여아가 달아나서 내가 누운 아래쪽의 볏짚 속으로 숨는 바람에, 숨겨주었다. 한 놈의 오랑캐가 문으로 들이닥쳐 내가 누운 아래쪽에서 그 여아를 끌어 잡아내었다. 이어서 고들개철편으로써 나의 얼굴을 두세 번이나 어지러이 치고 갔다.(협주 : 처음에는 볏짚으로 몸을 덮었고, 벼루로 얼굴을 덮었다. 벼루는 명나라가 우리 선조(宣祖) 임금께 하사하신 것이고, 선조 임금께서 또 송강공(松江公)에게 하사하신 용연(龍硯)이다. 이때에 이르러 한쪽 귀퉁이가 떨어져 없어졌다.) 그것은 내가 생기가 없는데다 또한 핏빛이 흥건한 것을 보고 깜짝 놀랐기 때문이었을 것이다. 아내의 경우도 또 처음에 숨어 엎드렸던 처마 밑에 숨어서 죽음을 모면하였다. 그날 밤에 아내는 또 박욱 외숙과 '내일의 계획은 또 장차 어찌해야 하겠는지' 의논하였다. 또 하인 시손과 끝남으로 하여금 방 안에 구들장으로 깔았던 돌을 걷어내고 그 아래를 깊이 파서 몸 하나를 용납할 수 있게 된 뒤에는 걷어냈던 돌을 도로 예전처럼 덮고, 그 위에다 마구 헝클어진 풀로 덮도록 했다.

28일 새벽. 부부는 구들장 아래로 들어가 숨고 하인 시손으로 하여금 도로 덮어서 대수롭지 않게 보이도록 하였고, 하인들은 또 이전처럼 산으로 올라가 숨었다. 집 주인 조막동(趙莫同)은 나이가 들어서 오랑캐가 해치지 않을 것으로 여겼기 때문에 언제나 그의 집을 지키고 떠나지 않았다.

이른 아침에 오랑캐가 또 와서 마을의 집들을 불 질렀는데, 불길이 숨어 있던 집의 바로 앞집에까지 이미 다가왔다. 그 사이의 거리가 아주 가까워 부인네들의 천막 친 수레가 지나갈 만한데, 바람이 우리들을 향해 불어와서 타는 연기가 이미 구들장 밑으로 두루 스며들었다. 그 전에 나는 이미 정신이 흐려졌어도 오랑캐가 왔음을 알고 불구덩이 속에서 다시 죽기를 무릅쓸 생각이었지만, 연기와 불기운이 기침을 나게 하여 먼저 오랑캐에게 발각될까 걱정하였다. 오랑캐는 또 숨었던 처마의 뒤로부터 그 숨었던 곳을 부수고 나왔는데, 가벼운 보화(寶貨)가 토굴에 가득했기 때문에 오랑캐들은 기뻐서 날뛰며 서로 차지하려고 다투느라 오랫동안 떠나지 않았다. 느닷없이 하늘이 이에 바람을 거두어서 불길이 끝내 나에게 미치지 않은 것은 필시 그 사이에 천우신조가 있어 나에게 목숨을 하사한 것이리라. 그날 하인 시손과 박욱 외숙이 산 위에서 불타는 것을 바라보고는 모두 나와 하늘에 절하고 빌며 살려주기를 기도했다고 하니, 목숨을 구한 것은 모두 하인 시손 등의 충정이 하늘을 감격케 한 것이리로다. 일개 변변치 못한 사람의 죽고 사는 것도 하늘에게 달려 있는 것이런가. 바람이 거두어졌을 때도 조막동은 소리도 없이 와서 바람이 거두어졌다고 알려주었고, 오랑캐가 갔을 때도 또 와서 오랑캐가 갔다고 알려주었으니, 그가 나에게 정성을 기울인 것이 이와 같았다.

아내가 갑자기 나가 배들이 외도(外島)에서 돌아와 가까운 나루터에 정박해 있다는 것을 듣고는, 늙은 하인 악수(岳守)로 하여금 나루터에 가서 배를 세내도록 맡겼더니, 돌아와서는 배를 세내고 이미 실은 것이 있는데다 조수가 이미 밀려오고 있다고 알려주었다. 지금 떠나지 않으면 건너기가 어려웠다. 이때 아내는 출산의 기미가 있고 나루의 물은 빠지고 있어서 어떡해서든 외도로 건너가려고 했다. 급히 배로 달려가고자 했지만, 하인 시손과 끝남은 때마침 미처 산에서 내려오지 않았고 날은 저물기 전이었다. 박욱 외숙이 먼저 도착하여 말하기를, "다섯 명의 오랑캐 기마병이 지금 5리쯤 되는 곳에 있는 신광일(申光一)의 집에서 소를 잡아먹고 있다는데 어떻게 죽음을 무릅쓰고 배로 달려갈 수 있겠는가? 그렇지만 나의 생각으로는 이곳에 있으면서 적에게 죽임을 당하느니, 차라리 요행히 배가 있는 곳에 이르러 해산하는 것이 더 낫겠네." 하였다. 이어 나무를 엮어서 담구(擔具 : 어깨에 메고 나르는 기구)를 만들도록 하여, 끝남[末男]과 검송(檢松) 두 하인으로 하여금 아내를 담구에 태워 급히 달려가게 하였다. 끝남과 검송이 비록 이미 달아나 갔지만, 지금도 그 공을 잊을 수가 없다. 겨우 강나루에 담구를 내려놓았으나 미처 배에 타지도 않아서 만석(萬石) 애기가 태어나기에 이르러 거의 땅에 떨어지려고 했기 때문에, 아내는 단단히 참고서 일어나 달렸다. 급히 하인 시손으로 하여금 아내를 업고서 배를 타게 했는데, 미처 앉기도 전에 아이는 이미 태어났다. 배를 타기 전에 산머리가 지는 해를 이고 있는 것을 보니, 마치 금 쟁반 같았다. 태어났을 때는 이미 해가 지고 저물어 갔으니, 생각건대 유시(酉時 : 오후 5시~7

시)인 것 같았다.

배 위에서의 출산을 뱃사람들은 크게 금기시하였다. 애기가 땅에 떨어지자, 처음 울었다. 뱃사공이 따져 물으니, 박욱 외숙이 거짓으로 말하고 진정시키기를, "안고 온 아이가 다치지 않았는가? 어찌 그리도 운단 말인가?" 하였다. 애기 엄마가 위급할 때는 뜨거운 국과 밥을 보내는 것이 예사이나 얻을 수가 없어서 가만히 남녀 하인들에게 물었더니, 끝남이가 먹다 조금 남은 것이 있었다. 그리고 또 달큰한 물이 없어서 배안을 찬찬히 살폈더니, 또 파는 달큰한 물이 항아리에 가득하게 있었다. 그래서 애단(愛丹)이가 목화 2자쯤 꺾어 한 바리의 물을 얻어서 살린 이후에, 내가 가지고 있던 것과 하인 시손이 산 위에서 얻은 것인 미역과 단간장 두 가지를 보내어 미역국을 끓이고 밥을 지어서 그 산모에게 보냈는데, 그 양이 지극히 적었으니 배불리 먹을 수 없었다.(협주 : 이로부터 외도(外島)에 도착하여 정박하기 전까지는 다시 얻어먹을 수 없었고, 다음날 오후가 되어서야 비로소 아주 적게 먹을 수 있었다.) 이른바 태(胎)의 껍질은 허둥지둥 하는 수 없어 바닷물에 던져 버렸다. 그 밤은 배 안에서 보냈다.

다음날 아침 29일의 오전. 비로소 외도에 정박했다.(협주 : 이른바 생도(生島)이다.) 그리고 상하 모두가 굶주렸는데 날이 저물자, 하인 시손의 형제가 쌀 약간을 보내왔다. 매형을 만나기까지 근처의 밭 가운데서 집을 빌리기가 어렵다고 생각하여, 어렵사리 낫을 빌려 나무를 베어서 집을 지어 모양을 갖추었으나, 이엉이 없어서 보자기 하나와 치마 하나로 지붕을 덮고 가려서 또 밤을 지새웠다.

30일. 그날은 상처를 겨우 싸맨 산모가 밖에서 고생한 지 이미 이틀이나 되었다. 그 새벽에는 눈이 또 내리는데다 바람이 점점 강해지니 죽을 수밖에 없는 길에 이르렀지만 또한 탈이 없었다. 천행이고 천행이었다.

그 다음날 아침은 곧 2월 1일이다. 들건대, 시주(時周 : 신면의 字) 신면(申

鵊)의 온 가족이 배를 타고 바다로 나가기 위해 떠나게 되어서 그의 집이 한 달 가량 빈다고 하여 상처를 움켜쥐고 가서 보려는데, 그 집의 하인배들은 내가 귀신의 꼴을 하고 있었기 때문에 곧장 앞으로 오지 못하게 했다. 때마침 신면이 그윽이 보다가 나인 줄 알아보고는 나아와 놀라서 말하기를, "우리는 이제 배를 탈 것이니, 이 집은 빈집입니다. 또 토굴이 곁에 있으니, 모름지기 처소로 택하시고 위험에서 벗어나 온전하십시오." 하였다. 나는 생각하기를, '집은 반드시 세력가들이 탈취하려고 번거로울 것이다.'고 여기고는, 토굴이 있는 방으로 들어가 살았는데 얼마 되지도 않아 젊은 패거리들이 와서 으르며 내쫓으려 했다. 애걸하는 사이에 그들은 나인 줄 알고는 마침내 측은하게 여겨 도와주었다.

조금 있으려니 허일장(許佾長), 민욱(閔煜, 협주 : 민욱은 어릴 때 신천(信川)에 같이 살았던 친구이다.), 조형백(趙亨伯, 협주 : 이름은 인형(仁亨)이다.) 등 여러 사람들이 와서 본 이후로는 걱정이 없었다. 이때 신면의 형제도 와서 보고는 쌀과 고기를 보내오고 우리를 버리지 않았다. 또 통진(通津)의 한 마을에서 살던 자들도 그곳에 와서는 한 됫박이라도 서로 도우니, 음식을 먹이는 도리가 전혀 없다고 말할 수 없었으나 서모와 제수, 조카들도 받들고 양육하기가 어려웠고, 약간 명의 하인들로 하여금 모두 자기 입을 스스로 충당하게 하기에 이르렀지만 산모도 아침저녁으로 죽을 마시는데 그 배를 부르게 할 수는 없었다. 그러니 그 위급한 상황이 어떠했겠는가? 그리고 나의 술병[酒病]을 아내가 이미 걱정하여 생각하고는 베갯머리에 몇 되의 술을 빚어서 익기를 기다리다가 조형백에게 발각되었는데, 당연하게도 조형백 친구는 지금까지 아직 친구들에게 이 일을 기롱하며 비웃는다. 비록 내가 상해를 입고 피를 많이 흘린 뒤로부터 어지러움이 극심하여 반드시 그만둘 수 없었다고 실재로 말한 적이 있었지만, 또한 그 말을 당해낼 수가 없었다.

어느 날 밤. 갑자기 외치는 소리가 들리기를, "오랑캐가 왔다." 하였다. 온 섬은 흉흉하고 살아갈 계책을 마련할 수 없자, 그 자리서 앉아 죽기를 기다리는 자들은 탄환 같은 작은 섬인데 어디를 가도 몸을 숨길만한 곳이 없다고 하였었다. 그런데 잠시 후에 알아보니, 배를 가진 자들이 밤을 틈 타 강화도에서 도적질을 하여 소와 말을 잡아가지고 온 것은 잡아먹기에 좋았기 때문인데, 이때에 이르러 실컷 먹을 것이 기뻐서 뽐내고자 소리를 외쳐 많은 사람들을 속이고 얼을 뺐던 것이라 하였다.

민만(閔熀)은 날마다 와서 침을 눈꺼풀 및 화살에 의한 여러 상처들에다 놓아 치료하고 그 나쁜 피를 없애고는(협주 : 민만은 침놓는 것을 대강 아나 혈맥(穴脈)을 알지 못하는 자였다.) 회생되기를 바랐다. 어느 날 와서 남한산성의 항복 소식을 알려주었는데, 하늘과 땅이 온통 뒤집혀지는 것이었다. 저도 모르게 목이 쉬도록 통곡하였더니, 민만 친구는 타일러 가며 그치도록 하였다.

그날 밤에 가족들과 서로 상의하기를, "중씨와 형수의 기력은 필시 오랑캐의 말구종으로 부리기에도 어려울 것이다. 게다가 내일이 있을 것이라는 약속에도 죽으실 것은 틀림없다." 하였다. 오랑캐가 군사를 거두어서 되돌아 갑곶[甲串]으로 건너갔다고 듣게 되었을 때, 곧바로 배 전부를 세내고 중씨의 하인들을 강화도로 보내면서 시키기를, "모름지기 어지럽게 널린 시신 중에서 일일이 확인하여(협주 : 하인 검송과 억이(億伊), 여종의 남편 함룡(咸龍), 여종 향춘(香春)과 애운(愛云)이었다.) 기필코 찾아오는데 노고를 아끼지 말라." 하였다. 이때 오랑캐들이 모든 창고들의 곡식을 불사르고 갔기 때문에, 하인들은 불타고 남은 곡식들을 주워서 담기에 급하였는데 그들의 먹을거리를 삼기 위해서였다. 단지 모든 창고들을 왕래하는 길에서만 길가의 어지럽게 널린 시신 중에서 대략 찾아보았을 뿐이었기 때문에 재차 갔다 재차 돌아와도 중씨를 찾아올 수가 없었다.

며칠 전에 태일(太一)이라는 하인이 사로잡혔다가 돌아왔기 때문에 또 함께 가서 시체를 찾도록 통진의 옛집에 왕래하게 하였더니, 박욱 외숙의 여종 구화(九花)도 이미 사로잡혔다가 돌아왔는데 태일이라는 하인에게 말하기를, "영동(永同 : 정양의 중형 정수(鄭洙)를 가리킴) 나으리와 부인께서는 그날 모두 마니산(摩尼山) 밖의 서쪽 길가에서 죽었는데, 주인집과의 거리는 몇 리가 되지 않았다."고 하였다.

미처 돌아와서 전하기도 전에, 내가 이미 온 가족을 박욱 외숙에게 부탁하고 육지를 떠나는 길을 나서서 전등사(傳燈寺, 협주 : 강화도 길상산(吉祥山)에 있다.)로 향한 것은 오랑캐의 철수하여 돌아가는 자들이 양화진(楊花津)을 미처 죄다 건너기 전이어서 김포(金浦)와 양천(陽川) 사이에 가득 차 있었기 때문이었고, 전등사의 승려들에게 음식을 빌어먹을 요량이기 때문이었다. 다음 날까지 또 배 안에서 하룻밤을 묵고 그 다음날에야 병든 몸을 이끌고 전등사에 올랐는데 승려들이(협주 : 의현(義玄)과 두승(杜承)이었다.) 모두 산 아래에까지 마중을 나와 앞에서 인도하여 갔고, 흰밥과 맑은 간장, 여러 색깔의 산나물로 배불리 먹었는데, 난리가 일어난 뒤 처음으로 먹는 진기한 음식은 마치 왕이 먹는 고기를 대한 듯했다.

태일이라는 하인을 보고서야 비로소 중씨와 형수의 부음(訃音)을 듣고 울부짖다 함께 기절한 뒤에 박욱 외숙과 여러 사람들로 하여금 그곳에 가서 시신을 거두도록 하였으나 염습(殮襲)할 장구가 하나도 없었다. 겨우 홑옷과 홑저고리를 준비하여서 그 시신을 염습하고 버들고리 네 마디로 그 관을 대신하고는, 뒷날에 관을 사서 제대로 갖출 때를 기다리기로 했다. 절개를 떨쳤던 날로부터 오늘에 이르기까지 벌써 20일이 지났는데도 얼굴은 다 살아있는 듯했는데, 중씨는 마구 베인 것이 너무나도 극심하였다.(협주 : 중씨와 형수가 칼을 맞은 것은 모두 오른쪽 귀밑에서 입에까지 도려내었다. 또 허리를 해쳐서 거의 반으로 나누어졌기 때문에 중씨는 시신을 들어서 염습하기가 더욱 어려웠다. 중씨는 화살이 가슴과 이마 두 곳에 박혔는데, 이마의 화살촉은 두 눈썹 사이에 얕게 박혔기 때문에 어렵사리 뽑아낼 수가 있었다. 형수의 오른쪽 장딴지 살은 마을의 개들이 이미 죄다 뜯어먹었다. ○ 구화(九花)가 전하는 바에 의하면, 진사 나으리께서 오랑캐에게 사로잡혔을 때 부인을 불러서 말씀하시기를, "나는 죽을 것이오." 하고는 마침내 오랑캐의 채찍을 빼앗아 그를 마구 때렸으며, 오랑캐가 물러서면서 마구 화살을 쏘자 화살을 맞고 땅바닥에 쓰러지니, 부인께서 몸으로 덮고서 오랑캐를 꾸짖다가 죽었는데, 오랑캐들이 그 시체를 마구 베었다고 하였다.) 시신을 수습하여 염습하던 날, 형수의 계집종(협주 : 애운(愛云)과 향춘(香春)이다.)들은 모두 몸에 병이 있음을 핑계하여 고기 먹기를 평상시처럼 하고 끝내 염습하는 일에 가서 보지 않았다. 남자 하인들도 비록 갔을망정 역시 손을 대려고 하지 않았기 때문에 내가 몸소 새 저고리와 새 바지로 염습하는데 멀리하고 꺼릴 겨를이 없었다. 두 계집종을 아끼고 길러준 은혜가 끝내 무슨 소용이 있으랴. 아아, 애통하도다.

　이때 가도(椵島)를 침범하려는 오랑캐의 선박이 강화도의 연미정(燕尾亭)에 와서 정박하였는데, 모든 섬을 수색하라는 말이 있었던 데다 임금께서 교동(喬桐)의 사민(士民)들로 하여금 오랑캐가 가는 길을 피해 달아나라는 교지를 내리기까지 했기 때문에 남쪽 해변의 외도(外島)로 달아나는 자들이 이루 다 헤아릴 수가 없었다. 강화도에서 홀로 살아남은 사람들도 또한 모두 마니산으로 달아나 숨었기 때문에, 원근의 사람들이 불안에 떨며 술렁였다. 그런데 갑자기 검은 옷을 입은 몇 사람이 말을 타고 덕포(德浦)에서 전등사(傳燈寺)로 급히 달려왔기 때문에, 사람들은 모두 오랑캐가 쳐들어오는 것으로 여겼으나 숨을 수가 없었다. 친하고 믿는 승려들과 의논하며 생각건대, 지난번에 물결처럼 달아났는데도 이와 같은 지경에 이르렀던 것은 또한 그 계책이 없어서인데, 더러는 뒷간 밑에 쌓인 오물 속으로 빠져서 죽음을 모면하였으니, 이것을 제외하고는 다른 계책이 없었던 것이다. 잠시 후에 전해지기를, 검은 옷을 입은 자들은 오랑캐가 아니고 남한산성에 임금을 호종하였다가 온 자들로 그들의 부모 시신을 찾으러 이르렀다고 하였다.

그 다음날, 박욱 외숙이 가족들을 이끌고 통진의 옛집으로 돌아왔는데, 서모와 제수, 조카는 승방(僧房)에 오래 의탁하기 어려웠기 때문에 우선 박욱 외숙을 따라 가서 의탁하게 하였다. 나는 그 옛집이 불에 타서 잿더미가 되었고 해상은 바람이 많이 불 것이라서 따스한 방이 아니면 창병(瘡病 : 피부병)을 조리하기 어려울 것으로 생각하였다. 그리하여 억지로 머물러서 덧붙어 지낸 것이 다시 10여일이었고, 그 사이 장인어른께서 뱃길을 통해 평산(平山)의 부임지로 가는 길에 멀리 돌아서 오시어 뵈었다. 듣건대, 권순정(權順正)이 부평(富平)에서 와 그의 아내 시신을 싣고서 가기로 기약했다고 하였다.(협주 : 정월 22일에 오랑캐가 건너와서 내성(內城)을 포위했다. 권순정의 부인은 그 다음날 아침에 스스로 목을 찔러 죽었다.) 처가로 돌아가 의탁하고자 병을 무릅쓰고 돌아와서 박욱 외숙이 있는 곳에서 머무르며 하루를 기다렸고, 제수와 조카와 아울러 부평으로 향하였다. 서모는 며칠 전에 그 친정질녀가 모시러 왔기 때문에 이미 그녀를 따라서 충주로 돌아갔다. 처가에 이르러서야 비로소 배불리 먹었고 오로지 병을 치료할 수 있는 방안을 강구하였다. 그런데 다만 인근의 전염병을 피하느라 거처할 곳이 없는 신세가 되었기 때문에 장모가 주무시는 방에서 함께 모시었지만 편안하지 못하게 하였다.

산소의 하인 명동(命同)이 난리를 겪고 찾아왔다. 비로소 작은 아버님[정홍명(鄭弘溟)]이 남쪽에서 분문(奔問 : 급히 달려와 안부를 여쭘.)하러 조정에 들어오셨음을 들었으며, 한창 턱을 앓고 있는 상처가 전보다 배로 심하였기 때문에 상처를 싸매고 도성에 들어가 뵈었다. 마침내 부평으로 다시 돌아가지 못하고 서울에서 한 달 머무르다가 온 가족을 인솔하여 동쪽으로 삼척(三陟)의 오십천(五十川)에 들어간 것은 실로 호랑이에게 물려봤던 사람만의 계책이었다.

숭정 기묘년(1639) 12월 하순에 써서 기록하여, 자식과 조카들이 오랑캐와는 하늘을 같이할 수 없는 뜻으로 삼고자 한다.

[≪포옹선생문집(抱翁先生文集)≫ 권5 '잡저(雜著)']

江都被禍記事

丙子[1]冬十二月, 建虜[2]猝至, 上幸南漢山城, 廟社及世子嬪元孫, 皆入江都。時瀁[3]在通津[4]寓舍, 與仲氏[5]及諸家屬謀曰∶"吾儕是世祿之臣, 不可逃死求生." 遂相與入江都, 仲氏日詣分司[6]呈身。

丁丑正月二十二日朝, 聞砲聲大震於江津, 仲氏曰∶"賊衆必已渡矣." 疾馳赴宮城[7], 賊已遍滿城外, 不得入而退。與定計, 仲氏則欲爲犯賊, 卽向摩尼山[8]外, 瀁則爲蹈海[9]之計, 欲向海岸。與仲氏, 其時奔波, 爲今日永訣之慟, 可勝痛哉?(詳見

---

1) 丙子(병자) : 仁祖 14년인 1636년.
2) 建虜(건로) : 建州衛의 오랑캐. 곧 만주의 건주여진을 말한다.
3) 瀁(양) : 鄭瀁(1600~1668).
4) 通津(통진) : 경기도 김포군 월곶면 곤하리에 있는 옛 邑. 한강 입구를 지키는 제1의 要害 處로 군사·정치의 요충으로 발달했으나, 1914년 김포군에 병합된 뒤로는 그 중요성이 감소되었다.
5) 仲氏(중씨) : 정양의 둘째형 鄭洙(1585~1637)을 가리킴. 본관은 延日, 자는 聖源. 할아버지 는 鄭澈이고, 아버지는 부사 鄭宗溟이며, 어머니는 남양홍씨 洪仁傑의 딸이다. 아내는 禹祈 先의 딸이다. 1615년 생원시에 합격하였으나 할아버지 정철이 서인으로서 무고를 당하여 그 자손들이 모두 폐하게 되었다가, 1623년 비로소 음보로 別提에 제수되었다. 직장·주 부 등을 거쳐 영동현감으로 恤民을 잘하고 청렴한 수령으로 일하다가 병자호란이 일어나 자 1637년 강화에 들어가 적과 싸우다가 亂射당하여 처와 함께 죽었다. 동생 鄭瀁도 화살 을 맞았으나 죽지 않았으므로 형 내외를 같은 槨에 넣어 장사지냈으며, 후사가 없어 정양 의 자손으로 奉祀하게 하였다.
6) 分司(분사) : 중앙 관아의 임무를 나누어 맡기 위해 별도로 설치한 관아. 여기서는 강도에 설치하여 정사를 총괄하는 임시 관아이다.
7) 宮城(궁성) : 강화도는 해협을 垓字(성 주위에 둘러 판 못)로 삼아 외성, 내성, 궁성이 있어 삼중의 방어벽을 둘러쳤음.
8) 摩尼山(마니산) : 강화도 화도면에 있는 산.
9) 蹈海(도해) : 전국시대 齊나라의 高士인 魯仲連이 趙나라에 가 있을 때 秦나라 군대가 조나 라의 서울인 邯鄲을 포위하였는데, 이때 魏나라가 장군 新垣衍을 보내 진나라 임금을 황 제로 섬기면 포위를 풀 것이라고 하자, 노중련이 新垣衍에게 "秦나라가 천하의 제왕으로

<仲氏殉義錄>云, 本錄迭而不傳.)

二十四日朝。前走, 匿於路邊, 伏簣下。其午時, 家婢[10]春時, 念我飢已二日也, 炊粥來食, 而未及食, 已有山上之呼賊來矣。遂囚首潛息以待, 則婢亦急走而他之矣。卽聞賊騎突至, 充斥[11]於家前家後, 而爭爲駭怪之聲。斗[12]高而低, 驚惑人聽者, 其所謂'吶喊[13]'者歟。到今思之, 心膽俱落。

時或止其聲而潛向以察, 久而後, 又作其聲者, 搜掠人之賊獪者歟。賊遂入於隔籬家, 搜得一老嫗而亂撲之, 呼死之聲, 令我氣已盡矣。遂絡繹[14]於所匿伏簣之外, 而一賊至門趑趄, 且有將入之狀而竟不入者。其以滿房呼母之兒, 啼聲徹於外, 而謂其無人故歟。時被掠牛馬縱橫, 有一牛來食伏簣之外所苦草也。初謂賊已覺而毀簣出我等也。妻敢窺察其爲牛也, 自內刺牛而逐之。

久後, 仲氏長奴莫已, 被擄而雜於賊中來, 近於伏簣而微聲告之曰:"進賜室內, 皆爲賊獲。進賜則已赤身被奪衣矣, 室內則今方轊載爲擄行矣。"遂無更言, 日已夕矣。山上山下之賊, 驅掠人畜, 騈填而去, 遠近哭聲, 胡可忍也?

日昏後, 少奴末男, 來告以賊去矣。始自伏簣出, 之仲氏所匿之家, 則一行婢僕皆已擄去, 只餘若干婢, 而瀁之婢則沒數[15]擄矣。俄而, 亡弟[16]妻[17]兒·庶母及外叔朴旭[18]三父子, 全家而自山上下來云, 皆匿於巖間, 菫以獲全云。遂與庶母等, 尋火光而來, 則乃所匿伏簣之家。而其主人來炊, 喂其兒矣(主人則通津[19]隣近

군림하게 되면 나는 동해에 빠져 죽을지언정 그 백성이 되지 않겠다.(秦卽爲帝, 則魯連有蹈東海而死耳.)"고 하니, 진나라 장군이 이 말을 듣고 군사를 50리 뒤로 물렸다고 하는 고사에서 나온 말로, 바다에 빠져죽는다는 뜻이나 여기서는 바다를 건넌다는 뜻으로 쓰임.

10) 家婢(가비) : 예전에, 양반들이 집에서 사사로이 부리던 계집종.
11) 充斥(충척) : 많은 사람이 그득함.
12) 斗(두) : 갑자기.
13) 吶喊(납함) : 적진을 향해 돌진할 때 군사들이 일제히 고함을 지르는 것.
14) 絡繹(낙역) : 왕래가 끊이지 않음.
15) 沒數(몰수) : 어떤 數量의 전부.
16) 亡弟(망제) : 鄭瀋인데, 생몰연간 등 구체적 사항 확인할 수 없음.
17) 妻(처) : 鄭瀋의 처 徐氏. 鄭瀁의 年譜에서 이 정도만 확인할 수 있을 뿐이다.
18) 外叔朴旭(외숙박욱) : 박욱은 鄭瀁의 어머니가 參議 洪仁傑의 딸 南陽洪氏이므로 외숙이 될 수 없음. 서모가 박씨라서 그녀의 오빠이거나 동생인 듯하다.
19) 通津(통진) : 鄭瀁이 그의 중씨와 함께 살던 곳.

捨丁趙莫同之家屬[20], 而奔波來者也.), 見我之飢, 遂分饋少飯也。與之分嘗之際,
忽有呼聲曰：“賊已迫門矣。” 遂驚走而相失, 則迷妻已追及我於田中矣。庶母嫂
兒, 又向於山上巖間矣。俄知其虛驚而定喘息, 則手中各把行器[21], 蓋之貯食也。

傳謂‘賊屯於五里之間’云。而火光漲天, 其驚惑之心, 疑若賊已來向也。處處
昏黑中, 有物狀者, 皆可驚也。時有所餘末男・試孫二, 而亦不得見。遂携妻而匍
匐顚仆於田隴草莽間而約之曰：“明朝賊必早來, 我等無噍類[22]矣。與其死於凶
鋒, 無寧投死於早潮之水也。” 更向海邊行近岸, 則黑夜中, 聞有人聲。遂近以諦視
之, 則數十百人, 已來曳下昨之已膠之舟矣。中有姊兄崔承旨[23]及申光一諸人
也。濚庶幾[24]獲濟, 前跪而哀乞之, 則崔怒其昨夕見拒於閔聖任[25]而不得上舟也,
遂移怒於余而厲聲忿嫉曰：“爾豈呼我以兄者乎?”(昨者余兄弟, 同載於閔船也。崔
兄來, 命某等[26]下陸[27], 而攙載其老親云。而仲兄不許某之下船, 而閔聖任亦苦其崔兄
之強請不已也, 大聲絶之曰：“豈[28]某何人, 予豈知之? 而强聒[29]如許乎?”崔・閔素是
粗知之間, 而其言如此, 則死生之際, 不可信也.) 濚知其不可請, 第告以仲氏朝已被
擄, 而亦不動聽也。濚私語於妻曰：“彼雖不許, 亦豈無可濟之計乎?” 遂留妻於崔
之大夫人坐中, 而欲招來亡弟妻兒而同濟也。還向旭叔之所, 而夜黑路險, 一步一
躓, 行不能進也。久而至家, 則嫂兒庶母, 皆在山上巖間, 故呼來之際, 夜已更

---

20) 家屬(가속)：아내의 낮춤말.
21) 行器(행기)：음식을 담아 나를 때 쓰는 그릇.
22) 噍類(초류)：살아남은 사람을 이름. ≪漢書≫ <高帝紀>에 “일찍이 襄城을 공격하여 양성
   에서는 噍類가 없다.” 하였는데, 그 주석에 “살아서 噍食하는 자가 없다.”는 말로 풀이되
   었으니, 종자도 없다는 뜻이다.
23) 崔承旨(최승지)：崔有淵(1587~1656)을 가리킴. 본관은 海州, 자는 聖止・聖之・止叔, 호
   는 玄巖・玄石. 부인은 鄭宗溟의 둘째딸이다. 1623년 癸亥改試文科에 급제하여 다음해 注
   書가 되고, 持平・副承旨를 거쳐 承旨에 이르렀다.
24) 庶幾(서기)：간절히 바람.
25) 閔聖任(민성임, 1590~1661)：본관은 驪興, 자는 希尹. 아버지는 閔有慶이고, 아들은 閔普
   亮이다. 1609년 사마시에 합격하였고, 察訪을 거쳐 사헌부 장령을 지냈다.
26) 某等(모등)：자기 자신들을 가리키는 말.
27) 下陸(하륙)：배에서 내림.
28) 豈(기)：其와 통용.
29) 强聒(강괄)：시끄러움.

矣。遂率而還至所留妻之舡, 則其間崔兄, 已令其子輩, 諱我而走向他舡矣。

計無可奈何, 尋向火光, 見得申光一哀乞, 則其言又無可望。而照以炬火, 令其親信者結隊, 上舡之要路, 而禁人攔入, 如今軍門[30]之作, 門傍有同年[31]任景㚛[32]之弟景游[33]也。又前以哀乞, 則漫言許之而不可信矣。故以賂啗其信任之奴, 而携與妻嫂兒者。迂取無火光之處而尋向船所, 則舟在數百步外泥港之中, 而潮已上, 菫可運舟而下矣。其餘皆潑潑[34], 泥淖之沒脛, 而氷泮不得行也。及至船, 脚下皆血色矣。舟上又有人拔劍立, 詰問約中人而計數以上之。及見瀁來, 殆欲擊去之際, 同年任景㚛已在舟中, 覺知爲余也, 轉囑而許之, 亡弟妻兒, 則誘以崔兄子婦, 而艱得上焉。(崔兄則其約中人故也。) 況望其他乎? 以故已令愛丹婢還奉庶母, 匿於巖下如初。而嫂妻兒必欲獲濟者, 庶冀鄭氏之或遺其種也。若干婢僕(命生, 宮會, 末叱[35]男, 遺兒之乳母。), 又已追及於舟, 見逐而散, 則無可賴而爲手足也。

及至刺舡而下, 未數十步也, 潮已退而載重, 舟又膠而不能動矣。仰視天星向曙, 早潮尙遠。故嘿禱於心, 而占得生體之卦, 其時喜心迫, 不得能忘也。共向摩尼[36]外, 祈免賊來, 而一邊苦待潮上之際, 初日已高, 潮入於海口, 則計於食時當泛舟而濟矣。忽見牧場馬十餘, 馳逐而來, 妻曰 : "此馬若被逐之狀, 必是賊來也。"

言未久, 果有賊數十騎, 超忽[37]而來向於舟, 滿舟之人, 奔波爲走, 溺於海中之計, 而海尙有數十百步之遠。故賊已突至而驅掠, 如飛來然者。昨之泥淖, 沒脛之

---

30) 軍門(군문) : 作門. 파수병을 두어 함부로 드나들지 못하게 경계하는 軍營의 문.
31) 同年(동년) : 같은 해에 같이 과거에 급제한 사람.
32) 任景㚛(임경설, 1595~?) : 본관은 豊川, 자는 尙敦. 1618년 진사시에 합격하였다. 任麒齡의 맏아들이다.
33) 景游(경유) : 任景游(1601~?). 본관은 豊川, 자는 士優. 1635년 진사시에 합격하였다. 任翼齡의 맏아들이다. 임경설과는 6촌 형제이다.
34) 潑潑(발발) : 개펄에 빠지지 않으려고 펄떡 펄떡 뛰는 모양.
35) 末叱(말질) : '㐆'의 오기.
36) 摩尼(마니) : 摩尼山. 강화도에 있는 산이다.
37) 超忽(초홀) : 멀어서 아득한 모양.

地, 今以朝寒而氷堅, 若有天助於賊也。賊來之初, 自度不及走溺於海, 而與嫂妻, 皆自刎以絶, 則流血被體滿面, 其坐若宰牛[38]之地也。潓則凡三刎, 而不能死也。(其所刎之刀, 乃松江[39]公平日所佩, 中間爲入[40]所得。亡弟潽適見其柄刻松江字, 請於其人而還之, 臨歿, 授徐氏, 善藏之。當是時, 徐氏忽念倉卒之用, 取於篋而隨身矣。及是, 三人次第所用者, 皆是刀也。) 賊登舟而見不死, 連發五矢而害之也。其初中於左脅下, 再中於左耳上頭腦之時, 則粗可記其爲痛, 而其爲中左眼, 中左指而折之, 皆不可記也。其後, 聞其初被箭也, 爲叫死之聲, 而其後則不能也, 故賊終發嚆矢, 再中而止云。眼則嚆之中也, 中卽眼胞浮起掩面也。(浮處針治數月而有差焉。眼睛則刺痛晝夜, 又半年之久而永盲。爲今日之相, 亦不至於壞陷合眶者, 以嚆之無利鏃故歟。)

其被箭闔眼而死也, 見妻倚死於橫槊之下, 而萬石兒跳動於腹中。又向我也, 我心以爲可惜鄭種盡於斯矣。遂奄奄[41]向盡, 而精神猶不死, 故慮賊終斷頭, 則何可忍其痛乎? 而尤欲速盡, 不可得也。亡弟兒, 則立於其母之死傍, 而着耳掩[42], 有其結纓[43], 故賊未易奪也, 亂批兒之兩頰也。八生婢, 則賊呼以爲處女, 而再三誘之使去, 而不卽聽從, 則以劍向脅[44]之後, 得驅去也。(八生昨夜, 入於妻之衣下, 而

---

38) 宰牛(재우) : 소를 잡음.

39) 松江(송강) : 鄭澈(1536~1593)의 호. 본관은 延日, 자는 季涵. 돈녕부판관 鄭惟沈의 아들이다. 어려서 인종의 귀인인 큰 누이와 桂林君 瑠의 부인이 된 둘째누이로 인연하여 궁중에 출입, 같은 나이의 慶源大君(명종)과 친숙해졌다. 1580년 강원도 관찰사로 등용되었고, 이후 3년 동안 전라도와 함경도 관찰사를 지내면서 시작품을 많이 남겼다. 이때 <關東別曲>을 지었고, 또 시조 <訓民歌> 16수를 지어 널리 낭송하게 함으로써 백성들의 교화에 힘쓰기도 하였다. 1585년 관직을 떠나 전남 창평에 있으면서 4년간 작품생활을 하였다. 이때 <思美人曲>, <續美人曲> 등 수많은 가사와 단가를 지었다. 1589년 우의정으로 발탁되어 鄭汝立의 모반사건을 다스리게 되자 西人의 영수로서 철저하게 동인세력을 추방했고, 다음해 좌의정에 올랐다. 1591년 광해군의 세자 책봉을 건의했다가 선조의 노여움을 사 파직되고 말았다. 晉州로 유배되었다가, 이어 江界로 移配되었다.

40) 入(입) : 人의 오기.

41) 奄奄(엄엄) : 숨이 끊어지려는 모양.

42) 耳掩(이엄) : 官服을 입을 때에 紗帽 밑에 쓰던, 모피로 된 방한구.

43) 結纓(결영) : 子路가 전투 중에 부상을 당한 뒤 풀어진 갓끈을 다시 단정히 동여매고 죽었던 고사에서 나온 말로, 여기서는 끈을 동여맸다는 뜻.

44) 脅(협) : 脅의 오기.

艱得上舟, 不爲人覺.)

賊收合舟中不棄衣裝, 團結作擔, 未易撤還。故尤悶其賊之不去也。賊手拔其所中箭而斂之, 又解所肩帶, 外祖考妣[45]神主若[46]所實家籍, 而拂而去之。賊又迫前於瀤之頷下, 解衣結[47]而戲之曰：“上廳上廳。”云。必是我國人之已爲胡者也。又脫耳掩, 而見有血汚於內, 傍有賊止之曰：“衣着皆血汚, 不足關也。” 賊遂已之, 還着耳掩於頭, 而衣則棄之, 爲披襟也。嫂妻所着衣之竟不被奪者, 當初奔波也, 故着藍縷衣裳, 而至刎也, 亦急取其血, 先汚於面, 故衣亦皆血色矣。以其無可取, 而獲免者歟。

賊凡下船, 移時而還者三次。故雖有一線命脈, 自知不死, 欲開眼喚嫂妻, 試其死生, 而恐賊在傍, 不敢動焉。只知舟之乘潮而泛泛, 隨風上下之矣。久後。崔湘負其祖母而上舟曰：“進士叔死矣。”(意謂崔兄昨昏諱我而他之, 已上於舟矣。今不然者, 崔兄欲借占他船, 全家利涉, 而身獨上舟而去, 待早潮來, 濟其家矣。其家屬左岸等待[48]之際, 賊已至矣。故其妹柳妻, 其妾, 其庶産[49], 其子臥龍, 其長孫男, 皆已被擄, 不知去處。崔湘者, 急負其祖母, 走溺於泥港中, 菫已獲免, 至是登舟矣。繼以李起窩之室內, 申光一之妻, 及他若千人, 陷泥而得全, 皆來上焉。申光一則在岸被擄, 一日三逃而還, 任景高則被擄死於井浦。蚩致中一家十二人, 皆溺死云云。其餘未聞其詳也。)

遂知其賊去, 開眼而視之, 則妻始作勢起動, 扶瀤而移臥乾處也。妻仍急索於舟中, 只得外祖妣神主, 而外祖考神主則無得焉。其後崔兄以外祖考神主奉還曰：“曩於海中, 偶見木主之漂流, 拯而見之, 則粉面[50]皆陶洗不可見, 見於陷中[51]而

---

45) 外祖考妣(외조고비)：洪仁傑(1541~1603)과 그의 부인 密陽朴氏를 가리킴. 밀양박씨는 朴維屛의 딸이다. 정양의 아버지 정종명은 이들의 사위이었다. 정양의 부인 全義李氏 묘소가 이들의 묘소 밑에 있다.

46) 若(약)：및.

47) 衣結(의결)：衣結履穿. 옷은 떨어져 꿰매고 신발은 구멍이 뚫어졌다는 뜻으로, 몹시 가난한 모양을 형용하는 말.

48) 等待(등대)：미리 준비하고 기다림.

49) 庶産(서산)：庶女.

50) 粉面(분면)：神主에 분을 바른 앞쪽.

51) 陷中(함중)：신주 뒷면에 네모꼴로 파낸 부분. 여기에 죽은 이의 관직, 호, 성명 등을 쓴다.

知之."云, 此必先靈之不昧者乎?(時先考妣神主, 則仲氏已帶來, 而與身俱亡矣. 故亂後改主而歸奉於慶演52)矣. 亡弟神主, 則與外祖考妣神主一時見失, 而及去外島也, 尹復元氏偶得於其奴, 而竝其家籍見逸焉. 瀁之家籍, 則皆失無一存者矣.)

自其賊去後, 精神憒憒,53) 還入於盡, 若不能保其晷刻.54) 故妻乞得於崔兄大夫人帶來食而得一塊, 分與嫂兒啖之云. 舟中若干人, 更欲如前過涉55)於外島, 以逆風潮落, 搖颺之間, 舟又膠而不得渡, 則姪56)仍爲留宿於舟中. 故瀁曰:"我今夜必死也. 願歸死於摩尼下. 使奴輩掩土57)而葬, 得免爲烏鳶之食, 幸矣." 妻曰:"自此至陸, 更遠於前, 泥淖又深也. 將此氣力, 何能得出陸也?"我竟携妻下船. 而留宿亡弟妻兒於姪曰:"我則必死也. 此母子, 汝可救濟, 爲鄭之種也."

時日已下山, 約數竿長, 而陰風慘洌, 寒戰58)灑灑, 欲着袴, 而所着皮袴, 已失於昨夜入舟之際矣. 欲穿鞋, 則所穿芒鞋, 又失於昨日泥中矣. 雖欲歸死於奴輩手, 而創殘筋力, 決難跋涉59)於泥淖中矣. 行未數里, 筋力已盡, 我則呼妻使之相救焉, 妻則又欲我之相救, 而皆不可得. 而後相謂曰:"我死無可望於君也, 君死亦無望於我也. 須各自力而已." 跋涉之間, 夜已沈沈, 迷失其指向, 幸有尋屍之人(時溺死者多, 而相望於泥中也.), 明火於岸邊, 故指以爲歸, 菫得登岸, 而爆足於火焰, 則足皆破殘於泥中蠣殼60)(所謂石花殼)而盡爲血矣.

遂顚仆而行, 近於主人家, 力盡不復行也. 坐歇於田間, 則家奴虺男・檢松, 偶

---

52) 慶演(경연) : 鄭慶演(1605~1666). 본관은 延日, 자는 善餘. 정양의 伯兄 鄭漫의 아들이다. 6세에 아버지를 여의고 어머니를 따라 외가에서 자랐다. 1630년 사마시에 합격하여 진사가 되고, 1643년 鄕薦으로 英陵參奉에 기용되었다. 平陵道察訪이 되었으나 1665년 벼슬을 버리고 향리로 돌아갔다. 이듬해 어머니의 상을 당해서 너무 애통한 나머지 병을 얻어 한 달 만에 죽었다.

53) 憒憒(궤궤) : 마음이 어수선하고 산란함.

54) 晷刻(구각) : 잠깐 동안.

55) 過涉(과섭) : 강 따위를 건너다님.

56) 姪(질) : 최항을 가리킴. 정양의 年譜에 나온다.

57) 掩土(엄토) : 겨우 흙이나 덮어서 간신히 지내는 장사.

58) 寒戰(한전) : 오한이 심하여 몸이 떨리는 것.

59) 跋涉(발섭) : 산을 넘고 물을 건너 길을 감.

60) 蠣殼(여각) : 조개의 껍데기.

向海邊覓舟之際, 聞我聲音而至, 檢奴則泣余垂死狀也。急索湯水, 則二奴走, 擧一大瓢而來, 飮之。試61)奴亦來見而負至家焉, 卽初匿伏簷之家也。委棄於房中, 覆以藁席而待盡, 奴輩則自外爲瘞屍之計也云。妻能强作氣力, 始得啜粥, 而仍與旭叔等議曰:"所被五箭, 幸皆淺入(頭腦自耳掩後所謂耳之積累間隔處而彼箭也。脅下, 則拘衣襞積62)於腋下, 而有數重, 故箭入不洞射也。), 可望生道。而今夜若獲全, 則明必賊來矣。計將奈何? 須宰殺63)厖狗, 以其血汚衊64)於衣覆之物而爲可駭狀, 則可以幸免也。(狗則所卷於通津而隨至江華, 奔波時又隨而來者也。)"試奴夜中殺其狗而漆血, 如妻計焉。而後來狗亦再生, 今尙在通津舊寓也。幸哉!

被賊之翌日, 卽其二十六日也。其日, 賊幸不至焉。

其二十七日夕時。二賊見一女逐至, 則女走竄於我之臥下藁中而藏之。一賊突入於門而捽出其女於臥下也。仍以鐵鞭65)亂撲瀿之面上數三而去。(初以藁覆體, 以硯覆面。硯則皇朝所賜我宣廟, 宣廟又賜松江公之龍硯也。及是缺一角焉。) 其以余無生氣, 而且見血光淋漓66), 可駭之故歟。妻則又匿於初匿伏簷下而獲免焉。其夜, 妻又與旭叔謀, '明日之計, 又將奈何?' 又令其試奴·末男, 撤毁房中堗石, 而深掘其下, 可以容身而後, 還覆其石如故, 上覆以亂草矣。

其二十八之曉。夫妻入藏於堗下, 而令試奴還覆, 視若尋常, 而奴輩則又如前上山而藏之矣。家主趙莫同者, 則以其年老不害之故, 每守其家而不去也。

早朝, 賊又來焚其村家, 而已及於所藏家之前家矣。其間咫近, 可容婦人輕車, 以風來向我, 燒煙已遍於堗下矣。其前瀿已昏寐, 而覺知其賊來, 更爲忍死於火中之計, 而煙氣薰燒, 則恐生嚏咳, 先爲賊覺也。賊又自伏簷後, 毁出其所藏, 輕貨滿窟, 故賊喜躍爭占, 久而不去也。忽然天乃返風, 而火竟不及於我者, 必有天相

---

61) 試(시) : 노비 試孫을 가리킴.
62) 襞積(벽적) : 옷의 주름.
63) 宰殺(재살) : 자기의 소나 말 등을 잡는 것을 말함.
64) 汚衊(오멸) : 피를 칠하고 더럽힘.
65) 鐵鞭(철편) : 병장기의 하나로, 그 모양은 타작에 쓰이는 도리깨와 닮았는데 자루와 고들 개를 모두 쇠로 만든 것임.
66) 淋漓(임리) : 피가 흠뻑 젖어 뚝뚝 흘러 떨어지거나 흥건한 모양.

於其間而錫命於瀁者歟。其日試奴·旭叔，自山上望見其焚也，皆出拜祝天而祈生云，此皆試奴輩忠情感天者歟。一幺麼之死生，亦在於天者歟。其返風也，趙莫同者，潛聲來告以風返矣，賊去也，又來告以賊去也，其所誠款於我者如此焉。

妻卽出突而聞有諸船之自外島來泊近津者，委令老奴岳守往雇其船，則歸告有雇載者而潮已上矣。今不去則難可濟矣。時妻有產候，頭[67]水已下，而必欲過涉於外島也。亟欲走赴於船，而試奴末男時未下山，日未沒矣。旭叔先到言："賊五騎方在五里地申光一家，宰牛爲食云，何可冒死赴船乎? 我決計以爲與其在此而爲賊害也，無寧徼幸得至於船所而解娩也。"仍令縛木爲擔具,[68] 令末男·撿松[69]二奴，擔妻而疾走赴之。末男·撿松，雖已逃去，今不能忘其功也。纔下擔於津頭，未及上船也，萬石兒摧[70]生，殆欲墜地，故妻堅忍而起走。急令試奴負以上船，未及坐，兒已生矣。其上船之前，見山頭戴落日，如金盤矣。及生，已落日向昏，想酉時[71]也。

舟中解娩，舟人之大禁也。兒之墜地，初啼也。篙師[72]詰問之，則旭叔詭言之以鎭曰："抱來兒得無傷乎? 何其啼也?"云。兒母急時，饋熱湯飯，例也而不能得，潛問於婢僕間，則有末男所食餘少許也。而又無甘水，徐察於舟中，則又有所售之甘水滿甕矣。愛丹折其木綿二尺許，而活得一鉢水而後，以瀁之所帶·試奴之得於山上而餉以甘藿[73]甘醬二者，作湯飯而饋其母，其數至少，不得飽也。(自此至到泊外島之前，不得更食，至明日午後，始少食也.) 所謂胎衣,[74] 則倉卒不得已投諸海潮而去也。其夜經過於舟中。

翌朝二十九日之午前。始泊外島。(所謂生島.)而上下皆飢，日晚，試奴兄弟，饋

---

67) 頭(두) : 津頭.
68) 擔具(담구) : 어깨에 메고 물건을 나르는 기구를 통틀어 이르는 말.
69) 撿松(검송) : 앞부분에는 '檢松'으로 한자 표기가 달리 되어 있음.
70) 摧(최) : 至의 의미.
71) 酉時(유시) : 오후 5시에서 7시까지.
72) 篙師(고사) : 배를 젓는 사람.
73) 甘藿(감곽) : 미역.
74) 胎衣(태의) : 胎의 껍질.

以少米也。至接於崔兄, 近處田中, 而計難賃屋, 艱得借鎌伐木, 爲搆屋之狀, 而無蓋草,[75] 以一袂一裳, 掩覆於上, 而又爲經夜。

其日, 則裏瘡産婦, 暴露[76]已二日矣。其曉, 雪又下, 風轉緊, 趣死之道, 而亦不病焉。天幸天幸。

其翌朝, 卽二月朔也。聞申時周[77]冕, 擧家上船, 爲下海之行, 而其家月空, 扶瘡往見之, 則其家僕輩, 禁余以鬼形, 直前而來也。時周熟視而認爲余, 卽愕然曰:"我方上舟, 此家空矣。又有土窟在傍, 須擇處而救全也。"余念家則必爲勢力所奪劇也, 入處於窟室, 則居無何,[78] 有年少數輩, 來劫以黜之。哀乞之間。渠知爲濚也。遂惻然携之。

而俄有許佾長·閔燠(閔也少時信川居友人也.)·趙亨伯(仁亨[79])諸人, 來見之, 後無可憂矣。時周兄弟亦來見, 餉以米肉而不棄也。且有通津同里之居者, 亦至其中, 升合相助, 則不可謂全無食道, 而庶母嫂兒, 亦難爲養, 至令若干婢僕, 皆自食其口, 而産母亦朝夕啜粥, 不能飽其腹。其危急之狀, 爲如何哉? 而余之酒病, 妻已輊念, 至醸數升於枕邊而待熟, 及爲趙亨伯之發覺, 則宜乎趙友之今尙譏笑於儕流者也。雖有濚之實道以眩劇於創殘亡血[80]之後而必不得已者, 亦不能勝其說也。

一日夜。忽有呼聲曰:"賊來矣。"一島洶洶, 而不能爲謀生之計, 直待坐死者, 彈丸小島, 無可往而爲潛身之地也。俄知其有具船者, 乘夜作賊於江都, 掠得牛馬

---

75) 蓋草(개초) : 이엉. 초가집의 지붕이나 담을 이기 위하여 짚이나 새 따위로 엮은 물건.
76) 暴露(폭로) : 밖에서 고생하는 것.
77) 時周(시주) : 申冕(1607~1652)의 자. 본관은 平山, 호는 遲觀. 할아버지는 영의정 申欽이고, 아버지는 申翊聖이며, 어머니는 宣祖의 딸인 貞淑翁主이다. 1624년 생원이 되고, 1637년 정시문과에 급제하여, 검열·이조좌랑을 거쳐 1649년 예조참의를 지냈다. 이해 효종 즉위 직후 宋浚吉의 탄핵을 받고 아산에 유배되었으나, 이듬해 풀려나와 동부승지에 등용되었다. 이어 부제학·대사간을 역임하다가 1651년 金自點의 옥사에 그 일당으로 지목되어 국문 도중 장형을 받다가 쓰러져 죽었다.
78) 居無何(거무하) : 얼마 되지 않음.
79) 仁亨(인형) : 趙仁亨(1599~?). 본관은 豊壤, 자는 亨伯. 1633년 증광시에 합격하였다. 방목에는 자가 榮伯으로 되어 있다. 형조 정랑을 역임했다.
80) 亡血(망혈) : 혈액이 지나치게 손실된 병증을 통틀어 말함.

而來, 好爲宰食之故, 至是喜其饐, 欲而驕秎, 作聲訴惑於衆也云。

閔爐日來, 針治眼胞及諸箭瘡, 而去其毒血(閔粗知下針而不知穴脈者), 庶幾回
生。一日, 來告以下城消息, 則天地反矣。不覺爲失聲慟哭之, 則閔友譬喻而止之
矣。

其夜, 與家屬相議曰：“仲氏仲嫂氣力, 必難爲賊之驅役也。且有來日之約焉,
其死也必矣。”及聞賊斂兵還渡甲串[81]也, 卽已雇船沒數, 送向仲氏婢僕於江都而
敎之曰：“須一一驗諸亂屍中(奴檢松‧億伊, 婢夫咸龍, 婢香春‧愛云.), 期於必得,
毋憚勞也。”時賊焚諸倉穀而去, 故婢僕急於拾得爐餘, 爲其食也。只於往來諸倉
之路, 略已尋歷於路邊亂屍而已, 故凡再往再還而不可得矣。

數日前, 有太一奴, 被擄而還, 故又令同往尋屍, 而往來通津舊寓, 則旭叔之婢
九花, 亦已被擄而還, 言於太奴曰：“永同[82]進賜及室內, 其日皆死於摩尼外西邊
路上, 距主人家未數里矣。”

未及回報, 瀁已擧家付旭叔, 出陸之行, 而向於傳燈寺[83](江都吉祥山)者, 以賊之
撤還者, 未及盡渡楊花津,[84] 而彌滿於金浦陽川之間, 且爲乞食於寺僧之計也。來
日又經宿[85]於舟中, 其翌日扶曳上寺, 則僧輩(義玄‧杜承)皆來迓於山下, 前導而
去, 飽以白飯淸醬諸色蔬具, 則亂後驚異,[86] 若對禁臠[87]也。

及見太奴, 始聞仲氏仲嫂之訃, 相向號絶之後, 卽令旭叔諸人往收於其處, 而無
一襲具也。菫具單衣單襟而殮其屍, 柳笥四節而代其柩, 以待日後販鬻之具也。
自抗節之日, 至此已二十箇日, 而面皆若生焉, 而仲氏尤極其亂斯也。(仲氏仲嫂之
被刃, 皆自右鬢而至口爲剚也。又戕其腰, 殆爲各段, 故仲氏尤難擧以爲殮也。仲氏矢

---

81) 甲串(갑관)：갑곶. 인천 강화군 강화읍에 위치한 강화도 북부 鹽河 서안의 어촌.
82) 永同(영동)：鄭洙가 영동현감을 지낸데서 부르는 호칭.
83) 傳燈寺(전등사)：인천 강화군 길상면 鼎足山城 안에 있는 사찰.
84) 楊花津(양화진)：서울 마포구 합정동 지역의 한강 북안에 있었던 나루터.
85) 經宿(경숙)：밤을 새우며 유숙함.
86) 驚異(경이)：여기서는 진기한 음식을 뜻함.
87) 禁臠(금련)：왕이 먹는 고기. 다른 사람은 맛볼 수 없는 음식이라는 뜻으로, 자신으로서
  는 감히 엿볼 수 없다는 것을 비유한 것이다.

入胸額二處, 而額則鏃淺於兩眉間, 故艱得拔去。仲嫂右脚肉, 村狗已盡之。○ 九花所傳, 進賜爲賊所獲, 呼室內曰 : "我死矣." 遂奪賊鞭而亂撲之, 賊却立亂射之, 被箭仆地, 室內以身翼覆, 罵賊而死, 賊亂斲其屍云。) 收殮之日, 仲嫂二婢(愛云・香春), 皆托有身病, 食肉如常, 而終不往視其殮事也。男奴雖往, 亦不下手, 故親自殮襲[88]以衣袴, 不暇遠嫌也。其愛育兩婢之恩, 竟何有哉? 嗚呼痛哉!

時犯向椵島[89]之賊船, 來泊江都之燕尾亭, 有搜括諸島之言, 而自上至下令其喬桐[90]士民奔避賊路之敎, 故奔波於南邊外島者, 不可勝記。江都子遺之人, 亦皆走竄於摩尼山間, 故遠近洶懼。忽有黑衣數騎者, 自德浦馳來向傳燈, 故人皆謂賊來而無可匿矣。謀於親信僧輩, 則以爲曩者奔波而至此者, 亦無其計, 或溺於廁下積穢中而獲免, 除是無他計矣。俄傳黑衣者非其賊也, 自南漢扈從而來者, 尋其親屍而至也。

其翌日, 旭叔挈還通津舊寓, 則庶母嫂兒, 難於久托僧房, 故姑令隨旭叔而往托焉。余則念其舊寓灰燼, 海上多風, 非隩室[91]則難可調瘡病也。強留以寄者, 更十餘日, 而其間外舅[92]木道[93]向平山任所之路, 迂來以見矣。聞權順正自富平來, 載其內喪而去之期也。(正月二十二日, 賊渡圍內城也。權之婦其翌朝, 自頸以盡也。) 欲歸托於妻家, 力病而還, 留待於旭叔所一日, 而與亡弟妻兒, 竝向富平焉。庶母則數日前, 其姪來迎, 故已隨而歸忠州矣。及至妻家, 始得飽飢腸, 專爲救療之方。而第以隣近染疾奔避, 有靡室之歎, 故同侍於外姑[94]寢處之房而不敢安也。

---

88) 殮襲(염습) : 시신을 씻긴 뒤 수의를 갈아입히고 염포로 묶는 일.
89) 椵島(가도) : 평안북도 철산군에 속한 섬.
90) 喬桐(교동) : 인천 강화도 서북쪽에 있는 섬 지역.
91) 隩室(오실) : 따스한 방.
92) 外舅(외구) : 장인. 정양의 장인은 李言惕(?~1643)이다. 조선 중기의 무신. 본관은 全義, 자는 揚而. 양주목사를 지낸 李慶禧의 손자이며 훈련도정 李孝可의 아들이다. 1608년 선전관, 1612년 의주판관 등을 재직하고 1623년 牧使로서 柳孝立의 난을 진압한 공으로 영사원종공신 1등에 녹훈되었다. 1628년 坡州牧使, 1635년 公淸道水軍節度使를 거쳐 江界府使를 지냈으며 1638년 1월 都摠管에 올랐고, 3월 南陽府使가 되었다가 7월 全羅右水使로 나아갔다. 1639년 慶尙左兵使를 지냈다. 1641년 4월 楊州牧使로 부임하였다가 8월 咸鏡北道兵馬節度使(약칭 北兵使)에 이르렀으며 임지에서 졸하였다.
93) 木道(목도) : 뱃길로 가는 것을 말함.

山所奴命同，經亂來見焉。始聞季父[94]主自南奔問入朝，而方患頷腫，倍前危劇，故裏瘡入省。遂不復還富平，而留京一月，擧家東入於三陟五十川[96]中者，實是傷虎[97]之計也。

崇禎己卯[98]之十二月下澣，書以記之，以爲子姪輩不與賊共天之意云爾。

[≪抱翁先生文集≫ 卷之五 '雜著']

---

94) 外姑(외고) : 장모. 정양의 장모 양성이씨이다. 정양이 쓴 장모의 제문은 『떠난 사람에 대한 그림움의 미학, 애제문』(보고사, 2012)의 181-187면에 번역 소개되어 있다.

95) 季父(계부) : 鄭弘溟(1582~1650)을 가리킴. 조선 중기의 학자. 본관은 延日, 자는 子容, 호는 畸庵·三癡. 아버지는 우의정 鄭澈이며, 어머니는 文化柳氏로 柳强項의 딸이다. 정철의 4남이자 막내아들이다. 宋翼弼·金長生의 문인이다. 1616년 문과에 급제, 승문원에 보임되었으나 반대당들의 질시로 고향으로 돌아가 독서와 후진 양성에 힘썼다. 1623년 예문관검열을 거쳐, 홍문관의 정자·수찬이 되었다. 이때 李适의 난이 일어나자, 임금을 모시고 공주까지 몽진 갔다 돌아와 사간원의 정언·헌납과 교리, 이조정랑을 거쳐 의정부의 사인으로 휴가를 받아 湖堂에 머물면서 독서로 소일하였다. 1627년에 사헌부집의·병조참지·부제학·대사성을 역임하고, 자청해서 김제군수로 나가 선정을 베풀었다. 仁烈王后 상을 마친 뒤 예조참의·대사간에 임명되었으나 모두 사양하고 고향으로 돌아갔다. 1636년 병자호란이 일어나자 召募使로 활약하였다. 적이 물러간 뒤 고향으로 돌아가 벼슬을 사양하다가 다시 함양군수를 지내고, 1646년 대제학이 되었으나 곧 병이 들어 귀향하였다. 1649년 인조가 죽자 억지로 불려 나왔다가 돌아갈 때 다시 대사헌·대제학에 임명되었으나 모두 나가지 않았다.

96) 五十川(오십천) : 강원도 삼척시와 태백시 경계인 白屛山에서 발원하여 동해안으로 흐르는 하천.

97) 傷虎(상호) : 호랑이에게 물림. 범에게 물려봤던 사람만이 범의 무서움을 참으로 안다는 뜻에서 나온 말이다.

98) 己卯(기묘) : 仁祖 17년인 1639년.

정씨의 강화도 참화 기사
鄭氏江都陷敗記

송시열宋時烈[1]

정씨는 본관이 영일(迎日)이다. 선조(宣祖) 때의 대신(大臣) 정철(鄭澈)은 호가 송강(松江)인데, 크게 선조에 의해 중용되었으나 나중에는 다시금 무함을 당하여 평탄치 못하게 살다가 죽었다. 인조(仁祖) 말에 이르러서는 후손들로 기암(畸庵) 정홍명(鄭弘溟)과 포옹(抱翁) 정양(鄭瀁), 정양의 조카 정경연(鄭慶演)이 있다. 정양의 자는 안숙(晏叔)인데, 숭정(崇禎) 을해년(1635) 성균관의 유생들이 문성공(文成公 : 이이의 시호)과 문간공(文簡公 : 성혼의 시호) 두 선생을 문묘(文廟)에 배향할 것을 청할 때에 성균관은 그의 말을 받들어 사용하였다.

병자년(1636)에 청나라 오랑캐가 갑자기 쳐들어와 주상은 남한산성으로 거둥하시고, 종묘사직[廟社] 및 세자빈(世子嬪)과 원손(元孫) 모두가 강도에 들어갔다. 안숙은 때마침 통진(通津)의 임시막사에 있었는데, 전 영동 현감(永同縣監) 중씨(仲氏) 정수(鄭洙) 및 가족들과 의논하기를, "우리들은 대대로

---

1) 宋時烈(송시열, 1607~1689) : 조선의 문신·성리학자·정치가. 본관은 恩津, 자는 英甫, 아명은 聖賚, 호는 尤庵·尤齋·橋山老夫·南澗老叟·華陽洞主, 시호는 文正. 유교 주자학의 대가이자 서인 분당 후에는 노론의 영수였다. 효종, 현종 두 국왕을 가르친 스승이었으며, 별칭은 大老 또는 宋子이다.

녹봉을 받는 신하로 죽기가 싫어 살길을 찾는 것은 옳지 못하다." 하고는 마침내 서로 강도(江都 : 강화도)로 들어갔고, 영동은 그날로 분사(分司 : 강화도에 설치하여 정사를 총괄한 임시관아)에 맨몸으로 나아갔다.

정축년(1637) 정월 22일 아침. 포 소리가 강나루에서 크게 울리는 것이 들리자, 영동이 말하기를, "오랑캐의 무리가 필시 이미 건너온 모양이다." 하며 재빨리 궁성(宮城)으로 달려갔지만, 오랑캐가 이미 성 밖에 가득하여 들어갈 수가 없어서 되돌아왔다. 안숙과 함께 미리 마음을 분명하게 정하여 말하기를, "나는 적과 싸우다가 적에게 죽어야겠다." 하고는 곧장 마니산(摩尼山) 밖으로 향했다.

안숙은 바다를 건너 피란할 계획을 하여 몰래 길가에 숨으며 처마 밑에 엎드려 있었다. 오랑캐의 기마병이 마구 쳐들어와 불태우고 노략질을 하였는데, 중씨의 노비가 포로로 오랑캐 속에 뒤섞였다가 숨어 있는 처마에 가까이 와서 나직한 목소리로 말하기를, "영동 나으리와 부인이 모두 오랑캐에게 사로잡혔습니다." 하였다. 이때 날은 벌써 어두워졌고 오랑캐는 물러갔다. 안숙은 나와서 중씨가 숨어 있던 집에 가니 흔적조차 찾을 수가 없었고, 다시 숨어 있던 처마 밑으로 돌아오니 오랑캐의 기마병이 5리쯤 되는 곳에 주둔하고 있었으며 붉은 불빛이 하늘을 뒤덮었다. 마침내 그의 아내 이씨(李氏)를 데리고 엎어지며 자빠지면서도 밭두둑의 풀숲에까지 급히 와서 약속하기를, "내일 아침이면 오랑캐가 반드시 일찍 쳐들어올 것이오. 오랑캐의 칼날에 죽느니 차라리 아침 밀물에 몸을 던져 죽는 것이 낫소." 하고는, 다시 바닷가를 향하여 해안 가까이 갔더니, 수백 명이 바닥에 붙은 배를 끌어내리고 있는 것이 보였다. 그 중에는 곧 안숙의 매형 승지(承旨) 최유연(崔有淵)과 강화(江華) 신광일(申光一)이 있었다. 건널 수 있기를 간절히 바라서 같이 태워주기를 애걸하였더니, 최승지는 노하여 거절하며 말하기를, "자네가 어찌 나를 형이라고 부른단 말인가?" 하였다. 대개 안숙 형제가 민성임(閔聖任)의 배에 같이 타고 있었는데, 최승지가 와서 청하기를, "형제들은 배에서 내리고 대신 나의 늙은 부모를 태워주게." 하자, 민성임이 큰소리로 꾸짖기를, "최 아무개가 어떠한 사람이란 말인가?" 하였고, 안숙 형제도 또한 내리기를 꺼려서 최승지는 매우 격노하였었기 때문에 이제 그의 말이 이와 같았던 것이다. 안숙이 소리치기를, "중형(仲兄)은 이미 포로가 되었습니다." 하였지만, 최승지는 또한 귀기울여 듣지 않았다.

그러나 들어줄 것이라는 기대가 없을 수 없어 그의 부인은 그대로 머무르게 하고, 동생 정뢰(鄭瀨)의 과부 서씨와 조카 및 서모가 숨어 있는 바위 사이에 가서 모두 찾아 배가 있는 곳까지 왔더니, 최승지와 신광일 등 약속에 동참한 사람들은 패 지어 다른 사람을 너무도 엄하게 금하여 배에 탈 수 없도록 하였다. 마침내 믿고 부리는 종에게 뇌물을 먹여서 그의 아내와 제수, 조카를 데리고 배 밑에 가까이 이르렀더니, 배 위에 칼을 뽑아든 사람이 쫓아내려는데 마침 같은 해의 과거에 급제한 임경설(任景卨)이 안숙인 줄 알아차리고 다른 사람에게 청탁하여 태우게 하였다. 서모는 여종에게 맡겨서 도로 바위 사이에 숨어 있도록 했다.

배를 저어서 내려가는데 미처 수십 걸음을 가지 못하여 조수가 이미 빠져나가 배는 바닥에 붙어버렸다. 하늘의 별을 바라보니 벌써 날이 새고 있었다. 밀물을 기대하기란 아직 멀었는데도 오랑캐는 반드시 일찍이 이를 것이니, 마땅히 배는 온통 결딴날 지경이었다. 마음속으로 말없이 기도하고 점쳐서 생체(生體)의 괘(卦)를 얻었는데, 조수가 오르기를 학수고대할 즈음에 아침 해가 이미 높이 떠 있었다.

갑자기 목장의 말 10여 필이 치달려오니, 안숙의 아내가 말하기를, "이 말들이 쫓긴 듯한 모양이니, 필시 오랑캐가 온 모양입니다." 하였다. 말이 미처 끝나지도 않아서 과연 오랑캐 수십 명의 기마병들이 저 멀리서 배를 향해 달려들어 오자, 배 안에 가득했던 사람들은 하나같이 모두 세찬 물결처럼 바삐 달아나 바다 속으로 빠져 죽을 생각이었으나, 배에서 바다는 아직 수백 보나 먼 거리에 있었다. 그의 제수와 아내는 모두 목을 찔렀고, 안숙은 세 번이나 목을 찔렀지만 또한 죽지 못했다.(협주 : 목을 찔렀던 그 칼은 바로 송강(松江 : 정철)이 평소에 차셨던 것으로 중간에 어떤 사람이 가지고 있었다. 안숙의 동생 정뢰(鄭瀨)가 마침 그 칼자루에 '송강'이란 글자가 새겨진 것을 보고 그 사람에게 청하여 돌려받았는데, 죽음에 임박해서는 아내 서씨(徐氏)에게 주며 잘 간직하도록 하였다. 피란할 때를 당하여 서씨는 미처 어찌할 수 없는 위급한 상황을 구하는 데에 쓰기로 불현 듯 생각하고 상자 속에서 칼을 꺼내어 몸에 지니고 있었다. 이때 세 사람이 차례로 사용한 것은 모두 이 칼이었다. 그 일이 너무도 기이하다.) 오랑캐가 배에 올라서 다섯 발의 화살을 쏘았는데, 세 발까지는 그것이 살 속에 박히는 것을 기억했으나 나머지는 기억하지 못했다. 가장 마지막으로 또 소리나는 화살[嚆矢]을 쏘아 재차 맞추고서야 그만두었다. 아내의 시체는 뉘어진 창 아래에서 기대어 있었고, 서씨의 아이는 죽은 어미의 시신 곁에 서 있었는데 어린 아이였기 때문에 죽임을 면할 수 있었다.

이윽고 오랑캐는 맞추었던 화살을 직접 뽑아서 거두어 갔고, 또 안숙이 어깨에 둘러매었던 것을 풀게 해서 신주(神主) 등은 버리고 나머지는 털어가버렸다. 또 입고 있던 꿰맨 옷을 벗겨 놓고 희롱하여 말하기를, "대청에 오르라, 대청에 오르라."고 하였다. 아마도 틀림없이 우리나라 사람들로서 오랑캐가 된 자들이었다. 오랑캐가 떠나고 조수 위에서는 배가 떠가는 중에 바람 따라 오르내렸다. 얼마 되지 않아 아내가 비로소 안간힘을 내어 일어나서 안숙을 부축하여 마른 곳에다 옮겨 눕혔다. 그리고 배안을 급히 뒤졌지만, 단지 외할머니의 신주만 찾을 수 있었고 외할아버지의 신주는 찾을 수가 없었다. 안숙이 말하기를, "나는 짧은 시간이라도 더 이상 목숨을 보존할 수 없을 것이다. 바라건대 마니산 아래로 돌아가 죽고 싶으니, 노비들로 하여금 겨우 흙이라도 덮어서 장사지내도록 하여 까마귀나 솔개가 파먹는 것만 면할 수 있다면 다행이겠다." 하였다. 마침내 아내를 데리고 배에서 내렸다. 그리고 제수와 조카를 배 안에 있는 친척에게 머물러 있도록 하면서 말하기를, "나는 반드시 죽을 것이다. 이 모자를 네가 구제해주면 정씨의 핏줄이 끊어지지 않고 이어지리로다." 하였다. 이때 그의 제수도 소생하였다.

미처 몇 리를 가지 못하고 근력이 이미 다하였고, 밤이 이미 어두컴컴하였다. 다행히 시체를 찾는 사람이 횃불을 밝히고 해안기슭까지 나와 있었기 때문에 그 불빛을 찾아 겨우 해안기슭을 오를 수 있었다. 다행스럽게도 집에서 부리던 하인인 끝남(㐅男)과 검송(檢松)이를 만나 더운 물을 급히 찾았더니, 두 하인이 마을에 있는 집으로 달려갔다가 큰 바가지 하나를 들고 왔다. 하인 시손(試孫)이 또한 와서 보고는 업고서 집에 이르렀는데, 곧 처음 처마 밑에 숨어 엎드려 있던 집이었다. 볏짚자리로 덮어주며 목숨이 다하기를 기다렸는데, 하인들은 밖에서 구덩이를 파서 시체를 묻을 계획을 세우고 있었다. 아내는 비로소 죽을 얻어먹고, 이어 서족(庶族 : 박욱)과 의논하기를, "남편이 화살 다섯 발을 맞았지만 모두 얕게 들어가서 살릴 방도를 바랄 수가 있습니다. 그리고 내일은 반드시 오랑캐가 올 것입니다. 모름지기 큰 개를 잡아 죽여 그 피로 몸 위에다 칠하고 더럽혀서 해괴망측한 꼴을 만들어 놓으면 혹여 요행히 죽음을 면할 수 있을 것입니다." 하였다. 마침내 그 계획대로 하였다.

다음날은 오랑캐가 다행히도 오지 않았다. 27일 저녁 때. 한 여아가 오랑캐에게 쫓겨서 달아나 안숙이 누운 어지러이 깔린 볏짚 속으로 숨었다. 오랑캐가 들이닥쳐 그 여아를 끌어 잡아내고는, 이어서 고들개철편으로써 안숙의 얼굴을 어지러이 치고 갔다. 아마도 오랑캐는 이미 죽은 것으로 여긴데다 또한 핏빛이 흥건한 것을 보고 깜짝 놀랐기 때문에 버리고 갔던 것이다. 아내는 또 하인들로 하여금 방 안에 구들장으로 깔았던 돌을 걷어내고 그 아래를 깊이 파서 토굴(土窟)을 만들도록 했다. 부부는 구들장 아래로 들어가 숨고 마구 헝클어진 풀로 덮었다.

다음날 이른 아침에 오랑캐가 또 와서 마을의 집들을 불 질렀는데, 불길이 숨어 있던 집의 바로 앞집에까지 이미 다가왔으니 불에 타 죽을 생각이었다. 그런데 느닷없이 하늘이 이에 바람을 거두어서 불길이 끝내 미치지 않아 살아날 수 있었다. 노비들은 산 위에서 불길이 장차 미치려는 것을 바라보고는 모두 나와 하늘에 절하고 빌며 기도했으니, 하늘이 그들의 충성에 감격하여 바람을 거둔 것이런가?

오랑캐들이 갔다. 아내가 토굴에서 나와 들었는데, 곧 배들이 외도(外島)에서 돌아와 가까운 나루터에 정박해 있다는 것이 많다고 하자, 늙은 하인으로 하여금 나루터에 가서 배를 세내도록 맡겼더니, 돌아와서 말하기를, "배들은 이미 세내었고 조수가 또 이미 밀려오고 있어 때를 놓쳐서는 아니 됩니다." 하였다. 이때 아내는 출산의 기미가 있었기 때문에 어떡해서든 외도로 건너가려고 했다. 갑자기 오랑캐 기마병이 지금 5리쯤 되는 곳에 있다는 소식이 전해지니, 어떻게 죽음을 무릅쓰고 배로 달려갈 수 있었겠는가? 그렇지만 안숙은 듣지 않고 급히 나무를 엮어서 담구(擔具: 어깨에 메고 나르는 기구)를 만들도록 명하여 두 하인으로 하여금 아내를 담구에 태워 배 있는 데까지 달려가게 하였다. 겨우 강나루에 담구를 내려놓았으나 출산이 이미 시작되어 급히 메고 배에 올라서 미처 앉기도 전에 아이는 이미 태어났는데, 이 아이가 바로 정보연(鄭普演)이다.

배 위에서의 출산을 뱃사람들은 크게 금기시하였다. 애기가 땅에 떨어지자 울었다. 뱃사공이 따져 물으니, 따르는 사람들이 "안고 온 아이가 다치지 않았는가? 어찌 그리도 운단 말인가?" 말하면서 속였다. 이에 겨우 미역과 단간장을 얻어서 국과 밥을 지어 산모에게 보냈고, 태(胎)의 껍질은 바닷물에 던져버리고 갔다.

다음날 아침 29일. 비로소 외도에 정박했다.(협주 : 이른바 생도(生島)이다.) 그 다음날은 곧 2월 1일이다. 듣건대, 신면(申冕) 형제가 이 섬에서 장차 바다로 나아가기 위해 떠난다고 하여 상처를 움켜쥐고 가서 보려는데, 그 집의 하인배들은 내가 귀신의 꼴을 하고 있었기 때문에 들어가지 못하게 했다. 신면이 그윽이 보다가 나인 줄 알아보고는 쌀과 고기를 보내왔으며, 또 그가 살았던 집을 빌려 주었다. 오랜 벗 허일장(許佾長), 민환(閔煥), 조인형(趙仁亨) 등 여러 사람들을 만났더니, 한 됫박이라도 서로 도왔다.

이윽고 누가 와서 남한산성의 항복 소식을 알려주었는데, 하늘과 땅이 온통 뒤집혀지는 것이었다. 저도 모르게 목이 쉬도록 통곡하였더니, 민환 친구는 타일러 가며 그치도록 하였다. 강화도의 오랑캐가 모두 군사를 거두어서 강을 건너갔다고 듣게 되었을 때, 마침내 가족들과 서로 의논하기를, "중씨와 형수는 반드시 살기를 탐하여 오랑캐를 따르지 않았을 것이니, 그의 죽음은 반드시 있을 것이다." 하고는, 곧바로 하인들을 죄다 보내어 널린 시신들 중에서 찾아보도록 했다. 마침 피붙이의 여종 구화(九花)가 피란하다 사로잡혔다가 도망쳐 돌아왔는데 태일(太一)이라는 하인에게 말하기를, "영동(永同 : 정양의 중형 정수(鄭洙)를 가리킴) 나으리와 부인께서는 아무 날 모두 마니산(摩尼山) 밖의 서쪽 길가에서 죽었는데, 주인집과의 거리는 몇 리가 되지 않았다."고 하였다.

태일이 미처 돌아와서 전하기도 전에, 안숙은 이미 강화도의 전등사(傳燈寺)로 향하였으니, 중씨의 시신을 찾으려 했던 것이다. 전등사에 도착한 후에 태일이 뒤쫓아 와서 구화에게 들었던 것을 상세히 전하니, 통곡하고 울부짖다가 기절하였다. 곧바로 일어나 피붙이들로 하여금 그곳에 가서 시신을 거두도록 하였고, 그 시신을 염습하여 버들고리로 관을 대신하고는 임시로 장사를 지냈다. 대개 정월 24일 오후에 오랑캐들은 마니산 안팎을 가득 메우고 노략질을 하였는데, 영동(永同)과 그의 부인 우씨(禹氏)는 오랑캐에게 사로잡혔다가 몇 리를 끌려가지 않았을 때 영동이 부인 우씨를 불러 말하기를, "나는 죽을 것이오." 하고는 마침내 오랑캐의 채찍을 빼앗아 그를 마구 때렸으며, 오랑캐가 감히 앞으로 나오지 못하고 물러서면서 마구 화살을 쏘자 화살을 맞고 땅바닥에 쓰러지니, 우씨가 몸으로 덮고서 오랑캐를 꾸짖다가 죽었다. 이에 오랑캐들은 그 두 시체를 마구 베었다.

나중에 시신을 수습하여 염습하던 날, 두 시신의 얼굴색은 마치 살아 있는 듯했다. 그해 4월에 마니산에서 교하(交河)로 돌아가 시신을 안치하였고, 다음해 3월에 고양(高陽) 선영(先塋)의 건좌(乾坐) 언덕에 함께 묻었으니, 향년 49세였다.

대체로 이 오랑캐는 왜놈들과 성질이 달랐으니, 순순히 따르는 자는 절대로 죽이지 않고 등을 어루만지며 먹을 것을 보내주었기 때문에 그때 구차스럽게 살고자 했으면 살지 않을 사람이 없었다. 정 영동(鄭永同) 같은 경우는 기꺼이 순순히 따르려 하지 않았을 뿐만 아니라 채찍으로 오랑캐를 쳤으니, 마땅히 오랑캐의 노여움을 사서 마구 베여 거의 두 동강이 날 지경이었다. 우씨는 몸으로 지아비의 시신을 덮고는 오랑캐를 꾸짖다가 죽었으니, 그 절개 또한 우뚝하였도다. 안숙의 부부와 그의 제수 서씨가 목을 찔러 죽고자 한 것도 몸을 깨끗이 하고 죽기를 자기 집에 돌아가는 것처럼 여긴 것이라 할 만하다. 그들이 죽지 않은 것은 천명이었다. 그런데 구차스럽게 오랑캐의 뜻 따르기에 양떼처럼 이끌려 다니다가 예의의 몸에 비릿하고 더러운 냄새가 밴다면 어찌 되겠는가? 나는 일찍이 용암(龍巖) 민성(閔垶) 공을 위해 전(傳)을 지으면서 그 집안 전체의 순절(殉節)을 드러낸 적이 있다. 한 집안의 죽은 자가 13명이었으니 실로 예나 지금이나

보기 드문 일이고, 정씨의 일가도 또 그 다음이다. 대개 열성조(列聖朝 : 여러 대의 임금의 시대)가 의리로 수백여 년 동안 배양하였음은 그것이 이와 같았으니 괴이할 것이 없다. 오호라, 성대하도다. 나는 이 일이 아주 없어져 전해지지 않을까 두려워서 당시의 일록(日錄)을 근거하여 위와 같이 순서를 따랐다. 안숙은 또 교하 마을 백성 김천명(金天命)의 아내가 세운 절개가 더럽혀지지 않도록 하기 위해 전(傳)을 지어 세상 사람들에게 보였으니, 세도(世道 : 세상을 살아가는 데에 지켜야 할 도의)를 염려함이 깊었던 것이다.

숭정(崇禎) 을축년(1685) 11월 동지일
은진(恩津) 송시열(宋時烈)이 쓰다.

[≪송자대전(宋子大全)≫ 권144]

鄭氏江都陷敗記

鄭氏迎日[1]人。宣廟朝有大臣澈,[2] 號松江, 大爲宣廟所重, 後復遭譖構,[3] 坎
坷[4]而終。至仁祖末, 後承有畸翁[5]弘溟・抱翁[6]瀁, 其從子慶演[7]焉。瀁字晏叔,

---

1) 迎日(영일) : 경상북도 포항 지역에 있었던 옛 지명. 영일정씨의 본관은 '迎日, 延日, 烏川'
으로도 표기되고 있으나 같은 본관이며, 현재 종친회에서는 정식 명칭을 '영일'로 사용하
고 있다.
2) 澈(철) : 鄭澈(1536~1593). 본관은 延日, 자는 季涵, 호는 松江. 돈녕부판관 鄭惟沈의 아들
이다. 어려서 인종의 귀인인 큰 누이와 桂林君 瑠의 부인이 된 둘째누이로 인연하여 궁중
에 출입, 같은 나이의 慶源大君(명종)과 친숙해졌다. 1580년 강원도 관찰사로 등용되었고,
이후 3년 동안 전라도와 함경도 관찰사를 지내면서 시작품을 많이 남겼다. 이때 <關東別
曲>을 지었고, 또 시조 <訓民歌> 16수를 지어 널리 낭송하게 함으로써 백성들의 교화에
힘쓰기도 하였다. 1585년 관직을 떠나 고향에 돌아가 4년 동안 작품 생활을 하였다. 이때
<思美人曲>, <續美人曲> 등 수많은 가사와 단가를 지었다. 1589년 우의정으로 발탁되어
鄭汝立의 모반사건을 다스리게 되자 西人의 영수로서 철저하게 동인 세력을 추방했고, 다
음해 좌의정에 올랐다. 1591년 광해군의 세자 책봉을 건의했다가 선조의 노여움을 사 파
직되고 말았다. 晉州로 유배되었다가, 이어 江界로 移配되었다.
3) 譖構(참구) : 남을 헐뜯어 좋지 않은 곳에 얽어 넣음.
4) 坎坷(감가) : 때를 만나지 못하여 行路가 평탄하지 못한 것을 이름.
5) 畸翁(기옹) : 鄭弘溟(1582~1650)을 가리킴. 조선 중기의 학자. 본관은 延日, 자는 子容, 호
는 畸庵・三癡. 아버지는 우의정 鄭澈이며, 어머니는 文化柳氏로 柳强項의 딸이다. 정철의
4남이자 막내아들이다. 宋翼弼・金長生의 문인이다. 1616년 문과에 급제, 승문원에 보임
되었으나 반대당들의 질시로 고향으로 돌아가 독서와 후진 양성에 힘썼다. 1623년 예문
관검열을 거쳐, 홍문관의 정자・수찬이 되었다. 이때 李适의 난이 일어나자, 임금을 모시
고 공주까지 몽진 갔다 돌아와 사간원의 정언・헌납과 교리, 이조정랑을 거쳐 의정부의
사인으로 휴가를 받아 湖堂에 머물면서 독서로 소일하였다. 1627년에 사헌부집의・병조
참지・부제학・대사성을 역임하고, 자청해서 김제군수로 나가 선정을 베풀었다. 仁烈王后
상을 마친 뒤 예조참의・대사간에 임명되었으나 모두 사양하고 고향으로 돌아갔다. 1636
년 병자호란이 일어나자 召募使로 활약하였다. 적이 물러간 뒤 고향으로 돌아가 벼슬을
사양하다가 다시 함양군수를 지내고, 1646년 대제학이 되었으나 곧 병이 들어 귀향하였

崇禎乙亥,[8) 館學諸生, 請以文成[9) · 文簡[10)兩先生從祀文廟, 館學推重用其說。

丙子, 淸虜猝至, 上幸南漢山城, 廟社及世子嬪 · 元孫, 皆入江都。晏叔時在通津寓舍, 與其仲兄前永同縣監洙[11)及諸家屬謀曰: "吾儕是世祿之臣, 不可逃死求生." 遂相與入江都, 永同曰詣分司[12)呈身。

丁丑正月二十二日朝, 聞砲聲大震於江津, 永同曰: "賊衆必已渡矣." 疾馳赴宮城, 則賊已遍滿城外, 不得入而退。與晏叔定計於鮮[13)曰: "吾欲犯賊, 爲賊所殺

　　　다. 1649년 인조가 죽자 억지로 불려 나왔다가 돌아갈 때 다시 대사헌 · 대제학에 임명되었으나 모두 나가지 않았다.

6) 抱翁(포옹): 鄭瀁(1600~1668)의 호. 본관은 延日, 자는 晏叔, 호는 孚翼子. 할아버지는 松江 鄭澈이고, 아버지는 강릉부사 鄭宗溟이며, 어머니는 南陽洪氏로 參議 洪仁傑의 딸이다. 1618년 진사시에 합격하였고, 1636년 병자호란 때 강화로 피신하였으나 성이 함락되자 자살하려다가 미수에 그쳤다. 난 후에 수년간 은거생활을 하다가 동몽교관에 제수된 뒤 의금부도사 · 廣興倉主簿 · 수운판관을 역임하였다. 1650년 용안현감으로 나가 治蹟을 올렸으며, 비안현감 · 종부시주부 · 진천현감 · 금구현령 · 한성부서윤 등을 역임하였다. 1661년 지평으로 발탁되었으나 교리 閔維重으로부터 人望에 浮應하는 인물이라는 탄핵을 받은 바 있었다. 이후 간성군수 · 시강원진선을 거쳐 1668년 장령에 이르렀으며, 그해에 죽었다.

7) 慶演(경연): 鄭慶演(1605~1666). 본관은 延日, 자는 善餘. 정종명 맏아들 鄭溭의 맏아들로, 정양의 조카이다. 1630년 사마시에 합격하여 진사가 되고, 1643년 鄕薦으로 英陵參奉에 기용되었다. 그 뒤 지방의 수령으로 淸安현감 등을 지냈다. 1665년 벼슬을 버리고 향리로 돌아갔는데, 이듬해 어머니의 상을 당해서 너무 애통한 나머지 병을 얻어 한달 만에 죽었다.

8) 乙亥(을해): 仁祖 13년인 1635년.

9) 文成(문성): 李珥의 시호.

10) 文簡(문간): 成渾의 시호.

11) 洙(수): 鄭洙(1585~1637). 본관은 延日, 자는 聖源. 할아버지는 鄭澈이고, 아버지는 부사 鄭宗溟이며, 어머니는 남양홍씨 洪仁傑의 딸이다. 아내는 禹祈先의 딸이다. 1615년 생원시에 합격하였으나 할아버지 정철이 서인으로서 무고를 당하여 그 자손들이 모두 폐하게 되었다가, 1623년 비로소 음보로 別提에 제수되었다. 직장 · 주부 등을 거쳐 영동현감으로 恤民을 잘하고 청백한 수령으로 일하다가 병자호란이 일어나자 1637년 강화에 들어가 적과 싸우다가 亂射당하여 처와 함께 죽었다. 동생 鄭瀁도 화살을 맞았으나 죽지 않았으므로 형 내외를 같은 槨에 넣어 장사지냈으며, 후사가 없어 정양의 자손으로 奉祀하게 하였다.

12) 分司(분사): 강화도에 설치하여 정사를 총괄한 임시 관청.

13) 定計於鮮(정계어선): 미리 마음을 분명하게 정함을 이르는 말. 前漢 司馬遷이 지은 <報任少卿書>의 "그러므로 땅에 선을 그어 감옥을 만들어도 들어갈 수 없고 나무를 깎아서 옥관을 만들어도 변명할 수 없는 것은 죄를 받기 전에 죽음으로써 해명할 작정을 하였기 때문이다.(故有畫地爲牢, 勢不可入, 削木爲吏, 議不可對, 定計於鮮也.)"에서 나온 말이다.

也." 卽向摩尼山外。

晏叔則爲蹈海計, 潛伏於路傍, 伏簧之下。賊騎隳突焚掠, 仲氏奴被擄者, 雜於賊衆, 來傍伏簧, 低聲以告曰: "永同進賜及室內, 皆爲賊所獲." 時日已昏而賊去矣。晏叔出, 至仲氏隱匿處, 則無跡可尋, 復歸伏簧之下, 則賊騎屯於五里許, 火光漲天矣。遂携其內子李氏, 匍匐[14]於田畝草莽之間, 約曰: "明朝賊必早來。與其死於兇鋒, 無寧投死於早潮之水也." 更向海邊, 則見數十百人曳下膠岸之船。而其中一人,[15] 乃晏叔妹兄崔承旨有淵[16]及江華申光一也。庶幾獲濟而乞與同載, 則崔承旨怒拒之曰: "爾何以呼我以兄乎?" 蓋晏叔兄弟嘗同載於閔聖任船, 崔令來請曰: "願君兄弟下船而換載我老親也." 閔大聲叱之曰: "崔某是何如人?" 晏叔兄弟亦不肯下, 崔甚憾怒, 故今其言如此矣。晏叔呼曰: "仲兄則已被擄矣." 崔亦不動聽。

然不能無庶幾之望, 留其內子, 而往尋其弟潘孀婦徐氏及其兒及庶母之匿嚴穴間者, 來至船所, 則崔申諸人與同約者, 作隊禁他人甚嚴, 使不得上船矣。遂略其信任之奴, 而自携其內子與弟嫂及兒, 迫至船下, 則船上人欲拔劍擊去之, 適同年任景高[17]覺其爲晏叔也, 轉囑而許入。庶母則託一婢子, 還匿於嚴間。

及至刺船而下未數十步, 而潮退船膠。仰視天星, 則已向曙矣。潮期尙遠, 而賊至必早, 則當全船陷沒矣。默禱於神而占得用生體之卦, 苦待潮至, 而初日已高矣。

忽見牧場馬十餘馳突而來, 晏叔內子曰: "此馬有被逐之狀, 必是賊來也." 言未訖, 果有賊數十騎, 超忽而來, 直迫船舷, 滿船之人, 一皆奔波爲走溺海中之計, 而船去海水尙有數十百餘步。其嫂與內子皆自刎, 晏叔則凡三刎而亦不死。(其所刎

---

14) 匍匐(포복): 엎어지며 자빠지면서도 급히 가는 모양.

15) 其中一人(기중일인): 문맥상 '其中有'의 오기인 듯.

16) 有淵(유연): 崔有淵(1587~1656). 본관은 海州, 자는 聖止·聖之·止叔, 호는 玄巖·玄石. 부인은 鄭宗溟의 둘째딸이다. 1623년 癸亥改試文科에 급제하여 다음해 注書가 되고, 持平·副承旨를 거쳐 承旨에 이르렀다.

17) 任景高(임경고, 1595~?): 본관은 豊川, 자는 尙敎. 1618년 진사시에 합격하였다. 任麒齡의 맏아들이다.

之刀, 乃松江[18]平日所佩, 中間爲人所得。晏叔弟潏, 適見其柄刻松江字, 請於其人而
還之, 臨歿, 授徐氏善藏之。當避亂也, 徐氏忽念倉卒之用, 取於篋而隨身矣。及是三人
次第所用者, 皆是力也。其事甚奇矣。) 賊登舟連發五矢, 三矢則猶記其入膚, 而其後
則不覺也。最後, 又發嗃矢, 再中而止。內子之屍則倚於橫槳之下, 而徐氏之兒則
立於其母之屍傍, 以稚得免殺掠。

俄而, 賊悉拔所中箭而帶之, 又解晏叔肩帶, 棄其中神主等物而取去。又解所穿
衣而戲之曰:"上廳上廳。" 必是我人之爲虜者也。賊去而潮上, 則船浮海中隨風
上下矣。俄而, 內子氣甦而作勢起動, 扶晏叔移臥乾處。而急索舟中, 得外祖妣神
主, 而考則無得也。晏叔曰:"吾不能保晷刻[19]矣。願歸死於摩尼下, 使奴輩掩
土[20]而葬, 得免烏鳶之食幸矣。" 遂携內子下船。而留其弟婦及兒於船中族人曰:
"我則必死也。此母子汝可救濟, 使鄭氏無絶也。" 蓋此時其嫂亦甦也。

行未數里, 筋力已盡, 而夜已沈沈矣。幸有尋屍之人, 明火於岸邊, 故尋其光而
僅得登岸。幸又遇家奴忠男・檢松, 急索湯水, 則二奴走入村家, 持一大瓢而至。
奴試孫亦來, 負入村舍, 則乃當初伏簷之家也。覆以藁石, 以待盡, 而奴輩在外爲
掘坎瘞埋之具矣。內子始得飮粥, 因與庶族議曰:"家翁[21]所被五箭, 皆不深入,
可望生道。而明日賊必來矣。須殺尨狗, 以其血污纏於身上, 爲可駭之狀, 則或可
倖免也。" 遂如其計。

翌日賊倖不來。二十七日夕時。有一女人爲賊所逐, 走入於晏叔所臥亂藁下。
賊突入而捽出其女, 因以鐵鞭亂撲晏叔之面而去。蓋賊以爲已死, 而且見血色淋
漓可愕, 故舍之矣。內子又令奴輩, 撤去房中埃石, 深掘其底爲土窟。夫婦入藏而
覆以亂草。

翌日早朝, 賊又來焚燒村家, 已逼於所匿之家, 則將爲燒死之計矣。忽逆風驅
火, 更不及而得全。蓋奴輩上山望見火將及, 皆出拜祝天, 豈天感其忠誠而反風

---

18) 松江(송강) : 鄭澈(1536~1593)의 호.
19) 晷刻(구각) : 잠깐 동안.
20) 掩土(엄토) : 겨우 흙이나 덮어서 간신히 지내는 장사.
21) 家翁(가옹) : 예전에, 나이 든 자기 남편을 이르던 말.

耶?

賊去。內子出自土窟而聞之, 則有諸船自外島來泊近津者多, 使老奴往雇其船, 則歸告曰:"船已雇而潮又已上, 時不可失也." 時內子已有産候, 故尤必欲過涉於外島也。忽有言賊騎方在五里地, 何可冒死赴船乎? 晏叔不聽, 亟命縛木爲擔具, 令二奴擔內子而疾赴於船。纔稅於津頭, 而産事已始, 急負上船, 未及坐而兒已生, 此卽普演[22]也。

舟中解娩, 是舟人之大忌。兒之墮地而啼也。舟人詰之, 從者詭言:"抱來之兒, 得無傷乎? 何其啼也?" 於是, 艱得甘藿甘醬, 作湯飯以饋産母, 而胞衣則投諸海水而行。

翌朝二十九日。始泊於外島。(所謂生島.) 其翌日卽二月朔也。聞申冕[23]兄弟自是島將爲下海之行, 裹瘡往見之, 則其家童僕以爲鬼形而拒之。申熟視然後認之, 餉以米肉, 且借以其所處之屋。又遇知舊許佾長·閔煥[24]·趙仁亨諸人, 相助以升斗。

俄而有來告以南漢消息, 則天地翻矣。不覺失聲痛哭, 則閔煥譬喻而止之矣。及聞江都之賊皆斂兵渡江, 遂與家屬相議曰:"仲氏仲嫂必不耽生而從賊, 其死必矣." 遂盡送奴僕, 使驗視於衆屍中。適族人之婢九花, 避擄而逃還, 言於家奴太一曰:"永同進賜及室內, 某日皆死於摩尼外西邊路上, 去主人家未數里云."

---

22) 普演(보연):鄭普演(1637~1660). 본관은 延日, 자는 晩昌, 호는 園林處士·太白山人. 증조부는 松江 鄭澈이고, 조부는 鄭宗溟이며, 부친은 進善 鄭瀁이다. 부인은 호조참의 閔光勳의 딸 驪興閔氏이다. 부친의 뜻에 따라, 어려서부터 尤庵 宋時烈의 문하에 들어가서 수학하였다. 24세의 젊은 나이에 요절하자, 송시열은 총애하는 제자의 죽음을 애도하며 3달 동안 흰 띠를 찼고, 그의 부인을 위해 가사를 돌봐주었으며, 그의 아들을 데려다가 교육을 시켰다고 한다.

23) 申冕(신면, 1607~1652):본관은 平山, 자는 時周, 호는 退觀. 할아버지는 영의정 申欽이고, 아버지는 申翊聖이며, 어머니는 宣祖의 딸인 貞淑翁主이다. 1624년 생원이 되고, 1637년 정시문과에 급제하여, 검열·이조좌랑을 거쳐 1649년 예조참의를 지냈다. 이해 효종 즉위 직후 宋浚吉의 탄핵을 받고 아산에 유배되었으나, 이듬해 풀려나 동부승지에 등용되었다. 이어 부제학·대사간을 역임하다가 1651년 金自點의 옥사에 그 일당으로 지목되어 국문 도중 장형을 받다가 쓰러져 죽었다.

24) 閔煥(민환):鄭瀁의 <江都被禍記事>에서는 '閔煥'으로 나옴.

太一未及來報, 而晏叔已向江華之傳燈寺,25) 蓋欲尋仲氏屍也。至寺然後太一
追至詳言所聞於九花者, 遂痛哭號絶。卽令族人往收於其處, 斂以柳笥而權厝26)
焉。蓋正月二十四日午後, 賊遍滿摩尼內外而剽掠, 永同與禹氏, 爲賊所獲而行未
數里, 永同呼禹氏曰：“我今死矣.” 遂奪賊鞭而亂撲之, 賊不敢近前, 而却立亂射
而仆地, 禹氏卽墮馬翼覆, 罵賊而死。於是, 賊亂斲二屍。

其後收屍之日, 兩屍面色如生。其年四月, 自摩尼歸殯於交河,27) 明年三月, 祔
葬於高陽先壟乾坐之原, 得年四十九。

蓋此虜與倭異性, 其順從者, 則絶不殺戮, 而撫背饋食, 故其時有欲苟生者, 則
無不生矣。如鄭永同, 非惟不肯順從, 乃以鞭擊賊, 宜其逢賊之怒而亂斲, 幾於二
體矣。禹氏身覆夫屍而罵賊以死, 其節亦卓然矣。晏叔夫妻與其弟婦徐氏之自剄,
亦可謂潔身而視死如歸矣。其不死則天也。其視苟順虜意, 驅如群羊, 以禮義之
身而抱腥羶之臭者, 何如哉? 余嘗爲龍巖28)閔公垶作傳, 以著其闔門殉節。蓋一家
死者十三人, 實古今稀有之事, 而鄭氏一門又其次也。蓋列聖以義理培養數百餘
年, 則其如是無怪也。嗚呼盛哉! 余懼此事泯沒無傳, 據當時日錄而敍次如右。晏
叔又爲交河村氓金天命妻之立節29)不汚者, 立傳以示於人,30) 其爲世道慮也深矣。

時崇禎紀元之旃蒙赤奮若31), 復之日32), 恩津宋時烈記。

[《宋子大全》卷一百四十四]

---

25) 傳燈寺(전등사) : 인천광역시 강화군 길상면 鼎足山城 안에 있는 사찰.
26) 權厝(권조) : 좋은 묏자리를 구할 때까지 임시로 장사를 지냄.
27) 交河(교하) : 경기도 파주 지역의 옛 지명.
28) 龍巖(용암) : 閔垶(1586~1637)의 호. 본관은 驪興, 자는 載萬. 1636년에 병자호란이 일어
    나자 강화에 출전하여 적의 침공에 맞서 요새를 지키다가 1637년에 전 가족 13명과 함
    께 순절하였다.
29) 立節(입절) : 절개를 지켜서 죽는 것.
30) 鄭瀁의 《抱翁先生文集》 권5 '雜著'에 <節婦金天命妻傳>이 수록되어 있음.
31) 旃蒙赤奮若(전몽적분약) : 旃蒙과 赤奮若은 古甲子로 乙丑에 해당함. 숭정 을축년은 숙종
    11년인 1685년이다.
32) 復之日(복지일) : 復日. 復卦에 해당하는 11월의 冬至日을 말함. 이때부터 陽氣가 싹트기
    시작한다.

강화도 상황 기록

記江都事

강화도 상황 기록
記江都事[1)]

윤선거尹宣擧[2)]

병자년(1636) 12월 14일. 대가(大駕)가 도성을 떠나 파천하고자 장차 강
도(江都 : 강화도)로 향하려 했을 때, 검찰사(檢察使) 판윤(判尹) 김경징(金慶徵,
협주 : 영의정 김류의 아들이다.), 검찰부사(檢察副使) 부제학(副提學) 이민구(李
敏求, 협주 : 병조판서 이성구의 동생이다.), 종사관(從事官) 홍명일(洪命一, 협
주 : 좌의정 홍서봉의 아들이다.) 등이 먼저 앞으로 가야할 길을 가서 행차를
호위하였다.

원임대신(原任大臣) 해창군(海昌君) 윤방(尹昉, 협주 : 종묘도제조이다.)이 종

---

1) 제목 다음에 "절반도 못 쓴 것이다. ○ 이것을 기록하여 나만갑의 ≪병자록≫의 말미에
붙이고자 했으나 미처 이루지 못했다.(牛藁。 ○ 欲記此以附於羅公萬甲丙子錄之下, 而未及成
焉。)"는 협주가 있음. 그리하여 이 글을 뒤이어 나만갑의 ≪병자록≫ 가운데 '기강도사'에
해당되는 부분을 발췌해서 역주하여 참고자료로 덧붙였다.
2) 尹宣擧(윤선거, 1610~1669) : 본관은 坡平, 자는 吉甫, 호는 美村·魯西·山泉齋. 아버지는
대사간 尹煌이며, 尹文擧의 아우이며, 尹拯의 아버지이다. 牛溪 成渾의 외손자이다. 金集의
문인이다. 부친이 전라도 영광군수로 있을 때에 태어났다. 1633년 식년문과에 형 윤문거
와 함께 급제하였다. 1636년 청나라의 사신이 입국하자 성균관의 유생들을 규합, 사신의
목을 베고 문서를 불태워버려 대의를 밝힐 것을 주청하였다. 그해 12월 병자호란이 일어
나자 가족과 함께 강화도로 피신하였다. 이듬해 강화도가 함락되자, 함께 의병을 일으키
기로 했던 친구들은 모두 죽었고, 숙부 尹烇과 아내 공주이씨가 자결하였으나, 그는 평민
의 복장으로 탈출하였다. 이왕 죽을 바엔 남한산성에 있는 병든 부친 윤황을 만나고 난
뒤에 죽기 위하여 자식을 길가에 내버려두면서까지 탈출을 감행하였지만, 끝내 목숨을
부지하고 말았다. 1651년 이래 사헌부지평·장령 등이 제수되었으나, 강화도에서 大義를
지켜 죽지 못한 것을 자책하고 취임하지 않는 등 평생 벼슬길에 나아가지 않았다.

묘사직의 신주(神主)를 받들었는데, 종묘령(宗廟令) 민광훈(閔光勳), 직장(直長) 이의준(李義遵), 봉사(奉事) 여이홍(呂爾弘), 사직령(社稷令) 민계(閔枅), 참봉(參奉) 지봉수(池鳳遂)・류정(柳頲) 등이 뒤따랐다.

예조 참판(禮曹參判) 여이징(呂爾徵), 정랑(正郞) 최시우(崔時遇), 승지(承旨) 한홍일(韓興一) 등이 숙녕전(肅寧殿 : 인조의 왕비 인열왕후 한씨의 魂殿)을 받들었다.

필선(弼善) 윤전(尹烇), 익위(翊衛) 강위빙(姜渭聘), 이돈오(李惇五), 위솔(衛率) 정양우(鄭良佑), 세마(洗馬) 신익륭(申翊隆) 등이 빈궁(嬪宮), 장 숙의(張淑儀) 및 두 대군(봉림대군과 인평대군을 가리킴) 이하의 여러 행차를 받들어 함께 출발하였는데, 사부(師傅) 서원리(徐元履)는 대군을 수행하였고 사복주부(司僕主簿) 송시영(宋時榮) 등은 각사(各司)의 관원으로서 그 시사(寺事)를 거느리고 따랐다.

대가가 남대문에 이르자, 오랑캐의 기마병이 이미 근기(近畿) 서쪽에 당도했다는 소식이 들려서 남한산성으로 돌아갔다. 그러나 종묘사직의 여러 행차는 밤에 김포(金浦)를 통과하여 사흘이 지나서야 비로소 강화도에 도달했다. 두 검찰(兩檢察 : 검찰사 김경징과 검찰부사 이민구를 가리킴) 등은 먼저 자기 식솔들을 태워 보냈으나, 빈궁을 비롯한 여러 벼슬아치들 이하는 배가 없어서 건널 수가 없었다. 필선공(弼善公 : 윤전)과 송주부(宋主簿 : 송시영)가 해안가에 놓인 배 한 척을 가리키며 말하기를, "우리들이 이 배를 타야겠소." 하자, 이민구가 말하기를, "이 배에 태울 사람들은 바로 나의 식솔들이오. 내가 배를 구했으니 우리 식솔들이 건넌 이후에야 다 같이 건널 수 있을 것이오." 하였다. 대개 검찰은 행차들을 호위하는 것이 임무일진댄 종묘사직의 신주, 빈궁 및 여러 호종신(扈從臣)들이 거의 건넌 이후에야 자기의 식솔들을 건너게 해야 할 것인데도, 대소(大小)와 선후(先後)에 어긋나게 행동함은 말할 것도 없었으니 대체로 황급하여 미처 그럴 겨를

이 없었기 때문이겠지만 재주와 식견이 따르지 못한 데서도 나온 것이었다. 송주부(宋主簿 : 송시영)가 나를 위해 분개하여 말했던 것이다.

◎3) 원임대신 김상용(金尙容, 협주 : 가족들과 함께였다.), 지사(知事) 박동선(朴東善), 전 판서 강석기(姜碩期, 협주 : 가족들과 함께였다.), 동지(同知) 정효성(鄭孝誠), 전 참의(參議) 홍명형(洪命亨), 전 장령(掌令) 정백형(鄭百亨), 전 정랑(正郎) 송국택(宋國澤), 공조 좌랑(工曹佐郎) 이행진(李行進), 전 정언(正言) 박종부(朴宗阜), 전 군수(郡守) 권경기(權儆己, 협주 : 가족들과 함께였다.), 승문정자(承文正字) 정태제(鄭泰齊, 협주 : 가족들과 함께였다.), 임박(林博), 학유(學諭) 윤양(尹瀁), 유수(留守) 장신(張紳, 협주 : 가족들과 함께였다.), 경력(經歷) 장우한(張遇漢, 협주 : 가족들과 함께였다.), 종실(宗室) 회은군(懷恩君)과 진원군(珍原君, 협주 : 가족들과 함께였다.) 등이 성안에 있다.

전 좌랑(佐郎) 김수남(金秀南), 호조 좌랑(戶曹佐郎) 임선백(任善伯), 도사(都事) 기만헌(奇晩獻), 금도(禁都 : 의금부도사) 이시필(李時苾, 협주 : 가족들과 함께였다.), 급제(及第) 신익전(申翊全, 협주 : 가족들과 함께였다.) 등이 뒤늦게 도착하여 성안에 있다.

○ 판서 이상길(李尙吉), 도정(都正 : 돈녕도정) 심현(沈誢), 전 참의(參議) 유성증(兪省曾), 전 지평(持平) 이경(李垌), 전 정언(正言) 유황(兪榥), 전 참의 목대흠(睦大欽), 경기 도사(京畿都事) 목행선(睦行善), 감찰(監察) 윤계(尹棨), 별좌(別坐) 권순장(權順長), 급제(及第) 박장원(朴長遠), 사과(司果) 심희세(沈熙世), 이장영(李長英), 급제 이정영(李正英), 전 주서(注書) 심세탁(沈世鐸), 해숭위(海嵩尉) 윤신지(尹新之), 전창위(全昌尉) 류정량(柳廷亮) (협주 : 모두 가족과 함께였다.) 등은 성 밖에 있다. 성 밖에 있는 자들을 이루 다 기록할 수가 없다.

---

3) 이 표시는 원전에서 문단나누기 한 것임을 나타냄.

○ 장릉(長陵)의 수릉관(守陵官) 홍보(洪霽), 시릉관(侍陵官) 나업(羅業), 개성 교수(開城教授) 신상(申恦) 등이 뒤좇아 풍덕(豊德)에서 건너왔다.

○ 예조 판서(禮曹判書) 조익(趙翼), 전 참의(參議) 심지원(沈之源), 봉상정(奉常正) 이시직(李時稷), 전 교리(校理) 윤명은(尹鳴殷), 상중(喪中)에 있던 전 대사성(大司成) 이명한(李明漢)과 전 참지(參知) 이소한(李昭漢), 수찬(修撰) 이일상(李一相), 급제(及第) 이가상(李嘉相, 협주 : 가족들과 함께였다.) 등은 강화도 나루가 아직 패하기 며칠 전에 대부도(大阜島)에서 뒤좇아 왔다.

◎ 종묘사직의 신주는 행묘(行廟 : 임시로 설치한 사당)에 봉안되고, 양서(兩署 : 종묘서와 사직서)의 관원이 맡아서 지켰다. 빈궁과 숙의, 두 대군과 대군의 부인들은 행궐(行闕 : 임시 별궁인 행궁)에 들어가 거처하고, 수행 관원들이 숙직하면서 지켰다. 사대부들의 가족은 윤방, 김상용, 영의정 김류(金瑬, 협주 : 남한산성에 들어갔다.), 좌의정 홍서봉(洪瑞鳳, 협주 : 남한산성에 들어갔다.), 강석기, 신풍군(新豊君) 장유(張維, 협주 : 남한산성에 들어갔다.), 서평군(西平君) 한준겸(韓浚謙), 감사(監司) 정백창(鄭百昌), 여이징, 한흥일, 병조 판서 이성구(李聖求, 협주 : 남한산성에 들어갔다.), 김경징, 이민구, 남양군(南陽君) 홍진도(洪振道), 참판(參判) 김반(金槃, 협주 : 남한산성에 들어갔다.), 권경기, 신익륭, 좌랑(佐郎) 남노성(南老星, 협주 : 남한산성에 들어갔다.), 이재(李栽), 김인량(金寅亮), 류진삼(柳晉三) 등의 집인데, 모두 성안에 있다.

○ 영안위(永安尉 : 홍주원, 협주 : 남한산성에 들어갔다.), 동양위(東陽尉 : 신익성, 협주 : 남한산성에 들어갔다.), 판서 심열(沈悅, 협주 : 남한산성에 들어갔다.), 판서 한여직(韓汝溭, 협주 : 남한산성에 들어갔다.), 감사(監司) 윤이지(尹履之, 협주 : 남한산성에 들어갔다.), 판서 최명길(崔鳴吉, 협주 : 남한산성에 들어갔다.), 참판(參判) 이경직(李景稷, 협주 : 남한산성에 들어갔다.), 참지(參知) 이상급(李尙伋, 협주 : 남한산성에 들어갔다.), 내승(內乘) 이성남(李星男, 협주 : 남한

산성에 들어갔다.) 등의 집은 모두 성 밖에 있다. 그밖에 난리를 피해 온 자들은 죄다 알 수가 없다.

◎ 궐 밖의 서쪽 변경에 몇 칸의 집이 있어 대신(大臣) 이하가 낮이면 와서 모이고 밤이면 흩어져 갔는데, 그곳을 '분사청사(分司廳事)'라 불렀다. 대신들은 남쪽에 있고, 두 검찰 및 예조 참의(禮參 : 여이징)와 승지(承旨 : 한승일) 등은 북쪽에 있었는데, 홍명일·박종부·윤양 등은 '분사의 낭청(郞廳)'이라고 불렀다.

나는 백씨(伯氏 : 맏형 윤동거)를 따라 어머님을 모시고 17일에 떠나서 광성진(廣成津)을 통해 불원촌(佛原村)에 건너 들어왔다. 18일에는 장령(長嶺)에 있는 매형 이정여(李正興)의 집(협주 : 성과의 거리가 5리쯤 되었다.)으로 옮겼다. 19일에 성안으로 들어가 필선공(弼善公 : 윤전으로 윤선거의 숙부)에게 인사를 드리고 가족들을 행궐(行闕) 안의 노비 집에 두었다.

○ 장차주(張次周), 권순정(權順正)과 권순창(權順昌) 형제, 김익겸(金益兼), 김진표(金震標), 강문명(姜文明), 한이명(韓以明), 장선징(張善徵) 등은 성안에 있었다. 서원리(徐元履), 권순장(權順長)과 권순열(權順悅) 형제, 윤성(尹城), 김좌명(金佐明), 심희세(沈熙世), 신변(申昪), 최후량(崔後亮), 이시중(李時中) 등은 성 밖에 있었다. 분사 밖을 오가면서 남한산성의 소식을 탐문하였다.

◎ 권순장은 의병을 일으키고 여러 벗들과 함께 분사에 격서를 올렸는데, 서원리(徐元履)를 우두머리로 삼아 성을 수비하는 대책을 진술하였다. 이때 분사는 여러 가지 일에 겨를이 없어 섬 안을 지키는 것과 외방(外方 : 도성 밖의 모든 지방)을 지휘하는 것에 대해 모두 조처하고 있지 못했기 때문에 몇 명의 선비들이 의기가 북받쳐 이렇게 한 것이었다.

◎ 분사는 유황(兪榥)을 호서 지방에 보내면서 종사관(從事官)으로 칭하였다. 체찰사(體察使 : 김류) 종사관 박서(朴遾)에게는 백성들을 불러서 타이르고 조정의 명을 전하여 알리게 하였다. 이때 경기(京畿)의 신구(新舊) 감사(監司)가 모두 남한산성에 들어가 있어서 여러 영장(營將)에 소속된 각 관아의 속오군병(束伍軍兵)들은 명령을 받은 바가 없었으니, 저마다 깜짝 놀라 흩어져 버렸다. 그리고 남한산성이 포위되어 나라의 운명은 바람 앞에 등불인데도 조정의 호령이 외방에 시행되지 않았기 때문에, 사람들의 마음은 모두 분사가 군사를 징발하여 위급한 상황에서 구해낼 계책을 마련하기를 바랐지만, 대신(大臣) 이하는 진작하려는 기상이 전혀 없었다.

◎ 분사가 의논하여 결정해야 할 것들은 대신들이 책임지고 맡아서 처리하나 나머지 일들은 감당할 사람이 없었기 때문에, 중론 모두가 말하기를 '두 검찰사(檢察使)가 비록 애초에는 행차 호위하는 것을 임무로 삼았을지라도 지금은 달리 관장하는 것이 없으니 분사의 일을 감당하지 않을 수 없다.'고 하였다. 그래서 모든 계획과 시행은 두 검찰사가 대신들에게 아뢰고 나서 행하였다. 그러나 예참(禮參 : 예조 참의 여이징)과 승지(承旨 : 한홍일)는 그 자리에 참여했지만 방관할 뿐이었다.

◎ 남양 부사(南陽府使) 윤계(尹棨)가 오랑캐에게 잡혀 굴하지 않고 대항하다 죽자, 분사는 이행진(李行進)을 파견하여 그 사정을 알아보게 하였는데,「예조 판서 조익(趙翼)은 대가(大駕)가 도성을 떠나 파천하던 날에 아버지 조영중(趙瑩中)과 서로 헤어져 잃고서 분주히 찾아다니느라 남문(南門 : 서울 남대문)에서 대가를 돌릴 때에 미처 뒤따르며 호종하지 못했다. 전 참의(參議) 심지원(沈之源)은 어머니를 받들 사람이 없었으며, 봉상정(奉常正) 이시직(李時稷)은 늙고 병들었으며, 전 교리(校理) 윤명은(尹鳴殷)은 파직되

어 남양에 거하고 있었기 때문에 모두 남한산성으로 들어가지 못했다. 이에 서로 모의하기를, "이미 남한산성에 들어가지 못했으니 의병을 일으켜 오랑캐의 포위망을 깨뜨리는 것이 좋겠다." 하였다. 그리하여 여러 고을에 격문을 띄워서 흩어졌던 군사들을 다시 수습하고 일을 미처 갖추기도 전에, 오랑캐들이 정탐하여 이 사실을 알고 불시에 달려들어 남양부를 습격하였다. 예조 판서(禮曹判書 : 조익) 등 여러 사람들은 남양부의 서쪽 작은 절에 있었지만, 윤계는 혼자 관부(官府)에서 일을 처리하다가 사로잡히고도 오랑캐를 꾸짖으며 죽음을 당했다.」고 하니, 강화도 안에 있는 사람들은 속으로 더욱 떨며 놀랐다.

◎ 필선공(弼善公 : 윤전)이 분사에 글을 올려서 떨치고 일어날 방책을 말하니, 윤방(尹昉)과 김상용(金尙容) 두 대신은 모두 좋은 방책이라고 칭찬하면서도 아무런 조처를 하지 않았다.

◎ 분사는 박종부(朴宗阜)를 해서(海西) 지방에 보내어 원수(元帥) 이하 여러 장수들에게 싸우도록 독려하였다. 이때 도원수(都元帥) 김자점(金自點)은 정방산성(正方山城)에 있었고, 황해 감사(黃海監司) 이배원(李培元) 이하는 장수산성(長水山城)에 있었다. 그런데 오랑캐 군대가 큰길로 곧장 한양으로 올라가는데도 여러 장수들은 두렵고 위축되어 감히 군사를 출동시켜서 오랑캐를 막아 치려고도 하지 않았고 또한 달려가 구원하려는 뜻도 없었다. 분사는 이에 한 사람을 보내어 격문을 들고 가서 출동토록 독려하기로 했으나, 사람들이 가기를 모두 꺼려서 대신들은 갈 사람을 정하지 못하였다. 박종부는 스스로 갈 것을 청하고는 조금도 두려워하는 기색이 없이 즉시 바다를 건너 해서 지방으로 가니 오랑캐 군사들의 발자국이 어지러웠는데, 먼저 장수산성에 이르러 대의(大義)로 타이르자 여러 장수들이 비로소

명을 듣고 출병하였으며, 도원수도 마지못해 하는 수 없이 여러 장수들과 함께 산길로 행군하여 토산(兎山)에서의 전투가 있게 되었던 것이다. 그런 데 박종부가 가겠다고 했을 때 사람들은 대부분 위태롭게 여겼고, 윤방 대신은 사람들에게 말하기를, "박종부의 뺨을 보건대, 복 있는 사람이 아 닌 듯하다." 하였다. 박종부가 돌아오자, 사람들은 모두 추앙하고 탄복하 였는데 그의 지조와 절개를 칭찬했을 뿐만 아니라 그의 담력과 지략이 남 보다 뛰어남을 감탄하였다. 박종부가 자진해서 명을 받아 떠나려 할 때, 따라가기를 원했던 한 무사(武士)가 있었는데 해서 지방의 길에 대해 익숙 한 사람이었다. 이 사람과 함께 처음부터 끝까지 일이 잘되도록 힘썼는데, 능히 샛길을 찾을 수 있어서 오랑캐와 한 번도 만난 적이 없었다. 사람의 마음으로 기묘한 책략을 내는데 온 힘을 다했으니, 박종부의 의(義)가 아 닌 것이 없었다. 사람들은 이것을 더욱 기특하게 여겼다.

◎ 박종부가 말하기를, "황해 감사가 친히 군사를 거느리고 달려가서 구원하는 것은 어려울 것입니다. 대체로 황해감사는 늙고 병들어서 걸어 다닐 수도 없어서, 그리하여 다만 무장(武將) 등으로 하여금 군사를 거느리 고 성을 나가게 하니, 성을 나가던 날에 모두들 얼굴이 잿빛이었지만 유 독 강음 현감(江陰縣監) 변사기(邊士紀)만이 조금도 두려워하는 기색이 없자, 군사들은 마음속으로 의지하고 믿을 수 있겠다고 여겼습니다. 변사기가 홑옷을 입고 있는 것을 본 황해 감사가 솜저고리를 벗어서 그에게 주니, 변사기는 사양하며 말하기를, '본시 추위를 두려워하지 않습니다.' 하였습 니다. 이번 행군에서 오직 이 사람을 보니 성공할 수 있을 것입니다." 하 였다. 토산(兎山)에서 오랑캐에게 패했지만 오직 변사기의 군대만 홀로 온 전하였으니, 사람들은 박종부의 선견(先見)에 탄복하였다.

◎ 박종부는 분사의 명으로 동문 밖의 화약고 옆에서 군관(軍官)들을 거느리고 대포 쏘는 연습을 하였는데, 나와 김여남(金汝南 : 김익겸) 등은 가서 구경하였다. 박종부가 말하기를, "이 군관들은 처음으로 쏠 때 맞히지도 못했을 뿐만 아니라 대포소리가 진동하자 손도 진정시키지 못하고 몸도 가누지 못했지만, 며칠간 익히니 점차로 잘 다루게 되었다. 그리고 군사들도 얻기가 그리 어렵지 않을 것이나, 장수의 재목이 없으니 어찌해야 하겠는가?" 하였다.

이때 분사의 중론은 두 검찰사가 책임졌지만 문서나 주고받는 것에 불과할 뿐이었다. 대신들도 역시 그리 대단한 처분을 한 것이 없었다. 그리고 김경징(金慶徵)은 성질이 조급하여 화를 잘 냈고 이민구(李敏求)는 우물쭈물 결정하지 못하고 경박하며 방탕하였는데, 하루 종일 빈들빈들 보내기만 할 뿐이었다. 장신(張紳)은 전적으로 수군만 맡았는데 광성진(廣成津)에서 배를 수리하고 얼음이 풀린 뒤를 기다렸다가 한강 어귀로 나아가 오랑캐를 차단하려 했다. 남한산성의 포위를 풀려는 계획에 대해서는 도저히 마련할 힘이 없을 뿐만 아니라, 또한 화친하는 일을 중히 여겨 모두들 필경에는 항복하리라고 생각하고 있어도 어찌할 도리가 없었다. 남한산성의 포위가 다급함을 들은 윤방 대신은 사람들에게 말하기를, "남한산성은 날이 갈수록 위태로워지고 있다." 하였다.

◎ 남한산의 승려가 전지(傳旨 : 왕명서)를 지니고 밤에 오랑캐의 포위를 뚫고 나와서 분사에 전하였는데, 곧 유도대장(留都大將) 심기원(沈器遠)으로 하여금 총원수(總元帥)를 겸하게 임명하는 것이었다. 심기원은 도성에서 북문으로 탈출하여 형제암(兄弟巖)에 머물렀다가 이어서 광릉(光陵 : 세조의 왕릉)으로 달아났기 때문에, 전지를 받들어 승려가 지니고 강화도에 이르렀던 것이다. 동양위(東陽尉 : 신익성)와 참판 김광현(金光炫) 모두 승려에게 서

찰을 주며 말하기를, "완풍부원군(完豊府院君 : 이서)이 고인이 되었지만, 이 죽음은 부러워할 만도 하다." 하였다. 승려가 말하기를, "남한산성 안의 상황이 급박하자, 주상께서 친히 성을 순찰하시고, 조정의 신하들이 모두 항오(行伍 : 군대의 대오)를 짜서 성첩(城堞)을 지켰지만, 장수와 군사들은 얼고 굶주려 싸울 수가 없어서 적의 기세가 날로 성하여 오랜 포위망을 풀기가 어려운 듯합니다." 하였으니, 듣고 와서 저도 모르게 통곡하였다.

◎ 충청 감사(忠淸監司) 정세규(鄭世規)가 패하여 죽었다는 보고가 이르자, 분사는 부찰사(副察使) 이민구(李敏求)로 하여금 호서(湖西) 지방의 관찰사로 나가 병화에 불타고 남은 것을 수습하게 함으로써 구원하러 가는 계책으로 삼았다. 그러나 이민구가 가기를 꺼리니 김경징은 대신들에게 이민구를 내보내지 말기를 청하였지만, 대신들이 듣지 않자 이민구는 마지못하여 하는 수 없이 배를 수리하여 떠나려 하였다.

◎ 심희세, 이시중, 이장영과 이정영 형제, 윤성, 김익겸 등과 나는 연명(聯名)하여 분사에 글을 올렸는데, 부찰사 이민구를 따라 나아가서 남한산성에 갈 수 있게 해달라고 청하였다. 이때 여러 친구들과 상의하기를, "우리들의 임금과 부모는 모두 포위된 남한산성에 계시는데, 고운 옷을 입고 맛있는 음식을 탐내며 구차스럽게 세월을 보내는 것은 마땅하지 않다." 하였다. 나는 여남(汝南 : 김익겸)과 함께 남한산성의 소식을 탐문하기 위해 분사에 갔는데, 마침 부찰사 일행들이 술을 마시며 추위를 막는 것을 보고는, 되돌아와서 친구들과 의논하여 글을 올리기로 하였다. 친구들이 나에게 글을 짓도록 부탁하였는데, 그 글에 이르기를, 「조정의 신하들이 군오(軍伍)에 편입되고 전하(殿下)께서 직접 성을 순찰하시는데, 원수를 갚으려고 어려움을 참고 견딘다는 와신상담(臥薪嘗膽)을 하는 것이 지금 해

야 할 일이지, 술 마시기를 할 때가 아니다.」 하였다. 이 글의 말들이 전파되자 부찰사 이민구는 못마땅하게 여기면서 호서 지방을 향하여 출발하려던 날, 분사의 청사(廳事)에 앉으면서 이장영에게 말하기를, "우리들이 일을 한 것이 진실로 다 잘하지는 못했으나, 이곳에서 윤선거와 김익겸을 만난 것은 어찌 운수가 아니겠는가? 그들은 나를 따라 가겠다고 했지만, 나약한 서생들이 갑곶 나루로부터 몇 걸음도 채 못가서 즉시 반드시 엎어지고 자빠질 것이다. 내가 어디에다 그들을 쓰겠는가? 다만 그들이 진정으로 나를 따라가겠다고 한 것인지 알지 못하겠다." 하였다. 여남이 이 말을 듣고 크게 분개하며 나에게 말하기를, "부찰사의 말씀은 극히 개탄스러운 것이다. 찾아가서 직접 뵙고 따져야 될 일이다." 하여, 곧장 찾아가서 신변(申昪)을 불러 이름을 통지케 하니, 부찰사가 나왔다. 내가 말하기를, "영감(令監)께서 마땅히 남한산성으로 가신다면 우리들은 따라가기를 바라나이다. 지금 듣건대, 곧장 내포(內浦)로 향한다고 하니, 우리들은 따라가고자 하는데 어찌해야 합니까?" 하자, 부찰사는 눈물을 흘리며 말하기를, "나의 심사가 그대들과 어찌 다르겠는가? 그대들은 이에 대해 부디 말하지 않도록 하게나." 하였다.

◎ 부찰사는 그의 처자식을 함께 태우고 가려다가 나룻가에서 지체되어 배가 곧장 떠나지는 못했다. 온 섬의 사람들 마음은 모두 다 놀라고 분하게 여기며 말하기를, "가족들을 인솔하고 검찰사가 가더라도 어찌하겠는가? 부찰사도 떠날 뜻이 전혀 없었던 것이다." 하였다. 윤방(尹昉) 대신이 가도(椵島)에 게첩(揭帖 : 공문서)을 지어 보내는데 그럴 만한 사람이 없다고 핑계하였기 때문에 명군(明軍)을 다시 불러서 끌어들이는 것을 끝내 실행하지 못했다.

◎ 분사는 권경기(權儆己)를 가도에 보내어 급한 정세를 고하고 출병해 주기를 요청하도록 하였다. 대신들이 여러 사람들의 이름을 죽 벌여 쓰게 하니, 이에 권경기가 정해졌던 것이다. 그는 옥(獄)에 갇혔었는데 도성 안에서 효시(梟示)하라는 어명이 있었지만 도중에 용서를 받았고, 미처 출옥하지 못하고 있다가 난리 통에 출옥하였지만 남한산성에 미처 호종하지 못하고 강화도로 왔기 때문이었다. 권경기는 즉시 배를 수선하여 가도를 향하여 출발하였으나, 며칠 만에 강화도가 함락되었음을 들었기 때문에 이룰 수가 없었다.

◎ 분사는 윤양(尹瀁)을 내포(內浦)에 보내어 여러 고을의 염장(鹽醬 : 소금과 간장 등 양념의 총칭)등 물품을 징발하여서 배에 실어 강화도로 운반하게 하였다. 대개 대신(大臣) 이하는 남한산성이 머잖아 위태로워져서 끝내 반드시 성을 나오고 경성(京城)이 탕진되면 반드시 강화도로 돌아올 것으로 생각하였는데, 고려 말의 고사(故事)에 따르면 강화도가 비축한 반찬거리가 넉넉하게 쓰기에는 부족했기 때문에 이처럼 사람을 보내게 되었던 것 같다. 윤양은 떠나기에 앞서 친구들에게 말하기를, "나의 이번 걸음은 매우 우스꽝스런 일일 것이고, 강화도의 형세가 끝까지 보전될지 역시 기필할 수도 없다." 하였다.

[《노서선생유고(魯西先生遺稿)》 권15 '잡저·기사']

記江都事

(半蓴 ○ 欲記此以附於羅公萬甲丙子錄之下, 而未及成焉.)

丙子十二月十四日。大駕去邠,[1] 將向江都, 檢察使判尹金慶徵[2](領相之子), 副使副學李敏求[3](兵判之弟), 從事官洪命一[4](左相之子)等, 先往前路, 以護行李焉。

原任[5]大臣海昌君尹昉[6](宗廟都提調), 奉廟社主, 宗廟令閔光勳,[7] 直長李義

---

1) 去邠(거빈) : 播遷. 임금이 도성을 떠나 다른 곳으로 피란하던 일.
2) 金慶徵(김경징, 1589~1637) : 본관은 順天, 자는 善應. 昇平府院君 金瑬의 아들이다. 한성부 판윤이었을 때 병자호란이 일어나자 강도검찰사에 임명되었다. 당시 섬에는 빈궁과 원손 및 鳳林大君·麟坪大君을 비롯해 전직·현직 고관 등 많은 사람이 피난해 있었다. 하지만 그는 혼자서 섬 안의 모든 일을 지휘, 명령해 대군이나 대신들의 의사를 무시하였다. 또한 강화를 金城鐵壁으로만 믿고 청나라 군사가 건너오지는 못한다고 호언하며, 아무런 대비책도 강구하지 않은 채 매일 술만 마시는 무사안일에 빠졌다. 그러다가 청나라 군사가 침입한다는 보고를 받고도 아무런 대비책을 세우지 않다가 적군이 눈앞에 이르러서야 서둘러 방어 계책을 세웠다. 하지만 군사가 부족해 해안의 방어를 포기하고 강화성 안으로 들어와 성을 지키려 하였다. 그런데 백성들마저 흩어져 성을 지키기 어렵게 되자 나룻배로 도망해 마침내 성이 함락되었다. 대간으로부터 강화 수비의 실책에 대한 탄핵을 받았는데, 仁祖가 元勳의 외아들이라고 해 특별히 용서하려 했으나 탄핵이 완강해 賜死되었다.
3) 李敏求(이민구, 1589~1670) : 본관은 全州, 자는 子時, 호는 東洲. 이조판서 李睟光의 아들이고, 영의정 李聖求의 아우이다. 병자호란 때 화의를 주장하다가 尹集의 논박을 받고 중지하였으며, 檢察副使가 되어 嬪宮을 호위하고 강화도에 들어갔다가 화의 후에 돌아와 경기도 관찰사가 되었으나, 강화 함락의 책임으로 영변에 귀양을 가서 圍籬安置되어 끝내 풀리지 못하고 사망했다.
4) 洪命一(홍명일, 1603~1651) : 본관은 南陽, 자는 萬初, 호는 葆翁. 영의정 洪瑞鳳의 아들이다. 1630년 진사가 되고, 1633년 증광문과에 급제한 뒤 翰林待敎·이조정랑 등을 지내고, 수찬에 올랐다. 1636년 중시문과에 급제하였으며, 병자호란이 일어나자 강화도를 지키기 위하여 검찰사 金慶徵의 검찰부사 李敏求의 從事官이 되어 싸웠다. 또한 金尙憲·鄭蘊 등과 척화론을 주장하였으며, 이들이 남한산성에서 내려오는 왕을 따르지 않았다는 죄명으로 난이 끝난 뒤 척화론자들의 처벌이 논의될 때 응교로서 부제학 李楘 등과 함께 그들을 변호하였다. 그 뒤 장령·필선을 거쳐 대사성에 이르렀으며, 寧安君에 습봉되었다.

遼,8) 奉事呂爾弘, 社稷令閔栐, 參奉池鳳遂9)・柳頲10)等, 從焉。

禮曹參判呂爾徵,11) 正郎崔時遇,12) 承旨韓興一,13) 奉肅寧殿。14) 弼善尹

---

5) 原任(원임) : 관직을 가졌다가 퇴임한 관원을 이르는 말. 조선시대에는 현직 관원을 時任 이라 하였다.

6) 尹昉(윤방, 1563~1640) : 본관은 海平, 자는 可晦, 호는 稚川. 1601년 부친상을 마친 뒤 冬至使로 명나라에 다녀와서 곧 海平府院君에 봉해졌다. 1623년 인조반정 후 예조판서로 등용되고, 이어 우참판으로 판의금부사를 겸하였으며, 곧 우의정에 올랐다. 다시 좌의정 으로 있을 때 李适의 난이 일어나자 이를 진압하고 민심을 수습하는 데 공헌하였으며, 1627년 영의정이 되었다. 그해 정묘호란이 일어나자 인조의 피난을 주장하여 강화에 호 종하였고, 영의정에서 물러나 판중추부사를 역임하고 1631년 다시 영의정이 되었다. 1636년 병자호란이 일어나자 廟社提調로서 40여 神主를 모시고 嬪宮・鳳林大君과 강화로 피난하였다. 그러나 신주 봉안에 잘못이 있었다 하여 탄핵을 받고 1639년 연안에 유배 되었다.

7) 閔光勳(민광훈, 1595~1659) : 본관은 驪興, 자는 仲集. 1616년 진사가 되고, 인조 초에 음보로 別檢・參軍을 지냈다. 1628년 알성문과에 장원, 正言・持平 등을 거쳐, 1635년 홍문관에 등용되었다. 병자호란 때 강화도의 수비가 허술함을 깨닫고, 宗廟署令으로 元孫 을 데리고 인근 섬으로 피신해 무사하였다. 그 공으로 통정으로 승진, 호조참의가 되었 다. 1644년 교리・司諫, 1649년 사복시정(司僕寺正)이 되었다. 1652년 승지에 오르고, 이 듬해 강원도관찰사에 부임 중 災變을 고하지 않은 죄로 삭직되었다. 1656년 복직되어 병조・공조 참의를 지냈다.

8) 李義遵(이의준, 1574~1635) : 본관은 眞城, 자는 宜仲, 호는 寒厓. 金得硏・李時明 등과 교 유하였다. 1612년 增廣司馬試 합격하였다. 宗廟置直長이었을 때인 1636년 병자호란 당시, 宗廟의 神位를 강화도로 모셔 보호하였다.

9) 池鳳遂(지봉수, 1595~1679) : 본관은 忠州, 자는 顯羽, 호는 醒翁. 宗廟令으로 병자호란에 종묘사직의 위패를 받들고 강화도로 들어가 보호하였다. 후에 회덕현감을 지냈다.

10) 柳頲(류정, 1609~1687) : 본관은 全州, 자는 公直, 호는 五無堂. 1638년 정시에 급제했다. 1640년 성균관학유로 벼슬을 시작하여 형조・예조・이조의 좌랑 및 춘추관・세자시강 원의 여러 직책을 두루 역임하였다. 또, 外任으로 나가 부안・순천・안악・무안 등지의 지방관으로 재임하면서 선정을 베풀어 주민들이 송덕비를 세워 칭송하였다. 1675년 고 향에 내려가 은거하다가 1680년 서인이 집권하자 다시 軍資監正에 기용되었고, 그 뒤 사 헌부지평・奉常寺正 등을 역임하였다.

11) 呂爾徵(여이징, 1588~1656) : 본관은 咸陽, 자는 子久, 호는 東江. 韓百謙의 문인이다. 1610년 생원이 되고, 1616년 慶安道察訪에 임명되었으나 廢母論이 일어나자 楊江에 은 거하였다. 인조반정 뒤 司圃署 별좌에 임명되었으나 사퇴하고, 1626년 문과 重試에 급 제, 承文院에 등용되어 典籍을 거쳐 병조・예조 참판을 역임하였다. 1636년 경기도관찰 사・한성부좌윤・예조참판을 거쳐, 1641년 함경도관찰사로 나아가 선정을 베풀고 뒤에 副賓客에 기용되었다. 이어 대사성・대사헌・江華府 유수・부제학・도승지・공조참판 등을 역임하였다.

12) 崔時遇(최시우, 1597~1655) : 본관은 慶州, 자는 亨叔, 호는 梅軒. 1630년 식년문과에 급 제하였다. 승문원 정자, 시강원 설서, 이조와 예조의 좌랑, 영변부사, 병조・예조・이조

烇,15) 翊衛姜渭聘,16) 李惇五,17) 衛率鄭良佑,18) 洗馬申翊隆19)等, 奉嬪宮20)

참의, 청주목사 등을 역임하였다.
13) 韓興一(한흥일, 1587~1651) : 본관은 淸州, 자는 振甫, 호는 柳市. 아버지는 韓百謙이다.
  병자호란이 일어나자 신주와 빈궁들을 강화도로 호위하였고, 좌부승지·전부부윤을 역
  임하였다. 1637년 鳳林大君(뒤의 효종)이 청나라에 볼모로 잡혀갈 때 배종하였으며, 귀
  국 후에는 우승지를 거쳐, 1643년 강원도관찰사로 나갔다. 그 후 이조참판, 대사간, 공
  조·예조·병조 판서를 거쳐 우의정에 올랐다.
14) 肅寧殿(숙녕전) : 조선조 제16대 인조의 비 仁烈王后 韓氏의 魂殿. 혼전은 왕이나 왕비가
  죽은 뒤 3년 동안 神位를 모시던 건물로 대개 궁안에 세우게 되며, 3년이 지나면 신위는
  宗廟에 옮기고 건물은 헐어버린다.
15) 尹烇(윤전, 1575~1636) : 본관은 坡平, 초명은 燦, 자는 晦叔, 호는 後村. 1610년 식년 문
  과에 을과로 급제해 승문원에 들어갔으며, 이후 저작이 되었다. 1615년 호조좌랑에 이
  르렀다. 1623년 인조반정으로 경기도도사가 되었고, 이듬해 李适의 난이 일어나자 곧 인
  조가 있는 공주로 가서 공조정랑이 되었으며, 환도 후 1626년 지평이 되었다. 1627년
  정묘호란이 일어나자 임금을 侍從하지 못했다는 사간원의 탄핵을 받았으나, 號召使 金長
  生의 종사관으로 활약하였다. 강화로 들어가 분병조정랑·공조정랑·사예·禮賓寺正을
  역임하고, 익산군수를 지냈다. 1633년 宗廟署令·직강·장령 등을 지내고, 1636년 병자
  호란 때 필선으로 嬪宮을 陪從해 강화에 들어갔다. 그러다가 성이 함락되자 식음을 폐하
  고, 宋時榮·李時稷 등과 함께 자결하기로 결의, 두 번이나 목을 매었으나 구출되자 다시
  佩刀로 自刃하려다가 미처 절명하기 전에 적병을 크게 꾸짖고 피살되었다.
16) 姜渭聘(강위빙, 1569~1637) : 본관은 晉州, 자는 伯尙. 1603년 성균관에 입학했다가 학행
  으로 천거되어 禧陵參奉·宗廟署奉事·順安縣令을 지냈다. 광해군 때 여러 번 내외 관직
  에 보직되었으나 국정이 문란함을 보고 나아가지 않았다. 1623년 인조반정을 계기로 벼
  슬길에 나아가 翊贊·司禦를 거쳐 淸風郡守를 지냈다. 1636년 병자호란이 일어나자 익찬
  으로서 뒤늦게 강화도로 가서 鳳林大君·麟坪大君 등을 배종, 호위하였다. 이듬해 강화성
  이 함락되자 적에게 포로가 되어 항복을 강요당하다가 순절하였다.
17) 李惇五(이돈오, 1585~1637) : 본관은 延安, 자는 子典, 호는 一竹. 義行으로 사림들 사이
  에 이름이 알려져 1608년 繕工監役에 임명되었으나 나아가지 않았다. 그 후 제릉과 선
  원전의 참봉, 사섬시 봉사, 세자익위사 侍直 등을 지냈다. 1617년 大北의 주도로 仁穆大
  妃에 대한 廢妃論이 높아지자 벼슬에서 물러났다. 1625년에 복직되어 세자익위사와 종
  친부 등의 여러 관직을 거쳐 종부시 주부에 이르렀고 외직은 가평군수를 지냈다. 1636
  년에 관직에서 사퇴하여 병자호란이 일어났을 때는 현직에 있지 않았는데도 紫燕島로
  피하라는 김포수령의 권유를 뿌리치고 종묘의 신주가 모셔진 강화도로 들어갔다. 그곳
  에서 훈련도감 낭청에 임명되어 군기를 관리하였는데, 적이 들어오자 저항하다 1637년
  1월 26일에 전사하였다. 처 김씨는 그 전날 적병이 가까워지자 떨어져 있는 남편이 순
  절할 것을 믿고 자결하였으며, 동생 李惇敍도 적에게 잡혔다가 자결하였다.
18) 鄭良佑(정양우, 1574~1647) : 본관은 東萊, 자는 君遇, 호는 石谷.
19) 申翊隆(신익륭, ?~1657) : 본관은 平山, 자는 君弼, 호는 濠梁. 金尙憲의 문인이다. 1627년
  정묘호란이 일어났을 때 남원부사로 있는 아버지 申鑑이 군사를 거느리고 나아가자 그
  는 지리산으로 달려가서 僧兵을 이끌고 뒤따랐다. 1630년에 司馬試에 합격, 1635년에 別
  試에 급제하였으나 사람들의 비방이 있었으므로 殿試에는 나아가지 않았다. 그해에 翊衛

・張淑儀及兩大君[21]以下諸行同發,　師傅徐元履[22]隨大君,　司僕主簿宋時
榮[23]等, 以各司官, 領其寺事而從焉。

　　大駕至南大門, 聞賊騎已到西坼, 回向南漢山城。而廟社諸行, 則夜過金浦,
三日而乃達江都。兩檢察等, 先載其家屬, 而宮官以下, 無舡不得渡。弼善公
與宋主簿, 指倚岸一舡曰 : "吾輩可乘此舡矣。" 李敏求曰 : "載此舡者, 乃吾
家屬也。吾當得舡, 可與追後同濟矣。" 蓋檢察以護行爲任, 則廟社嬪宮及諸從
臣, 汔濟而後, 可濟其家屬, 而大小先後, 錯行無倫, 蓋因倉卒未遑, 而亦出於
才識之不逮也。宋主簿爲余慨然言之矣。

　　◎[24]　原任大臣金尙容[25](並家屬), 知事朴東善,[26]　前判書姜碩期[27](並家屬),

司洗馬를 거쳐 侍直이 되었다. 1636년에 병자호란이 일어나자 왕비와 嬪宮・왕자들을 모
시고 강화로 피난을 갔으나, 적의 침공을 받아 성이 무너지고 이어서 굴욕의 강화가 성
립되자 스스로 목숨을 끊으려 하였으나 鳳林大君(孝宗)의 만류로 뜻을 이루지 못하였다.

20) 嬪宮(빈궁) : 姜碩期의 딸인 愍懷嬪 姜氏. 보통 姜嬪이라고 부른다.
21) 兩大君(양대군) : 봉림대군과 인평대군 등을 일컬음.
22) 徐元履(서원리, 1596~1663) : 본관은 達城, 자는 德基, 호는 華谷・見志. 1627년에 생원시
　　에 장원하고 世子翊衛司의 洗馬・副率를 거쳐 鳳林大君(뒤의 孝宗)의 師傅가 되었다. 1636
　　년의 병자호란 뒤 봉림대군이 볼모로 瀋陽에 가던 길을 시종하다 마음대로 돌아왔다 하
　　여 淸風에 잠시 유배되었다. 그러다가 곧 풀려나 다시 심양에 가서 봉림대군을 모시며
　　두터운 신임을 얻었다.
23) 宋時榮(송시영, 1588~1637) : 본관은 恩津, 자는 公先・茂先, 호는 野隱. 1628년 김장생의
　　천거로 司宰監參奉이 된 뒤 直長 등을 거쳐 尙衣院主簿에 올랐다. 1636년 병자호란 때 廟
　　社를 따라 江華로 갔다가 1637년 성이 포위당하자 李時稷 등과 함께 자결했다.
24) 이 표시는 원전에서 문단나누기 한 것임을 나타냄.
25) 金尙容(김상용, 1561~1637) : 본관은 安東, 자는 景擇, 호는 仙源・楓溪・溪翁. 좌의정 金
　　尙憲의 형이고, 좌의정 鄭惟吉의 외손이다. 인조반정 후 判敦寧府事에 기용되었고, 이어
　　병조・예조・이조의 판서를 역임했으며, 정묘호란 때는 留都大將으로서 서울을 지켰다.
　　1630년 耆老社에 들어가고 1632년 우의정에 발탁되었으나 늙었다는 이유를 들어 바로
　　사퇴하였다. 1636년 병자호란 때 廟社主를 받들고 빈궁과 원손을 수행하여 강화도에 피
　　난하였다가 성이 함락되자 성의 南門樓에 있던 화약에 불을 지르고 순절하였다.
26) 朴東善(박동선, 1562~1640) : 본관은 潘南, 자는 子粹, 호는 西浦. 인조반정으로 대사간이
　　되었으며, 이듬해인 1624년 李适의 난 때 병조참의로서 인조를 모시고 공주로 피난갔다.
　　난이 평정된 뒤 돌아와 가선대부로 대사헌이 되었고, 이조참판을 거쳐 다시 대사헌이
　　되었다. 1627년 정묘호란이 일어나자 인조를 모시고 강화로 갔으며, 형조판서・좌참찬・
　　우참찬・지돈녕부사・지중추부사 겸 지경연사・지의금부사・춘추관사 등을 역임하였다.
　　1636년 병자호란 때는 늙고 병든 몸으로 왕손을 호종하고 강화・교동・호서 등지로 피

同知鄭孝成,²⁸⁾ 前參議洪命亨,²⁹⁾ 前掌令鄭百亨,³⁰⁾ 前正郎宋國澤,³¹⁾ 工曹佐郎李行進,³²⁾ 前正言朴宗阜,³³⁾ 前郡守權儆己³⁴⁾(並家屬), 承文正字鄭泰齊³⁵⁾

난했다가 난이 끝난 뒤 한성에 돌아와 좌참찬이 되었다.

27) 姜碩期(강석기, 1580~1643) : 본관 衿川, 자는 復而, 호는 月塘·三塘. 김장생에게 성리학을 공부하였다. 1612년 사마시를 거쳐, 1616년 증광문과에 급제하고, 承文院正字로 등용되었다. 그러나 광해군의 문란한 정치와 李爾瞻의 廢母論 등에 불만을 품고 벼슬을 버리고 낙향하였다. 1623년 인조반정 후 다시 관직에 나가 藝文館博士 등을 역임하였다. 동부승지 때 딸이 世子嬪이 되었다. 1640년 우의정에 올라 世子傅를 겸하다가, 1643년 中樞府領事가 되었다. 죽은 후 세자빈이 사사될 때에 관작이 추탈되었으나 숙종 때 복관되었다.

28) 鄭孝成(정효성) : '鄭孝誠(1560~1637)의 오기. 본관은 晉州, 자는 述初, 호는 休休子. 유복자로 편모슬하에서 자라났으나, 나면서부터 효성이 지극하여 꿈에 아버지가 나타나 이름을 지어주었다고 한다. 1630년 공청감사를 거쳐 1636년 병자호란 때 강화도를 지키고자 분투하다가 순사하였다.

29) 洪命亨(홍명형, 1581~1637) : 본관은 南陽, 자는 季通, 호는 無適堂. 진사 洪永弼의 아들이며, 관찰사 洪命元의 동생이다. 1609년 진사시에 합격하고, 1612년 식년문과에 장원급제하여 전적이 되었으며, 호조낭관·북청판관·공조정랑을 거쳐 1618년 종성판관이 되었으나 부임하지 않았다. 광해군의 난정에 벼슬에 뜻이 없었으나 1619년 고부군수가 되었다가, 인조반정 후 정언이 되어 李适의 난 때 인조를 호종하여 공주로 피난하였다. 1633년 형조참의에 오르고, 다음해 성절사로 명나라에 갔을 때 사사로이 부총병 程龍을 만났다 하여 귀국 후 파면되었다가 1636년 다시 승문원부제조가 되었다. 이해에 병자호란이 일어나자 강화도로 피난하여 나라의 형세를 한탄하다가 金尙容과 함께 분신자살하였다.

30) 鄭百亨(정백형, 1590~1637) : 본관은 晉州, 자는 德後. 아버지는 공청도관찰사 鄭孝誠이며, 어머니는 南陽洪氏로 信川郡守 洪義弼의 딸이다. 경기감사 鄭百昌의 아우이다. 1623년 博士弟子에 뽑혀 連源道察訪이 되고, 이듬해 증광문과에 급제하여 승문원저작·예문관검열을 거쳐 대교·봉교를 지냈다. 1627년 정묘호란 때 임금을 따라 강화도에까지 갔던 공로로 사헌부감찰이 되었다. 정언·지평·통진현감·시강원필선을 지냈으나, 1632년 元宗 추존 논의가 일어나자 이를 반대하다 면직되었다. 1634년 예조정랑·장령을 지내고, 1636년 병자호란 때 강화도에 들어갔다가 이듬해 성이 함락되자 아버지 정효성과 함께 자결하였다.

31) 宋國澤(송국택, 1597~1659) : 본관은 恩津, 자는 澤之, 호는 四友堂. 1619년 사마시에 합격하여 생원이 되고, 1624년 식년문과에 급제하여 승문원부정자로 등용되었다. 1627년 정묘호란 때에 號召使 김장생의 막료로 있다가 천거로 예문관검열이 되고, 이어 사간원정언·함길도도사를 지내고, 사헌부지평이 되었다. 인조의 생부 定遠君을 元宗으로 추존하는 데 반대하다가 輪城道察訪으로 좌천되었다. 文川郡守 등을 거쳐, 다시 사헌부장령·宗廟署令을 지냈다. 1636년 병자호란 때 강화도가 함락되자, 원손을 탈출시켜 그 공으로 통정대부에 올랐다. 그 뒤 병조참지를 거쳐, 형조참의·공조참의·승지·예조참 등을 지냈다.

32) 李行進(이행진, 1597~1665) : 본관은 全義, 자는 士謙, 호는 止菴. 광해군 때에는 벼슬길

(並家屬), 林博, 學諭尹潗,36) 留守張紳37)(並家屬), 經歷張遇漢38)(並家屬), 宗室

을 단념하였다가 1624년 생원시에 입격하여 洗馬에 임명되었고, 1635년 증광문과에 병
과로, 1646년 문과중시에 을과로 급제하였다. 1650년에는 文臣庭試에 급제하여 弼善·輔
德 및 3司와 의정부의 관원을 거쳐 승지·대사간이 되었다. 1653년 接伴從使에 뽑혔고
1654년 한성부우윤에 임명되었다. 이듬해 冬至兼謝恩副使로 청나라에 다녀온 뒤 여러 曹
의 참판과 도승지·대사헌을 역임하였고, 1659년 현종이 즉위하자 開城留守·경기관찰사
를 거쳐 동지중추부사에 이르렀다.

33) 朴宗阜(박종부, 1600~1643) : 본관은 咸陽, 자는 子厚. 1633년 생원시에 장원하였고, 이
어 증광문과에 갑과로 급제하여 宗簿寺直長, 세자시강원의 說書·司書를 지내고 1635년
司諫院正言을 지내고, 이듬해 知製敎를 겸하였다. 이해 병자호란이 일어나자 남한산성으
로의 길이 차단되어 강화도로 들어갔다. 1638년 弘文館副修撰과 검토관을 거친 뒤 전라
도도사로 나아가 선정을 베풀고 1640년 홍문관의 수찬·校理, 1641년 이후에는 사간원
의 정언·獻納, 이조좌랑 등을 역임하였다. 당시 조정의 논의가 뜻에 맞지 않자 자청하
여 전라도 김제군수로 나아갔다가 병으로 사직하였다.

34) 權儆己(권경기, 1584~1661) : 본관은 安東, 자는 子顧. 1628년에 報恩縣監, 1630년에 平昌
郡守, 1634년에 청풍군수로 있으면서 한벽루를 개수하였다. 1636년에 면포를 남용한 죄
로 정배되었다가 10년 후인 1646년 義禁府經歷, 1647년에 豊德郡守, 1648년에 司宰僉正
이 되었다. 1649년에 安城郡守를 제수 받았다.

35) 鄭泰齊(정태제, 1612~1670) : 본관은 東萊, 자는 東望, 호는 菊堂·三堂. 1635년 알성문과
에 병과로 급제하여 검열이 되었고, 1639년 정언·지평·헌납을 거쳐 이듬해 이조좌랑
을 지냈다. 1642년 이조정랑이 되고, 이어서 응교·집의, 1644년 사간·동부승지를 역임
하고, 이듬해 正朝使로 청나라 燕京에 갔을 때 順治帝에게 간청하여 鳳林大君의 귀환을
허락받았다. 돌아와서 밀양부사가 되었으나, 이듬해 公淸監司 林墰과 柳濯의 모반사건에
연루, 유배되었다. 그 뒤 죄가 풀려 다시 三司의 벼슬을 거쳐 이조참의·승지를 지냈으
며, 1659년 동래부사로 나갔다. 女壻 姜碩期 때문에 병술옥사에 걸려 멀리 귀양을 갔다
가 다시 관직에 오르지 못하고 58세로 죽었다.

36) 尹潗(윤양, 1603~1641) : 본관은 坡平, 자는 深源. 1624년 생원이 되고, 1631년 별시문과
에 병과로 급제, 성균관에 보직되었다. 1636년 병자호란이 일어나자 江都에 가서 검찰부
사 李敏求의 從事官이 되었으며, 이듬해 정월 군량수송의 책임자인 督餉使로 호남지방에
갔으나 돌아오기도 전에 청나라와 화의가 성립되므로 그해 6월 連原의 察訪에 부임하였
다가, 다시 중앙으로 돌아와서 承政院注書로 春秋官記事官을 겸하였다. 그 뒤 병조좌랑·
사헌부지평·사간원정언을 역임하고, 1640년 結城縣監을 거쳐, 漆谷府使로 있다가 병으
로 죽었다.

37) 張紳(장신, 1595~1637) : 본관은 德水. 이조와 형조 판서를 지낸 張雲翼의 아들이고, 우
의정을 지낸 張維의 동생이다. 1636년 강화유수로 전임되었다. 그해 12월 병자호란을
당하여 江都방위를 맡게 되었는데, 전세가 불리하여지자 왕실과 노모를 버리고 먼저 도
망하여 강도가 함락되었다. 사헌부에서 그를 참할 것을 주장하였으나 전일의 공로를 생
각하여 자진하게 하였다.

38) 張遇漢(장우한, 1585~1663) : 본관은 仁同, 자는 仲會, 호는 松溪. 아들이 張次周이다.
1605년 사마시에 합격하여 1623년 장수현감을 지냈고, 1624년 李适의 난 때 왕을 공주
로 호송하였으며, 상주목사를 지냈다.

懷恩君39) · 珍原君40)等(並家屬), 在城中。

前佐郎金秀南,41) 戶曹佐郎任善伯,42) 都事奇晩獻,43) 禁都李時苾(並家屬),

及第申翊全44)(並家屬), 追到留城中。

○ 判書李尙吉,45) 都正沈諊,46) 前參議兪省曾,47) 前持平李坰,48) 前正言

---

39) 懷恩君(회은군, ?~1644) : 조선중기의 왕족. 본관은 全州, 이름은 德仁. 아버지는 正陽君 李諝, 할아버지는 桂林君 李瑠, 증조할아버지는 성종의 둘째 아들 桂城君 李恂이다. 1637 년 謝恩副使로 중국 瀋陽에 가서 宗室 포로들의 본국 송환을 교섭하였고, 1640년 다시 사은사로 선양에 다녀왔다. 1644년 沈器遠 등이 모반을 꾀할 때 왕으로 추대되었다 하여 賜死되었다.

40) 珍原君(진원군, 1603~1655) : 조선 인조 때의 왕족. 본관은 全州, 이름은 世完. 인조의 昭顯世子가 瀋陽으로부터 돌아와 병으로 수일 후에 죽었는데 그를 염할 때에 참여하여 시체가 검고 7竅에서 鮮血이 나와 마치 중독된 시체 같다는 것을 사람들에게 말한 일이 있다. 일찍 병자호란 때 尹宣擧와 같이 江都에 피란하였다가 강도가 함락되자 그곳을 탈출하여 南漢山城에 가서 강도의 상황을 왕에게 보고하였다.

41) 金秀南(김수남, 1576~1636) : 본관은 光山, 자는 汝一, 호는 萬痴堂. 金長生의 문인이다. 1624년 식년문과에 병과로 급제하고, 刑措佐郎에 등용되었다. 1630년 冬至使로서 서장관이 되어 명나라에 다녀왔다. 1636년 병자호란 때 강화도에 피란하였으며, 적군이 침입해 오자 金尙容과 함께 南樓에서 스스로 焚死하였다.

42) 任善伯(임선백, 1596~1656) : 본관은 豊川, 자는 慶餘. 1623년 사마시에 입격하고 1632 년 알성문과에 병과로 급제하였다. 1636년 병자호란이 일어나자 호조좌랑으로 강화도에 들어가 강화도의 사수를 주장하였다. 1637년 자인현감이 되었으며, 1644년 督運御史로 황해도와 평안도의 민정을 살폈고, 암행어사로 강원·公淸道·경상도에 나갔다. 1646년 昭顯世子의 죽음에 관련되어 그의 비인 姜氏가 사사된 姜嬪獄事가 일어났을 때 강빈을 두둔하여 면직되었다가 효종 때 永興府使를 지냈다.

43) 奇晩獻(기만헌, 1593~1651) : 본관은 幸州, 자는 時可, 호는 栢峰. 1628년 별시문과에 병과로 급제하였다. 1637년 정언·지평이 되었고, 1646년 昭顯世子嬪 강씨의 처형문제로 인조와 사림의 견해가 대립되었을 때 직책을 회피하려다 파직되었다. 그 뒤로 사림의 미움을 받아 淸顯職에 나아가지 못하고 벼슬은 부사에 이르렀다.

44) 申翊全(신익전, 1605~1660) : 본관은 平山, 자는 汝萬, 호는 東江. 아버지는 영의정 申欽이다. 金尙憲의 문하에서 수학하였다. 1628년 학행으로 천거되어 齋郎이 되고, 이어 검열·정언·지평 등을 지냈다. 1636년 별시문과에 병과로 급제, 그해 병자호란이 일어나자 청나라에 볼모로 잡혀갔다가 돌아와 부응교·舍人·사간을 거쳐 光州牧使를 지냈다. 1639년에는 서장관으로 燕京에 다녀오기도 하였다.

45) 李尙吉(이상길, 1556~1637) : 본관은 星州, 자는 士祐, 호는 東川. 광주 목사로 치적이 많아서 通政에 오르고 1602년 鄭仁弘·崔永慶을 追論하다가 6년간 豊川에 귀양갔다. 淮陽府使·安州牧使·戶曹參議를 거쳐 1617년 명나라에 갔을 때 부하를 잘 단속하여 재물을 탐내지 못하게 했으며 1618년 廢母論 일어나자 남원에 돌아가 은거했다. 인조반정 후 다시 불려 승지·병조 참의·공조 판서에 이르러 耆社에 들고 平難扈聖靖社振武原從의 공신

兪棨,49) 前參議睦大欽,50) 京圻都事睦行善,51) 監察尹烓, 別坐權順長,52) 及

이 되고, 병자호란에 廟社를 따라 강화에 갔다가 1637년 청병이 강화로 육박해 오자 목
매어 자살하였다.

46) 沈誢(심현, 1568~1637) : 본관은 靑松, 자는 士和. 厚陵 참봉을 거쳐 여러 군현의 수령을
지내고 돈녕부도정에 이르렀다. 1636년 병자호란이 일어나자 宗社를 따라 강화에 피난,
가묘의 위패를 땅에 묻고 국난의 비운을 통탄하는 遺疏를 쓰고 부인 송씨와 함께 鎭江에
서 순절하였다.

47) 兪省曾(유성증, 1576~1649) : 본관은 杞溪, 자는 子修, 호는 愚谷·拗谷. 1627년 정묘호란
때 사헌부지평으로서 인조를 강화로 호위하고 척화를 주장하였다. 1636년 병자호란 때
에는 강화에서 把守大將을 지냈다. 승지에 임명되었으나 사퇴했다. 나중에 강원도관찰
사·예조참의 등을 지냈다.

48) 李坰(이경, 1580~1670) : 본관은 碧珍, 자는 東野, 호는 鰲叟. 공조판서 李尙吉의 아들이
다. 병자호란이 일어나 강화천도가 이루어질 때 아버지 이상길이 적군이 상륙하였다는
소문을 듣고 그를 불러 召募使가 되어 직분을 다할 것을 부탁하고 江都에 입성하여 자결
하였는데 그는 포구를 지키던 그의 임무를 저버리고 아버지의 시신을 가지고 고향으로
돌아갔다. 이로 인해 그가 비록 의병에 종사하였다고 하나 自處의 도가 어긋났다고 하여
파직 당하였다.

49) 兪棨(유황, 1599~1655) : 본관은 杞溪, 자는 典叔, 호는 鳳洲. 아버지는 관찰사 兪省曾이
다. 李廷龜의 문인으로, 1624년 사마시에 합격해 성균관에 입학했고, 金吾郎에 임명되었
으나 취임하지 않았다. 1633년 祥雲察訪으로 증광문과에 병과로 급제, 槐院(승문원의 다
른 이름)에 배속되어 검열·대교·봉교를 거쳐 전적에 올랐다. 1636년 정언으로 재직
중 후금에서 청으로 국호를 고친 청나라 태조의 건국 축하에 참석했던 羅德憲 등이 돌
아오자, 이들을 참하여 대의를 밝힐 것과 청의 國書를 받지 말 것, 팔도에 사신을 보내
어 전쟁에 대비할 것 등 反淸主戰論을 주장하였다. 이어 다시 전적으로 체직되었다가 병
조좌랑을 거쳐 지평에 보임되었다. 그해 병자호란이 일어나자 비빈과 봉림대군을 강화
에 호종했고, 곧 湖西巡檢使가 되어 전라도 지역에서 군사 모집과 군량 조달을 위해 활
약하였다.

50) 睦大欽(목대흠, 1575~1638) : 본관은 泗川, 자는 湯卿, 호는 茶山·竹塢. 1624년 李适의
난이 일어나자 영의정 李元翼의 종사관으로 종군하여 난을 평정하는 데 공을 세웠다.
1632년 예조참의가 되고 이듬해 강릉부사가 되었는데, 민심을 얻어 나중에 遺愛碑가 세
워졌다.

51) 睦行善(목행선, 1609~1663) : 본관은 泗川, 자는 行之, 호는 南磵. 아버지는 호조참판 睦
長欽이다. 작은 아버지인 공조참의 睦大欽에게 입양되었다. 1630년 진사가 되고, 1633년
식년문과에 갑과로 급제하여 成均館典籍·禮曹佐郎兼記事官·知製敎로 국사편찬에 참여
하였다. 그 뒤 병조좌랑을 거쳐, 경기도도사로 병자호란에 공을 세우고, 이어 修撰·持平·
獻納을 거쳐, 1645년 교리·이조좌랑을 역임하였다.

52) 權順長(권순장, 1607~1637) : 본관은 安東, 자는 孝元. 1636년 병자호란이 일어나자 어머
니를 모시고 강화로 피난을 갔다. 이때 檢察使 金慶徵과 유수 張紳 등이 성을 지킬 대책
을 세우지 못하자, 동지들과 단합하여 의병을 일으키고 殉死할 것을 맹세하였다. 이듬해
정월 성이 함락되자 상신 金尙容 등과 함께 화약고에 불을 질러 분사하였다. 이튿날 그
의 처와 누이동생이 그 소식을 듣고 목매어 자결하였으며, 아우 權順悅과 權順慶은 적과

第朴長遠,53) 司果沈熙世,54) 李長英,55) 及第李正英,56) 前注書沈世鐸,57) 海

嵩尉58)尹新之, 全昌尉柳廷亮59)(皆並家屬) 在城外。 在城外者, 不可殫記。

○ 長陵60)守陵官洪霶,61) 侍陵官羅業,62) 開城敎授申恦,63) 追自豊德越

싸우다 전사하였다.

53) 朴長遠(박장원, 1612~1671) : 본관은 高靈, 자는 仲久, 호는 久堂. 1627년 생원이 되었고, 1636년 別試文科에 급제했다. 병자호란 때 외조부 沈說을 따라 강화로 피난했다. 1639년 檢閱이 되었고, 이어 正言으로 春秋館記事官이 되어 《宣祖修正實錄》의 편찬에 참여하였다. 1653년 承旨로 있다가 당파싸움으로 興海에 유배되었다가 다음해 풀려났다. 1658년 尙州牧使가 되었고 1664년 吏曹判書가 되었다. 이후 工曹判書, 대사헌, 예조판서, 한성부 판윤을 역임하고 자청하여 開城府留守로 나갔다가 재직 중에 죽었다.

54) 沈熙世(심희세, 1601~1645) : 본관은 靑松, 자는 德輝. 호조판서 崇政大夫 沈悅의 7남. 弘文館敎理를 지냈다.

55) 李長英(이장영, 1610~1677) : 본관은 全州, 자는 子華. 판서 李景稷의 아들이다.

56) 李正英(이정영, 1616~1686) : 본관은 全州, 자는 子修, 호는 西谷. 판서 李景稷의 아들이다. 1636년 別試文科로 丙科에 급제, 병자호란 후 세자가 볼모로 瀋陽에 갈 때 司書로 시종했다가 귀국하여 正言・修撰・應敎를 역임하였고, 1649년 효종이 즉위하자 다시 정언이 되고, 校理・獻納을 지냈다.

57) 沈世鐸(심세탁, 1601~1643) : 본관은 靑松, 자는 天以, 호는 東籬. 1634년 별시문과에서 을과로 급제하였다. 1639년에는 正言에 임명되었고, 이후 持平 등을 역임하였다.

58) 海嵩尉(해숭위) : 尹新之(1582~1657)의 봉호. 본관은 海平, 자는 仲又, 호는 燕超齋. 선조와 仁嬪金氏와의 소생인 貞惠翁主와 결혼하여 海崇尉에 책봉되었다. 인조 때에는 君德을 極論하는 데 서슴지 않았으나 인조는 이것을 잘 받아들였으며, 陵廟의 대사가 있을 때마다 그에게 감독하게 하여 마침내 정1품에 올라 位가 재상과 같았다. 1636년 병자호란 때에는 왕명을 받아 老病宰臣들과 함께 강화에 갔다. 그때 廟社를 지키고 있던 아버지 尹昉이 그를 召募大將으로 竹津에 있게 하였다. 甲津이 적군에게 점령되고 府城에 적이 육박해 오자 군사를 지휘하여 성을 나와 죽기를 결심하고 홀로 말을 달려 질주하다가 적병을 만나자 몸을 절벽에 던져 자살하려 하였으나 구조되었다.

59) 柳廷亮(류정량, 1591~1663) : 본관은 全州, 자는 子龍, 호는 素聞堂. 선조와 仁嬪金氏와의 소생인 貞徽翁主와 결혼하여 全昌尉에 책봉되었다. 1612년 할아버지 柳永慶의 사건으로 일가가 멸족될 때 전라도 고부에 유배되었다. 1619년 장차 역모가 있으리라는 소문이 호남지방에 유포되자 경상도 機張으로 이배되었다. 1623년 인조반정으로 즉시 풀려나와 작위가 회복되어 崇德大夫에 승품되고, 여러 차례 승진하여 成祿大夫에 이르러 世勳을 물려받고 君에 봉하여졌다.

60) 長陵(장릉) : 仁祖와 妃 仁烈王后 韓氏의 능.

61) 洪霶(홍보, 1585~1643) : 본관은 豊山, 자는 汝時, 호는 月峰. 1623년 인조반정 후 그해 알성문과에 장원급제하여 전적・수찬・장령 등을 역임하고 원주목사가 되었다. 1627년 李仁居가 난을 일으키자 그는 원주에서 이인거를 기습하여 체포함으로써 난을 진압하였다. 그 공으로 부호군이 되고, 이어 昭武功臣 등에 녹훈되어 豊寧君에 봉하여졌다. 1632년 奏請使로 명나라에 다녀오고, 1636년 병자호란 때에는 강화도에 들어가 守陵官을 지

來。

○ 禮曹判書趙翼,64) 前參議沈之源,65) 奉常正李時稷,66) 前校理尹鳴殷,67)

냈으며, 청나라에 들어가 군대징발 요청에 대한 나라 사정을 진술하기도 하였다. 1638
년에는 陳奏使로 청나라에 다녀와 형조판서가 되었다.

62) 羅業(나업) : 다른 문헌에는 羅僕으로 되어 있음.

63) 申恦(신상, 1598~1662) : 본관은 平山, 자는 孝恩, 호는 恩休窩. 인조반정 후인 1629년 별
시문과에 병과로 급제, 1636년 正言이 되어 병자호란 때 廟社를 따라 강화에 피난하고
강화 함락 때는 世子嬪의 위급을 면하게 하였다. 이듬해 斥和를 주장하다 면직되어 원주
에 머물면서 독서에 힘썼다.

64) 趙翼(조익, 1579~1655) : 본관은 豊壤, 자는 飛卿, 호는 浦渚·存齋. 1636년 예조판서로
있을 때 병자호란을 당하자 종묘를 강화도로 옮기고 뒤이어 인조를 호종하려다가, 아들
趙進陽에게 강화로 모시게 했던 80세의 아버지가 도중에 실종되어 아버지를 찾느라고
남한산성으로 인조를 호종할 기회를 놓치고 말았다. 그리하여 호란이 끝난 뒤 그 죄가
거론되어 관직을 삭탈당하고 유배되었지만, 그 까닭이 효성을 다하고자 한 데 있었고,
또 아버지를 무사히 강화로 도피시킨 뒤 尹棨·沈之源 등과 함께 경기 지역의 패잔병들
을 모아 남한산성을 포위하고 있는 적을 공격하며 입성하고자 노력한 사실이 참작되어
그해 12월에 석방되었다.

65) 沈之源(심지원, 1593~1662) : 본관은 靑松, 자는 源之, 호는 晩沙. 1620년에 정시문과에
병과로 급제하였다. 1623년의 인조반정 이듬해 검열에 등용된 뒤 정언·부교리·교리·
헌납 등 淸要職을 두루 역임하고, 1630년 咸鏡道按察御史로 파견되었고, 함경도에서 돌
아온 뒤에도 응교·집의·교리·부수찬 등 청요직을 두루 거쳤다. 1636년 병자호란 때
에는 노모 때문에 뒤늦게 왕이 있는 남한산성으로 달려갔으나 길이 막혀 들어가지 못하
였다. 趙翼·尹啓 등과 의병을 모집하려 하였으나 윤계가 죽음으로써 실패하였다. 이에
강화도로 들어가 적에 항거하려 하였으나 강화마저 함락되자 죽을 기회도 잃게 되었다.
이것이 죄가 되어 대간의 탄핵을 받아 한때 벼슬길이 막혔다. 1643년 그의 억울함이 용
서되어 홍주목사로 기용되었으며, 1648년에는 이조참의가 되었다. 1652년 형조판서에
올랐고, 1653년에는 이조판서로서 국왕의 언행이 몹시 급함을 때때로 경계하였으며, 11
월에는 正朝使로서 청나라에 다녀왔다. 1654년 우의정에 승서되고 이듬해에는 좌의정으
로 옮겼으며, 1657년에는 冬至兼謝恩使로 청나라에 다녀와서 이듬해에 영의정에 올랐다.

66) 李時稷(이시직, 1572~1637) : 본관은 延安, 자는 聖兪, 호는 竹窓. 1606년 사마시에 합격
하고 1624년 增廣文科에 급제하였다. 李适의 난 당시에는 왕을 호위하였으며 이후 병조
좌랑, 사헌부장령, 봉상시정(奉常寺正) 등 여러 관직을 두루 역임하였다. 병자호란이 일
어나자 奉常寺正으로 江都에 들어갔다가 이듬해 정월 오랑캐가 강도에 침입하여 남문이
함락되자 太僕寺主簿 宋時榮과 더불어 죽기를 결의하고, 송시영이 먼저 자결하자 묘 둘
을 파서 하나는 비워 놓고 송시영을 매장하면서 종에게 자기를 거기에 매장케 하고 옷
을 벗어 종에게 맡겨 염을 하도록 부탁한 다음 활 끈으로 목을 매어 죽었다.

67) 尹鳴殷(윤명은, 1601~1646) : 본관은 坡平, 자는 而遠, 호는 思亭. 1624년 사마시에 합격
하여 진사가 되고, 1628년 별시문과에 병과로 급제, 검열을 역임하고, 정언·지평·병조
좌랑·교리가 되었다. 1636년 병자호란이 일어나자 남양에 나아가 趙翼과 함께 의병을
모집하여 강화에 건너갔는데 강화가 함락되었다. 난이 끝난 뒤 서천군수·청주목사를

喪人前大司成李明漢,[68] 前參知李昭漢,[69] 修撰李一相,[70] 及第李嘉相[71](並家屬), 江津未敗前數日, 自大阜島[72]追來。

◎ 廟社主, 安于行廟,[73] 兩署官守直。嬪宮及淑儀, 兩大君與夫人, 入處行闕, 諸從官宿衛。士大夫家屬, 則尹相昉, 金相尙容, 領相金瑬[74](入南漢), 左

역임하고 집의·동부승지를 지냈으며, 1645년 전라도관찰사가 되었다가 사직하고 藍浦에 돌아와 어머니를 모시며 농사를 짓고 낚시질을 하며 지내다가 죽었다.

68) 李明漢(이명한, 1595~1645) : 본관은 延安, 자는 天章, 호는 白洲. 아버지는 李廷龜이다. 대사간·부제학을 지내고, 한성부우윤을 거쳐 대사헌·도승지·대제학·이조판서 등을 역임했다. 1616년 증광문과에 급제하여 승문원권지정자·전적·공조좌랑을 지냈으나, 仁穆大妃의 廢母論이 일어났을 때 참여하지 않아 파직되었다. 1624년 李适의 난 때에는 왕을 공주로 扈從하고 李植과 함께 팔도에 보내는 敎書를 지었다. 병자호란 때의 斥和派라 하여 1643년 李敬輿·申翊聖 등과 함께 瀋陽에 잡혀가 억류되었다가 이듬해에 世子貳師로 昭顯世子와 함께 돌아왔다.

69) 李昭漢(이소한, 1598~1645) : 본관은 延安, 자는 道章, 호는 玄洲. 아버지는 좌의정 李廷龜이다. 1623년 인조반정과 함께 승문원주서를 거쳐 홍문관정자에 승진되었다. 이듬해 李适의 난이 일어나자 공주로 인조를 호종했다. 그 뒤 다시 수찬·정언·교리 등의 문관 요직에 있었다. 1626년 수찬으로서 중시 문과에 을과로 급제했으며, 1632년 신진 유신들과 함께 인조의 私親인 定遠君의 王號追崇을 반대했다가 파직당하기도 하였다. 그 뒤 다시 등용되어 충원현감·진주목사·예조참의 등의 내외 관직을 역임하였다.

70) 李一相(이일상, 1612~1666) : 본관은 延安, 자는 咸卿, 호는 靑湖. 영의정 李廷龜의 손자이며, 이조판서 明漢의 아들이다. 1633년 검열이 되고, 대교·정언을 거쳐 헌납이 되었다가 1636년 병자호란 때에는 왕을 호종하지 못하고, 또한 화의를 반대한 척화신으로서 이듬해 탄핵을 받아 영암으로 귀양 갔다가 다시 위원으로 이배되었다. 뒤에 南老星 등의 주장으로 풀려나 인조 말년에는 사간에 올랐으며, 1647년에는 창덕궁수리소도청으로 공이 있다 하여 당상관에 올랐다. 효종이 즉위하면서 우승지에 발탁되어 총애를 입었으며, 이어서 대사간을 거쳐 1652년 도승지가 되었다. 이어 부제학·대사간·대사성을 거쳐 대사헌이 되었다. 1654년 正朝兼進賀副使로 청나라에 갔다가 이듬해 귀국, 청나라의 실정을 보고하여 효종의 북벌계획 수립에 宋時烈 등과 함께 도움을 주었다. 그 뒤 병조참판·동지의금부사 등을 지내고, 실록편찬의 공으로 正憲大夫에 가자되었으며, 공조판서·예조판서·좌우참판·호조판서를 거쳐 1666년에 다시 예조판서가 되었다가 죽었다.

71) 李嘉相(이가상, 1615~1637) : 본관은 延安, 자는 會卿, 호는 氷軒. 영의정 李廷龜의 손자이며, 이조판서 明漢의 아들이다. 1636년 문과에 급제했으나 병자호란이 일어나 어머니를 모시고 강화에 피란, 이듬해 강화가 함락되자 탈출, 또 피란 중 적에게 쫓겨 어머니만 숨기고 자신은 체포되었다. 아내 羅氏가 어머니를 모시고 섬으로 피신, 그 후 풀려나온 그는 어머니의 행방을 찾아 적진을 헤매다가 적에게 살해되었다. 이 소식을 듣고 아내도 상심 끝에 사망했다.

72) 大阜島(대부도) : 경기도 안산시 단원도 대부동에 딸린 섬.

73) 行廟(행묘) : 임시로 설치하는 사당.

相洪瑞鳳75)(入南漢), 姜碩期, 張新豐維76)(入南漢), 韓西平,77) 鄭監司百昌,78)

呂爾徵, 韓興一, 兵判李聖求79)(入南漢), 金慶徵, 李敏求, 南陽君洪振道,80)

金參判槃81)(入南漢), 權儆己, 申翊隆, 佐郎南老星82)(入南漢), 李梓,83) 金寅

74) 金瑬(김류, 1571~1648) : 본관은 順天, 자는 冠玉, 호는 北渚. 임진란 때 復讐召募使 金時
    獻의 종사관으로 호서와 영남 지방에서 활약하였고, 인조반정의 공로로 병조참판에 제
    수되었으며 곧 병조판서로 승진되더니 昇平府院君에 봉해졌다. 정묘호란 때는 副體察使
    로서 인조를 江都로 호종하였고, 환도 후에는 都體察使가 되어 八道軍兵을 통솔하였다.
    병자호란 때는 인조와 함께 남한산성으로 피난하였다가, 이듬해 삼전도의 맹약을 맺는
    데 주화론자로서 주도적 역할을 하였다.
75) 洪瑞鳳(홍서봉, 1572~1645) : 본관은 南陽, 자는 輝世, 호는 鶴谷. 인조반정에 가담하여
    병조참의가 되었으며, 병자호란이 일어나자 崔鳴吉과 함께 和議를 주장하였고 영의정,
    좌의정을 지냈다. 昭顯世子가 급사하자 鳳林大君(孝宗)의 세자책봉을 반대하고 세손으로
    嫡統을 이어야 한다고 주장하였으나 용납되지 않았다.
76) 張新豐維(장신풍유) : 新豐君 張維(1587~1638). 본관은 德水, 자는 持國, 호는 谿谷. 우의
    정 金尚容의 사위이며, 효종비 仁宣王后의 아버지이다. 金長生의 문인이다. 인조반정에
    참여하여 2등공신에 녹훈되었고, 병자호란 때는 공조판서로 남한산성에 임금을 호종하
    였고, 최명길과 함께 화의를 주도하였다. 성격이 곧아 인조반정에 참여하고서도 모시던
    국왕을 쫓아낸 일을 부끄러워하였으며, 공신 金瑬의 전횡을 비판하고 소장 관인들을 보
    호하다 나주목사로 좌천되기도 하였다.
77) 韓西平(한서평) : 西平君 韓浚謙(1557~1627). 본관은 淸州, 자는 益之, 호는 柳川. 仁祖의
    장인으로서 領敦寧府事·西平府院君이 되고, 1624년 李适의 난에 왕을 공주에 모시고,
    1627년 정묘호란 때 세자를 全州에 모시고 적이 물러간 뒤에 서울에 돌아와 사망했다.
78) 鄭監司百昌(정감사백창) : 監司 鄭百昌(1588~1637). 본관은 晉州, 자는 德餘, 호는 玄谷·
    谷口·大灘子·天容이다. 아버지는 공청도관찰사 鄭孝誠이며, 어머니는 南陽洪氏로 信川
    郡守 洪義弼의 딸이다. 鄭百亨의 형이다.
79) 李聖求(이성구, 1584~1644) : 본관은 全州, 자는 子異. 호는 分沙·東沙. 조선조 태종과
    효빈김씨 사이에서 난 慶寧君의 후손으로, 병조판서 李希儉의 손자이며, 이조판서 李晬光
    의 아들이다. 대사헌, 병조 판서 등 요직을 두루 거쳐 영의정을 지냈다. 병자호란 때에
    왕을 호종하였고, 왕세자가 볼모로 瀋陽에 갈 때 수행하였다. 다시 사은사로 청나라에
    들어가 명나라를 공격할 군사를 보내라는 청국의 강력한 요청을, 결코 들어 줄 수없는
    외교적 난제라는 조선의 입장을 분명하게 밝히고 귀국했다. 1641년 영의정에 오른 11
    월, 청나라의 명령적 요청으로 전 의주부윤 黃一皓를 처형 하는 등 안타까운 사건을 숱
    하게 치러야 했다.
80) 洪振道(홍진도, 1584~1649) : 본관은 南陽, 자는 子由, 호는 聽檜. 아버지는 동지돈녕부사
    洪憙이며, 어머니는 具思孟의 딸이다. 아버지 홍희가 인조의 외조부인 具思孟의 사위여
    서, 인조와 이종사촌 형제이다. 1636년 병자호란이 일어나자 왕을 남한산성으로 호종하
    였고, 和議를 주장하였으며, 이듬해 자헌대부에 올랐다.
81) 金參判槃(김참판반) : 참판 金槃(1580~1640). 본관은 光山, 자는 士逸, 호는 虛州. 文元公
    金長生의 아들이고, 金集의 아우이다. 인조반정 후 氷庫別提에 임명되나 나아가지 않고,

亮⁸⁴⁾, 柳晉三⁸⁵⁾家, 皆在城中。

○ 永安尉⁸⁶⁾(入南漢), 東陽尉⁸⁷⁾(入南漢), 沈判書悅⁸⁸⁾(入南漢), 韓判書汝
溭⁸⁹⁾(入南漢), 尹監司履之⁹⁰⁾(入南漢), 崔判書鳴吉⁹¹⁾(入南漢), 李參判景稷⁹²⁾(入

1624년 李适의 난 때 인조를 공주에 扈從한 뒤, 公州行在 정시문과에 급제, 扈從의 공으
로 典籍에 올랐다. 형조좌랑 등 여러 관직을 거쳐 대사간에 이르고, 병자호란 때 남한산
성으로 인조를 호종한 공으로, 예조참판·대사간·대사헌 등을 거쳐 이조참판에 이르렀다.

82) 南老星(남노성, 1603~1667) : 본관은 宜寧, 자는 明瑞, 호는 雲谷. 생원 南好學의 아들이
다. 金尙容이 외할아버지이다.

83) 李梓(이재, 1606~1657) : 본관은 全義, 자는 濟伯, 호는 雙溪. 1633년에 진사가 되었고,
1638년 정시문과에 병과로 급제하여 승문원·예문관에 들어갔다. 1649년에 호남지방의
암행어사를 거쳐 이듬해에 집의에 올랐다.

84) 金寅亮(김인량, 1603~1678) : 본관은 安東, 자는 代天. 1627년 式年試에 급제하였고,
1636년 병자호란 때 獻陵의 祭器를 땅에 묻은 뒤에, 어머니를 모시고 강화도로 들어가
난을 피했다.

85) 柳晉三(류진삼, 1608~1680) : 본관은 晉州, 자는 汝重, 호는 泗川. 1633년 진사가 되었다.
1634년 해주에서 거행된 특별시험에 뽑혀 이듬해 증광별시의 殿試에 直赴 병과로 급제
하였다. 병조 좌랑, 사헌부 장령 등을 역임하였다.

86) 永安尉(영안위) : 洪柱元(1606~1672). 본관은 豊山, 자는 建中, 호는 無何堂. 대사헌 洪履祥
의 손자이고, 예조참판 洪霙의 아들이다. 1623년 선조의 딸 貞明公主에게 장가들어 永安
尉에 봉하여졌다. 1647년 사은사로 청나라에 가서 時憲曆을 구입해서 귀국, 새로운 역법
의 시행을 건의하였다.

87) 東陽尉(동양위) : 申翊聖(1588~1644). 본관은 平山, 자는 君奭, 호는 樂全堂·東淮居士. 영
의정 申欽欽의 아들이고, 斥和五臣의 한 사람이다. 12세에 선조의 딸 貞淑翁主와 결혼하
여 東陽尉에 봉해졌다. 광해군 때는 廢母論에 반대하여 벼슬이 박탈되었다. 1623년 인조
반정 후 재등용 되고, 李适의 난 때는 3宮을 호위했고, 1627년 정묘호란에는 세자를 호
위, 전주로 피란, 1636년 병자호란 때 왕을 호종하고 남한산성에 있으면서 끝까지 척화
를 주장하여, 瀋陽으로 붙잡혀 갔다가 뒤에 풀려났다.

88) 沈判書悅(심판서열) : 판서 沈悅(1569~1646). 본관은 靑松, 자는 學而, 호는 南坡. 부사 沈
忠謙의 아들이다. 1593년 별시문과에 급제하여, 예문관 검열에 기용되었다. 뒤에 성균관
전적 등 삼사의 요직을 역임하고 경기도·황해도·경상도·함경도의 관찰사를 지냈다.
1623년 호조판서로 승진하였으며, 1638년 鹽鐵使가 되어 중국 瀋陽에 가서 물물교환을
하였고, 그 뒤 강화유수·판중추부사·우상·영상 등을 역임하였다. 그는 관직에 있으
면서 度支에 대한 뛰어난 경륜으로 왕의 총애를 받았다.

89) 韓判書汝溭(한판서여직) : 판서 韓汝溭(1575~1638). 본관은 淸州, 자는 仲安, 호는 十洲.
인조반정이 일어나자 동부승지가 되고, 이괄의 난을 평정하기도 했다. 1628년 예조참판
으로 있을 때 柳孝立의 모반사건을 잘 다스려 정2품에 올랐으며, 그해 登極使가 되어 명
나라에 가서 황제의 칙서를 가지고 왔다. 다시 형조판서·우참찬 등을 지내고, 1636년
병자호란 때는 왕을 호종하였다. 이후 대사헌을 거쳐 예조판서 등을 역임하였다.

90) 尹監司履之(윤감사이지) : 감사 尹履之(1579~1668). 본관은 海平, 자는 仲素, 호는 秋峯.

南漢), 李參知尚伋⁹³⁾(入南漢), 李內乘星男⁹⁴⁾(入南漢)家, 皆在城外。其他避兵
來者, 不能盡知。

◎ 闕外西邊, 有數間屋, 大臣以下, 晝則來會, 夜則散去, 名之曰'分司⁹⁵⁾廳
事.' 大臣處南偏, 兩檢察及禮參, 承旨等處北偏, 洪命一・朴宗阜・尹瀁等,
稱以分司郞廳云。

余從伯氏⁹⁶⁾奉慈行十七日, 由廣成津, 渡入于佛原。十八日, 移于長嶺⁹⁷⁾李
姊兄⁹⁸⁾家(去城中五里許)。十九日, 入城中, 拜于弼善公⁹⁹⁾, 置家屬于闕底奴
家。

영의정 尹斗壽의 손자이고, 영의정 尹昉의 아들이다. 병자호란 때에는 강화부사로 강화
수비를 맡기도 하였다. 이듬해 도승지로서 經筵參贊官이 되어 국가기강 확립책을 건의한
바 있으며, 海昌君에 襲封되었다.

91) 崔判書鳴吉(최판서명길) : 판서 崔鳴吉(1586~1647). 본관은 全州, 자는 子謙, 호는 遲川. 李
恒福과 申欽에게 배웠다. 인조반정에 참여한 반정공신이다. 병자호란 때 이조판서로서
강화를 주관하였는데, 난중의 일처리로 인조의 깊은 신임을 받아 병자호란 이후에 영의
정까지 오르는 등 대명, 대청 외교를 맡고 개혁을 추진하면서 국정을 주도했다. 명과의
비공식적 외교관계가 발각되어 1643년 청나라에 끌려가 수감되기도 했다.

92) 李參判景稷(이참판경직) : 참판 李景稷(1577~1640). 본관은 全州, 자는 尙古, 호는 石門.
영의정을 지낸 李景奭의 형이다. 李恒福과 金長生에게 배웠다. 1622년에는 가도에 주둔
한 명나라 장수 모문룡을 상대하는 임무를 수행하였으며, 병자호란 때에도 초기에 최명
길을 따라 청나라 군의 부대로 찾아가 진격을 늦춤으로써 국왕을 피신시키는 등 주로
청나라 장수를 상대하는 일을 맡았다.

93) 李參知尙伋(이참지상급) : 참지 李尙伋(1572~1637). 본관은 碧珍, 자는 思彦, 호는 習齋・
拙夫. 1636년 겨울에 병자호란이 일어나자 남한산성에서 40여 일 간 아들 李埉와 함께
인조를 호종하였다. 그러나 廟社를 받들고 강화도로 들어간 형 영위사 李尙吉을 찾아가
다가 강화도가 함락되는 통에 몽고 군사에 의해 순절하였다.

94) 李內乘星男(이내승성남) : 내승 李星男(1578~1643). 본관은 慶州, 자는 明淑. 白沙 李恒福
의 맏아들이다. 利川府使와 鐵原府使를 역임했다.

95) 分司(분사) : 중앙 관아의 임무를 나누어 맡기 위해 별도로 설치한 관아. 여기서는 강도
에 설치하여 정사를 총괄하는 임시 관아이다.

96) 伯氏(백씨) : 윤선거에게는 尹動擧, 尹舜擧, 尹商擧, 尹文擧, 尹成擧 등 다섯 형이 있었으니,
여기서는 윤동거를 가리킴.

97) 長嶺(장령) : 강화도에 있는 지명.

98) 李姊兄(이자형) : 李正興. 世宗의 12번째 아들인 密城君의 7대손이다. 尹煌의 장녀에게 장
가갔다.

99) 弼善公(필선공) : 尹烇. 글쓴이 윤선거의 숙부이다. 곧 윤황의 바로 밑 동생이다.

○ 張次周,100) 權順正101) · 順昌,102) 金益兼,103) 金震標,104) 姜文明,105)
韓以明,106) 張善徵107)等, 在城內。徐元履, 權順長 · 順悅,108) 尹城,109) 金

---

100) 張次周(장차주, 1606~1651) : 본관은 仁同, 자는 文哉. 상주목사 張遇漢의 아들이다. 朴
長遠 · 趙復陽 등과 교류하였다. 1630년 성균관에 들어가 수학하였고, 1644년 정시문과
에 을과로 급제하여 승문원을 거쳐 세자시강원의 설서가 되었고, 다시 예조좌랑 · 정언
에 올랐다.
101) 權順正(권순정, 1607~1664) : 본관은 安東, 자는 愁之. 군수 權儆己의 첫째아들이다. 참
봉을 거쳐 이조 좌랑을 지냈다. 권경기의 백형이 權盡己인데, 그 맏아들이 權順長이다.
102) 順昌(순창) : 權順昌(1609~1687). 본관은 安東, 자는 聖之. 군수 權儆己의 둘째아들이다.
또한 권순장의 종제이다. 金長生의 문인이다. 1627년 사마시에 합격, 1645년 氷庫 別坐,
1646년 寧國原從功臣이 되었고, 내외직을 거쳐 原州 牧使를 지냈다.
103) 金益兼(김익겸, 1614~1637) : 본관은 光山, 자는 汝南. 金長生의 손자이고, 참판 金槃의
아들이다. 병자호란이 일어나자 강화로 가서 섬을 사수하며 항전을 계속하였다. 그러
나 전황이 불리해지고 고전을 하는 중에 江華留都大將인 金尙容이 남문에 화약궤를 가
져다 놓고 그 위에 걸터앉아 自焚하려고 하였다. 이에 영의정을 지냈던 尹昉이 이 사실
을 알고 달려와서 애써 만류하였으나, 김상용 · 권순장과 함께 끝내 자분하고 말았다.
104) 金震標(김진표, 1614~1671) : 본관은 順天, 자는 建中, 호는 浯涯. 할아버지는 영의정 金
瑬이고, 아버지는 한성부판윤 金慶徵이며, 어머니는 朴孝誠의 딸이다. 1633년 사마시에
장원으로 합격하여 진사가 되었다. 1636년 병자호란 때 그의 아버지는 江都檢察使로서
방어 실패의 책임으로 사형당하고, 어머니와 할머니 유씨는 정절을 위해 자결하는 비
운을 겪었다. 1656년 공조참의에 임명된 뒤, 무송 · 삼척 · 부평 등의 수령을 지냈고,
1671년 돈녕부도정에 임명되었다가 곧 병으로 죽었다.
105) 姜文明(강문명, 1613~1646) : 본관은 衿川, 자는 公著. 金長生의 제자이며, 우의정 姜碩
期의 둘째 아들로 姜遠期에게 입양되었다. 소현세자의 장사 지낼 날짜가 불길하다고 함
부로 말하고 地官 崔楠을 찾아가 협박하였다는 죄목으로 인조의 노여움을 샀다. 역적
집안으로 몰려 멸문의 화를 당했던 그의 집안은 1718년에 復官되었다. 여동생이 昭顯世
子嬪인 강빈이다. 소현세자가 인조에 의해 독살된 뒤 강빈은 저주사건(역모)의 주모자
로 모함되어 사사되었다. 이를 '강빈의 옥'이라 한다. 앞서 죽은 강석기는 관작을 추탈
당하였고, 그의 부인은 처형되었다. 1645년 인조는 강석기의 네 아들 중 姜文星과 강문
명은 絶島에 정배하고 강문두와 강문벽은 강원도의 궁벽한 고을에 정배할 것을 명하였
다가, 다시 濟州 · 珍島 · 歙谷 · 平海로 바꾸어서 네 사람을 나누어 유배하였다. 이때 진
도로 유배된 사람이 강문명이다.
106) 韓以明(한이명, 1613~1637) : 본관은 淸州. 韓浚謙(1557~1627)의 손자이고, 생부가 韓會
一이다. 그런데 한준겸의 형인 韓百謙(1552~1615)의 아들 韓興一이 슬하에 자식이 없
어 그에게 입양되었다. 그런데 동부승지 韓興一은 세 번이나 장가를 들었는데, 吳億齡
의 딸 同福吳氏는 자식없이 일찍 죽었고, 李晉賢의 딸 全州李氏는 강화도에서 순절했으
며, 宗室 順康正 李善孫의 딸 전주이씨는 韓器明(1646~1689)을 낳았다. 한이명이 입양
되었으나 일찍 죽는 바람에 한이명의 부인(李時昉의 딸)이 韓後相을 또 양자로 들였는
데, 한기명이 늦게 태어나서 한홍일로부터 承重을 받았다. 참고로 한회일과 呂爾徵은
처남매부이다.

佐明,110) 沈熙世, 申昪,111) 崔後亮,112) 李時中113)等, 在城外。往來于分司
之外, 探問南漢消息。

◎ 權順長倡議, 與諸友呈書于分司, 以徐元履爲首, 陳守備之策。時分司
凡百未遑, 島中把守, 外方指揮, 皆未有措置, 故若干士子, 慨奮而有此擧云。

◎ 分司送兪㮰于湖西, 稱以從事官。俾與體察從事朴遾,114) 招諭人民, 傳
通朝命。是時京畿新舊監司, 皆入南漢, 諸營將所屬, 各官束伍軍兵, 無所受
命, 各自駭散。而南漢在圍, 國命阻絶, 朝廷號令, 不行於外方, 故大小人心,

---

107) 張善澂(장선징, 1614~1678) : 본관은 德水, 자는 淨之, 호는 杜谷. 우의정 張維의 아들로
　　　서 효종비 仁宣王后의 오빠이다.
108) 順悅(순열) : 權順悅(1611~1637). 본관은 安東, 자는 悅之. 權順長의 동생이다. 병자호란
　　　때 강화도에서 적과 싸우다 전사하였다.
109) 尹城(윤성, 1607~1637) : 본관은 海平, 자는 漢陵. 할아버지가 尹昉이고, 아버지가 尹履
　　　之이다. 1630년 생원시와 진사시에 합격하고, 병자호란 때 강화도에서 순절했다.
110) 金佐明(김좌명, 1616~1671) : 본관은 淸風, 자는 一正, 호는 歸溪・歸川. 아버지는 영의
　　　정 金堉이다. 1633년 사마시를 거쳐, 1644년 별시문과에 급제해 승문원에 史局으로 등
　　　용된 뒤, 박사・說書를 거쳐 홍문관에 전임되었다. 1646년 병조좌랑이 되어 다시 문과
　　　중시에 병과로 급제, 1648년 修撰이 되었다가 安邊으로 귀양갔다. 이듬해에 풀려나, 이
　　　조좌랑・대사헌・경기도관찰사・도승지・이조참판 등을 두루 지냈다.
111) 申昪(신변, 1610~1664) : 본관은 平山, 자는 仲悅, 호는 春州散人. 申昇이라고도 한다. 동
　　　양위 申翊聖의 둘째아들이다. 어머니는 宣祖의 서3녀인 貞淑翁主이다. 1633년 增廣試
　　　에 합격하고 1647년에 세마를 제수 받아 나아갔다.
112) 崔後亮(최후량, 1616~1693) : 본관은 全州, 자는 漢卿, 호는 靜修齋. 아버지는 이조판서
　　　崔惠吉이며, 영의정 崔鳴吉에게 입양되었다. 1637년 병자호란의 결과 대신들의 아들이
　　　瀋陽에 볼모로 갈 때 잡혀갔다가 1642년 최명길이 명나라와 통교한 죄로 심양에 잡혀
　　　오자 세 차례나 淸軍을 찾아가 변호하였다. 그 뒤 1645년 최명길이 풀려나 함께 귀국
　　　하였다.
113) 李時中(이시중, 1602~1657) : 본관은 慶州, 자는 士和. 할아버지는 李恒福이고, 아버지는
　　　李星男이다. 이성남의 첫째부인 安東權氏 소생이다. 안동권씨는 판서 權徵의 딸이다. 이
　　　시중의 첫째부인은 李景稷의 딸이고, 둘째부인은 尹煌의 딸이며, 셋째부인은 洪溆의 딸
　　　이다. 1635년 사마시에 합격하였다.
114) 朴遾(박서, 1602~1653) : 본관은 密陽, 자는 尙之, 호는 玄溪. 1630년 별시문과에 을과
　　　로 급제하여 1632년 정언이 되었고, 1634년 지평이 되었다. 병자호란 때 흩어진 병사
　　　를 모아 재기할 계획을 세웠으나 講和가 이루어져 실행하지 못하였다. 昭顯世子가 瀋陽
　　　에 있었을 때 侍講院輔德을 맡았다. 1641년 수찬이 된 뒤, 집의・교리를 차례로 거쳐,
　　　1643년 사간이 되었으며, 이어서 황해도관찰사가 되었다. 1647년 병조판서에 승진되었
　　　으며, 謝恩副使로 청나라에 다녀와 이듬해 대사헌・경주부윤을 역임하였다.

皆願分司當任調兵救急之策, 而大臣以下, 了無振作之氣矣。

◎ 分司諸議, 大臣主之, 而餘無當事者, 故群議皆以爲‘兩檢察, 雖始以護行爲任, 今則無他所管, 不可不任分司之事.’ 故凡有所謀爲, 兩檢察禀于大臣而行之。而禮參・承旨, 參坐傍觀而已。

◎ 南陽府使尹棨,[115] 遇賊不屈而死, 分司遣李行進, 詢問事情,「蓋禮判趙翼, 於去邪之日, 與父瑩中[116]相失, 奔走尋問, 未及追扈, 於南門回駕之際。前參議沈之源將母無人, 奉常正李時稷老病, 前校理尹鳴殷廢處南陽, 俱未得入于南漢。乃相與謀曰 : “旣不及入南漢, 可糾義兵以爲解圍之計.” 於是, 傳檄列邑, 收拾散卒, 事未及辦, 而賊詗知之, 不意馳襲南陽府。禮判諸人, 則在府西小寺, 而棨獨治事于府, 被執罵賊遇害.」島中人心益震駭。

◎ 弼善公上書于分司, 爲言振作方略, 尹・金兩相共稱善, 而亦無所措爲矣。

◎ 分司送朴宗阜于海西, 督戰元帥以下諸將。時都元帥金自點[117]在正方

---

115) 尹棨(윤계, 1583~1636) : 본관은 南原, 자는 信伯, 호는 薪谷. 어려서 어버이를 여의고, 아우 尹集・尹柔와 함께 외가에서 자랐다. 1624년 사마시에 합격하고, 1627년 정묘호란 때 상소하여 척화를 주장하였다. 같은 해 정시문과에 병과로 급제하고 승문원권지부정자를 거쳐 전적・홍문관교리를 지냈다. 1629년 이조좌랑이 되었고, 1636년에 남양부사가 되었다. 이 해 겨울 병자호란이 일어나자 勤王兵을 모집하여 남한산성으로 들어가려다 청병에게 잡혀 굴하지 않고 대항하다가 몸에 난도질을 당하여 죽었다.

116) 瑩中(영중) : 趙瑩中. 조익의 아버지이다. 첨지중추부사를 지냈다.

117) 金自點(김자점, 1588~1651) : 본관은 安東, 자는 成之, 호는 洛西. 李貴, 金瑬, 申景祯, 崔鳴吉, 李适 등과 함께 광해군과 집권세력인 대북파를 축출하고 綾陽君(후의 인조)을 추대하여 반정에 성공하였다. 당시 西人이 功西와 淸西로 갈라지자 공서의 편에서 金尙憲 등 유림을 탄압하였다. 이괄의 난을 평정하고, 정묘호란이 일어나자 巡檢事臨津守禦使에 임명되었다. 1633년 都元帥가 되었으나 병자호란이 일어나자 兎山 싸움에서 참패한 죄로 전쟁이 끝나자 絶島定配했다. 1643년 판의금부사로 登極使가 되어 淸에 다녀온 뒤 우의정에 승진되고, 1644년 좌의정에 봉해지고 영의정에 올라 謝恩使로 다시 淸에 다녀왔다. 1646년 仁祖가 昭顯世子嬪 姜氏를 죽이려는 내심을 간파하고 인조의 수라상에 독약을 투입한 뒤 그 혐의를 강빈에게 미루어 죽였으며, 소현세자의 세 아들을 모두 濟州에 유배 보내게 하였다. 1649년 효종이 즉위하자 김상헌 등을 등용하여 北伐을 꾀하고, 그를 파직시켰다. 다음해 그는 유배지인 洪川에서 심복인 역관 李馨長을 시켜 조선이 북벌을 계획하고 있음과 宋時烈이 지은 長陵의 誌文에 淸의 年號를 쓰지 않고 明

山城,[118] 黃海監司李培元[119]以下在長水山城。[120] 賊兵由大路直上于京, 而 諸將畏縮, 不敢出兵遮擊, 亦無赴援之意。分司乃議送一人, 持檄督出, 而人 皆憚行, 大臣不能定。宗阜乃請自行, 少無懼色, 卽渡海而西, 與賊兵交迹, 先 到長水山城, 諭以大義, 則諸將始聞命出兵, 元帥亦不得已同諸將, 由山路行, 有兔山之戰。宗阜之往也, 人多危之, 尹相謂人曰:"觀宗阜之頬, 似非福人 也。" 及還, 人共推服, 非但稱其志節, 亦歎其膽略之過人矣。蓋宗阜挺身, 受 命而出, 有一武士願從, 乃習於海西路者也。與之終始周旋, 能尋間路, 不與 賊遇。人心之出奇效力, 莫非宗阜之義也。人以此益奇之。

◎ 朴宗阜言:"海伯[121]以自將赴援爲難。蓋其老病, 亦不可行, 乃只令武 將等率兵出城, 出城之日, 皆無人色, 獨江陰[122]縣監邊士紀, 少無懼意, 軍情 倚以爲恃。見其所服衣單, 海伯脫襦衣[123]以贈之, 士紀辭曰:'本不畏寒。' 今 行, 唯見此人, 可以成功矣。" 兔山之敗, 唯士紀軍獨全, 人服宗阜之先見焉。

◎ 朴宗阜以分司命, 在東門外火藥庫傍, 率軍官習放砲, 余與金汝南[124]諸 友往觀焉。宗阜曰:"此軍官輩初放時, 則非徒不能中, 爲砲所震, 手不能定, 身不能立, 數日習之, 漸成能技。軍士則不難得, 而奈無將才何?"

時分司之議, 則兩檢察任之, 而不過文簿[125]之酬酢而已。大臣亦無大段處

의 연호를 쓴 사실을 淸에 알렸다. 이에 청나라는 크게 의심하고 大軍을 보내 眞否를 물었으나 孝宗의 기민한 수습으로 무마되었다. 결국 그의 반역행위가 드러나 光陽에 유 배되었다가 1651년 아들의 역모가 들어나 역모죄로 아들과 함께 사형 당하였다.

118) 正方山城(정방산성): 황해도 봉산군 정방리에 있는 산성.
119) 李培元(이배원, 1575~1653): 본관은 咸平, 자는 養伯, 호는 歸休堂. 인조반정 이후 정언 이 되어 훈신의 비위사실을 탄핵하고 이어 곡산군수・광산현감 역임하였다. 1632년 原 州牧使를 거쳐 1635년 忠淸道討捕使로 있다가 1636년 황해도 감사에 특진되었다.
120) 長水山城(장수산성): 황해도 재령군 장수면에 있는 산성.
121) 海伯(해백): 황해도 감사의 별칭.
122) 江陰(강음): 황해도 금천군 안에 있던 고을.
123) 襦衣(유의): 솜저고리.
124) 汝南(여남): 金益兼의 자.
125) 文簿(문부): 문서와 장부.

分。而金慶徵性躁多嗔, 李敏求依違[126]浮浪, 不過終日悠悠。張紳專主舟師, 而裝舡于廣成津, 將待解氷後, 進塞漢江之口。至於南漢解圍之計, 非但無力可辦, 亦以和事爲重, 皆以爲畢竟出城, 無可奈何。聞山城圍急, 尹相語人曰：“山城日益危矣.”

◎ 南漢山僧齎有旨,[127] 夜踰賊圍而出來, 傳于分司, 乃命留都大將沈器遠,[128] 兼總元帥之任者也。器遠自都城出北門, 依兄弟巖, 仍移于光陵[129]北走, 故奉旨僧齎到于江都矣。東陽尉及金參判光炫,[130] 皆付書于僧曰：“完豐[131]作故, 此死可羨云.” 僧言：“城中事急, 上親自巡城, 朝士皆編行伍守堞, 將士凍餒不能戰, 賊勢日盛, 長圍難解云.” 聞來不覺痛哭。

◎ 忠淸監司鄭世規[132]敗死之報至, 分司令副察使李敏求, 出按湖西, 收拾

---

126) 依違(의위) : 결정하지 못하고 우물쭈물하는 모양.

127) 有旨(유지) : 승정원의 담당 승지를 통하여 전달되는 王命書.

128) 沈器遠(심기원, 1578~1644) : 본관은 靑松, 자는 遂之. 1624년 李适의 난이 일어나자 漢南都元帥가 되어 난을 막았다. 1627년 정묘호란 때는 경기·충청·전라·경상도의 都檢察使가 되어 종사관 李尙岌·羅萬甲 등과 함께 세자를 모시고 피란하였다. 1628년 강화부유수를 거쳐, 1634년 공조판서에 승진되었다. 1636년 병자호란이 일어나자 留都大將으로 서울의 방어책임을 맡았고, 1642년 우의정을 거쳐 좌의정에 승진되었다. 1644년 좌의정으로 남한산성 守禦使를 겸임하게 되자 이를 기화로 심복의 장사들을 扈衛隊에 두고 前知事 李一元, 廣州府尹 權憬 등과 모의하여 懷恩君 德仁을 추대하려는 반란을 꾀하다 탄로되어 죽임을 당하였다.

129) 光陵(광릉) : 世祖와 妃 貞熹王后 坡平尹氏의 능. 경기도 남양주군 진접면 부평리에 있다.

130) 光炫(광현) : 金光炫(1584~1647). 본관은 安東, 자는 晦汝, 호는 水北. 우의정 金尙容의 셋째아들이다. 1623년 인조반정 직후 連源道察訪이 되었으나, 부임하기 전에 庭試文科에 급제, 승문원 부정자가 되고, 이어서 검열·정언·수찬·교리를 거쳐 1627년 정묘호란 때는 호조판서 沈悅의 종사관으로 畿邑의 飢民 구제에 힘썼다. 1634년 부제학에 올랐다가 인조의 私親追崇을 옹호한 대사간 兪伯曾을 탄핵한 것으로 인해 왕의 노여움을 사 三水로 유배되었으며 이듬해 풀려났다. 1636년 병자호란 때 아버지가 순국한 후 벼슬에 뜻을 버리고 洪州의 繁村洞에 은거하였다. 1646년 姜嬪獄事가 일어남에 姜嬪의 오빠 姜文溟이 그의 사위였던 관계로 順天府使로 貶黜되었다가 그곳에서 죽었다.

131) 完豐(완풍) : 完豐府院君. 李曙(1580~1637)의 봉호이다. 본관은 全州, 자는 寅叔, 호는 月峰. 효령대군의 10세손으로, 제주목사 李慶祿의 아들이다. 1623년 金瑬·李貴 등과 군사를 일으켜 광해군을 폐위, 인조를 세워 호조판서가 되고 靖社功臣으로 完豐府院君에 피봉되었다. 1626년 守禦使가 되어 남한산성을 수축하였고 병자호란 때 남한산성에서 힘써 싸우다가 진중에서 병사하니 왕이 통곡하고 비단을 주어 장례케 하였다.

餘燼, 以爲赴援之計。敏求憚行, 金慶徵請於大臣勿出敏求, 大臣不聽, 敏求不得已治舡將行矣。

◎ 沈熙世, 李時中, 李長英・正英, 尹城, 金益兼, 及余聯名呈書于分司, 請從李檢察前進, 南漢之行。時諸友相議曰:"吾輩君親, 皆在圍城, 不宜靡衣婾食,133) 苟度時日." 余與汝南, 爲探消息, 往于分司, 適見副察諸公以酒禦寒, 退與諸友議呈書。諸友屬余草文, 曰:「朝紳編伍, 玉趾巡城, 薪膽卽事, 杯酒非時.」語句傳播, 副察不平, 發向湖西之日, 坐于分司廳事, 謂李長英曰:"吾輩作事, 固不能盡善, 而乃遇尹・金於此, 豈非數耶? 渠等欲從余行, 而脆弱書生, 未過甲津134)數步, 卽必顚仆矣。吾何用渠等哉? 第未知渠等眞從我否?"汝南聞此言, 大奮謂余曰:"副察之言, 極可慨也。可往面數之." 卽往招申昪通名, 則副察出見之。余曰:"令監當赴南漢, 則吾輩願從之矣。今聞'直向于內浦135)'云, 吾輩從往, 何爲乎?"副察沾灑而言曰:"我之心事, 與君等何間焉? 君等愼無以爲言也."

◎ 副察將與妻子同載而行, 遷延于津上, 不卽發舡。一島人心, 擧皆駭憤曰:"率眷檢察, 往亦何爲? 副察亦無行意." 尹相托以椵島揭帖撰出無人, 還召以入, 終不果行。

◎ 分司送權徵己于椵島, 告急請兵。大臣令列書諸人之名, 乃定徵己。以其曾係于獄, 有梟示都中之命,136) 而中蒙原赦, 未及出獄, 因亂迸出, 未及南

132) 鄭世規(정세규, 1583~1661) : 본관은 東萊, 자는 君則, 호는 東里. 1613년 사마시에 합격하여 생원이 되고, 門蔭으로 의금부도사를 거쳐 화순현령・안산군수를 역임하였다. 1636년에 朝臣들의 추천을 받아 4품의 散秩에서 충청도관찰사로 특진되고, 그해 겨울 병자호란으로 왕이 남한산성에서 포위되자 근왕병을 이끌고 포위된 남한산성을 향하여 진격하다가 용인・險川에서 적의 기습으로 대패하였다. 이때의 충성심으로 패군의 죄까지 면죄 받고 전라감사・개성유수를 거쳐 공조판서에 임명되었다. 이후 형조판서・전주부윤・대사헌・호조판서・함경감사・지의금부사・우참찬 등을 번갈아 역임하고 이조판서에 이르렀다. 조선시대에 문음출신으로 육경에 오른 가장 대표적 인물이다.
133) 靡衣婾食(미의투식) : 고운 옷을 입고 맛있는 음식을 탐내어 장래를 생각하지 아니함.
134) 甲津(갑진) : 갑곶 나루.
135) 內浦(내포) : 충남 서북부 가야산 주변을 통칭하는 지역.

漢, 來于江都故也。徹已卽治舡發向于椵島, 數日而聞江都陷, 故不果達云。

◎ 分司送尹瀁于內浦, 爲調發列邑鹽醬等物, 舡運于江都。蓋大臣以下意南漢朝夕且危, 終必出城, 而京城蕩殘, 必以江都爲歸, 如麗末故事, 則江都所儲饌物, 不足瞻用, 故有此送也。瀁臨行謂諸友曰 : "吾行十分可笑, 而江都形勢, 終始保全, 亦未可必也。"

[《魯西先生遺稿》 卷之十五 '雜著・記事']

---

136) 《인조실록》 1636년 11월 17일조 1번째 기사에 의하면 權徹己는 贓汚罪에 걸려 도성 안에서 효시하라는 어명이 있었음을 알 수 있으며, 《白軒先生集・부록 권1》 <백헌선생연보>에 의하면 李景奭이 그의 억울함을 논하여 죽음을 면하게 하였음을 알 수 있음.

강화도 함락 진상 기록
記江都事1)

나만갑羅萬甲2)

도성을 떠나 파천해야 했을 때 김경징(金慶徵)은 강도(江都 : 강화도)로 들어가게 되자, 그의 어머니와 아내를 각각 옥교(屋轎 : 덮개가 있는 가마)에 태우고 계집종은 전모(氈帽)를 씌웠으며, 집에서 싣고 나온 짐바리가 50여 개나 되었으니 경기도의 인부와 말을 거의 다 동원하였다. 한 계집종이 탄 말이 발을 헛디뎌 땅에 떨어지는 일이 생기자, 잘 따르며 보호하지 못

---

1) 이 제목은 鄭道應(1618~1667)의 ≪昭代粹言≫에 수록된 나만갑의 <병자록>에는 없고, 국립중앙도서관 소장본(古2154-3)에는 있는 것을 차용한 것임. 내용을 구분하여 7장으로 분류하고 각각 소제목을 달았다. 이 소장본은 원고본인데, 尹在瑛이 대본으로 삼아 번역하고 정음사에서 1979년에 출간하였다. 한편, 이 책에서 소개하는 글은 ≪소대수언≫ 권9에 수록된 필사본 <병자록>의 일부이다. 국립중앙도서관 소장본과 비교했을 때 글자의 출입이 약간 있을 뿐이지만 보다 정확한 문장을 구사하고 있는 것으로 생각되었고, 한 문단도 통째로 결락되어 있지 않았기 때문이다. 국립중앙도서관 소장본은 한 문단이 생략되어 있다.
2) 羅萬甲(나만갑, 1592~1642) : 본관은 安定, 자는 夢賚, 호는 鷗浦. 나주 출신. 1623년 인조반정 후 順陵參奉이 되고 통덕랑으로 알성문과에 병과로 급제해 수찬이 되었다. 1627년 정묘호란이 일어나자 종사관이 되어 왕을 따라 강화도에 호종하였고, 환도하여 병조정랑·수찬·지평 등을 역임했다. 1631년 부수찬·헌납이 되었으며, 1634년 홍주목사를 역임하고, 이듬해 형조참의에 올랐으나 時弊에 대한 상소를 하다가 파직당하고 고향에서 은거 생활을 했다. 1636년 병자호란이 일어나자 단신으로 남한산성에 들어가 왕을 모시고 공조참의·병조참지로서 管餉使가 되어 군량 공급에 큰 공을 세웠다. 그러나 강화 후 무고를 받아 영해로 귀양 갔다가 1639년 풀려나와 경북 榮州에서 여생을 보냈다.

한다면서 경기도의 배행(陪行) 고을 아전을 길가에서 매질했다. 김경징은 부사(副使) 이민구(李敏求), 종사관(從事官) 홍명일(洪命一)과 함께 먼저 강화도로 들어갔다.

원임대신(原任大臣) 윤방(尹昉)·김상용(金尙容), 예조 참판(禮曹參判) 여이징(呂爾徵), 정랑(正郞) 최시우(崔時遇), 사직 령(社稷令) 민계(閔枅), 참봉(參奉) 지봉수(池鳳遂)·류정(柳頲), 종묘 령(宗廟令) 민광훈(閔光勳), 직장(直長) 이의준(李義遵), 봉사(奉事) 여이홍(呂爾弘) 등이 종묘사직의 신주(神主)를 받들었다. 승지(承旨) 한홍일(韓興一)이 빈궁(嬪宮)과 원손(元孫)을 받들었고, 숙의(淑儀) 및 봉림대군(鳳林大君)·인평대군(麟坪大君)과 그 부인이며, 모든 궁인(宮人)·부마(駙馬)·공주(公主)·옹주(翁主)가 뒤따랐다.

판부사(判府事) 정광적(鄭光績), 사재(四宰) 박동선(朴東善), 전 판서(前判書) 이상길(李尙吉)·강석기(姜碩期), 동지(同知) 정효성(鄭孝誠), 도정(都正) 심현(沈誢)은 늙고 병든 재상(宰相)으로서 승전(承傳 : 임금의 뜻)을 받들어 들어갔다. 무재(武宰) 지사(知事) 변흡(邊潝), 전 참의(前參議) 홍명형(洪命亨)·심지원(沈之源), 봉상 정(奉常正) 이시직(李時稷), 첨정(僉正) 조희진(趙希進), 전 장령(前掌令) 정백형(鄭百亨), 필선(弼善) 윤전(尹烇), 전 교리(前校理) 윤명은(尹鳴殷), 수찬(修撰) 이일상(李一相), 공조 정랑(工曹正郞) 이행진(李行進)·박종부(朴宗阜), 직강(直講) 변복일(邊復一), 도사(都事) 기만헌(奇晩獻), 호조 좌랑(戶曹佐郞) 임선백(任善伯), 승문 정자(承文正字) 정태제(鄭泰齊)·임박(林博), 학유(學諭) 윤양(尹瀁), 전 현감 심동구(沈東龜), 첨정 이사규(李士圭), 사복 주부(司僕主簿) 송시영(宋時榮), 별좌(別坐) 권순장(權順長), 봉상 주부(奉常主簿) 고진민(高進民) 등은 미처 제때에 호종하지 못했거나 분사(分司)로 도성에 남아 있던 자들인데, 뒤늦게야 강화도로 따라 들어갔다.

예조 판서(禮曹判書) 조익(趙翼)은 달리 명을 받들 수가 없어 뒤떨어져 있다가 남양(南陽)에서 처음으로 의병을 일으키고 강화도로 이동시켜 들어갔다. 전 대사성(前大司成) 이명한(李明漢), 전 참의(前參議) 이소한(李昭漢)은 마침 상중(喪中)에 있었지만, 물러나 피해 있는 것이 분수를 지키는 도리에 편치 아니하여 역시 강화도로 들어갔다.

그때 빈궁이 갑곶(甲串) 나루에 도착했으나 배가 없어 건너지 못하고 이틀 밤낮을 해변에 머무르면서 상하 일행들은 모두 추위에 떨며 굶주렸다. 그러나 사람들을 건너가게 할 권한은 검찰사에게 있는데다 배들은 죄다 맞은편에 있어서 서로 통할 수가 없었다. 빈궁이 옥교(屋轎) 안에 있다가 몸소 나와 소리 지르시기를, "경징아, 김경징아! 네가 어찌 차마 이런 짓을 한단 말이냐?" 하자, 유수(留守) 장신(張紳)이 듣고서 김경징에게 말하니, 그제야 어렵사리 빈궁 이하는 건너갈 수 있었다. 그런데 그 밖의 피난 온 사족(士族)들은 그 수가 몇 천인지 몇 만인지 알지 못하지만 나루터에 온통 가득히 건너게 해줄 것을 울부짖었으나 미처 건너기도 전에, 오랑캐가 갑자기 들이닥쳐 순식간에 거의 죄다 짓밟았으니, 창에 찔려 죽거나 바닷물에 몸을 던져 죽었다.

김경징은 배로 김포(金浦)와 통진(通津)에 있는 나라 곡식을 실어 왔는데, 이름만 섬 안의 사대부들을 구제한다 하고 김경징의 친구 외에는 어느 한 사람도 얻어먹은 사람이 없었다. 대개 당시 곡식은 귀하고 보물은 오히려 천했으니 제 이익만 도모한 것이었다. 더군다나 해주(海州)와 결성(結城)의 창고 곡식도 운반해 오려고 했지만, 강화도가 함락되어 미처 그 계획을 이루지 못했다.

김경징은 스스로 강화도를 금성탕지(金城湯池 : 난공불락의 견고한 성)로 여겨 오랑캐가 날아서 건너지는 못할 곳으로 생각하고 아침저녁으로 잔치를 벌여 날마다 술잔 기울이는 것을 일로 삼았다. 남한산성이 포위된 지 이미 달포가 지났고 소식이 끊겼는데도 임금의 안위를 염려하지 않으면서, 대신이 간혹 무슨 말을 하면 김경징은 말하기를, "피난 온 대신이 어찌 감히 지휘한단 말이오?" 하고, 대군이 간혹 말하는 것이 있으면 김경징은 말하기를, "이렇게 위태로워 어찌될지 모르는 때에 대군이 어찌 감히 간여하는 말을 하오?" 하였다. 때문에 대군과 대신 이하는 감히 입을 떼지 못했다.

별좌(別坐) 권순장(權順長), 생원(生員) 김익겸(金益兼)이 김경징·이민구·장신 등에게 글을 올려 말하기를, 「원수를 갚으려고 어려움을 참고 견딘다는 와신상담(臥薪嘗膽)을 해야 하는 것이 지금 해야 할 일이지, 술 마시기를 할 때가 아니다.」 하니, 김경징 등은 더욱 노여워하였다. 김경징은 진실로 책망할 것도 못되지만, 그 나머지 사람들도 모두 강화도의 험한 요새만 믿고 방비에는 마음이 없어서 초군(哨軍)들을 놓아 보내어 죄다 자기 집으로 돌아가게 하였다. 섬의 밖은 전혀 정탐을 하지 않으니, 식자(識者)들은 한심하게 여기지 않은 이가 없었다.

혹자가 전하는 말에 충청 감사(忠淸監司) 정세규(鄭世規)가 오랑캐 진영에서 죽었다고 하자, 대신들이 이민구로 대신하게 하였다. 이민구는 강화도야 아주 안전한 곳으로 여겼지만 호서는 반드시 죽을 곳으로 생각하여 허둥지둥 온갖 방법으로 피하려고만 했다. 분사가 빨리 떠나라고 독촉하자, '바다 바람이 몹시 차서 추위를 막는 술이 없을 수 없다.' 하고는 소주를 빚는다면서 이 핑계로 헛되이 날을 보냈다. 그리고 또 그의 처자식을 태우고 가려 하자, 김상용과 윤방이 말하기를, "그대들은 단지 여러 고을에 폐만 끼칠 뿐이다."고 하면서 마침내 그만두게 하였다.

이보다 앞서, 경기 감사(京畿監司 : 李溟)가 포위된 성안에 있었으므로 경기도 각 고을의 일을 분부할 곳이 없었다. 묘당(廟堂)이 이민구로서 경기 감사를 삼도록 청하니, 주상께서 말하기를, "나는 이 사람에게 나이 어린 동궁을 부탁하려 하니, 다시 다른 사람을 추천하여라." 하였다. 대신들이 말하기를, "비록 이 경기감사직을 제수할지라도 훗날 부탁하는 것은 안

될 것이 없사옵니다." 하니, 주상이 허락하였다. 그러나 오랑캐의 포위가 매우 다급해져 그 교지(敎旨)는 끝내 내보내지 못했다.

삼도(三道)의 수군 가운데 어느 한 사람도 국난을 구하러 오는 이가 없었는데, 오직 충청 수사(忠淸水使) 강진흔(姜晉昕)이 밤중에 들어와 구원하니, 검찰사는 강진흔이 거느린 배들을 연미정(燕尾亭)과 여러 곳에 나누어 배치하게 하고, 경기도의 배는 모두 광진(廣津)에 두었다.

정축년(1637) 정월 21일 통진(通津 : 김포에 있는 마을) 가수(假守 : 임시 수령) 김정(金頲)이 급히 검찰사에게 보고하기를, "오랑캐가 방금 동거(童車 : 짐을 싣는 수레)에 작은 배를 싣고 강화도로 향한다."고 하자, 김경징은 말하기를, "강의 얼음은 아직도 단단하거늘, 어찌 능히 배를 운행할 수 있단 말이냐?" 하고는, 군사들의 마음을 교란하려는 것으로 여기고 보고한 자의 목을 막 베려는 찰나에, 갑곶(甲串 : 강화도에 있는 마을) 파수장(把守將)의 보고도 또한 김정의 보고와 같았다. 김경징은 비로소 놀라 어쩔 줄 모르며 해숭위(海嵩尉) 윤신지(尹新之)로 대청포(大靑浦)를 지키게 하고, 전창군(全昌君) 류정량(柳廷亮)으로 불원(佛院)을 지키게 하고, 유성증(兪省曾)으로 장령(長零)을 지키게 하고, 이경(李坰)으로 가리산(加里山)을 지키게 하는 한편, 김경징은 진해루(鎭海樓)로 나가서 진을 치고 스스로 갑곶(甲串)을 지키려는데 군사가 채 수백 명이 되지 않았다. 사태가 이미 위급한데도 군기(軍器)와 화약(火藥)을 나누어 줄 즈음에 줄 때마다 기록하고 하였다. 다급한 때에 처리하는 것이 이 같아서야 어떻게 능히 큰일을 할 수 있었으랴.

봉림대군이 처음으로 김경징과 함께 진(陣)을 친 곳에 나가 보니, 군사의 수효가 심히 적은 것을 보고 도로 성안에 들어와서 다시 군사를 수습하여 방어할 계책을 세우려고 하였으나, 사람들이 모두 도망치고 흩어져서 하는 수 없이 비로소 성을 지키기로 하였다.

유수(留守) 장신(張紳)은 주사대장(舟師大將)으로서 갑자기 광진(廣津)의 전선(戰船)을 출발시켜 갑곶으로 향해 거슬러 올라가게 했는데, 때마침 하현(下弦 : 음력 매달 22~23일에 나타나는 달의 형태)이라 조수가 매우 적어서 밤새도록 배를 저었으나 22일 새벽녘에야 겨우 갑곶에서 5리쯤 되는 곳에 이르렀다. 강진흔(姜晉昕)은 배 7척을 거느리고 갑곶에 머물러 있다가 오랑캐와 힘껏 싸워 적선을 침몰시킨 것이 몇 척이나 되었다. 강진흔의 배도 또한 오랑캐의 대포에 맞은 곳이 수십 군데였고, 군졸들도 죽은 자가 수십 명이나 되었다. 진흔은 몸에 적의 화살을 맞았으면서도 적의 화살과 그 밖의 무기를 빼앗은 것이 또한 많았다. 강진흔이 거느리고 있는 배가 매우 적었는데, 장신은 오랑캐의 기세가 매우 치성함을 보고서 전진할 생각이 없었다. 강진흔은 북을 치고 깃발을 흔들면서 장신의 수군에게 나아가 싸우라고 독려하였지만, 장신은 끝내 전진하지 않았다. 강진흔은 배 위에서 소리치기를, "네가 나라의 두터운 은혜를 받고서 어찌 차마 이와 같이 할 수 있단 말이냐? 내가 장차 너의 목을 벨 것이다." 하였으나, 장신은 끝내 움직이지 않고 곧 강물을 따라 내려갔다. 이때 정포 만호(井浦萬戶) 정연(鄭埏)과 덕포 첨사(德浦僉使) 조종선(趙宗善)이 선봉이었는데, 오랑캐가 처음으로 건너오자 정연이 적선 1척을 함몰시키고 장차 전진하려고 하였으나, 장신이 징을 쳐서 퇴군시키니 정연은 이에 물러나 돌아왔다.

오랑캐가 처음에는 복병(伏兵)을 있는지 의심하여 배를 출발시키지 않았는데, 오랑캐의 배 1척이 전선(戰船) 사이를 뚫고 지나가서 먼저 해안에 닿아 뭍에 상륙한 자가 7명이었으나 관군은 쏠 만한 화살조차 없었다. 그들은 다만 손에 칼 한 자루씩 쥐고 말이 없어 걸어서 기슭을 따라 북쪽으로 가다가 언덕에 올라 두루 둘러보니 사방 어디에도 복병이 있는 곳은 없고, 높은 곳에도 진(陣)을 쳐서 방비하지 않고 있음을 알고는 흰 깃발로써 맞은편 강가에 있던 오랑캐를 부르자, 그제야 오랑캐의 배들이 바다를 뒤덮으며 건너왔다. 강화도 중군(中軍) 황선신(黃善身)이 초군(哨軍) 100여 명을 거느리고 진해루(鎭海樓) 아래서 힘껏 싸웠는데, 자신이 오랑캐를 사살한 것이 3명이었고 군사들이 사살한 것이 또한 6명이었다. 그러나 황선신은 힘을 다하다가 죽었고, 군사들은 모두 달아나 흩어졌다. 이때 강화도의 초군은 모두 장신의 배 안에 있었는데, 주장(主將)인 장신이 물러나 가버렸기 때문에 어느 한 사람도 뭍에 내려온 자가 없었다. 김경징은 어찌할 수가 없음을 알고 오랑캐는 내버려둔 채로 포구로 달아났는데, 말을 버리고 물로 들어가 전선에 올라탔다. 때마침 김경징과 장신의 늙은 어머니들이 모두 성안에 있었는데, 둘 다 배를 타고 달아나버렸으니, 두 집의 늙은 어머니들은 결국 성안에서 죽었다.

상신(相臣 : 대신)이 약간 명으로 하여금 성을 지키게 하면서 만약 먼저 성을 나가는 자가 있으면 마땅히 군령(軍令)을 시행하겠다고 하였다. 빈궁은 내관(內官) 김인(金仁)·서후행(徐後行)·임우민(林友閔)·권준(權俊)·유호선(兪好善) 등 5명으로 하여금 원손을 받들어 해변으로 나가게 하였다. 송국택(宋國澤)·민광훈(閔光勳)·여이홍(呂爾弘)·민계(閔枅)·류정(柳頲)·이의준(李義遵)과 부장(部將) 민우상(閔又祥) 등이 의논하기를, "원손이 이미 나가거늘, 우리들이 성을 지켜서 무엇 하겠는가?" 하고는 모두 뒤따라 나갔다. 김인이 원손을 안고 가는데 말이 느려서 오랑캐가 바싹 다가오자, 송국택은 자신이 타고 있던 말로 바꾸어 주었다. 바닷가에 이르니 마침 배 1척이 해안에 매어 있어서 마치 서로 기다리고 있었던 것 같았다. 배를 타고 바다로 나와 며칠 지나서 교동(喬桐)에 이르렀으니, 이것은 실로 하늘의 뜻일러라.

그런데 오랑캐의 공유덕(孔有德)과 경중명(耿仲明) 두 장수가 모든 섬들을 수색하려 한다는 말이 들리는지라, 교동에서 주문도(注文島)로 옮기고 이어 당진(唐津)으로 향하였다. 그때 주문도 사람들이 나루터에 많이 모여들어 묻기를, "이 배가 교동에서 오는 배가 아닙니까?" 하였다. 뱃사람들이 그

묻는 이유를 따지자, 섬사람들은 말하기를, "지난 밤, 섬 안에 있던 모든 사람의 꿈에 배가 오색구름에 옹위되어 교동에서 이 섬으로 오고 있었기 때문에 묻는 것입니다."고 하니, 뱃사람들은 모두 놀라고 기이하게 여겼다. 지사(知事) 박동선(朴東善)과 참의(參議) 심지원(沈之源)도 그 배에 있어서 직접 듣고 말하였다. 송국택은 가자(加資)가 되고 그 나머지는 벼슬이 올라갔는데, 대신들이 논죄하는 글을 올리기를, 「저들은 모두 종묘사직의 관원으로서 종묘사직의 신주를 버렸다.」하니, 송국택을 제외하고는 모두 나중에 삭탈(削奪)되었다.

오랑캐가 사방을 포위하자, 전 우의정 김상용은 일이 이미 틀린 것을 알고 입었던 옷을 벗어 하인에게 주며 말하기를, "네가 만약 온전히 살거든 이 옷을 아이들에게 전하여 훗날 허장(虛葬)할 거리로 삼도록 하여라." 하고, 곧 남문으로 가서 화약 상자에 걸터앉았더니 곁에 있던 다른 사람들에게 모두 손을 내저어 멀리 가게 하였으나, 김익겸과 권순장은 끝내 떠나가지 않고 말하기를, "대감은 홀로 좋은 일을 하시렵니까?" 하였다. 김상용은 화약에 불을 놓아 스스로 불에 타 죽었고, 김익겸과 권순장도 아울러 죽었다.

윤방(尹昉)은 종묘 제조(宗廟提調)로서 종묘사직의 신주가 봉안되어 있는 곳에 있었는데, 오랑캐가 들이닥치자 윤방이 소리치기를, "네놈들은 나를 죽여라."고 했으나, 오랑캐는 전혀 응하지 아니하고 신주들을 시궁창에 던져버렸다. 윤방은 신주들을 거두어서 섬거적으로 싸고 복마(卜馬 : 짐을 싣는 말)에 실으며 말하기를, "바다를 건널 때에는 나는 의당 바닷물에 빠져 죽어야 한다." 하니, 오랑캐들이 협박하여 육지에 내리게 하는지라, 신주를 오랑캐에게 빼앗길까봐 염려하여 사내종들의 홑바지 속에 나누어 싣고 계집종으로 하여금 그 위에 올라타게 하였다. 사태가 안정된 뒤에 삼사(三司)가 모두 발의하고 죄를 다스릴 것을 주장하니, 다시 파면 당하고 한 곳에 중도부처(中途付處)되었다가 얼마 되지 않아 죽었다.

도정(都正) 심현(沈誢)은 그의 아내와 함께 죽으려 할 때에 상소문을 지어 품속에 넣고서 나란히 자결하였다. 그 상소문에 이르기를, 「신(臣) 아무개는 동쪽을 향해 백 번 절하고 남한산성에 계신 주상전하께 글을 올립니다. 신(臣)이 아내 송씨와 함께 같은 날에 자결하여 나라의 은혜를 보답코자 하옵니다.」하였다.

주부(主簿) 송시영(宋時榮)은 처음에 이시직(李時稷)과 함께 같은 집에서 지냈다. 송시영이 먼저 자결하자, 이시직은 목을 매고는 종으로 하여금 잡아당기게 하니, 종이 차마 명을 따르지 못하자 자신이 지은 찬문(贊文)과 망건을 종에게 부쳐서 그 아들에게 남겼다. 찬문에 이르기를, 「장강(長江)의 요해처가 무너지자 오랑캐 군대 나는 듯 건너오니, 술 취한 장수는 겁먹어 나라를 배반하고 욕되게 살려하네. 파수하는 일 와해되어 온 성안이 도륙되고, 하물며 저 남한산성도 머지않아 또 함락되리로다. 의리상 구차하게 살 수는 없어 기꺼운 마음으로 자결하리니, 목숨을 버려 인(仁)을 이루는데 세상 부끄러울 것이 없도다. 오호라, 내 아들아! 부디 생명을 상하지 말고, 고향에 돌아가 유해를 장사지내고 늙은 어머니를 잘 봉양하여라. 고향에 몸을 움츠리고 숨어서 나오지 말고, 구구하게 남기는 소원은 네가 잘 계승하는데 달려있다.」하였다.

사대부로서 자결한 사람은 이상길(李尙吉), 정효성(鄭孝誠), 홍명형(洪命亨), 윤전(尹烇), 정백형(鄭百亨) 등인데, 나중에 모두 정표(旌表)되었다. 그 가운데 한두 사람은 오랑캐에게 살해당한 것이라고도 하나 직접 본 자가 없으니, 어찌 한갓 떠도는 말로서 그 좋은 것을 없어지게 할 것이랴.

죽은 재신(宰臣) 민인백(閔仁伯)의 아들 민성(閔垶)은 먼저 그의 아내와 자식을 죽인 다음에 자결했고, 그의 한 아들은 다른 곳에 멀리 있어서 살 수 있었다. 이사규(李士圭)는 오랑캐의 칼날에 죽었다. 이와 같은 사람들은 이루 다 기록할 수가 없다.

부인으로서 자결한 사람은 김류(金瑬), 이성구(李聖求), 김경징(金慶徵), 정백창(鄭百昌), 여이징(呂爾徵), 김반(金槃), 이소한(李昭漢), 한흥일(韓興一), 홍명일(洪命一), 이일상(李一相), 이상규(李尙圭), 정선흥(鄭善興) 등의 아내, 서평부원군(西平府院君) 한준겸(韓俊謙)의 첩 모자, 연릉부원군(延陵府院君) 이호민(李好閔)과 정효성(鄭孝誠)의 첩들이다. 그 밖의 부인들도 절개를 지켜 죽은 사람들이 매우 많았으나 죄다 알 수가 없으니 애석한 일이다. 김진표(金震標)는 그의 아내를 독촉하여 자결하게 했고, 김류의 부인과 김경징의 아내는 그 며느리가 죽는 것을 보고 뒤따라 자결하였다.

신급제(新及弟 : 과거에 새로 급제한 사람) 이가상(李嘉相)은 문장이 일찍부터 드러났고 집안에서의 행실이 남보다 뛰어났다. 그의 어머니[나주박씨]가 고질병을 앓은 지 6, 7년 동안 잠시도 곁을 떠나지 않았고 약과 음식 수발을 종들에게 맡기지 않았다. 오랑캐가 쳐들어온 것을 알고는 겨우 그의 어머니를 숨기고 자신은 바로 오랑캐에게 사로잡혔다. 오랑캐가 물러간 후에 그의 아내가 대신 그의 어머니를 업고 달아났다. 그러나 이가상은 그의 아내가 그의 어머니를 업고 도망갔으리라고는 생각하지 못하고, 그의 어머니는 마음대로 움직이지 못하므로 자기가 당초에 오랑캐에게 사로잡혔던 곳에서 반드시 죽었으리라고 생각하여, 오랑캐의 칼날을 무릅쓰고 다시금 돌아오면서도 오랑캐의 진영을 왕래하며 그의 어머니 시신을 찾아 헤맸는데, 문득 잡혔다가 문득 도망치기를 여섯 차례나 하였다. 어느 날 섬 안의 궁벽한 절로 도망쳐 들어갔다가 또다시 오랑캐의 진영으로 가려고 하였는데, 그 절에 피난해 와 있던 친구가 옷을 잡아당기면서 만류하니, 대답하기를 "나도 이곳에 있으면 살고 오랑캐 진영으로 돌아가면 반드시 죽는다는 것을 알지만, 병드신 어머니가 전혀 살아계실 리가 없으니 차마 나 혼자만 살 수 없다." 하였다. 이윽고 글을 써서 승려에게 주면서 그의 아버지와 형에게 전하여 반드시 죽은 뜻을 알려 달라 하고, 굳이 오랑캐 속으로 들어갔다가 끝내 살해당하기에 이르러 효도를 위해 목숨을 바쳤으니, 이 역시 절개에 죽은 것이므로 아울러 여기에 기록한다.

권순장이 스스로 불타 죽은 후에 그의 아내는 곧 이구원(李久源)의 딸로 먼저 세 딸을 죽인 후에 스스로 목을 매어 죽었고, 순장의 누이동생은 12세의 처자로 또한 목을 매어 죽었으니, 이는 다 부인으로서 결단에 능한 사람이었다.

이경(李坰)과 윤신지(尹新之)는 모두 방어사의 처소에 있었고 그들의 아버지는 성안에 있었는데, 오랑캐가 가득히 길을 메우자 그들은 모두 배를 타고 화를 피해버렸다. 이로 말미암아 전란이 진정된 뒤에 둘 다 무겁게 탄핵되었다. 유성증(兪省曾) 등은 오랑캐를 방어하지 아니하고 또한 먼저 달아나 버렸다.

강화도를 함락시킨 자는 구왕자(九王子)였다. 그가 회군할 때 성안에서 사로잡힌 사람들은 도로 석방해주고, 성 밖에서 사로잡힌 사람들은 거의 다 잡아갔다. 한흥일(韓興一)과 여이징(呂爾徵)은 입고 있던 옷을 벗고 새 옷으로 갈아입으면서 말하기를, "처음으로 타국 사람을 보는데 몸가짐을 단정하게 하지 않을 수 없다." 하더니, 스스로 먼저 들어가 절하고 오랑캐에게 말하기를, "임금의 장인 강석기(姜碩期)도 이곳에 있습니다." 하였다. 대개 강석기를 불러들여 자기네의 행적들을 흐리게 하려고 한 것이지만, 강석기가 병으로 걷지 못한다고 평계하고 오래되어도 나아가지 않으니까 오랑캐는 마침내 버려두고 갔다. 강석기는 처음으로 자결하려 했고 빈궁도 따라 죽으려 했지만, 두 대군이 만류하는 바람에 그 뜻을 이루지 못했다.

사방에 선비 집안의 부인으로 사로잡힌 사람들은 한둘이 아니었다. 그러나 이민구의 아내와 두 며느리 일은 사람들이 모두 침 뱉고 욕을 하였으니, 말을 하면 추한 것이다. 이민구는 그의 아내가 가산(嘉山)에서 죽은 것을 가지고 절개를 위해 죽은 것으로 여기며 묘지명(墓誌銘)을 지어 훌륭함을 칭찬하면서 동양위(東陽尉) 신익성(申翊聖)에게 글씨를 청하니 사람들은 모두 비웃었다.

속환(贖還)된 아내와 첩들은 사대부들이 예전처럼 함께 살지 않음이 없었다. 그러나 신풍부원군(新豊府院君) 장유(張維)는 홀로 생각하기를 '절개를 잃은 여자와 부부가 되어 조상의 제사를 받들게 할 수는 없다.'고 여겨, 그의 며느리가 속환된 후에 상소를 하여 그의 아들로 하여금 다시 장가들 수 있기를 청하였다. 그렇지만 영의정 최명길(崔鳴吉)이 회계(回啓)하는 대답에 이르기를, "그와 같이 하면 원한을 품은 여자들이 필시 많아질 것이니 염려하지 않을 수 없다." 하면서, 이윽고 방계(防啓 : 임금에게 알리지 못하게 함)하였다. 장유가 죽은 뒤에 이르러 그의 부인이 다시 상언(上言)하니, 주상께서 명하시기를, "단지 이 사람만 허락하되 전례(典例 : 전거가 되는 선례)로 삼지는 말라." 하였다.

강화도의 장수들이 군율을 어긴 죄를 논하는데 이르러 장신·김경징·이민구 등에 대하여 대간(臺諫)이 누누이 논계(論啓)하기를, "장신은 사사(賜死)하되 결안(決案 : 판결문)을 만들지 마소서." 하니, 주상께서 스스로 목숨을 끊도록 명하였다. 그의 집은 서문(西門) 밖에 있었는데 그 집에서 스스로 목매어 죽었던 데다 금부도사(禁府都事)가 또한 직접 보지 않았다. 이로 말미암아 도사는 파면을 당했고, 사람들의 말이 파다하였으니 장신은 달 아나 살아 있을 것으로 의심하였던 것이다. 심지어 승지 홍헌(洪憲)이 주상께 아뢰면서 관(棺)을 쪼개어 꺼내보기를 청하였으나, 주상께서 윤허하지 않았다. 김경징은 대간이 처음에 법대로 처단하기를 논계하여 강계(江界)로 귀양 보냈다가, 다시 전 판서 김시양(金時讓)과 참판 유백증(兪伯曾) 등의 상소 때문에 대론(臺論)이 다시 일어나서 잡아들여 사사하였고, 이민구는 영변(寧邊)에 위리안치(圍籬安置)하였다.

또 강진흔(姜晉昕)은 전쟁을 능하게 잘하지 못했기 때문에 오랑캐로 하여금 바다를 건너게 했다 하여 처음에는 먼 곳으로 귀양 보내졌다. 그런데 대간이 다시금 잡아들여 효시하기를 청하니, 충청 수영(忠淸水營)의 군관(軍官)과 하졸(下卒)들이 대궐 밖에 찾아와서 목 놓아 슬피 울며 여러 차례 비국(備局)에 상언(上言 : 글을 올리는 일)하여 그의 지극한 원통함을 씻으려 했지만 끝내 죽음을 면치 못했다. 당초 김경징과 금부(禁府)에 같이 있으면서 사사하라는 명이 내려졌음을 들었을 때, 김경징은 목 놓아 슬피 울며 품위를 잃고 말았으나, 강진흔은 웃으면서 김경징에게 말하기를, "슬피 운들 죽는 것을 면할 수 있겠소?" 하였다. 마시고 먹는 것이 태연하더니 그의 보검(寶劍)을 참수인(斬首人 : 목 베는 사람)에게 주며 말하기를, "이것은 예리한 칼이다. 이 칼로 속히 내 목을 베고는 네가 가지고 가라." 하였다. 배에서 힘을 다해 싸운 이로 강진흔 같은 사람이 없었지만 끝내 죽기에 이르렀고, 죽음에 임하여서도 태연하기가 또 이와 같았으니, 이는 참으로 기개 넘치는 선비들이 지켜나가야 할 것으로 사람들은 모두 애석하게 여겼다. 수영(水營)의 군졸들은 노소 없이 모두 추모하며 눈물을 떨구는 것이 마치 자신의 친척을 잃은 것 같이 슬퍼했다고 한다.

[≪소대수언(昭代粹言)·병자록(丙子錄)≫ 권9]

記江都事

當去邠[1]之時, 金慶徵將入江都也, 厥母及妻, 各乘屋轎,[2] 婢子着剪帽,[3] 與其
卜駄,[4] 並五十此, 幾盡京畿夫馬。有一婢子所騎馬足蹶見落, 謂其不善護行, 杖
畿邑陪吏於路左。與副使李敏求・從事官洪命一, 先入江都。

原任大臣尹昉・金尙容, 禮曹參判呂爾徵, 正郎崔時遇, 社稷令閔枅,[5] 參奉池
鳳逶・柳頲, 宗廟令閔光勳, 直長李義遵, 奉事呂爾弘, 奉宗社。承旨韓興一, 奉
嬪宮・元孫, 而淑儀及鳳林麟坪兩大君與夫人, 諸宮人・駙馬・公主・翁主隨
行。

判府事鄭光績,[6] 四宰朴東善, 前判書李尙吉・姜碩期, 同知鄭孝誠, 都正沈說,
以老病宰臣, 奉承傳[7]入去。武宰知事邊瀹,[8] 前參議洪命亨・沈之源, 奉常正李

---

1) 去邠(거빈) : 周나라 太王이 적을 피하여 도읍인 빈을 버리고 옮겨갔던 것을 이르는 말로,
   播遷을 의미. 임금이 도성을 떠나 다른 곳으로 피란하던 일을 일컫는다.
2) 屋轎(옥교) : 나무로 집처럼 꾸미고, 출입하는 문과 창을 달아 만든 가마.
3) 剪帽(전모) : 氈帽의 오기. 조선시대에, 여자들이 나들이할 때 쓰던 모자의 하나.
4) 卜駄(복태) : 짐바리.
5) 閔枅(민계, 생몰미상) : 본관은 驪興. 아버지는 閔汝任(1559~1627)이고, 아들은 閔光爛
   (1597~1671)이다. 署令을 지냈다.
6) 鄭光績(정광적, 1550~1637) : 본관은 河東, 자는 景勛, 호는 南坡・西澗. 1602년 대사성을
   제수 받았으며, 1609년 첨지중추부사에 발탁되고, 이어 대사헌・전주부윤・담양부윤을
   지내고 향리로 돌아갔다. 인조반정 후 부름을 받아 대사간이 되었고, 이어 우참찬・공조
   판서・좌참찬을 지냈으며, 1629년 正憲大夫에서 崇政大夫로 승임되었다. 1631년 예조판
   서, 1636년 판중추부사가 되었다.
7) 承傳(승전) : 임금의 뜻을 전함.
8) 邊瀹(변흡, 1568~1644) : 본관은 原州. 1624년 李适의 난 때에는 황해도병마절도사로서 兩
   西巡邊使를 겸하여 난의 평정에 크게 공헌하였으므로 振武功臣 2등으로 책록되어 原興君

時稷, 僉正趙希進,[9] 前掌令鄭百亨, 弼善尹烇, 前校理尹鳴殷, 修撰李一相, 工曹正郎李行進・朴宗阜, 直講邊復一,[10] 都事奇晩獻, 戶曹佐郎任善伯, 承文正字鄭泰齊・林(嶹), 學諭尹瀁, 前縣監沈東龜,[11] 僉正李士圭, 司僕主簿宋時榮, 別坐權順長, 奉常主簿高進民,[12] 或未及扈從, 分司在洛者, 從後隨入。

禮判趙翼, 別無承命而落後, 自南陽初爲義兵, 轉入江都。前大司成李明漢, 前參議李昭漢, 方在草土,[13] 以退避爲不安於分義, 亦爲入去。

其時, 嬪宮到甲串津頭, 無舡不得渡, 兩晝夜留岸上, 上下皆凍餒。而濟人之權在於檢察使, 舡隻皆在越邊, 不得相通。嬪宮在屋轎內, 身出玉聲大呼曰: "慶徵慶徵, 汝何忍爲此?" 留守張紳聞之, 言於慶徵, 艱濟嬪宮以下。而其他士民之避亂者, 不知其幾千萬, 遍滿津頭, 求濟而未渡, 賊奄及, 一瞥之間, 蹂踏殆盡, 或被槍椋, 或投海水。

慶徵, 船運金浦通津國穀, 名爲賑救島中士大夫, 而慶徵親舊之外, 無一人得

에 봉해졌다. 1629년 강화도의 수비를 강화할 목적으로 喬桐縣을 喬桐府로 승격시키고 경기도 水營을 교동부로 옮기게 할 때 경기도수군절도사 겸 교동부사에 임명되었다. 뒤에 삼도수군통제사와 오위도총관을 역임하였다.

9) 趙希進(조희진, 1579~1644) : 본관은 林川, 자는 與叔, 호는 丹圃. 1606년 사마시에 합격하고, 1616년 별시문과에 병과로 급제하였다. 성균관박사・전적, 공조좌랑 등을 거쳐 서산 군수로 나갔다가 다시 돌아와 성균관직강・공조정랑, 봉상시・장악원의 첨정, 사옹원・사도시・군자감・장악원의 정을 역임하였다. 1644년 9월 청송부사로 재임 중에 66세를 일기로 관아에서 죽었다.

10) 邊復一(변복일, 1598~?) : 본관은 原州, 자는 受初. 1621년 별시에 급제하고 1623년 改試에 급제하였다. 아버지는 邊瀹이다.

11) 沈東龜(심동구, 1594~1660) : 본관은 靑松, 자는 文徵, 호는 晴峰. 판서 沈誢의 아들이다. 沈說의 조카이다. 1615년 진사가 되고, 1624년 증광문과에 급제하였다. 인조 초 집의로 재직할 때 小北 南以恭이 淸西의 영수인 金尙憲을 탄핵하려 하자 남이공의 부당함을 상소하고 사직, 4년간 고향에 은거하였다. 1641년 교리로 등용되어 종부시정・응교・집의・사인 등을 역임하였다. 언관재임 때에는 直臣으로 이름을 떨쳤고, 병자호란 때에는 절의를 지켰다. 서장관으로 瀋陽에 다녀와서 1644년 사간에 올랐다가 沈器遠의 모역옥사에 친척으로 연루, 장흥에 유배되었다.

12) 高進民(고진민, 1570~?) : 본관은 濟州, 자는 士新. 1601년 진사시에 합격하고, 1621년 정시에 급제하였다.

13) 草土(초토) : 거적자리와 흙 베개라는 뜻으로, 상중에 있음을 이르는 말. 이명한과 이소한의 아버지 李廷龜가 1635년 4월에 죽어 이때 상중이었음을 일컫는다.

食。盖當時穀貴寶賤，圖爲自己之利。且將移運海州·結城[14]倉穀，江都被陷，未及遂計。

自以江都爲金湯,[15] 賊所不能飛渡，朝夕宴安，日以杯酒爲事。山城被圍，已經累月，聲聞不通，而不以君父爲念，大臣或有所言，則慶徵曰："避亂大臣，何敢指揮?" 大君或有所議，則慶徵曰："當此危疑之際，大君何敢與言?"云。故大君大臣以下，莫敢開口。

別坐權順長，生員金益兼，上書於慶徵·敏求·紳等曰：「薪瞻[16]卽事，杯酒非時。」慶徵等怒之。慶徵固不足責，其餘諸人等，皆恃江都之險，無意防備，放送哨軍，盡還其家。一島之外，不爲偵探，識者無不寒心。

或傳，忠清監司鄭世規，死於賊陣，大臣以李敏求代之。敏求以江都爲萬全之地，以湖西爲必死之所，遑遑汲汲，百般謀避。分司促其行，謂'海氣寒凜，不可無禦寒之酒。' 煮取燒酒，托此曠日。而且欲率去妻子，金相·尹相[17]議曰："若爾徒弊列邑。" 遂止之。

先時，京畿監司,[18] 在圍城中，畿邑之事，無所分付。廟堂，以敏求爲畿伯，上曰："予以此人，欲托六尺[19]，更擬[20]他人。" 大臣，"雖拜此職，他日之托，未爲不

---

14) 結城(결성) : 충남 홍성 지역의 옛 지명.

15) 金湯(금탕) : 金城湯池. 쇠로 만든 성과, 그 둘레에 파 놓은 뜨거운 물로 가득 찬 못이라는 뜻으로, 방어 시설이 잘되어 있는 성을 이르는 말.

16) 薪瞻(신담) : 臥薪嘗膽. 불편한 섶에 몸을 눕히고 쓸개를 맛본다는 뜻으로, 원수를 갚거나 마음먹은 일을 이루기 위하여 온갖 어려움과 괴로움을 참고 견딤을 비유적으로 이르는 말.

17) 金相尹相(김상윤상) : 金尙容과 尹昉을 가리킴.

18) 京畿監司(경기감사) : 李溟(1570~1648)을 가리킴. 본관은 全州, 자는 子淵, 호는 龜村. 孝寧大君의 7대손이다. 1623년 인조반정 후 전라도관찰사에 특진되었으며, 이듬해 李适의 난 때 인조의 공주 몽진을 도왔다. 1627년 정묘호란 때에는 경기도관찰사로서 전란수습에 공을 세웠고, 그 뒤 평안도관찰사로 나가 국경방비를 강화하였다. 관찰사를 거쳐 호조·병조·형조의 참판을 지냈으며, 병자호란 뒤에는 다시 호조·형조의 판서를 역임하면서 전란 후 고갈된 재정을 잘 수습하였다.

19) 托六尺(탁육척) : 托六尺之孤. 《논어》 <泰伯篇>의 "아직 다 성장하지 않은 아들을 돌보아달라고 부탁할 수 있고, 백 리쯤 되는 넓이의 땅을 다스리도록 붙여줄 수도 있고, 큰 지조를 필요로 하는 곳에 이르러 그 뜻을 빼앗을 수 없다면, 군자라고 이를 수 있는 훌륭한 사람일까? 훌륭한 사람이다.(可以托六尺之孤, 可以寄百里之命, 臨大節而不可奪也. 君

可." 上許之。賊圍甚密, 教旨終不得出。

三道舟師, 無一人赴難, 惟忠淸水使姜晉昕[21], 星夜入援, 而撿察使, 使以所領船隻, 分置於燕尾亭及諸處, 本島船則皆置廣津。

丁丑正月二十一日, 通津[22]假守[23]金頲, 馳報于撿察曰:"賊方以童車[24]載小船, 向江都。" 云云, 慶徵曰:"江氷尙堅, 何能運船?" 謂之亂軍情, 方欲斬之, 甲串[25]把守將所報, 亦如金頲所報。慶徵始爲驚動, 以海嵩尉尹新之守大靑浦, 全昌君柳廷亮守佛院, 兪省曾守長零, 李(堈)守加里山, 慶徵出陣鎭海樓, 自守甲串, 軍卒不滿數百。事已危急, 而軍器火藥, 分給之際, 隨給隨錄。倉卒擧措如此, 何能有爲乎?

鳳林大君初與慶徵, 出見陣處, 見其兵數零丁, 還入城中, 更欲收拾軍兵, 以爲防守之計, 人皆走散, 不得已始爲城守。

留守張紳, 以舟師大將, 猝發廣津戰船, 泝向甲串, 而時當下弦, 潮水甚少, 達夜刺船, 二十二日曉頭, 僅至甲串下相距五里許。姜晉昕率七船, 住於甲串, 與賊力戰, 賊船被陷者數隻。晉昕船, 亦被大砲者數十穴, 軍兵死者數十人。晉昕身被賊矢, 而所奪賊矢及他戰具之物亦多。晉昕所領之船甚少, 張紳則見賊勢甚盛且急, 無意前進。晉昕擊鼓麾旗, 催督張紳, 紳終不進。晉昕呼於船上曰:"汝受國厚恩, 何忍如此? 吾將斬汝." 紳終不動, 乃順流而下。時井(浦)萬戶鄭埏,[26] 德浦僉使趙

子人與? 君子人也。)"에서 나온 말.
20) 擬(의): 擬望. 후보자를 추천하는 일.
21) 姜晉昕(강진흔, 1592~1637): 본관은 晉州, 자는 子果. 1617년 무과급제, 병자호란 때 충청수사로서 강화도 수비, 전쟁 후 김경징과 함께 수비책임을 물어 처형되었다. 羅萬甲이 지은 ≪병자록≫에서는 강화도를 지킨 장수중에서 가장 용감히 싸운 장수로 기록되었다.
22) 通津(통진): 경기도 김포군 월곶면 곤하리에 있는 옛 邑. 한강 입구를 지키는 제1의 要害處로 군사·정치의 요충으로 발달했으나, 1914년 김포군에 병합된 뒤로는 그 중요성이 감소되었다.
23) 假守(가수): 임시 수령.
24) 童車(동거): 짐을 싣는 수레.
25) 甲串(갑곶): 인천광역시 강화군 강화읍에 있는 마을.
26) 鄭埏(정연, 생몰미상): 본관은 延日. 아버지는 鄭賢得이다. ≪만가보≫에는 무과에 급제했고, 병자호란 때 軍功이 있었다고 되어 있다.

宗善,27) 爲先鋒, 賊之初渡, 鄭埏陷賊船一隻, 將爲進戰之際, 張紳擊錚退軍, 鄭埏
仍爲退還。

賊初疑其有伏, 不爲發船, 及賊船一隻, 衝過戰船之間, 先爲着岸, 下陸者七人,
而無箭可射。只手持一劍, 無馬步行, 繞岸而北, 上岸周望, 四無藏兵處, 知其無
備結陣於高處, 以白旗招越邊之賊, 然後賊船蔽海而渡。本島中軍黃善身28), 率哨
軍百餘, 力戰於鎭海樓下, 身自射殺者三, 軍人射殺者六。善身力盡死之, 軍皆逃
散。此時, 江都哨兵, 皆在張紳船中, 以主將退去, 故無一人下陸者。慶徵自知無
可奈何? 棄走浦口, 舍馬入水, 得上戰船。時慶徵·紳之老母, 俱在於城中, 而皆
自乘船而走, 兩家老母, 竟死城中。

相臣令若干人守城, 若先出者, 當行軍令。嬪宮令內官金仁·徐後行·林友閔·
權俊·兪好善等五人, 奉元孫, 出往海邊。宋國澤·閔光勳·呂爾弘·閔枡·柳
頲·李義遵, 部將閔又詳等相議曰: "元孫已出, 吾等守城何爲?" 皆出城隨去。
金仁抱元孫而行, 馬駣賊迫, 宋國澤換給所騎馬。及至海上, 適有艤船者, 有若待
候然。乘船浮海, 數日到喬桐,29) 此實天也。

聞孔耿30)將, 欲搜索諸島, 自喬桐移注文島,31) 仍向唐津。其時, 注文島人, 大
會津頭, 問: "此船來自喬桐否?" 船人詰其所問, 島人曰: "今夜, 島中諸人之夢,
有船擁五雲, 自喬桐到本島, 故問之." 云, 人皆驚異。朴知事東善, 沈參議之源, 亦
在其船, 親聞而言之。國澤以此加賁, 而其餘則陞敍,32) 大臣啓辭33): 「以彼皆宗

---

27) 趙宗善(조종선, 1594~?) : 본관은 漢陽, 자는 德潤. 아버지는 趙景瑜이다. 1624년 증광시
　　에 합격하였다.
28) 黃善身(황선신, 1570~1637) : 본관은 平海, 자는 士修. 1597년 무과에 급제하여 훈련원
　　정에 이르렀다. 1636년 병자호란이 일어난 이듬해 1월 청나라 군사가 강화도를 공격하
　　자, 강화부중군의 직책으로 강화유수 張紳, 충청수사 姜晉昕, 將官 具元一 등과 함께 강
　　화도의 燕尾亭에 주둔하여 적을 방어하였으나 중과부적으로 甲串津에서 전사하였다.
29) 喬桐(교동) : 인천 강화도 서북쪽에 있는 섬 지역.
30) 孔耿(공경) : 孔有德과 耿仲明. 두 사람은 명나라 장수로 오랑캐에 투항한 자들이다.
31) 注文島(주문도) : 인천광역시 강화군 서도면에 있는 섬.
32) 陞敍(승서) : 벼슬이 올라감.
33) 啓辭(계사) : 論罪에 관하여 임금에게 올리는 글.

廟社稷之官, 棄其廟社主.」 國澤之外, 皆追奪之。

賊兵四圍, 前右金尙容, 已知事去, 脫所着衣, 付諸下人曰:"汝若全生, 以此衣傳諸兒, 以爲他日虛葬之具." 因往南門, 踞火藥櫃, 他人之在傍者, 皆命麾去, 金盆兼・權順長, 終不去曰:"大監獨爲好事耶?" 金相放火自焚, 益兼・順長並死之。

尹昉以宗廟提調, 在於廟主奉安之處, 及賊至, 昉呼曰:"汝殺我." 賊不應, 投廟主於汚溝中。昉收拾廟主, 裹以空石,[34] 載諸卜馬[35]曰:"渡海時, 我當投死." 賊迫脅下陸, 慮其廟主之見奪於賊, 分載奴僕衣袴, 使婢子乘其上。事定後, 三司俱發, 論以按律[36], 再被罷黜, 一爲付處[37], 未幾而死。

都正沈諿, 與其妻將死, 製疏納諸懷中, 而並自決。其疏曰:「臣某, 東向百拜, 上書于南漢山城主上殿下。臣與妻宋姓, 同日自決, 以報國恩.」

主簿宋時榮, 初與李時稷同舍。時榮先自決, 時稷結項, 使奴引之, 奴不忍從命, 以所製贊文及綱巾, 付諸家奴, 使遺其子。贊曰:「長江失險, 北軍飛渡, 醉將恇㤼, 背國偸生。把守瓦解, 萬姓魚肉, 況彼南漢, 朝暮且陷。義不苟生, 甘心自決, 殺身成仁, 俯仰無怍。嗚呼吾兒, 愼勿傷生, 歸葬遺骸, 善養老母。縮伏鄕關, 隱而不起, 區區遺願, 在爾善述.」

士大夫自決者, 李尙吉・鄭孝誠・洪命亨・尹烇・鄭百亨, 後皆旌表。其中一二人, 或稱爲賊所殺云, 而無目覩者, 豈可以流言, 沒其善哉?

故宰相閔仁伯[38]之子垶,[39] 先殺其妻子, 然後自決, 一子, 遠在他地, 賴以得

---

34) 空石(공섬) : 짚으로 만든 빈 자루. '石'은 '섬'으로 읽는다.
35) 卜馬(복마) : 짐을 싣는 말.
36) 按律(안율) : 죄를 조사하여 다스림.
37) 付處(부처) : 中途付處. 벼슬아치에게 어느 곳을 지정하여 머물러 있게 하던 형벌.
38) 閔仁伯(민인백, 1552~1626) : 본관은 驪興, 자는 伯春, 호는 苔泉. 1573년 진사가 되고, 1584년 별시문과에 장원하여 성균관전적을 지냈다. 鄭汝立이 난을 일으켰을 때 군사를 동원하여 정여립의 아들 玉男을 잡아들였다. 이 공으로 예조참의에 승진되고 平難功臣 2등에 책록 되었다. 장례원판결사・충주목사 등을 지내고, 1592년 임진왜란 때 황주목사로서 임진강을 지키다가 大駕를 따라 행재소에 이르렀다. 天將問安官・청주목사 등을 거쳐, 1598년 驪陽君에 봉하여졌다. 1604년 奏請副使로서 또 명나라에 다녀와서 안변부사・

生。李士圭, 死於賊鋒。如此輩者, 不能盡記。

婦人之自決者, 金鎏・李聖求・金慶徵・鄭百昌・呂爾徵・金槃・李昭漢・韓

興一・洪命一・李一相・李尙圭・鄭善興40)之妻, 　西平府院君韓浚謙之妾母子,

延陵府院君李好閔41), 鄭孝誠之妾也。其他婦人之死節者甚多, 未能盡知, 可惜。

金震標, 迫其妻, 使之自盡, 金鎏夫人及慶徵妻, 見其婦死, 繼以自決。

新及弟42)李嘉相,43) 文章早著, 家行44)冠人。厥慈親45)宿疾六七年, 暫不離側,

藥餌飮食, 不任婢僕。及知其賊兵之至, 董得藏其母, 而身卽被擄。賊退後, 其

妻46)代負其母以走。而不料其妻之負母逃走, 意其母不能自運, 必死於當初被擄

之所, 冒刃還歸, 往來賊陣, 尋其母屍, 旋執旋逸, 如是者六。一日, 逃入於島中僻

寺, 又將向賊陣, 士友之避亂於寺中者, 牽衣力止之, 答曰："我亦知其在此則生,

歸則必死, 病母, 萬無生理, 不忍獨活。" 仍裁書付僧, 使傳其父兄, 以通必死之意,

强入賊中, 終至被害, 死於孝, 是亦死節, 並錄於此。

權順長自焚後, 厥妻卽李久源47)之女也, 先縊三女而後自縊死。順長之妹, 十

한성부좌윤 등을 역임하고, 1621년 지중추부사가 되었다.

39) 埤(성): 閔埤(1586~1637). 본관은 驪興, 자는 載萬, 호는 龍巖. 1636년에 병자호란이 일
　어나자 강화에 출전하여 적의 침공에 맞서 요새를 지키다가 1637년에 전 가족 13명과
　함께 순절하였다.

40) 鄭善興(정선흥, 생몰미상): 鄭孝誠의 손자요, 鄭百昌의 조카이고, 鄭百亨의 아들.

41) 李好閔(이호민, 1553~1634): 본관은 延安, 자는 孝彦, 호는 五峯・南郭・睡窩. 임진왜란
　때 명나라 이여송에게 지원을 청해 평양전투를 승리로 이끌었다. 부원군에 진봉되었다.
　적서 구별 없이 장남을 등극시켜야 한다고 주장, 광해군이 즉위하자 告訃請諡承襲使로
　명나라에 다녀왔다. 인조반정 후에 오래된 신하로 우대를 받았다.

42) 新及弟(신급제): 과거에 새로 급제한 사람.

43) 李嘉相(이가상, 1615~1637): 본관은 延安, 자는 會卿, 호는 氷軒. 영의정 李廷龜의 손자
　이며, 이조판서 李明漢의 아들이다. 1636년 문과에 급제했으나 병자호란이 일어나 어머
　니를 모시고 강화에 피란, 이듬해 강화가 함락되자 탈출, 또 피란 중 적에게 쫓겨 어머
　니만 숨기고 자신은 체포되었다. 아내 羅氏가 어머니를 모시고 섬으로 피신, 그 후 풀려
　나온 그는 어머니의 행방을 찾아 적진을 헤매다가 적에게 살해되었다. 이 소식을 듣고
　아내도 상심 끝에 사망했다. 아내 羅氏가 羅萬甲의 딸이다. 그러므로 이 글의 저자 나만
　갑의 사위이다.

44) 家行(가행): 한 집안에서 대대로 이어 오는 행실과 품행.

45) 慈親(자친): 李嘉相의 어머니 羅州朴氏. 錦溪君 朴東亮의 딸이다.

46) 其妻(기처): 李嘉相의 아내 安定羅氏. 이 글의 저자 羅萬甲의 딸이다.

二歲女子, 亦自縊死, 此皆婦人之能斷者也。

李烱及尹新之, 皆在防禦之所, 厥父在於城中, 賊滿路塞, 皆自乘船以避。以此, 亂定後, 俱被重劾。兪省曾等, 不爲防守, 亦先逃去。

陷江都者, 九王子[48]也。及其回軍, 城中被擄者還放, 城外被擄者, 率皆獲去。韓興一·呂爾徵, 脫其所着, 更被新衣曰: "初見他國之人, 不可不整其儀表。"先自入拜, 言於賊曰: "國舅[49]姜碩期, 亦在此。"云。盖欲招入, 以混其迹, 姜托病跛躄, 久而不前, 賊竟舍去。姜初欲自決, 嬪宮亦欲從死, 爲兩大君所挽, 不果其意。

遠近士族夫人之被擄者非一。而李敏求妻及其兩婦之事, 人皆唾罵, 言之醜也。敏求以其妻死於嘉山,[50] 謂之節死, 作誌銘, 盛稱其美, 求寫於東陽尉申翊聖, 人皆笑之。

妻妾之贖還[51]者, 士大夫無不依舊同居。新豊府院君張維, 獨以爲'失節之女, 不可爲配, 以奉先祀。' 厥婦贖還之後, 陳疏請令其子改娶。領議政崔鳴吉, 回啓[52]之言曰: "如此則怨女必多, 不可不慮。"乃爲防啓。[53] 及張維死後, 厥夫人更爲上言,[54] 上命: "只許此人, 勿以爲例。"[55]

及論江都諸將失律之罪, 張紳·金慶徵·李敏求等, 臺諫累累論啓[56]: "張紳賜死, 而不爲決案。[57]" 上命之自盡。厥家在西門外, 自縊於其家, 禁府都事亦不親

---

47) 李久源(이구원, 1579~1675) : 본관은 全州, 자는 源之, 호는 月潭. 1615년 진사시에 합격하고, 1623년 改試文科에 병과로 급제하였다. 이듬해 議政府司錄에 등용되고, 그 뒤 전적·병조좌랑·이조정랑 및 성균관과 공조의 여러 벼슬을 거쳐 한성부우윤이 되었다.

48) 九王子(구왕자) : 睿親王 多爾袞. 누루하치의 14자이다.

49) 國舅(국구) : 임금의 장인.

50) 嘉山(가산) : 평안북도 博川 지역의 옛 지명.

51) 贖還(속환) : 돈이나 물건 따위로 대갚음을 하고 어떤 것을 도로 찾아옴.

52) 回啓(회계) : 임금의 물음에 대하여 신하들이 심의하여 대답하던 일.

53) 防啓(방계) : 남의 의견을 막고 자신의 의견만 임금에게 아룀.

54) 上言(상언) : 신하가 사사로운 일로 임금에게 글을 올리던 일. 조선시대 임금에게 억울한 일 등에 관해 上言하거나 擊鼓할 수 있도록 허용된 네 가지의 일로 嫡妾分別·刑戮及身·良賤分別·父子分別에 관한 사건이 있었다. 만일 이러한 사건에 관련된 일이 아닌 경우에는 充軍을 하거나 刑推하여 定配함으로써 그 남용을 막았다.

55) 이 문단은 국립중앙도서관 소장본(古2154-3)에 없는 단락임.

56) 論啓(논계) : 신하가 임금의 잘못을 따져 아룀.

見。以此, 都事見罷, 人言藉藉, 疑其逃生。至承旨洪憲,[58] 啓於榻前,[59] 請部棺
出見, 上不許。金慶徵臺諫初以按律[60]論啓, 謫江界,[61] 更以前判書金時讓[62]及
參判兪伯曾[63]疏, 臺論更發, 拿來賜死, 敏求圍置寧邊。

且以姜晉昕不能善戰, 使賊渡海, 初配遠地。臺諫更請拿來梟示, 忠淸水營軍官
及下卒, 詣闕號哭, 累度上言於備局, 伸其至冤, 竟未免於死。初與金慶徵, 同在
禁府, 聞賜死命下, 慶徵號哭失儀, 晉昕笑謂慶徵曰:"雖哭可免乎?" 飮食自若[64],
以其寶釖給斬頭人曰:"此是利釖。以此速斬我, 而汝持去。" 船上力戰, 無如晉
昕, 而終至於死, 臨死從容又如此, 此誠壯士之有所守者, 人皆惜之。水營軍卒,
無少長, 皆追思垂淚, 如悲親戚云。

[《昭代粹言・丙子錄》卷之九]

---

57) 決案(결안) : 조선시대의 판결문.
58) 洪憲(홍헌, 1585~1672) : 본관은 南陽, 자는 正伯, 호는 沙村・默好・銀溪. 蔭補로 洗馬가
  되고, 1616년 謁聖文科에 급제, 승문원권지가 되었다. 1618년 주서, 이듬해 봉교를 지내
  고 1623년 正言・좌승지・우승지 등 여러 관직을 거쳐, 1637년 승지가 된 이래 1647년
  까지 좌승지・우승지 등 인조의 侍臣으로 재직하였다.
59) 榻前(탑전) : 왕의 자리 앞. 여기서는 주상을 일컫는다.
60) 按律(안율) : 법대로 처단함.
61) 江界(강계) : 평안북도에 있는 지명.
62) 金時讓(김시양, 1581~1643) : 본관은 安東, 초명은 時言, 자는 子仲, 호는 荷潭. 1623년
  인조반정으로 풀려나 예조정랑・병조정랑・수찬・교리를 역임, 이듬해 李适의 난 때는
  都體察使 李元翼의 종사관으로 활약하였다. 1634년 지중추부사에 敍用되고 한성판윤을
  거쳐 호조판서 겸 동지춘추・世子左副賓客이 되었다가 9월에 재차 도원수에 임명되었다.
  이듬해에 강화유수로 나왔다가 병으로 사직하였고, 1636년 청백리에 뽑혀 崇祿階에 올
  랐으며, 判中樞府事가 되었으나 눈병으로 사직하고 향리인 충주로 내려왔다.
63) 兪伯曾(유백증, 1587~1646) : 본관은 杞溪, 자는 子先, 호는 翠軒. 1623년 인조반정 때 공
  을 세워 靖社功臣 3등으로 杞平君에 봉해졌다. 1627년에 정묘호란이 일어나자 왕을 강화
  도로 찾아가 司蘰寺正에 임명된 뒤 後金과의 화의의 잘못을 상소하였다. 1636년에는 이
  조참판이 되었고, 이해 겨울 병자호란이 일어나자 부총관으로 왕을 남한산성에 호종, 화
  의를 주장한 윤방・김류 등을 처형할 것을 주장하다 다시 파직되었다. 1637년 화의가
  성립된 뒤 대사성으로 등용되고, 이어 同知經筵事가 되어 다시 윤방・김류 등 전후의 무사
  안일한 행실과 반성이 전혀 없음과 金慶徵・李敏求의 江都 방어 실패의 죄를 탄핵하였다.
64) 自若(자약) : 큰일을 당해서도 놀라지 아니하고 보통 때처럼 침착함.

찾아보기

[영인] 17세기 호란의 강화도

여기서부터는 影印本을 인쇄한 부분으로 맨 뒷 페이지부터 보십시오.

雙嶺之敗昏謂由於慶俞賊退後慶俞自京南還中凡而死慶俞
家告官謂朴忠謙之兩子所為逮獄兩年竟以贄徵蒙放 ○全羅
義兵大將前參議鄭弘溟来到公州聞賊罷兵歸未及勤 王師
還

○當去邠之時金慶徵將入江都也顧毋及妻各乘屋轎婢子着剪
帽與其卜駄並五十此幾盡京畿夫馬有一婢子所騎馬足跛見
洛謂其不善護行杖斃邑倅吏於路左與副使李敏求從事官洪
命一先入江都原任大臣尹昉金尚容禮曹叅判呂爾徵正郎崔
時遇社稷令閔桁叅奉池鳳遂柳適宗廟令閔光勲直長李義遵
奉事呂爾弘奉 宗社承旨韓興一奉 嬪宮元孫而淑儀及鳳
林麟坪兩大君與夫人諸宮人駙馬公主翁主隨行判府事鄭光
績四宰朴東善前刊書李尚吉姜碩期同知鄭孝誠都正沈諿以

老病宰臣奉　承傳入去武宰知事邊瀹前叅議洪命亨沈之源

奉常正李時稷僉正趙希進前掌令鄭百亨弼善尹烒前校理尹

鳴殷修撰李一相工曹正郎李行進朴宗阜直講邊復一都事奇

晚獻户曹佐郎任善伯旅文正字鄭泰齊林嶹學諭尹瀁前縣監

沈東龜僉正李士圭司諫宋時榮別坐權順長奉常主簿高

追氏或未及庵從分司在洛者從後隨入禮判趙翼別無敎命

而諸後自南陽初為義兵轉入江都前大司成李明漢前叅議李

眈漢方在草土以退避為不安於分義亦為入去其時　嬪宮到

甲申津頭無舡不淂渡兩晝夜留㞑上山下皆凍餒而濟八之權

在於掄察使舡隻皆在越邊不能相通　嬪宮在屋轎內身出玉

聲大呼曰慶徵汝何忍為此留守張紳聞之言於慶徵靉濟

嬪宮以下而其他士民之避亂者不知其幾千萬遍滿津頭求

潛而未渡賊騎奄及一瞥之間跳踏殆盡或被搶掠或投海水慶

徵船運金浦通津國穀名為販救島中士大夫而慶徵親舊之外

無一人得食蓋當時穀貴實賤番為自己之利且將移運海州結

城恣敷江都被陷未及詐自以江都為金湯賊所不能飛渡朝

夕宴安日以杯酒為事山城被圍已經累月聲聞不通而不以

君父為念大臣或有所言則慶徵曰避亂大臣何敢指揮大君或

有所議則慶徵曰當此危疑之際大君何敢與言云故大君大臣

以下莫敢開口別坐權順長貪金益兼工書於慶徵敏求紳等

曰新膳即事杯酒非時慶徵等怒之慶徵固不足責其餘諸人等

皆恃江都之險無意防備故送唷軍盡還其家一島之外不為偵

探譏者無不寒心或傳忠清監司鄭世規死於賊陣大臣以李敏

求代之敏求以江都為萬全之地以湖西為必死之所逞～汲～

百般謀避 公似其行謂海氣寒凜不可無禦寒之酒煮取燒酒
托此曠日而且欲率去妻于金相尹相議曰若爾徒弊列邑遂止
之先時京畿監司在圍城中畿邑之事無所分付廟堂以敏求為
畿伯 上曰予以此人欲托六尺更擬他人大臣雖拜此職他日
之托未為不可 上許之賊圍甚密 教育終不浮出三道舟師
無一人赴難惟忠清水使姜晉昕星夜入援而撫察使以所領
船隻分置於鷰尾亭及諸處本島船則皆置廣津丁丑正月二十
一日通津假守金通馳報于撫察曰賊方以童車載小船向江都
云云慶徵曰江氷尚堅何能運船謂之亂軍情方欲斬之甲串把
守將所報亦如全通所慶徵始為驚動以海嵩尉尹新之守大
青浦全昌者柳廷亮守佛院俞省曾守長零李 守加里山金慶
徵出陣鎮海懷自守甲串軍卒不滿數百事已危急而軍器火藥

分給之際隨給俱錄倉卒擧措如此何能有爲乎鳳林大君初與
慶微出見陣處見其兵戮零丁還入城中更欲收拾軍兵以爲防
守之計人皆逃散不得已拾爲城守留守張紳以舟師大將猝發
廣津戰船近向甲串而時當下弦潮水甚少達夜刺船二十二日
曉頭僅至甲串下相距五里許姜晋昕率七船住於甲串與賊力
戰賊船被陷者數隻晋昕船亦被大炮者數十冗軍兵死者數十
人晋昕身被亂矢而所奪賊矢及他戰員之物亦多晋昕所領之
船甚少張紳則見賊勢甚盛且急無意前進晋昕擊皷麾旗催督
張紳紳終不進晋昕呼於船上曰汝受國厚恩何忍知此吾將斬
汝紳終不動乃順流而下時井萬戶鄭挺德浦僉使趙宗善爲先
鋒賊之初渡鄭挺德賊船一隻將爲進戰之際張紳擧錚退軍鄭
挺仍爲還退賊初設其有伏不爲發船及賊船一隻衝過戰船之

聞先為着定下陸者尺七人而無箭可射尺手持一釰無馬步行
統定而止上定周望四無藏兵處知其無備結陣於高處以白旗
招越邊之賊然後賊船嚴海而渡本島中軍黃善身率哨軍百餘
力戰於鎮海樓下身自射殺者三軍人射殺者六善身力盡死之
軍皆逃散此時江都哨兵皆在張紳船中以主將退去故無一人
下陸者慶徵自知無可奈何棄走何家老母竟死城中
徵紳之老母俱在於城中而皆自乘船而走兩家老母時慶
相臣令若千人守城若先出者當行軍令 嬪宮令內官金仁徐
後行林友閔樞俞好善等五人奉元孫出往海邊采國澤閔光
勳呂甫弘閔枡柳邊李羲部將閔又祥等相議曰元孫已出吾
等守城何為皆出城隨去金仁抱元孫而行馬鳥賊迫宋國澤撥
給所騎馬及至海上適有舼船者有若待候然乘船浮海數日至

-6-

喬桐此實天也聞兇將欲搜索諸島自喬桐移住注文島仍向
唐津其時注文島人大會津頭間此船来自喬桐否船人詰其所
問島人曰今夜島中諸人之夢有船擁五雲自喬桐到本島故問
之云人皆驚異朴知事東善沈泰議之源亦在其船親聞而言之
國澤以此加資而其餘則墜敘大臣啓辭以従皆　宗廟社稷之
官奉其　廟社主國澤之外皆追尊之賊兵四圍前右金尚容已
知事去肱兩着衣付諸下人曰汝若全生以此衣傳諸兒輩以為
他日盧莫之具曰往南門踞火藥櫃他人之在傍者省命麾去金
益無權順長終不去曰大監獨爲好事耶金相放火自焚益無順
長並死之尹昉以宗廟提調在於　廟主奉安之慶及賊至昉呼
曰汝殺我賊不應授　廟主於污溝中昉收拾　廟主裏以空石
載諸卜馬曰渡海時我當授死賊迫脅下陸慮其　廟主之見奪

於賊分載奴僕衣袴使婢子秉其上事宣後三司俱峽論以按律再

被獄黙一為付廌未幾而死都正沈說與其妻將死製疏納諸懷

中而益自決其疏曰臣某束向百拜上書于南漢山城 主上殿

下臣與妻宋姓同日自決以報國恩主簿宋時榮初與李時稷同

舍時榮自決時稷結項使奴引之奴不忍從命以兩製貸文及

絧巾付諸家奴使遺其子資曰長江失險壯軍乖渡醉將挺獨首

國偷生把守尼解萬姓魚肉況彼南漢朝暮且淪義不苟生甘心

自決殺身成仁俯仰無怍嗚呼兒慎勿傷生故羹遺骸善養老

毋縮伏鄉閭隱而不起區々遺顗在甫善述士大夫自決者李尚

吉鄭孝誠洪命亨尹烇鄭百亨後皆旌表其中一二人或稱為賊

所殺云而無目覩者豈可以流言没其善裁故寧相閔仁伯之子

埤先稅其妻子然後自決一子遠在他地賴以得生李士圭死於

-8-

賊鋒如此革者不能盡記婦人之自殺者金埈李聖求金慶徵鄭

百昌呂爾徵金槃李昭漢韓興一洪命一李一相李尚圭鄭善興

之妻西平府院君韓浚謙之妾母子延陵府院君李好閔鄭孝誠

之妾也其他婦人之死節者甚多未能盡知可惜金震標迎其妻

使之自畫金堥夫人及慶徵妻見其婦死徒以自決新及弟李嘉

相文章早著家行冠人厭慈親宿疾六七年暫不離側藥餌飲食

不任婢僕及其賊兵之至輒得藏其母而身即被擄賊怒其妻

代負其母以支而不料其妻之負母迯迄意其母不能自運必死

於留初被擄之兩冒刀還故往來賊陣尋其母屍旋執逃逸如是

者六一日迯八於島中辟寺又將向賊陣士友之避乱於寺中者

韋衣力止之答曰我亦知其在此則生的則必死病母萬無生理

不忍捨活仍裁書付僧使傳其父兄以通必死之意強入賊中終

至被宮死於孝是祘死部並錄於此權順長自焚後厥妻即李六
源之女也先鎰三女而後自鎰死順長十二歲女子六自鎰
死此皆婦人之觥斷者也李烱及尹新之皆在防禦之所殿父在
於城中賊凼路塞皆自乘船以避以此乱六後俱被重劾俞省曾
等不為防守六先赴去陷江都者九王子也及其回軍城中被擄
者遠放城外被擄者率皆獲去韓興一呂甫徵脫其所著更被新
衣曰初見他囚之人不可不整其儀表先自八詳言於賊曰國舅
姜碩期六在此六蓋欲招八以混其迹姜托病跂群久而不前賊
竟舍去姜初欲自決嬪宮之欲從死為兩大君所挽不果其意遠
近士族夫人之被擄者非一而李敏求妻及其兩婦之事人皆嗤
罵言之醜也敏求以其妻死於嘉山謂之節死作誌銘盛稱其美
求寫於東陽尉申翊聖人皆笑之妻妾之贖還者士大夫無不依

-10-

田同屋新豐府院君張維猶以爲失節之女不可爲配以奉先祀

取婦贖還之後陳疏請令其于改娶訊政崔鳴吉回啓之言曰

如此則怨女必多不可不應乃爲防啓及張維死後啟夫人更爲

上言　上俞只許此人勿以爲例及論江都諸將失律之罪張紳

金慶徵李敢求等臺諫累二論啓張紳賜死而不爲決案　上命

之自畫厥家在西門外自縊於其家禁府都事六不親見以此都

事見罷人言籍二敦其泆生至於百洪憝啓於　楄前請剖棺出

見　上不許金慶徵臺諫初以按律論啓論江界更以前判書金

時讓及參判俞伯曾疏臺論更於拿來賜死敢求圍亘寧遏且以

姜音昕不能善戰使賊渡海初配遠地臺諫更請拿來梟示忠淸

水營軍官及下卒詣閼弼哭累度上言於備局伸其至寃竟未免

於死初與金慶徵同在禁府聞賜死　命下慶徵弼哭失仪番昕

笑謂慶徵曰難哭可免乎飲食自若以其實鈄給斬頭人曰此縣

利鈄以此遠斬我而汝持去船上力戰無如晉昕而終至於死陷

死從容入如此々誠壯士之有而守者人皆惜之水營軍卒無少

長皆追思垂淚如悲親戚云

尹煌俞橿李一相俱以斥和尹俞中途付慶李遠竄說書俞曾在

南漢請斬金堲言甚直截趙綱曾論洪瑞鳳三公同䜱空罪俞榮

付慶趙門外出送其後趙曰臺諫之啓即蒙放還洪翼漢時為平

壤庶尹賊之囬軍時我國定差使貸齷山縣令過大甲東營

大甲束縛困厚使不得飲食蘦漢哀乞辭傳而不聽此二月十二

日也到龍灣二十日到通遠堡胡人等来見問遠来之由出食厚

饋此雖犬羊猶勝於我國之大中也二十五日到瀋陽汗令礼曹

設宴亭于館而似無相害之意三月踏青日有詩曰陽坡細草搖

기강도사(記江都事) 影印

나만갑(羅萬甲), ≪소대수언·병자록≫ 권9

한국학중앙연구원 소장본

여기서부터 영인본을 인쇄한 부분입니다. 이 부분부터 보시기 바랍니다.

分司送攇徼巳工橃島告急請兵大臣令列書諸人
之名乃定徼巳以其曾係于獄有臬示都中之命而
中蒙原赦未及出獄曰亂迸出未及南漢来于江都
故也徼巳即治舡發向于橃島數日而聞江都陷故
也

不果達云

分司送尹溈于內浦為調發列邑盬醬等物舡運于
江都盖大臣以下意南漢朝夕且危終必出城而京
城蕩残必以江都為歸如麗末故事則江都所儲饑
物不足贍用故有此送也溈臨行謂諸友曰吾行十
分可笑而江都形勢終始保全亦未可必也

何用渠等犹募未知渠等真從我否汝南聞此言大

舊謂余曰副察之言極可慨也可徃面數之即徃招

申昇通名則副察出見之余曰令監當赴南漢則吾

革願從之矣今聞直向于内浦云吾輩從徃何為乎

副察沾灑而言曰我之心事與君等何間焉君等慎

無以為言也

副察將與妻子同載而行遷延于津上不即發舡一

島人心舉皆駭憤曰寧眷撿察徃亦何為副察亦無

行意尹相托以椵島揭帖撰出無人還忍以入終不

果行

舡將行矣

沈煕世李時中李長英正英尹城金益熏及余聯名

呈書于分司請從李撿察前進南漢之行時諸友相

議曰吾輩君親皆在圍城不宜靡衣婾食苟度時日

余與汝南為探消息徃于分司適見副察諸公以酒

禦寒退與諸友議呈書諸友屬余草文曰朝紳編伍

王趾巡城薪膽即事杯酒非時語句傳播副察不平

發向湖西之日坐于分司廳事謂李長英曰吾輩作

事固不能盡善而乃遇尹金扵此豈非數耶渠等欲

從余行而脆弱書生未過甲津數步即必顛仆矣吾

-14-

南漢山僧賣有　旨夜踰賊圍而出來傳于分司乃

命留都大將沈□遠魚總元帥之任者也□遠自都

城出址門依兄㽵巖仍㪍于光陵址走故奉　旨僧

賣到于江都矣東陽尉及金㽊判光炫皆付書于僧

曰完豐作故此死可羨云僧言城中事急　上親自

巡城朝士皆編行伍守堞將士凍餒不能戰賊勢日

盛長圍難解云聞來不覺痛哭

忠淸監司鄭世規敗死之報至今司令副察使李敏

求出按湖西收拾餘燼以為赴援之計敏求悼行金

慶徵請於大臣勿出敏求大臣不聽敏求不得已治

砲余與金汝南諸友往觀焉宗阜曰此軍官輩初收
時則非徒不能中為砲所震手不能定身不能立數
曰習之漸成能技軍士則不難得而奈無將才何
時分司之議則兩檢察任之而不過文簿之酬酢而
已大臣亦無大段處今而金慶徵性躁多嗔李敏求
倚違浮浪不過終日悠悠張紳專主舟師而裝舡于
廣成津將待解氷後進塞漢江之口至於南漢解圍
之計非但無力可辦亦以和事為重皆以為畢竟出
城無可奈何聞山城圍急尹相語人曰山城日益危
笑

有一武士願從乃習於海西路者也與之終始周旋

熊尋間路不與賊遇人心之出奇效力莫非宗阜之

義也人以此益奇之

朴宗阜言海伯以自將赴援為難盖其老病亦不可

行乃只令武將等率兵出城出城之日皆無人色獨

江陰縣監邊士紀少無懼意軍情倚以為恃見其所

服衣單海伯脫襦衣以贈之士紀辭曰本不畏寒今

行唯見此人可以成功笑鬼山之敗唯士紀軍獨全

人服宗阜之先見焉

朴宗阜以分司命 在東門外火藥庫傍藥軍官習敎

分司送朴宗阜于海西督戰元帥以下諸將時都元
帥金自點在正方山城黃海監司李珙元以下在長
水山城賊兵由大路直上于京而諸將畏縮不敢出
兵遮擊亦無赴援之意分司乃議送一人持檄督出
而人皆憚行大臣不能定宗阜乃請自行少無懼色
即渡海而西與賊兵交迹先到長水山城諭以大義
則諸將始聞命出兵元帥亦不得已同諸將由山路
行有兔山之戰宗阜之往也人多危之尹相謂人曰
覩宗阜之頗似非福人也及還人共推眠非但稱其
志節亦歎其膽略之過人矣盖宗阜挺身受命而出

事情盖禮判趙翼扵　去邻之日與父瑩中相失奔
走尋問未及追扈扵南門　回駕之際前叅議沈之
源将毋無人奉常正李時稷老病前校理尹鳴殷廢
處南陽俱未得入于南漢乃相與謀曰既不及入南
漢可糾義兵以為解圍之計扵是傳檄列邑收拾散
卒事未及辨而賊詗知之不意馳襲南陽府禮判諸
人則在府西小寺而祭獨治事于府被執罵賊遇害
島中人心益震駭
弼善公上書于分司為言振作方略尹金兩相共稱
善而亦無所措為矣

遴招諭人民傳通朝命是時京畿新舊監司皆入南
漢諸營將所屬各官束伍軍兵無所受命各自駭散
而南漢在圍國命阻絕朝廷號令不行於外方故大
小人心皆頹分司當任調兵救急之策而大臣以下
了無振作之氣矣
分司諸議大臣主之而餘無當事者故群議皆以為
兩檢察雖始以護行為任今則無他所管不可不任
分司之事故凡有所謀為兩檢察稟于大臣而行之
兩禮叅承旨叅坐傍觀而已
南陽府使尹棨遇賊不屈而死分司遣李行進詢問

八日移于長嶺李姊兄家(去城中五里許)十九日入城中拜

于弼善公置家屬于關底奴家○張次周權順正順

昌金益魚金震標姜文明韓以明張善徵等在城內

徐元履權順長順悅尹城金佐明沈熙世申昇崔後

亮李時中等在城外往來于分司之外探問南漢消

息

權順長倡議與諸友呈書于分司以徐元履爲首陳

守備之策時分司凢百未遑島中把守外方指揮皆

末有措置故若干士子慨奮而有此舉云

分司送俞㯳于湖西稱以從事官俾與體察從事朴

金僉判槃 入南 權儆巳申翊隆佐郎南老星 入南 弘

梓金寅亮柳晉三家皆在城中 ○永安尉 入南 東陽

尉 入南 沈判書悅 入南 韓判書汝渡 入南 尹監司僾

之漢 而 崔判書鳴吉 入南 李僉判景稷 入南 李僉知

尚僾漢 入南 李内乘星男 入南 家皆在城外其他避兵

來者不能盡知

關外西邊有鑿間屋大臣以下畫則來會夜則散去

名之曰分司廳事大臣處南偏兩撿察及禮僉承旨

等處止偏洪命一朴宗阜尹瀁等稱以分司卽廳云

余從伯氏奉慈行十七日由廣成津渡入于佛原上

殫記○長陵守陵官洪靈侍陵官羅業開戈教授申

恫追自豊德越來○禮曹判書趙翼前叅議沈之源

奉常正李時稷前校理尹鳴殷長人前大司成李明

漢前叅知李昭漢修撰李一相及□李嘉相□□

津未敗前毃日自大阜島追□

廟社主安子行廟兩署官守直婿宣友□儀兩大君

與夫人入處行闕諸役官宿衛士六夫家屬則尹相

眆金相尚容領相金瑬漢入南左相洪瑞鳳漢入南姜碩

期張新豊維漢入南韓西平鄭監司百昌呂爾徵韓興

十兵判李聖求漢入南金慶徵李敏求南陽君洪振道

-5-

正郎宋國澤工曹佐郎李行進前正言朴宗阜前君

守權儆巳並家 承文正字鄭泰齊並家 枾嶹學諭尹

瀁留守張紳並家 經歷張遇漢並家 宗室懷恩君珎

原君等並家 在城中前佐郎金秀南戶曹佐郎任善

伯都事奇晚獻禁都李時莐並家 及茅申翊全並屬

追到留城中○判書李尚吉都正沈諿前參議俞省

曾前持平李坰前正言俞槩前參議睦大欽京圻都

事睦行善監察尹炌別坐權順長及茅扑長遠司果

沈熙世李長英及茅李正英前注書沈世鐸海嵩尉

尹新之全昌尉柳廷玼並家屬在城外在城外者不可

西坼回向南漢山城而廟社諸行則夜過金浦三日
而乃達江都兩檢察等先載其家屬而宮宮以下無
舡不得渡弼善公與宋主簿指倚岸一舡曰吾輩可
乗此舡矣李敏求曰載此舡者乃吾家屬也吾當得
舡可與追後同濟矣盖檢察以護行為任則廟社嬪
宮及諸從臣汜濟而後可濟其家屬而大小先後錯
行無倫盖回僉卒卞逶而亦出於才識之不逮也宋
主簿為余慨然言之矣
原任大臣金尚容〔並家〕知事朴東善前判書姜碩期
罷家同知鄭孝成前叅議洪命亨前掌令鄭百亨前

-3-

丙子十二月十四日　大駕去邠將向江都撥察使

判尹金慶徵領〔班〕副使副學李敏求〔兵判〕從事官洪

命一〔左相〕〔之子〕等先從前路以護行李舃原任大臣海昌

君尹昉〔宗廟都提調〕奉廟社主宗廟令閔光勳直長李義

遵奉社稷令閔枡〔衾〕奉池鳳遂柳頔等從

爲奉事呂爾徵正郎崔時遇承吉韓興一奉蕭

寧殿弼善尹烇翊衛姜渭聘李惇五衛蔣鄭良佑洗

馬申翊隆等奉嬪宮張淑儀及兩大君以下諸行同

發師傅徐元履隨大君司僕主簿宇時榮等以各司

官領其寺事而從焉　大駕至南大門聞賊騎已到

以文元批下盖老先生諡號擬望時春尤之意欲以

元純字諸宰之意欲以敬字閣學士大受與諸宰同

意備望時以文敬首擬文元副之春尤大以為恨春

至上疏得請元不必上扵敬而只以氣象之宜元不

宜敬為大段事云余意以為既已成事不必云云丙

同春方辭　召命之時遞上此疏未知扵道理何如

恐自此不敢復辭　召命矣市南之意以為諡彌若

有貶薄之擬則門人可上章訟之歟盖春事未必恰

好而先生之孫則得其當者吾道之幸也

記江都事　半巖○錄之下此以村栽羅駁
　　甲丙子

기강도사(記江都事) 影印

윤선거(尹宣擧), 《노서선생유고》 권15

국립중앙도서관 소장본

여기서부터 영인본을 인쇄한 부분입니다. 이 부분부터 보시기 바랍니다.

朱子以爲不足與於小學然其所論金屑與學問輕
重貴賤之殊則可以警省乎昧者矣諸生曰善言必
再其母以止此也余曰程子買櫝還珠之書其進於
此者乎諸生曰善言必三其母以止此也余曰棊子
書廚銘洎經史閣上樑六偉理明而義精事實而文
暢願諸生揭諸楣間朝夕目寓而心存焉則庶不孤
名堂之義矣是爲記

　　鄭氏江都陷敗記

鄭氏迎日人　宣廟朝有大臣澈號松江大爲　宣
廟所重後復遭諸構坎坷而終至　仁祖末後承有

畸翁弘演抱翁瀁其從子慶演焉瀁字晏叔 崇禎

乙亥館學諸生請以父成文簡兩先生從祀文廟館

學推望用其說丙子清虜猝至 上幸南漢山城

廟社及世子嬪 元孫皆入江都晏叔時在通津寓舍

與其仲兄前承同縣監洙及諸家屬謀曰吾儕是世

祿之臣不可逃死求生遂相與入江都承同日詣分

司呈身丁丑正月二十二日朝聞砲聲大震於江津

永同日賊衆必已渡矣疾馳赴宮城則賊已遍滿城

外不得入而退與晏叔定計於鮮曰吾欲犯賊為賊

所殺也即向摩尼山外晏叔則為蹈海計潛伏於路

傍伏簷之下賊騎突焚掠仲氏奴被擄者雜於賊
衆來傍伏簷低聲以告曰永同進賜及室內皆爲賊
所獲時日已昏而賊去矣晏叔出至仲氏隱匿處則
無迹可尋復歸伏簷之下賊騎屯於五里許火光
漲天矣遂攜其內子李氏匍匐於田畔草莾之間約
曰明朝賊必早來與其死於兇鋒無寧投死於早潮
之水也夏向海邊則見數十百人曳下膠곶之船而
其中一人乃晏叔妹兄崔承旨有淵及江華申光一
也庶幾獲濟而乞與同載則崔承旨終拒之曰爾何
以呼我以兄乎盖晏叔兄弟嘗同載於闕聖任船崔
民上以合又大笑

卷一百四十四　三十三

-3-

令來請曰願君兄弟下船而換載我老親也閔大聲

叱之曰崔某是何如人晏叔兄弟亦不肯下崔甚憾

怒故今其言如此矣晏叔呼曰仲兄則已被擄矣崔

亦不動聽然不能無庶幾之望留其內子而往尋其

弟潘嬌婦徐氏及其兒及庶母之匿巖穴間者來至

船所則崔申諸人與同約者作隊禁他人甚嚴使不

得上船矣遂略其信任之奴而自擕其內子與弟嫂

及兒迫至船下則船上人欲拔劍擊去之適同年住

景高覺其爲晏叔也轉囑而許入庶母則託一婢子

還匿於巖間及至刺船而下未數十步而潮退船膠

仰視天星則已向曙矣潮期尚遠而賊至必早則當
全船陷没矣默禱於神而占得用生體之卦若待潮
至而翌日已高矣忽見狄場馬十餘馳突而來晏叔
內子曰此馬有被逐之狀必是賊來也言未訖果有
賊數十騎超忽而來直迫船舷滿船之人一皆奔波
爲走溺海中之計而船去海水尚有數十百餘步其
嫂與內子皆自列晏叔則凡三列而亦不死其所列乃
松江平日所佩中間爲人所得晏叔第潘適見其柄
刻松江字請於其人而還之臨歿授徐氏善藏之當
避亂也徐氏忽念倉卒之用取於篋而隨身矣賊登
死是三人次第所用者皆刀也其事甚奇矣賊登
舟連發五矢三矢則猶記其入膚而其後則不覺也

卷一百四十四 三十四

-5-

最後又發嚆矢再中而止內子之屍則倚於橫樂之

下而徐氏之兒則立於其母之屍傍以稚得免殺掠

俄而賊悉援所中箭而帶之又解晏叔肩帶棄其中

神主等物而取去又解所等衣而戲之曰上廳上廳

必是我人之爲虜者也賊去而潮上則船浮海中隨

風上下矣俄而內子氣甦而作勢起動扶晏叔移臥

乾處而悉索舟中得外祖妣神主而考則無得也晏

叔曰吾不能保晷刻矣願歸死於摩尼下使奴輩掩

土而葵得免烏鳶之食幸矣遂携內子下船而留其

弟婦及兒於船中族人曰我則必死也此母子汝可

救濟使鄭氏無絶也蓋此時其嫂亦斃也行未數里
筋力已盡而夜已沉沉矣幸有尋屍之人明火於屍
邊故尋其光而僅得登岸幸又遇家奴毳男檢松蕙
索湯水則二奴走入村家持一大瓢而至奴試孫亦
來員入村舍則乃當初伏簷之家也覆以藁苫以待
盡而奴輩在外為掘坎瘞埋之具矣內子始得飲粥
因與庶族議曰家翁所被五箭皆不浹入可望生道
而明日賊必來矣須殺尾狗以其血汚臉於身上為
可駭之狀則或可倖免也遂如其計翌日賊倖不來
二十七日夕時有一女人為賊所逐走入於晏叔所

卧亂藁下賊突入而捽出其女因以鐵鞭亂撲晏叔

之面而去蓋賊以爲已死而且見血已淋漓可愕故

舍之矣內子又令奴輩撤去房中埃石潑掘其底爲

土窟夫婦八藏而覆以亂草翌日早朝賊又來焚燒

村家已逼於所匿之家則將爲燒死之計矢忽逆風

驅火夏不及而得全蓋奴輩上山望見火將及皆出

拜祝天豈天感其忠誠而反風耶賊去內子出自土

窟而聞之則有諸船自外島來泊近津者多使老奴

往雇其船則歸告曰船已雇而潮又已上時不可失

也時內子已有産候故无必欲過涉於外島也忽有

言賊騎方在五里地何可冒死赴船乎晏叔不聽亟

令縛木爲擔具令二奴擔內子而疾赴於船繞稅於

津頭而産事已始悉負上船未及坐而兒已生此卽

普演也舟中解娩是舟人之大忌兒之墮地而啼也

舟人詰之從者詭言抱來之兒得無傷乎何其啼也

於是艱得甘藿甘醬作湯飯以饋産母而胞衣則投

諸海水而行翌朝二十九日始泊於外島所謂其翌

日卽二月朔也聞申晃兄弟自是島將爲下海之行

裹瘡往見之則其家童僕以爲見形而拒之申熟視

然後認之餉以米肉且借以其所處之屋又遇知舊

許俗長閔煥趙仁亨諸人相助以升三俄而有來告
以南漢消息則天地翻矣不覺失聲痛哭則閔煥譬
喻而止之矣及聞江都之賊皆斂兵渡江遂與家屬
相議曰仲氏仲嫂必不貼生而從賊其死必矣遂盡
送奴僕使驗視於衆屍中適族人之婢九花避擄而
逃還言於家奴太一曰永同進賜及室內某曰皆死
於摩尼分西邊路上去主人家未數里云太一未及
來報而晏叔已向江華之傳燈寺盍欲尋仲氏屍也
至寺然後太一追至詳言所聞於九花者遂痛哭號
絕即令族人往收於其處斂以柳筐而權厝義盜正

月二十四日午後賊遍滿摩尼內外而剽掠永同頃
禹氏爲賊所獲而行未數里永同呼禹氏曰我今死
矣遂奮賊鞭而亂撲之賊不敢近前而却立亂射而
什地禹氏卽墮馬賀覆罵賊而死於是賊亂斫二屍
其後收屍之日兩屍面邑如生其年四月自摩尼歸
瘞於交河明年三月祔葬於高陽先瓏乾坐之原得
年四十九蓋此虜監倭異性其順從者則絕不殺戮
而無背饋食故其時有欲苟生者則無不生矣如鄭
永同非惟不肯順從乃以鞭擊賊空其逢賊之怒而
亂斫幾於二體矣禹氏身覆夫屍而罵賊以死其節

卜子大全　卷一百四十四　三十七

-11-

亦卓然矣晏叔夫妻與其弟婦徐氏之自劉亦可謂

殺身而視死如歸矣其不死則天也其視者願意

驅如龍巖辛以禮義之身而抱腥羶之臭者何如哉余

嘗為龍巖閔公坪作傳以著其闔門殉節蓋一家死

者十三人實古今稀有之事而鄭氏一門又其次也

蓋 列聖以義理培養數百餘年則其如是無怪也

嗚呼盛哉余懼此事泯沒無傳據當時日錄而叙次

如右晏叔又烏交河村砥金天命妻之立節不污者

立傳以示於人其為世道慮也浚矣時 崇禎紀元

之䄵蒙赤奮若復之日恩津宋時烈記

-12-

정씨강도함패기(鄭氏江都陷敗記) 影印

송시열(宋時烈), 《송자대전》 권144

국립중앙도서관 소장본

여기서부터 영인본을 인쇄한 부분입니다. 이 부분부터 보시기 바랍니다.

江都被禍記事

丙子冬十二月建虜猝至 上幸南漢山城 廟社

及世子嬪元孫比皆入江都時瀋在通津寓舍與仲

氏及諸家屬謀曰吾儕是世祿之臣不可逃死求生

遂相與入江都仲氏曰詰尔呈身丁丑正月二十

二日朝聞砲聲大震於江津仲氏曰賊衆必已渡矣

疾馳赴 宮城賊已遍蒲城外不得入而退與定計

仲氏則欲爲犯賊即向摩尼山外瀼則爲蹈海之計

欲向涯岸與仲氏其時奔波爲今日永訣之懷可勝

痛哉 詳見仲氏胸義錄云本錄逸而不傳 二十四日朝前走匿於路邊

伏簷下其午時家婢舂時念我飢已二日也炊粥來

食而未及食已有山上之呼賊來矣遂因首潛息以

待則婢亦急走而他之矣即聞賊騎突至老亦於家

前家後而爭為駭怪之聲斗高而低驚惑人聽者其

所謂吶喊者歟到今思之心膽俱落時或止其聲而

潛向以答久而後又作其聲者搜掠入之賊猶者歟

賊遂入於隔籬家搜得一老嫗而亂撲之呼老之聲

令我氣已盡矢遂絡繹於所匿伏簷之外而一賊至

門趄趄且有將入之狀而竟不入者其以蒲房呼母

之兒啼聲微於外而謂其無人故數時被掠牛馬縱

橫有一牛來食伏簷之外所苫草也初謂賊已覺而

毁簷出我等也妻敢窺覘其爲牛也自内刺牛而逐

之父後仲氏長奴莫已被擄而雜於賊中來近於伏

簷而微聲告之曰進賜室内皆爲賊獲進賜則已赤

身被奪衣矣室内則今方輀載爲擄行矣遂無更言

曰已夕矣山上山下之賊駄掠人畜駢填、而去遠近

哭聲胡可忍也曰昏後少奴末男來告以賊去矣始

自伏簷出之仲氏所匿之家則一行婢僕皆已擄去

只餘若干婢而潛之婢回没數擄矣俄而亡弟妻兒

-3-

庶母及外叔朴旭三父子全家而自山上下來云皆
匿於巖間茟以蔽全云遂與庶母等尋火光而來則
乃所匿伏簷之家而其主人來炊喂其兒矣主人則通津隣
近捨丁趙眞同之家醫而奔渡來者也見我之飢遂分饋少飯也與之
分嘗之際忽有呼聲曰賊已迫門矣遂驚走而相失
巖間矣俄知其虛驚而定端息則手中尚把行器盖
則迷妻已追及我於田中矣庶母嫂兒又向於山上
之貯食也傳謂賊屯於五里之間云而火光燭天其
驚惑之心疑若賊已來向也處處皆黑中有物狀者
皆可驚也時有所餘末男試孫二而亦不得見遂攜

匏翁集 卷二十五 雜著

-4-

妻而甫詢顛仆於田隴草莽間而約之曰明朝賊必

早來我等無嘿類矣與其宛於凶鋒無寧投死於早

潮之水也更向海邊行近岸則黑夜中聞有入聲遂

近以諦視之則數十百人已來曳下昳之已膠之府

矣中有姊兄崔承吉及申光一諸人也濚廝幾獲濟

前跪而哀乞之則崔怒其昳夕見拒於閔聖任而不

得上舟也遂移怒於余而厲聲忿嫉曰爾豈呼我以

兄者乎下昳者余兄弟同載花閔舡也崔兄來令其等下
陸而擁載其老親云而但兄不許其之下

膲而閔里人任予豈知之而強聰如許乎崔閔素是粗
曰某何人予亦苦其彊兄之彊而強聰如許乎崔閔素是粗

歟生之間而不其言如此則濚知其不可請第昔以仲氏

朝已被擄而亦不動聽也潛私語於妻曰彼雖不許

亦豈無可濟之計乎遂留妻於崔之大夫人坐中而

欲招來亡弟妻兒而同濟也還向旭叔之所而夜黑

路險一步一躓行不能進也女而至家則嫂兒庶母

皆在山上巖間故呼來之際夜已更矣遂牽而還至

所留妻之舡則其間崔兒已令其子革諱我而走向

他舡矣計無可奈何尋向火光見得申光一哀乞則

其言又無可望而照以炬火令其親信者結隊上舡

之要路而禁人攔入如今軍門之作門傍有同年任

景尚之弟景游也又前以哀乞則漫言許之而不可

信矣故以賂啗其信任之奴而攜與妻嫂兒者迮取
無火光之處而尋向艎所則舟在數百步外泥港之
中而潮已上荁可運舟而下矣其餘皆潑潑泥淖之
沒脛而氷泮不得行也故及至船脚下皆血色矣舟
上又有人援刅立詰問約中人而詬數以上之及昆
澊來殆欲擊去之際同年任景高已任舟中覺知爲
余也轉囑而訐之亡弟妻兒則誘以崔兒子婦而餘
現望其他乎以故已令愛丹婢
得上焉 崔兄則其約 中人故也
還奉庶母匿於巖下如初而嫂妻兒必欲獲濟者庶
冀鄭氏之或遺其種也若干婢僕 命生宫會木吡又 男遺兒之利母又

已迺及於舟見逐而散則無可賴而為手足也及至

刺舡而下未數十步也潮已退而載重舟又膠而不

能動矣仰視天星向曙早潮尚遠故嘿禱於心而占

得生體之對其時喜心迪不得能忘也共向磨尼外

所免賊來而一邊苦待潮上之際初日已高潮八於

海口則計於食時當乏舟而濟矣忽見牧塲馬十餘

馳逐而來妻曰此馬若被逐之狀必是賊來也言未

久果有賊數十騎地忽而來向於舟蒲舟之人奔波

為走溺於海中之計而海間有數十百步之遠故賊

已突主而驅掠如飛來然者眜之泥淖沒脛之地今

包翁集 卷之五 雜著

十一

以朝寒而氷堅若有天助於賊也賊來之初自度不

及走溺於海而與嫂妻皆自刎以絕則流血被體蒲

面其坐若宰牛之地也瀋則凡三刎而不能死也

刎之刀乃松江公平日所佩中間為人所得亡弟潘
適見其柄刻松江于請於其人而還之臨殘授徐氏
善故之當是時徐氏忽念卒之用取於籠
而隨身矣及是三人次夢所用者皆是刃也賊登舟

而見不死連發五矢而害之也其初中於左脇下再

中於左耳上頭腦之時則粗可記其為痛而其為中

左眼中左指而折之皆不可記也其後聞其柄被箭

也為叫死之聲而其後則不能也故賊終殘噐矢亞

中而止云眼則噐之中也中即眼眶浮起掩面也

鏃治數月而有差焉眼晴則刺痛盡夜又半年之久

兩所未盲爲今日之相亦不至於後陷合瞠者以噎之

故無利鏃　其被箭闔眼而死也見妻僵死於橫槊之下

而嵩石兒跳動於腹中又向我也我心以爲可惜鄉

種盡於斯矣遂奄奄向盡而精神猶不死故慮賊終

断頭則何可忍其痛乎而无欲速盡不可得也亡弟

兒則立於其母之死傍而着耳掩有其結纓故賊未

易奪也亂批兒之兩頰也八生婢則賊呼以爲處女

而再三誘之使去而不即聽從則以劒向賣之後得

驅去也　而熱衜上舟不爲人覺　八生賬夜入妝妻之衣下　賊收合舟中不棄

衣裝團結作擔末易撤還　故无悶其賊之不去也賊

十二

手援其所中箭而歛之又解所肩帶外祖考妣神主

若所實家籍而拂而去之賊又迫前於濂之頷下解

衣結而戲之曰上廳上廳云必是我國人之已爲胡

者也又脱耳掩而昆有血汚於內傍有賊止之曰衣

著皆血汚不足關也賊遂已之還著耳掩於頭而衣

則棄之爲披襟也嫂妻所著衣之竟不被奪者當初

夲波也故著藍綾衣裳而至刎也亦愚取其血先汚

於面故衣亦皆血色矣以其無可取而蒦免者歟賊

凡下船移時而還者三次故雖有一線命脈自如不

死欲開眼嗅嫂妻試其死生而恐賊在傍不敢動焉

只知舟之乘潮而泛泛隨風上下之矣久後崔涯負

其祖母而上舟曰進士叔死矣〔意謂崔涯之已〕上於譜我矣

今不然者崔兄欲借占他艎全家利涉而在岸等待之際賊已至矣故其妹斷妻其兄産其子卧龍其長孫男皆被擄不知去處曾祖母祖母始孫走而去待早潮求齋其家矚在岸等

泥港中董已獲死至是登舟矣礙以李起來若干人陷泥而不得全皆走其為室内光一則校媵一日三逃而還任景禹則被媵死校非一之君岸致中一家十二人皆餧死云云其餘未聞

其詳也

遂知其賊去開眼而視之則妻始作勢起動扶

瀋而移卧乾處也妻仍急索於舟中只得外祖考神

主而外祖考神主則無得焉其後崔兄以外祖考神

主奉還曰暴於海中偶見木主之漂流捉而見之則

絮殟皆陶洗不可見於腦中而知之云此必先靈

之不昧者乎　持先考妣神主則仲氏已帶來而與勇亡娣神主則與先祖考妣神主一時見失魯也尸後得於其奴而並其家籍見之家籍則皆失　而去外遲爲灕無一存者矣

自其賊去後精神憒憒還八於盡若

不能保其瞽刻故妻ㄷ得於崔兄大夫人帶來食而

得一塊分與嫂兒唉之云病中若干人更欲如前過

淺於外島以逆風潮落搖颺之間舟又膠而不得渡

則姮娌仍爲留宿於舟中故瀼曰我今夜必宛也顧

歸殂於摩尼下使奴革搶土而葬得免爲烏鳶之食

幸矣妻曰自此至陸更遠於前泥淖又深也將此氣

力何能得出陸也我竟攜妻下船而留宿亡弟妻兒

於姫姪曰我則必死也此毋子汝可救濟爲鄭之種

也時日已下山約數竿長而陰風慘冽寒戰灑灑欲

着袴而所着皮袴已失於昨夜入舟之際矣欲穿鞋

則所穿芒鞋又失於昨日泥中矣雖欲歸死於奴輩手

而剉殘筋力決難跋涉於泥淖中矣行未數里筋力已

盡我則呼妻使之相救焉妻則又欲我之相救而皆

不可得而後相謂曰我死無可望於君也君死亦無

望於我也須各自力而已跋涉之間夜已沉沉迷失

其指向幸有尋屍之人　封溺死者多而也相望於泥中也　明火於屍邊

十四

故指以爲歸莖得登岸而爆足於火爐則足皆破殘

於泥中蠣殼（所謂石蠣）而盡爲血矣遂顛仆而行近於

主人家力盡不復行也生歇於田間則家奴末叱男

撿松偶向海邊覓舟之際聞我聲音而至撿奴則泣余

垂死狀也忌索湯水則二奴走舉一大瓢而來飲之

試奴亦來見而負至家焉即初匿伏簷之家也委棄

於房中覆以藁席而待盡奴革則自外爲瘞屍之計

也云妻能強作氣力始得啜粥而仍與旭叔等議曰

所被五箭幸皆淺入 間隔自耳掩後（所謂耳之積累）而彼箭也脅下則拘衣

裂犢花脇下而有毅 可望生道而令夜若獲全則明

重故箭入不洞䠺也

-15-

必賊來矣計將奈何須寧殺庵狗以其血汚饑於衣

覆之物而為可駭狀則可以幸免也　狗則所卷旅通津而隨至江華

本波時又隨而求音也　試奴夜中殺其狗而染血如妻計焉而

後來狗亦再生今尙在通津舊寓也幸哉被賊之翌

日卽其二十六日也其日賊幸不至焉其二十七日

夕時二賊見一女逐至則女走竄於我之臥下藁中

而藏之一賊突入於門而捽出其女於臥下也仍以

鐵鞭亂撲瀁之百上數三而去　初以蒙覆體以硬縠面硯則 皇朝所賜

我 宣廟 宣廟又賜松江 公之龍硯也及是缺一角焉其以余無坐氣而且見

血光淋漓可駭之故歟妻則又匿於初匿伏簷下而

摸免焉其衣妻又與旭叔謀明日之計又將奈何又
令其試奴末男撤毀房中堁石而深掘其下可以容
身而後還覆其石如故上覆以亂草矣其二十八之
曉夫妻八藏於堁下而令試奴還覆視若尋常而奴
輩則又如前上山而藏之矣家主趙莫同者則以其
年老不害之故每守其家而不去也早朝賊又來焚
其村家而已及於所藏家之前家矣其間咫近可容
婦人幄車以風來向我燒烟已遍於堁下矣其前瀆
已昏窣而覺知其賊來更為忍死於火中之計而烟
氣薰燒則恐生懷晓先爲賊覺也賊又自伏簷後發

出其所藏輕貨蒲窟故賊喜躍爭占久而不去也忽
然天乃返風而火竟不及於我者必有天相於其間
而錫命於瀋者歟其日試奴旭叔自山上望見其燄
也皆出拜祝天而祈生云此皆試奴革忠情感天者
歟一么厯之兒生亦在於天者歟其返風也趙莫同
者潛聲來告以風返矣賊去也又來告以賊去也其
所誠欵於我者如此焉妻即出突而聞有諸船之自
外島來泊近津者委令老奴岳守往雇其艇則歸告
有雇載者而潮已上矣亇不去則難可濟矣時妻有
産候頭水已下而必欲過渡於外島也亟欲走赴於

艇而試哭末男時末下山日未没矣旭叔先到言賊

五騎方在五里地申光一家宰牛爲食云何可冒死

赴艇乎我决計以爲與其在此而爲賊害也無寧徼

幸得至於艇所而解繞也仍令縛木爲擔具令末男

撿松二奴擔妻而疾走赴之末男撿松雖巳逃去令

不能忘其功也繞下擔於津頭末及上艇也歯石兒

攔生殆欲墜地故妻堅忍而起走急令試奴負以上

艇末及坐兒巳生矣其上艇之前見山頭戴落日如

金盤矣及生巳落目向昏想酉時也舟中解繞府人

之大禁也兒之墜地初啼也篙師詰問之則旭叔詭

言之以鎭曰抱來兒得無傷乎何其啼也云兒母憨

時饋熱湯飯倒也而不能得潛問於婢僕間則有末

男所食餘少許也而又無甘水徐答於舟中則又有

所售之甘水蒲盒矣愛丹折其木綿二尺許而沽得

一鉢水而後以潒之所帶試奴之得於山上而餉以

甘薯甘醬二者作湯飯而饋其母其數至少不得飽

也　自此至到泊身畜之前不得更食至明日午後始少食也　所謂胎衣則倉卒不

得已投諸海潮而去也其夜經過於舟中翌朝二十

九日之午前始泊外島　生島　所謂　而上下皆飢日晚試奴

兄弟饋以少米也至接於崔兒近處田中而計難貰

十七

屋顙得借鎌伐木爲攝屋之狀而無盖草以一袱一
蒙掩覆於上而又爲經夜其日則裹瘡産婦暴露已
二日矣其曉雪又下風轉緊趣宛之道而亦不病焉
天幸天幸其翌朝即二月朔也開申時周晃擧家上
船爲下海之行而其家且空扶瘡往見之則其家僕
輩禁余以鬼形直前而來也時周熟視而認爲余郞
愕然曰我方上舟此家空矣又有土窟在傍須擇處
而救全也余念家則必爲勢力所奪劇也八處於窟
室則居無何有年少數輩來刼以黜之哀乞之間柒
知爲瀿也遂惻然攜芳之而儀有許俏長閪燬閪也少信川

趙亨伯諸人來見之後無可愛矣時周兒弟
亦來見餉以米肉而不棄也且有通津同里之居者
亦至其中升合相助則不可謂全無食道而庶母嫂
兒亦難爲養至今若干婢僕皆仰食其口而產母亦
朝夕啜粥不能飽其腹也其危惡之狀爲如何哉而
余之酒病妻巳軫念主釀數升於枕邊而待熟及爲
趙亨怕之餕覺則宜乎趙友之今何譏笑於儕流者
也雖有瀼之實道以眩亂於剗殘亡血之後而必不
得巳者亦不能勝其說也一日夜急有呼聲曰賊來
矣一島洶洶而不能爲謀生之計直待坐死者彈丸

色翁集　卷之五　雜著　　　　十八

小島無可往而爲濳身之地也俄知其有具艘者乘
夜作賊於江都掠得牛馬而來好爲宰食之故至是
喜其饜欲而驕矜作聲誑惑於衆也云閔熳日來鈝閔相知下鈝而麻變者
治眼胞及諸箭瘡而去其毒血不知穴脈
回生一日來告以下城消息則天地反矣不覺爲失
聲慟哭之則閔友譬喻而止之矣其夜與家屬相議
曰仲氏仲嫂氣力必難爲賊之驅役也且有來日之
約焉其死也必矣及聞賊歛兵還渡甲串也即已崔
艘沒數送向仲氏婢僕於江都而教之曰須一一驗
諸亂屍中奴儉松億伊姃夫期於必得毋憚勞也時

苞翁集 卷二五 雜著 十九

賊焚諸倉穀而去故婢僕憩於拾得爐餘爲其食也
只於往來諸倉之路略已尋歷於路邊亂屍而已故
凡再往再還而不可得矣數日前有太一奴被擄而
還故又令同往尋屍而往來通津舊寓則旭叔之婢
九花亦已被擄而還言於太奴曰永同進賜及室內
其日比皆死於摩尼外西邊路上距主人家未數里矣
未及回報濼已舉家付旭叔出陸之行而向於傳燈
寺（江都吉祥山）者以賊之撒還者未及盡渡楊花津而彌
蒲於金浦陽川之間且爲乞食於寺僧之計也來日
又經宿於舟中其翌日扶曳上寺則僧輩（義玄杜水）皆來

迓於山下前導而去館以白飯清醬諸色蔬具則亂

後驕異若對桊空饐也及見太奴始聞仲氏仲嫂之訃

相向號絕之後即令旭叔諸人徃汲於其處而無一

襲其也甚具單衣單襟而殮其屍柳笥四節而代其

柩以待日後販鬻南之具也自抗節之日至此已二十

箇日而面貌皆若生焉而仲氏犬椓其亂斬也　嫂之被仲氏仲

刃皆在右臂而至口爲剖也又戕其腰殆爲各殷故額二處而額則

仲氏无難舉以爲殮也仲氏矢入胷額二處而額則

鐵後挾兩眉間故報得援去　九花所傳進賜篤賊

仲嫂右胸肉村豹已盡援之　○所獲呼室內曰我死賊

奚遂奪勝鞭而剝撲之賊却立亂斫之䏶箭介収殮

也室內以身翼覆罵賊而死賊亂斬其屍云

之日仲嫂二婢　香春皆抱有身病食肉如常而終不

-25-

往視其殮事也男奴錐往亦不下手故親自殮襲以
衣袴不暇遠嫗也其愛育兩婢之恩竟何有哉嗚呼
痛哉時犯向椵島之賊船來泊江都之燕尾亭有搜
掠諸島之言而自上至下令其喬桐士民奔避賊路
之教故奔波於南邊外島者不可勝記江都子遺之
人亦皆走竄於摩尼山間故遠近洶懼忽有黑衣數
騎者自德浦馳來向傳燧故入皆謂賊來而無可匿
矣謀於親信僧董則以為義者奔波而至此者亦無
其計或溺於厠下積穢中而獲免是無他計矣俄
傳黑衣者非其賊也自南漢尾從而來者尋其親屍

二十

而至也其翌日旭叔挈還通津舊寓則庶母嫂兒難
於久托僧房故姑令隨旭叔而往托焉余則念其舊
寓灰燼海上多風非隩室則難可謂瘡病也強留以
寄者更十餘日而其間外舅木道向平山任所之路
迢來以見矣聞權順正自富平來載其內喪而去之
期也 正月二十二日賊渡園內嶽也 權之婦其翌朝自頸以盡也 欲歸託於妻家
力病而還留待於旭叔所一日而與亡弟妻兒並向
富平焉庶母則數日前其姪來迓故已隨而歸忠州
矣及至妻家始得饘飢膓專爲救療之方而第以隣
近染疾奔避有廡室之歎故同侍於外姑寢處之房

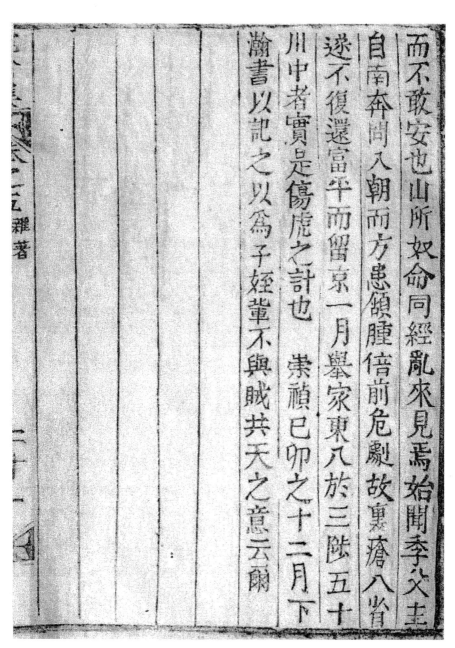

而不敢安也山所奴命同經亂來見焉始聞李父主
自南奔同入朝而方患頷腫倍前危劇故裹瘡八省
遂不復還富平而留京一月舉家東八於三陟五十
川中者實是傷虎之計也　崇禎巳卯之十二月下
瀚書以記之以爲子姪輩不與賊共天之意云爾

강도피화기사(江都被禍記事) 影印

정양(鄭瀁), 《포옹선생문집》 권5

전남대학교 도서관 소장본

여기서부터 영인본을 인쇄한 부분입니다. 이 부분부터 보시기 바랍니다.

不患妨工而惟患奪志得如程子之言然

後方可謂明體適用之學而麻免爲乾沒

利箬中人

謂事業巳了 巳上爲學節度

一聖希天賢希聖學者未到此境界不可便

江都日錄

丁卯正月十七日關西伯尹暄馳、啓奴賊本

月十三日犯義州十四日到定州

十八日聞賊巳到嘉山　上引二品以上議守

禦之策　二貴以爲臨津多淺灘必不可戶不

如專意江都李曙以爲南漢亦險阻可守三

南軍兵及都監砲手分二軍或守南漢或八

江都爲宜議頗尋盾未決而罷○擢張晚爲

都元帥兼都體使出征李景奭以從事官僧

京忠全慶都兼察使李元翼兼三道巡檢使

沈器遠贊 恩使金起宗

十九日聞義州陷十三日奴賊由水門殺守吏

開門突入府尹李莞殊死戰死者相當賊執

判官崔夢寬斬首西門外仍向定州四散焚

掠執美女脫老弱衣服收丁壯剃頭充伍所

-2-

過無不空虛巡邊使南以興領三千兵赴

援定州凌漢城以軍少駐博川○兩司啓

請以李曙領兵距塞臨津　不允

二十日雨終日尹暄馳　啓賊七百騎向嘉山

餘屯定州縮倉穀劈妓作樂南以興與別將

金完八守安州城軍勢頻盛但搕水冰合無

以遮絶云○　上引二品以上及三司多官

議　上曰賊逼矣為之奈何昔紅巾賊三日

八松都矣李貴起伏曰　上教然矣失今不

避不及必矣莫如直入江都羣臣皆曰貴言

是也余進　啓曰　大駕離都城一步則民
皆散矣無可爲矣願　殿下亟抄精銳分據
江津　親御六巒進駐坡州以示先人有奪
人之氣不宜先自摧縮以示弱也且賊勢甚
愍凡有啓劄令勿書八皆面陳焉　上顧問
曰此爲誰翰林曰正言申達道也大司諫李
粢曰達道之言固知不可從然姑徐之何如
上默然余仍伏　御榻下久之　教曰第
當夏議處焉○水原軍四百名八衛○輔德
尹知敬疏請固守臨津卽差知敬臨津督戰

二十一日尹暄馳 啓凌漢山城陷守將定州

牧使金搢也賊還屯定州休兵一日將直向

京路云○ 上決策向江都從李貴之言也

命金尚容留都李曙守南漢大臣勳臣請

世子分朝 上不許累累陳達皆拒之承

旹李植因八侍 啓曰 殿下率 三宮百

官一八江都而賊兵塞江口則上下凡百支

供非區區小島所可辦出且諸道無所禀令

不無姦□乘時竊發之患无可慮也自 上

既不欲出離 世子宜依魏晉行臺之制會
大臣率不緊百官分住南漢凡屍從散班幷
付之行臺得專號令東西策應則江都省力
而有掎角四方有所繫心矣 上沉吟良久
答曰此言鄙有所見出言於大臣於是諸大
臣請對曰自 上有大臣分住南漢之教
臣等願得 世子分朝陪衛以行甚善 上
曰行臺之制亦善何必分朝也卿等勉爲之
李元翼進曰行臺之制不行於我國臣等安
敢當此任乎撫軍監國古或有之請 命

世子出鎮兩湖或嶺南以繫人心　上曰卿
言至此敢不勉從俚　世子臨尚少非御無
可托者恐筋力有不堪耳元翼曰　殿下既
命臣臣雖耄矣敢不效死以報　上曰卿許
之以死社稷之幸也予暫八內宮卿等退竢
於閤門之外元翼曰今左右者皆　殿下之
股肱心膂當與此屬謀國而欲八內宮豈與
婦人謀之耶　上曰非然也　慈殿方勸駕
駕發後當更議焉曰將午　上再御收羣臣
議以全州爲　東宮駐劄之地李元翼仍

啓曰 分朝之初當以收拾人心爲主使之

簡其陪從約其驅率以除沿路供億之弊

上曰政予意也元翼卽請春坊衛司減半而

行上從之親點單子春坊衛司只各四員

吏兵曹堂上各一員大將中軍各一員及砲

射手一百名當 上入宮時有人傳 東宮

同 慈殿發向江都余謂延平君李貴曰

東宮若已發向江都分 朝之計必不諧矣

亟令兵曹發民遮道俾不失機會宜矣貴顧

兵判李廷龜曰此言是也○夕 慈殿中

-8-

殷出次黔川　廟社直向江都○朝廷以

參判張顯光副提學鄭經世差嶺南左右道

號召使

二十二日賊五六十騎已到控江越邊都民避

亂者彌蒲江頭無舡可渡哭聲震野○教

諭中外○賊致書于我有五種說因睎求和

之意

二十三日尹暄馳　啓賊十九日進犯安州大

砲之聲終日不絕二十一日城陷○賊請和

書又至　曰巳未年出兵攻我誰負也上天

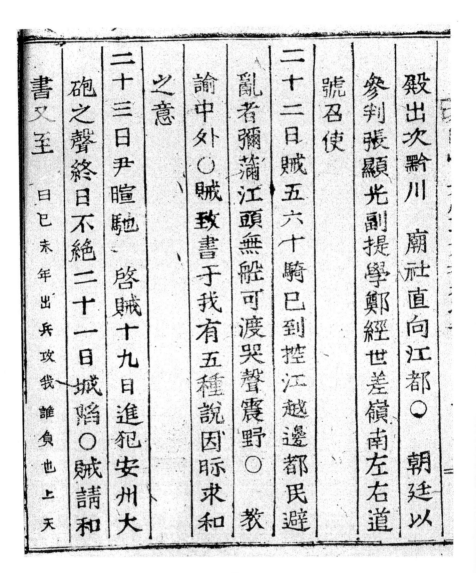

有知令我有今日矣两國重整和好速差好

人來講我亦速快回去我兵馬原不爲要得

甬國城也辰不爲要殺甬人民也两國和好

共享太平云云　朝廷欲許之郡守姜鶴年

一、上疏曰方今虜賊孔熾有長驅之勢遽爾中

止用一介使以和爲言彼之欲和者愛我耶

畏我耶其心不在於畏我愛我則其求和之

意灼然可見欲朝貢我也割地我也臣僕我

地抑却背　天朝幷力射日之兇計耳嗚呼

此豈二百年禮義之邦所忍言哉況　天朝

父母乎我東有再造藩邦之盛恩我國家自

祖宗以來至誠事大貽厥孫謨其在今日

豈忍輕棄而不顧教況醜虜情狀以和為名

而終必以和誤我 國家至大勢巳去之後

惟意所欲此必然之理也賊若有一毫藉和

之名而遽示肆究之意則寧以國斃不可含

垢忍耻來哀乞憐於無厭之犬豕而猶且終

不得免也伏願 殿下勿為羣議所動斷自

聖衷一於義而不苟則保邦戡亂之機不

外乎此矣○賊巳渡清川

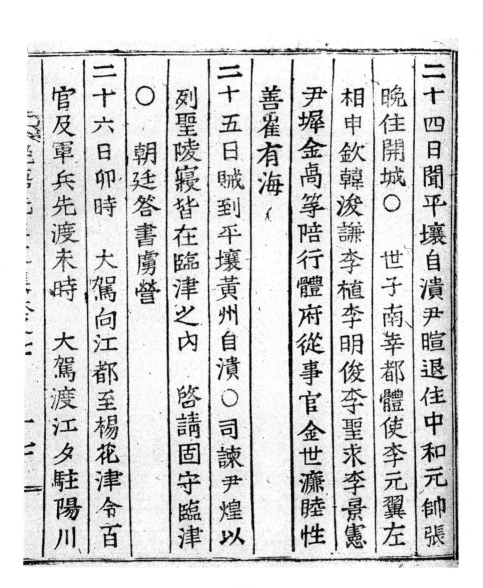

二十四日聞平壤自潰尹暄退住中和元帥張

晚住開城○世子南莘都體使李元翼左

相申欽韓浚謙李植李明俊李聖求李景憲

尹堦金高等陪行體府從事官金世濂睦性

善崔有海

二十五日賊到平壤黃州自潰○司諫尹煌以

列聖陵寢皆在臨津之內　啓請固守臨津

○朝廷答書虜營

二十六日卯時　大駕向江都至楊花津令百

官及軍兵先渡未時　大駕渡江夕駐陽川

○留都大將金尚容林瑮李尚吉巡邊使申

景瑗漢江把守將李曙○賊屯安州

二十七日卯時 大駕發行午駐金浦夕抵通

津○合 啓論延平君李貴首唱去邪之罪

不允

二十八日白氣繞日 大駕在過津○胡差到

平山使姜瓏弘立子朴㜫蘭英子等請見

國王講和廷議紛紜或云當留此接待或云

八江都盛陳軍容邀見校理姜碩期進言曰

外議七江都虛實不可使賊窺覘接待於

通津無妨此言似有理矣聞甲串戰船只數

三隻云天塹雖可恃豈可以數三艘隻張我

軍容能使賊畏懾而不敢近戎必將謂我窮

蹙孤島盆肆長驅矣自古夷狄之要和者何

限而未有如今日之無據一自義州之陷如

八無人之境而今忽送差請和其計正如金

人之愚宋豈不痛哉　朝廷不自覺悟無意

戰守甘心講和苟冀目前之無事臣恐難從

之請日至而　廟筭將不能善其後矣○午

後　大駕癸至江上舟楫不具推護涉大將

金慶徵人馬駢闐至昏不能盡渡或有宿江
頭者

二十九日夜風雨大作大駕在江都

二月初一日大風雨雪避亂舟艦多敗沒 大
駕在江都〇督和胡差又到平山廟堂請
先送姜壽於賊中蓋恐胡差見阻風濤和事
不成也〇張晚投書姜弘立略曰聖上以
宗室之冑承大妃命纘承寶位人倫復
明太平可期而不圖今日致此兵革天意亦
未可知也兩國各守封疆自求無纖毫讐怨

無故加兵恐非臨國之義 若尋舊好 我何辭

初二日大風 大駕在江都 ○胡差到甲串其

書以永絶 南朝兄我弟弟我爲辭辭極兇悖

訓鍊大將申景禛大司成張維李景稷等出

待 ○上章陳所懷俱乞遞職 不允 ○張晩

馳 啓胡千摠稱名者到開城府言賊大陣

由中和還向平壤

初三日風 朝廷以晉昌君姜絪爲回答使持

贈物送虜營 國書略曰西國相好必須誠

心相接真實無僞然後方爲可久之道如有

一窨未安于心而徒成口語外爲應諾則不

促不穀有自欺之愧天地神明寶所共臨玆

敢盡吐所懷我國臣事　皇朝二百餘年名

分已定欱有興意我國雖弱小素稱體義之

邦如使一朝而奧　皇朝則貴國亦將以我

國爲何如我事大交隣自有其道今我和貴

國者所以交隣也　皇朝者所以事大也

斯二者幷行而不相悖唯當各守封疆各盡

道理相守樂世世不絕此固不穀之至願

-17-

而上天之所喜也惟貴國圖之

初四日　上行拜　廟禮百官鳶　駕○關西

伯金起宗馳　啓賊兵號四萬實一萬四五

千而半是我民剃頭者義安之戰人馬死者

甚衆自義至平壤各城守卒不滿數百勢甚

零星可以邀擊　朝廷以觀勢勦滅知委然

實無戰守之意日以和好爲事中外莫不憤

慨○黃州兵使丁好恕拿囚

初五日　啓請拣諸宰臣軍官八備儀衛　蒙

允

初六日張晚馳 啓賣上胡咨及弘立答書 胡

咨曰大金國二王府傳諭張尙書甫顧講和

可差官速來若不顧講和將我二次發去金

人速發回來 我在野外下營百里以内糧草

已盡且無房屋如此艱難辛苦甫仔細思想

晋甫打發兩還人來甚麼不著我一介人來

我心甚疑特諭 二月初三日○弘立書略

日兵既深入軍情甚銳不可徒以口舌爭辯

特講眞實好意厚遺禮物及賞軍之資速退

粧師計上也至於吊慶一節隨後講之未

過事機至急想高見有以諒之差人期於

御前親傳文書欲知彼此一樣相好此事至

緊亦宜熟講善處　賊到祥原掠牛馬運倉儲

云

初七日聞賊巳到黃州先鋒犯鳳山　上視舟

師于燕尾亭仍　御松岳山○金起宗馳

啓騰上弘立平壤牓文　其文曰兼五道都元

帥姜曉諭平壤官民等各人遵照大金國二

王子明示各還巢穴耕種如舊以聽分付如

有懷疑在外違期不農者難免勦殺火速還

-20-

知急急還集信使臣朴英定將本城品官

及將官等還現者為先召募將差定隨其多

少成冊上送各別論賞事知委

初八日聞賊到平山〇尹暄拿囚

初九日姜絪書 啓賊自寶山坪進住平山宣

言糧草俱乏不得巳移陣誓不復前其言雖

不可信可保數日無事因封上弘立所陳別

紙一 國書中義不可背 皇朝事彼將終

日詰責臣以死爭之日我國之專 皇朝數

百年非自今日始之云則彼將稍稍怒氣

-21-

一國書中用　天啓　年號事　亦爲詰責臣

極力開諭又解其怒　一彼將曰吾自仲和

深入此地者貴國薄待差人信使之來亦爲

過期恐爲中間所欺不得不前進以定和好

一國書中天地神明實所共臨等語彼不

將喜之曰貴國若果如此言自此相好言不

違天吾亦各守封疆世世修好云仍爲撝天

爲誓　一彼將曰貴國實欲和好必是誠信

王子王弟中一人偕送我國則不過一旬以

臑還送信勿疑訝已來攻我之將和好若成

當為盡送奧勿過難然送王子如或自我違

盟天必降罰仍指天為誓一彼將曰切欲

兩國相好共享太平吾不要金帛物産然以

體送之吾何辭焉 一彼將曰今見貴國匿

臣謂定和會矣欲進則恐擾王京欲退則和

事未定勢將留此以待定事而暴露中野糧

草不繼願得近邑糧草以濟窘之云云而辭

意甚順 弘立蘭英及胡差九人以和事到豊

德兵判李廷龜戶判金藎國大將申景禛大

司成張維等出接于燕尾亭〇上引見大臣

初十日早朝自 關內盛儀仗禁雜人出八午
時弘立蘭英等至弘立著草笠衣綿布天翼
率二從胡跨馬而入觀者堵立有靦面目弘
立筆引見時依避臣例 上謂弘立曰卿爲
國之誠良嘉弘立對曰臣荷休頑命得瞻天
日不勝悲感 上問彼賊兵數幾何弘立曰
凡八營營各二千又問和事可成和可退
兵否弘立曰若許王子爲質可以成和當卽
退駐平壤待草長回軍矣 上曰賊無故動

兵何也弘立曰往歲奴酋之死　本朝不致

慰賊頗銜之遂毛文龍憎李倧必欲致死誄

爲　中朝檄文以與朝鮮合勢勦滅等語激

之以故賊雖動兵然臣等到鳳凰城始知向

我國兵顧今賊勢方張先鋒五千進陷義州

而彼兵死傷僅五六名凌漢則一胡持旗而

登不戰自潰安州則纔接刃隨卽潰散所向

無前決不可抵當矣噫弘立全師投降之罪

姑勿論今既冒死登對　詢問之下當直陳

賊兵情實少爲　本朝地也而猶且變幻爲

說甘心挾虜以自免其忝君負國如是而朝

著之間或有以忠信可尚稱之人心之陷溺

一至於此矧日暮弘立等還燕尾亭

十一日胡差劉海至欲抗禮不從大怒而去 ⊙

本朝後咨毛營報虜情

十二日兩胡差留○司諫尹煌執義嚴惺等

啓陳諸大臣主和辱國之罪因請斬弘立蘭

癸等

十三日大風雨劉海見 止又欲抗禮給銀千

兩喜而從○ 朝廷以宗室原城令陸原昌

君稱王弟爲質賊初以親弟爲請廷議難之

劉海於掌中書假字以示之盖虜意本在和

海居其間以知事爲巳任者也原昌年纔二

十三而頗有膽氣進言曰臣死不足惜惟顧

國家盡勳仇虜焉○賊留平山抄掠傍邑

十四日金起宗馳　啓龍川府使李希建斬虜

使之招降者獨守孤城及安州陷軍遂潰不

得巳來住營下泰川縣監李東龍嘉山郡守

陳誠一等安州之戰潰圍突出鐵山府使安

景深竄入海中不知所在云○副元帥鄭忠

信馳 啓與巡邊使申景瑗時住兎山南兵

使邊渝亦自陽德領兵來會云○李廷龜張

維等書 啓備陳胡差問答 略曰孫昌君與

李弘望來見劉差行茶禮罷出後臣等設宴

相接觀其顏色頗有歡洽之意酒半臣等出

示約條覽過答曰王弟今當往彼可與金國

王子成約誓吾非主盟之人約條須詳語王

弟以送也見把境後被虜人還送之語曰姜

元帥諸人自可還送如朴遴官韓姓人兄弟

就已削頭 不願還歸奈何臣等答曰韓乃逆

二二九

二

臣之子天下之惡一也爲逆於此者何信於

彼也兩國既定和好可卽綁送云則答曰非

以其人爲可信既以逃命來歸一日二日自

不能送且曰犯境二字似不安帖須改之且

曰朴仲男今行多有勞其兄在此幸差該國

可當之職且曰今來多有失禮憂蒙國王

厚恩明日去時欲叩謝於闕門外諸大人以

爲可往則往不可則止臣等曰國王在憂

中自有體制前日待大人亦非輕忽而未免

見誚至今未安不敢重勞大人云則答曰然

則諸大人幸為我代口以謝以表感戀之意

且曰金人以快活為好男子王弟見金王子

時雖有所問勿為羞澁與侍郎相議快為酬

酌則吾等當就其中好語而為之臣等答曰

王弟生長深宮不接外人應對之際必不嫺

習故有陪行侍郎矣蒙大人眷念至此多謝

多謝臣等又以王弟見金王子後速為還送

辭憂言之則答曰吾當周旋而侄必見汗然

後還來為好云云酒五行極其歡洽而罷送

至外庭而八矣敢啓

十五日原昌君與李弘望等隨胡差往牙山弘

望仍留焉　贈物木一萬五千四綢紵千段虎

豹皮一百領用刷馬輸送鞍兵馬一四環刀

八柄贈劉海以送〇　啓論先城君崔鳴吉

償國敗事之罪　不允〇尹暄行刑丁好恕

白衣從軍

十六日金瑬李貴以營救尹暄推考禁府堂上

沈詻都事安廷燮以昏夜行刑拿囚〇海西

伯馳　啓賊數百騎乘夜撞襲我軍皆棄甲

而走矣　兵使李梙以歸云

十七日賊時屯平山○崔鳴吉事再啓不

允

十八日　傳曰尹暄雖犯軍律其子順之曾經

侍從特爲助哀棺槨題給○司諫尹煌上疏

曰今日之事名爲和而實則降也　殿下惑

故奸臣僥倖之計力排公議甘心屈伏乃以

千乘之尊親接虜差受辱備至而上下恬然

曾不知耻臣不勝痛哭焉嗚呼　殿下以此

虜爲愛我而求和耶其勢然也百里趨利兵

家所忌况懸軍深入已踰千里軍無後繼率

疲馬倦此所謂強弩末勢而我　國勤王之

師方集或拒守江津清野以待或據險設大

勦殺遊騎則彼前不得鬪退無所掠不過十

日而有自敗之形矣狡虜知其然也乃以和

事愚我嚇和事成則有必亡之道焉急則數

月緩則數年也與其等亡無寧決戰於今日

乎幸而得捷則　國勢堂堂戎虜自遁矣設

令不幸亦無入犯江都之患矣方今舟師大

集軸艫相接彼何能捨鐵馬之長技來不習

之舟乎乃犯我水兵乎目今大小將士中外

士民莫不扼腕思奮而　殿下不知勤王之

師暴露風雨凍餒俱迫而　殿下不恤惟以

和孼爲務竭一國之力以餉仇讎之虜人情

痛惋怨聲載路臣竊恐外賊未至而內有涇

原叛卒之變也伏願　殿下赫然奮憤廓揮

乾斷亟斬虜使以慰羣情斬主和誤國之臣

以絕邪說斬逗留奔潰之將以振軍律回賂

胡之物以犒三軍則人心激勵士氣自倍而

此賊不足破也　上下教曰尹煌之疏極爲

凶慘陷君不測政院閣啓尹煌　啓曰和者

兩國相好之謂也降者一國屈伏之謂也臣
未知今日之事可謂和乎可謂降乎昔宋人
以和自愚先斬歐陽等混抑士氣臣請伏鉞
鉞之誅以快主和者之心三司進劄伸救
上答曰尹煌之言極爲可駭而爾等如是紛
譽今日人心亦難知也爾等俱以有識之人
臣事降虜之君不亦著辱乎勿爲徒責寡躬
各自潔身退去以爲後日之地可也仍傳
曰尹煌削奪官職中道付處政院封還　答
曰予實一矣爾等之言是矣但尹煌似難在

278　17세기 호란과 강화도

職遞差余以遞差求安東　啓　答曰依啓

十九日大雨終日余得差赴　京書狀官旋遞

二十日原昌君及李弘望馳　啓賊以　國書

中書　天啓二字發怒將㪅送劉海等力爭

云

二十一日劉海等十五人持胡書到豐德李廷

龜金蓍國等出接于燕尾亭胡書略曰来札

内　天啓年號極難用扵我汗皇家今日勉

強原為貴國同心扵　南朝今見來書貴國

不具心講和也況爾為　朝鮮我為女眞各書

-36-

各國號禮也 今貴國擧 天怒來壓我我非

天啓所屬之國如今我兩國就請心和要

爲兄第之國若與國號就當寫我天聰年號

結爲唇齒之邦若還書 天啓字樣卽將令

弟送回我兩國永不相好請尊裁之

二十二日 上引諸大臣議之領相尹昉及昇

平君金瑬以爲姑從胡差之言不書年號只

爲揭帖許和爲宜右相吳允謙曰若不書

天啓年號則不可許和 上默然久之曰依

領相言以揭帖列爲之嗟我國則是 天朝

藩臣而不用　天朝年號則天理存已人心
向背之機於是決矣右揆既發端於前聖
上示靳持之意而引對諸宰無一人繼發陳
啟據理力諍納吾　君於大義截然之域
烏得免天下後世之譏乎○金起宗馳　啟
義州凌漢也賊進逼青龍山城爲唐兵所敗
餘不滿數百騎云○摠戎使馳　啟奴賊雖
稱講和而留屯平壤愈肆擄掠與其虛守江
邊枉費糧餉無寧決死一戰及時勦滅云
二十三日李廷龜張維李景稷等與胡差劉海

講定和議依揭帖只書年月日多給禮物

胡差喜而從之○金起宗馳, 啓袁經略直

擣賊巢義州亡賊稍稍撤還

二十四日胡差三人來辭請弘立偕與奴將叙,

別朝廷許之

二十五日胡差劉海發還

二十七日劉海行到金郊遇胡差還豐德盖爲

與主上相對莅盟也廷議引唐太宗渭橋

故事欲許之張維 啓曰海前有此請臣等

以上王憂服爲鮮第要力爭彼或回聽矣

上然之

二十九日劉海及胡差泊燕尾亭請 國王親

莅盟壇李廷龜張維等據禮力辨其不可海

等相顧默然

三月初一日劉海密言于廷龜等曰爾 國王

在疚不可歃血則只於殿上焚香為誓退與

爾國大臣刑白馬黑牛別於山谷隱僻處設

壇誓天宜矣屬有行部別勅不可僭許新差

所見處爾等再三強之吾當勉從云

初三日我及胡差設壇同盟劉海等發還祭天

誓文略曰朝鮮國以今丁卯年甲辰月庚午

日與金國立誓云云 ○ 朝鮮國三國老六尙

書與大金國八大臣等宰白馬烏牛立誓云

云

初五日都體使馳 啓劉海還後賊分給本國

贈物于八營卽日退向鳳山

初六日都元帥馳 啓副元帥軍官自陣上逃

還言賊自遂安路不意掩襲副元帥鄭忠信

北兵使尹瑝南兵使邊瀹黃海兵使李攢別

將李繼先趙時俊金大器柳瑚安健朴德健

-41-

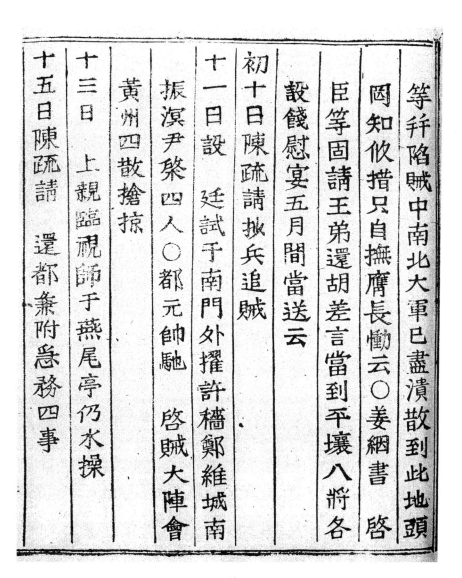

等幷陷賊中南北大軍已盡潰散到此地頭
囤知攸措只自撫膺長慟云○姜絪書啓
臣等固請王弟還胡差言當到平壤八將各
設饋慰宴五月間當送云
初十日陳疏請抶兵追賊
十一日設 廷試于南門外擢許穚鄭維城南
振溟尹棨四人○都元帥馳 啓賊大陣會
黃州四散擔掠
十三日 上親臨視師于燕尾亭仍水操
十五日陳疏請 還都兼附愚務四事

二十三日　東殿來會

二十日持平趙絅上疏

晩悟先生文集卷之七

강도일록(江都日錄) 影印

신달도(申達道), ≪만오선생문집≫ 권7

이주신씨(鵝洲申氏) 문중 소장본

여기서부터 영인본을 인쇄한 부분입니다. 이 부분부터 보시기 바랍니다.